我的愿望很美的.
分你一个.

余罡.

zhulang

余醒

著

广东旅游出版社
GUANGDONG TRAVEL & TOURISM PRESS
悦读书·悦旅行·悦享人生

中国·广州

图书在版编目（CIP）数据

逐浪 / 余醒著. -- 广州：广东旅游出版社，2024.

11. -- ISBN 978-7-5570-3379-8

Ⅰ . I247.5

中国国家版本馆 CIP 数据核字第 2024BF2398 号

出 版 人：刘志松
责任编辑：何　方
责任技编：冼志良
责任校对：李瑞苑
装帧设计：吴思龙 @4666 啊
书名题字：梅梢月
插画支持：柠檬漫游

逐浪
Zhulang

广东旅游出版社出版发行

（广东省广州市荔湾区沙面北街 71 号首、二层　邮编：510130）

电话：020-87347732（总编室）　020-87348887（销售热线）

投稿邮箱：2026542779@qq.com

长沙鸿发印务实业有限公司

（地址：湖南省长沙市长沙县黄花工业园 3 号）

710 毫米 ×1000 毫米　　16 开　　20 印张　　317 千字

2024 年 11 月第 1 版　　2024 年 11 月第 1 次印刷

定价：54.80 元

目 录 Contents

第一章　　出走行星　　001

第二章　　Time Stop（时间停止）　　070

第三章　　覆江山　　129

第四章　　夜奏　　182

第五章　　Forever（永恒）　　247

Z h u L a n g

第一章

出

——

走

——

行星

1

宁澜蹲在劳动市场西大门口，咬了一口半冷的煎饼馃子，另一只手掏口袋，摸出一张身份证和两张红票子——这是他最后的家当。

他掐指一算，周围最便宜的筒子楼旅馆也要六十一晚，而一天怎么着也得吃两套煎饼喝一瓶水，也就是说，三天内，他必须找到工作和住处。

刚开春，北方的天气还是冷得厉害，一场雪下到早晨才停。劳务市场门口被人踩出一条弯曲的小道，由于地势不平，融化的雪水汇成细流淌到马路边，变成一个个脏兮兮的小水洼。

宁澜就蹲在其中一个水洼旁，一阵寒风袭来，他往手心里呵了几口热气，又用力搓了搓。在这所谓的劳务市场进进出出的大多是黑中介或者第一次进城的农民工，他也不知道自己是哪根筋搭错了，居然跑这儿来找工作。

要不是年末刚结的工资一毛钱没剩，还得东躲西藏，不敢在干了几年的老行当里露脸，他也不至于沦落到要去工地搬砖的地步。

已经在这儿蹲了快一上午了，一个愿意用他的包工头都没有，大概是因为他腿细胳膊细，看着就没什么力气。

瓶里的水喝光了，宁澜艰难地咽下最后一口煎饼，食道都要烧起来了，狠狠地骂了一句。

他晃悠悠地站起来，拿着空瓶和塑料袋朝垃圾桶走去。

宁澜把手上的东西丢掉，刚要转身，一只易拉罐骨碌碌滚到脚边，撞了一下他的脚侧又弹开，扭头一瞧，一辆大红色的小轿车停在路边，车窗开着，投篮技术不到位的司机摘了墨镜笑着道："小兄弟，不好意思啊！没扔准。"

宁澜心情很不爽，可出于多年养成的职业习惯还是回以笑容，弯腰把易拉罐捡起来扔进垃圾桶，然后双手插兜悠哉地返回西大门口，继续观察着为生计而愁的行色匆匆的人们，顺便思考下午是不是该换到东大门口蹲着。

在这种尘土飞扬的城乡结合部,高跟鞋踩在地上的声音显得十分的格格不入。

"小兄弟,找工作啊?"

宁澜抬起头,刚才的司机似笑非笑地看着他。

分秒之间,他就把这个三十上下的女人全身的行头扫视了一遍,然后迅速做出反应,粲然一笑:"是啊,您是要给我介绍工作吗?"

张梵把宁澜带到星光娱乐大楼26层企划办公室,直接从抽屉里拿出一份合同摆在他面前:"看看吧,同意的话,在最后面签字。"

张梵在来的路上,已经把宁澜的基本信息问了个遍,包括身高、体重、年龄、籍贯、学历、星座,甚至鞋码,宁澜到这会儿还没太弄明白让他过来干啥,合同上密密麻麻全是字,他看着就头晕。

张梵见他发呆,拿过合同用记号笔唰唰唰圈出重点,说:"三年约,工资从入职起开始发放,底薪加奖金,奖金包括专辑、商演、节目等各项公开收入,有本事就挣得多,公司绝不会阻拦你的发展。"

"底薪多少?"这是宁澜现在最关心的问题。

张梵说了个数字,比宁澜之前在酒店工作的底薪高出一倍。

宁澜直接翻到最后一页,在签名栏写下自己的大名。

张梵有些意外道:"不再看看?"

宁澜把笔一丢,伸个懒腰说:"不用看,姐姐您看着就不像江湖骗子,再说我一个穷光蛋,有啥可骗的?"

张梵:"你就不怕我给你签的是卖身契?"

宁澜道:"法治社会,真有那些事,您也不会把我带到这四面都是窗的地方来……再说了,合同上不是写了我还有几个那啥队友吗?有人陪着,我怕什么。"

张梵被他逗笑了,心想:没想到自己无心插柳居然找来这个妙人。

"身份证拿出来。"张梵朝他伸手。

宁澜掏出身份证放在桌上,张梵接过来一看,挑眉道:"这不是才十八岁吗,刚才车上干吗说自己二十三了?"

宁澜一愣,他差点把这事儿忘了。

"真的是二十三。"他解释道。

张梵一挥手："不打紧，以后出去就说自己十八岁。"

宁澜应了。

签约完毕，张梵朝他伸手："我叫张梵，从今天开始就是你的经纪人了。"

宁澜笑嘻嘻地伸手回握："请多关照！"

中午，张梵带他到公司餐厅吃饭，宁澜发现这个公司里的员工个个都打扮得光鲜亮丽，跟那些进出星级酒店的宾客有得一拼。

再低头瞧瞧自己，穿了两年的破棉袄，搭一条洗得发白的破牛仔裤，要是破在膝盖上还能说是时尚，然而破在裤脚，看起来要多寒酸有多寒酸。宁澜琢磨着等发了工资得先去买身像样的衣服，好歹也是靠脸吃饭的，走出去不能太难看。

饭毕，张梵把他领到一间有整面镜子墙的空旷房间，道："接下来的半个月你就在这里好好学习。等下舞蹈老师会过来，你尽快把动作学会。"

宁澜稀里糊涂地点头答应了，张梵走后不久，舞蹈老师就过来了，是个二十出头的姑娘，姓徐名蕊。

"徐老师，我能不能问一个问题？"宁澜被按着压腿，龇牙咧嘴地说。

徐蕊看着斯斯文文一小姑娘，手劲儿却极大，按着他的肩膀一点没放松："你问吧。"

宁澜气喘吁吁："你们公司，哦不，咱们公司……找伴舞……不去剧团啊舞蹈学校啊啥的去找，都到大街上抓啊？"

徐蕊疑惑地看着他："你是从大街上抓来的？"

宁澜："是啊。"

徐蕊拍拍他的腰和大腿，让他保持姿势："嗯，怪不得，一丁点儿基础都没有。你这条件就算想做伴舞，公司也不会收。"

宁澜惊讶道："啥？"

徐老师用手指悬空点了点他脸上若隐若现的酒窝："不过当偶像嘛，拾掇拾掇还是可以的。"

偶……像？

宁澜吓蒙了。

张梵听电话里的宁澜大呼小叫，不由得失笑："别紧张，就上台唱唱歌跳跳舞，能不能成真正的明星，还要看你自己的造化。"

宁澜手机都拿不稳了："那那那我我我什么时候上电视？"

"怎么，干坏事怕被人发现啊？"

宁澜舔舔嘴唇，心虚道："没有啊，就……做个心理准备。"

"下个月，*Focus Show*（焦点秀）音乐盛典，出道首秀，别怕，你不是一个人在战斗。"

宁澜想起来了："我的队友呢？"

张梵："晚点就能见到了。"

下午休息时间，徐蕊给宁澜科普，他要加入的男子组合叫 AOW，共有七名成员。

宁澜翻微博上的出道预告，嘿嘿直乐："这不七个葫芦娃嘛。"

目前，组合已经公开的成员有三个，宁澜匆匆扫过去，三人都顶多十八岁，嫩得能掐出水。

"也就是说，要不是那小子自寻死路，根本就轮不到我？"

宁澜听完徐老师的一席话，对自己为什么能加入组合有了清晰的认识。

AOW 早在去年下半年就已经录好了出道单曲，等年后发行。谁知过个年，其中一个叫冯丘的成员在老家不安分，和别人发生口角上了地方电视台。本来不是什么大事，坏就坏在这冯丘是选秀歌手出身，具有一定知名度，再加上对外形象是可爱单纯的"萌系"少年，这视频一出，人设立马崩到南极洲，粉丝和路人联名请愿让他退出演艺界。

"可以这么说。"徐蕊道，"出道时间不能变，公司只好另择新人，挑来选去一直没找到合适的，大家都以为七人组合要改六人了呢，你就横空出现了。"

宁澜莫名有种临危受命之感，又觉得这公司实在草率得过分，他们就不怕他有什么黑历史？

徐蕊笑着拍他肩膀："张梵姐的眼光出了名的好，V-Wish（V-愿望）知道吗？每个成员都是她亲自挑选的，刚出道的时候没一个人看好。偶像嘛，业务能力是次要的，都可以后天训练，而戳人'萌点'的特质却是与生俱来的。"

V—Wish 是如今红遍亚洲的女子组合。

"还有，大概在刚知道你名字的下一秒，她就派人去各种系统里调查过了，要是有什么黑历史，她肯定在半路上就把你丢下了。"

宁澜跟着笑，心里却浮起一层鸡皮疙瘩。虽然他高中毕业后就在社会上摸爬滚打，自认社会经验丰富，但是他再八面玲珑也接触不到这么一个完全陌生的领域，心想：还是小心谨慎的好，得到这么一个光鲜亮丽的饭碗可不容易，免得跟那位冯姓兄弟落得同一个下场。

况且……他现在实在太需要钱了。

傍晚，在公司门口，宁澜靠着墙，望着天边被夕阳染成淡金色的碎云，嘴里哼着学了一下午的出道单曲，摇头晃脑地想：这就是传说中的绝处逢生？说不定从此时来运转，走上人生巅峰了呢！

他忍不住掏出手机，把屏幕当镜子，摸了摸自己的脸，难得地对生养自己的母亲萌生出一点感激之情。

没美多久，兜里手机响了，掏出来一看，陌生号码。宁澜想了想，还是接了起来。

"臭小子，终于接电话了？"电话那头是个粗壮的男声，凶恶至极。

宁澜皱眉："你嘴巴给我放干净点。"

男人啐了一口："你老娘把你放到我这里，你就得听我的，居然敢跑？"

宁澜另一只手插兜，换了个方向，背对落日："不跑等着跟你回家过年啊？"

男人被他的挑衅激怒了："你在哪里？"

宁澜得意地挑眉："你猜啊。"

他逃出来时从家里拿了三百块钱，火车都没敢坐，在高速口拦大巴车来的首都，没有留下任何身份证使用记录。

"你给我等着！"男人放出狠话。

宁澜把手机从耳边拿开，对着话筒喊："有本事你就来抓！"然后他直接按了挂断。

宁澜蹲在那儿捣鼓半天，把手机卡抽出来，狠狠一掰两半，从听到男人的声音就开始发抖的心脏总算平复了些许。

他其实并不像表现出来的那样淡定。只要想到那间黑洞洞的屋子，从前的记忆就冒出来，令他恶心得想吐。

刚刚才浮现的一点点对母亲的感激之情登时消散干净。

宁澜没了刚才的兴致，颓废地蹲在地上，盯着手机发呆，直到助理姑娘过来喊他。

“是宁澜吧？我是 AOW 的生活助理，安琳。”

小姑娘衣着朴素，鼻梁上架着一副黑框眼镜，像个学霸。

宁澜一扫脸上的阴霾，立刻满脸笑容，站起来跟她握手。安琳看得脸热，恭维地说：“你比照片上好看。”

这样的话宁澜从小听到大，并不稀奇，嘴上还是谦虚道：“哪里哪里，没有他们好看，就是……陆啸川、高铭、王冰洋。”

他说的是已经公开的三名成员。

安琳有些惊讶他能把名字说全：“你们见过了？”

宁澜：“没有，网上看的。”

安琳点头，道：“你们都很帅，是不一样的类型。”

两人边走边说，宁澜好奇地问：“我是什么类型？”

安琳推推眼镜，仔细看他：“嗯……‘软萌’型。”

宁澜有作为替补的自觉，可得到这样的评价还是有点硌硬，半开玩笑问：“你看我还能走狂跩酷霸的路线吗？”

安琳笑道：“恐怕不行，队里有两个这种定位的了。”

两个？宁澜把那三张脸在脑海中过了一遍，从照片上来看，叫陆啸川的那位符合，高铭和王冰洋瞧着都挺亲切的，完全不“高冷”。

还有一个是谁？没公开的其中之一吗？

宁澜踏上社会以来一直独来独往，工作上也没尝试过团体协作，做歌手算是他人生中一段新的开始，想到马上要跟队友们同吃同住，他不由得有了些自己都未察觉的期待。

安琳开车，宁澜坐副驾座，十分钟就到了距离公司不远的一个普通住宅小区。车在地下车库停好，两人往电梯间走。

“2306，是个三室两厅。”安琳向他介绍道，“两个人或者三个人一间，单人床，公司在籍的组合成员都是这个配置，如果你自己在外面有地方住，跟张梵姐打报告，平时除非有外出行程安排，不然不在宿舍过夜必须要报备。"

安琳见宁澜愣着，以为他被吓到了，笑着安慰他："这是为了你们好，万一有点什么事，影响的是咱们整个团队。"

宁澜不置可否，有吃有住，他能有什么意见？只是上一回被这样限制自由还是高中住校的时候，现在突然又有人管着他了，这种感觉还挺奇妙的。

他们穿过最后一个过道，电梯间近在眼前。这时，一辆黑色迈巴赫从道路尽头拐个弯开进来，从两人身边迅速擦过，稳稳当当地停在旁边的车位里，车门打开，驾驶座和副驾座有人下来。

安琳立刻改变路线往车那边走去，边走边说："你们俩又出去啦？马上就要公开了，出门不要跑太远啊，尤其是宸恺，你……"

"知道啦！我的安姐姐。"说话的是副驾座上下来的男孩，穿着简单的大衣牛仔裤，目测一米八左右，笑起来很甜，眉毛眼睛都弯弯的，"明天就不出去了，今天哥带我出去买衣服呢，以后说不定就没法正大光明地逛街了。"

被他称作"哥"的显然是开车的人。宁澜看到那车时就一个激灵，不过转念一想，整个首都开同款车的不是多了去了吗？他记性极好，对人脸人名和数字尤其敏感，转头对着车牌定睛一看，心里咯噔一下：不会这么巧吧？

开车的男孩长腿一迈，下车关门，站直身体比副驾座上的人还高一些，黑夹克黑裤子黑鞋，头发也是黑的，全身上下仿佛写满了"狂跩酷霸"四个字。

这显然就是抢他定位的那两位之一了，身高加上周身散发的气场，隔得老远就让人备感压力。

宁澜下意识地背过身挡住自己的脸，听见安琳道："行吧，以后注意点，不然张梵姐又要念叨。我把新成员带来了，你们打个招呼。"

三个人一起往这边走来，宁澜无处可躲，低着头尽量压低存在感，做最后的挣扎。

"宁澜，这是隋懿和顾宸恺，隋懿是咱们 AOW 的队长。"

安琳叫组合名不是挨个念那三个字母，而是连起来念，听起来跟"嗷呜"差不多。

队长先发话："你好，我是隋懿。"

一只修长的手伸到面前，宁澜不用抬头就知道手的主人拥有一张用任何夸赞的词语形容都不为过的好面孔。

"嗷呜"的队长，听起来跟群狼首领似的，不仅不随意，甚至还有点恐怖……

"咦，你不是那天在4S店的……"叫顾宸恺的男孩指着他大惊小怪地说道。

宁澜这会儿才明白，他哪是时来运转，而是从一个狼窝掉进另一个狼窝里了。

他这辈子就不可能摊上什么好事。

"你们见过？"安琳问。

宁澜正苦于该如何解释，隋懿道："没有，小宸认错了。"

四人一起上电梯，顾宸恺在电梯上一直狐疑地打量宁澜，嘴里嘀咕着："就是他啊。"但没得到当事人的回应，只好作罢。

他们到了二十三楼，2306就是右手边第一间，顾宸恺拎着大包小包一蹦一跳地去开门，嘴里带着调唱："我回来啦——"

宁澜猜测这孩子在组合里的定位大概是傻白甜。

安琳在门口问方不方便，得到肯定答复后才领着宁澜进去。

宁澜一进门就看到客厅沙发上到处都是衣服和袜子，顾宸恺放下东西和王冰洋一起手忙脚乱地收拾，仗着有暖气穿着背心裤衩的高铭从其中一间卧室里出来，看见安琳立刻返回去，再次出来的时候已经换上了正经的长裤和外套。

安琳似乎习惯了他们这群孩子的不着调，拍拍手示意大家看过来，宣布道："这是咱们AOW的新成员，宁澜。"

五个人互通姓名，除了隋懿和顾宸恺是未公开成员，高铭和王冰洋这两位宁澜已经在网上看到过，真人和照片差别不大，都是小帅哥。

高铭问他年龄，宁澜想到张梵的吩咐，把就要脱口而出的"二十三"吞回去，说："十八。"

"同龄啊。"高铭拍了一下他的肩膀，"你几月的？"

"呃……十一月。"撒谎让宁澜不太自在，说话都没什么底气。

"那你比我小。"高铭道，拽了一把边上的王冰洋，"快叫哥。"

王冰洋来自东北，看起来又憨又直，爽快地大声喊："哥！"

顾宸恺跟王冰洋一样小，顾宸恺生日还小点儿，用安琳的话说是组合的"忙内"，他看宁澜的眼神总带着些审视和怀疑，嘴巴一噘，不肯叫他哥。

宁澜暗暗想：你们都该叫我哥好吗？哥哥我在十里八乡摸爬滚打的时候，你们一个个还在婴儿床里哇哇哭呢。

但这话他可不敢说出来，他得努力合群。

"狂跩酷霸"之一的陆啸川和一个叫方羽的队友不在，安琳说他们俩在外面另有住处，平时很少在这边睡，就被安排在最小的房间里，剩下的两间卧室隋懿和顾宸恺一间，高铭和王冰洋一间。

宁澜想去两位不常住的队友的空房住，安琳有点为难："陆啸川偶尔还是会过来住，他人比较……比较挑剔，怕吵，我磨破嘴皮才让他同意跟方羽住一间。"

于是，宁澜选择跟高铭、王冰洋一起住，至少这两人看起来比较好相处。

大家都没有异议，安琳交代宁澜明天 9 点准时到练习室，然后就走了。顾宸恺着急回房收拾新衣服，隋懿也一起回屋了。

宁澜在高铭的带领下进入主卧，面积没比空房大多少，里面有一张单人床和一张上下床，靠西边墙还摆了两张电脑桌，地上铺着瑜伽垫使空间显得更为拥挤。高铭和王冰洋各占一个下床，宁澜只能选择上铺。

王冰洋把上铺乱七八糟的脏衣服一股脑儿拿下来塞床底下，讪笑着说："没想到澜哥这么早来，还没来得及收拾。"

宁澜倒是不介意，他住过校，见多了男生邋里邋遢。他爬上去想看下床铺尺寸，好去买一床被褥，一只膝盖刚碰到床面，只听见"咔嚓"一声，身体往下一沉，上铺断了一块板，塌了。

王冰洋把宁澜扶下来，惊恐道："幸好我没在床上，不然可能已经成肉饼了。"

宁澜无语，他也不是很重啊，这破床明显年久失修，他只是刚好成了压垮它的最后一根稻草。

隔壁两个人闻声赶来，顾宸恺指着挂在那儿半上不下的一块板笑得眼泪都出来了，在隋懿的指挥下才过来帮忙，几个人七手八脚地把那块板拆了下来。

上铺是不能睡了，宁澜正思考打地铺的可行性，隋懿道："来我和小宸的房间睡吧，有空床。"

顾宸恺立马收了笑容，嘟嘟囔囔地表示不愿意。宁澜也不想跟这俩公子哥一起住，可眼下没别的办法，只好同意先去那边借住，等这边床修好就回来。

隋懿对他的态度并无异样，宁澜还心存侥幸地想：说不定他把那天的事忘了呢，毕竟只有一面之缘，大千世界芸芸众生，长得像的人不是多了去了吗？

然而，他低估了自己这张脸的辨识度。

隋懿很有作为队长的责任心，主动把下铺让出来给宁澜，铺盖一卷去了上铺，顾宸恺在下面紧张兮兮地扶着床沿："哥，要不你跟我挤挤吧，这床的质量我不放心。"

宁澜在边上无所事事地玩手机，听到顾宸恺的话心里腹诽：开着迈巴赫到处嘚瑟，就舍不得掏钱换两张好点的床？

隋懿动作很快，铺完床直接踩着最上面的台阶跳下来，站直身体后宁澜发现这家伙比他高小半个头，莫名地更让人有压迫感。

宁澜挤出职业笑容："谢谢队长，改天请你吃饭。"

隋懿微微摇头表示不用谢，然后问："你的行李呢？"

宁澜："没带，我待会儿出去买。"

顾宸恺小朋友对他没什么兴趣，拎着新衣服往阳台上去了。隋懿站在那儿没动，宁澜正在思考这家伙是不是在等自己把请客吃饭当场兑现时，他终于出声："只顾着躲债逃跑，没来得及带？"

宁澜瞬间脸色煞白。

隋懿在地下停车场时就把他认出来了，因为他脖子右侧有颗很显眼的痣。

第一次见他是在年前，场景也是有一堆车的地方，起因是顾宸恺想买车，隋懿答应过小姨要好好照顾这个表弟，就陪他一起去。

顾宸恺背着爹妈拿着自己存了十几年的压岁钱去买车，虽然卡上数额不小，但是想买名车还是不太够。

这情况正中隋懿下怀，他把赌气的顾宸恺劝回车上，在车里又劝了一会儿，刚要发动车子，"砰"一声巨响，有什么东西撞了上来，底盘稳固的迈巴赫都狠狠晃了一下。

隋懿看向窗外，驾驶室这侧的窗户上贴着一个人。

说是贴在上面一点都不夸张，那人好像是被大力推到车上的，呼出的热气在车窗上凝结成一团白色。

车子贴了单向膜，外面的人看不到里面，里面的隋懿却把被按着的人脖子上的一颗痣都看得一清二楚。

"怎么回事？哥，我们下去看看。"顾宸恺要去凑热闹，隋懿摸了下仪表盘，把门锁住。

"别吱声。"他按住顾宸恺。

他们的车停在4S店外面的公路旁，车外面不止两个人，他们俩这时候冒出来肯定要被连累。

外面的大块头说："还跑，还跑，往哪儿跑？"

贴着车窗的人背影看起来比大块头小了不止一个号，衣襟大敞，只穿着T恤的单薄肩膀都露出来了。

隋懿听见他说："放手，我说了会还，身份证也押给老刘了，还想怎么样？"

"刘老板要个挂失过的身份证有什么用！"

宁澜断断续续地示弱道："那我押别的，行吗？"

大块头松开他，宁澜咳嗽老半天，才顺过气来，摇摇晃晃站直身体。

"你说，押什么？"大块头问。

宁澜侧身，拍了拍隋懿的车："就这辆迈巴赫吧。"

车里的顾宸恺又惊又怒，想下车教他做人，被隋懿按住。他倒是有点好奇，想知道这人打算怎么把这车说成是他自己的。

大块头笑了几声："别逗我，这车你的？"

"不是啊，"恢复自由的宁澜嗫嚅地转过来，冲着车抬下巴，"这是我家对象的。"

"对象？"

"是啊，不然你以为我在这儿干吗？陪她来保养车呢。家里介绍的对象。"

宁澜说这话其实非常没底气。不过他确实有个对象。他妈介绍的，为此还把身份证押下了，导致他找工作很不方便，跟之前工作的酒店老板借钱就是为了回归自由。

他拆东墙补西墙都兜不住，暗讽自己可能就是个被当作物件扔来扔去的命。

大块头面露怀疑，盯着车牌号看了一眼："你对象买车上首都牌照？"

宁澜额头冒汗："可不是嘛，她有生意在这边，方便。"

"那人呢，让我们见见。"

宁澜随手一指："在里面呢，我刚才就出来透口气，我带你们去找吧。"

大块头真信了，回头往 4S 店里张望，宁澜刚要趁他松懈撒腿跑路，旁边的小弟喊道："大哥你看，这车后视镜动了！"

车里的隋懿没看住顾宸恺，顾宸恺只是看不清楚情况，动了动后视镜，没想到这么小的动静都能被发现，当即吓得浑身僵硬。

"看来你对象出来了啊，人就在车里呢。"大块头对宁澜冷笑，走过去敲了敲车窗。

隋懿示意顾宸恺不要说话，把驾驶座这边的车窗降下来。

外头阳光明媚，他终于看清楚满嘴跑火车的人的脸，与想象中不同，意外的单纯清秀，看着像个乖学生。

如果能忽视两颊和脖子上通红的痕迹的话。

宁澜被这突如其来的变故弄得话都不敢说，眼珠转悠着打量四周，抬脚不动声色地往边上挪。

大块头看见驾驶座上的隋懿，忍不住笑了："这是你那对象的儿子吧？你给人当后爸呢？"又往副驾座一看，"哟，还两个。"

宁澜装模作样瞅了车里的人几眼，他怎么知道开这车的人会这么年轻，打哈哈道："可能……认错了，同款车，同款车……啊，应该是那边那辆！"

他说罢往东边一指，将所有人的视线引开，然后拔腿就往反方向跑。

大块头一行人发现上了当，立马呼啦啦追了过去。

隋懿看着他们走远，把车停在原地继续等了会儿，直到看见宁澜一个人探头探脑地从 4S 店拐角溜出来，显然已经把人甩掉了，这才发动车子离开。

这件事被顾宸恺拿来打趣了一整个春节，见到他就问"喜提后爸的感觉怎么样"，隋懿只是笑笑不搭腔。

谁能想到，这不知死活的骗子竟有本事混到这儿来。

隋懿见宁澜脸色发白，莫名觉得有趣，作为队长他嘴上还是正经地提醒道："既然进来这里，就是 AOW 的一员，希望你今后谨言慎行，不要做不该做的事。"

宁澜能说啥，只能乖乖应下。

晚上，高铭和王冰洋带他去附近的超市买东西，一床被子就不止二百了，最后高铭借给他八百块，才把日用品凑齐。

他回去烧水泡面，本来打算在房间里吃，顾宸恺进屋在电钢琴跟前坐下，旁若无人地边弹边跟着唱音阶，宁澜听得脑仁疼，把泡面端到客厅。

他刚吃两口，隋懿不知道从哪儿回来，看了一眼他手里的面，说："吃完记得扔出去，屋里通风不好。"

宁澜自动将他没有波澜的语气理解为嫌弃，心想：开着豪车的大少爷好好的家不住非要住宿舍，脑子被门挤了吧？

刚才，他从超市回来的路上，就听王冰洋科普过了，隋懿和顾宸恺是表兄弟，两人家里都特有钱，顾宸恺选秀时排名就不错，小有人气，隋懿则是去年底才来公司的，刚来就被委以队长的重任，大家本来都以为队长会是高铭。

对于这一点，宁澜倒不觉得应该愤愤不平。他比他们更早接触到社会，懂得这个社会的生存法则，既然有出身好这项资源，为什么不用？

况且隋懿还好看。

宁澜从前在娱乐场所工作过两年，漂亮的男男女女见得多了，像这样第一眼就直击心灵的还真就只有这么一个，用现在流行的话说，属于老天爷追着喂饭吃。

宁澜吃完最后一口面，亲自把面碗扔到楼下的垃圾桶里，靠在电梯上打了个饱嗝。

第二天，宁澜醒来的时候浑身都疼，从床上缓缓坐起来，就这个简单的动作花了五分钟。

他一直以为自己身体素质还不错，以前做服务员一站就是一整天，也没哪儿不舒服，谁知道拉筋的杀伤力这么大，全身的关节都疼得感觉不是自己的了。

他像个迟钝的机器人一样，一帧一帧挪到卫生间，打开水龙头才想起来昨天啥都买了，唯独把毛巾这么重要的东西给忘了。他刷完牙，认命地准备跟昨天晚上一样扯卷纸擦脸。

"没买毛巾？"身后冒出一个声音。

宁澜抬头从镜子里看，高他小半个头的隋懿站在后面，一身黑色运动装，脸上还有汗，应该是跑步刚回来。

"嗯，忘了。"宁澜有气无力地应道。

"等一下，我给你拿。"隋懿说着抬手打开洗手台上方的柜子。

隋懿很快拿到东西，关上柜子把毛巾递给宁澜："新的，洗一洗再用。"

宁澜接过来："谢谢啊！"

他把隋懿这番行为当作队长对队员习惯性的照顾。然而，他一直惦记着4S店的事，还真不太敢轻易对这人产生好感。

他心里虽这么想，但嘴上还是跟队长扯闲话："你把毛巾放这儿，就不怕他们随便拿着用？"

隋懿道："没关系，买来就是给人用的。"

卫生间的水池改造过，是双盆，两人用同款灰色毛巾并排洗脸，洗完一起挂在毛巾架上。

宁澜摸摸下巴："这样吧，我挂右边你挂左边，记住了别弄错。"

隋懿答道："好。"

一行五人一起去公司，在不同的楼层分道扬镳。

宁澜来到昨天的练习室，自己跟着音乐龇牙咧嘴地活动筋骨，没过多久经纪人张梵和舞蹈老师徐蕊来了。

张梵当面问了宁澜的训练情况，徐蕊说身子骨硬了点，节奏感还不错，张梵点头，告知宁澜下午去音乐教室上声乐课，就匆匆忙忙地走了。

上午，舞蹈课上到一半，宁澜一瘸一拐地去公司附近的移动营业厅办了张新卡，然后群发短信给张梵还有几个队友，昨天已经把他们的号都存在手机里了。

顾宸恺没理他，隋懿回得最晚，就一个字"嗯"，仿佛很忙。

宁澜不知道几个队友在训练什么，不过听说下午的声乐课会有不太擅长唱歌的队友和他一起参加，终于不用一个人傻乎乎地练了，他有点小期待。

中午，在员工餐厅偶遇高铭和王冰洋，宁澜看出来他们俩关系好，多半是因为都是普通家庭出身，再加上参加过同一个选秀节目，培养了不少惺惺相惜的革命友谊。

宁澜随口问："下午的声乐课你们参加吗？"

王冰洋摇头："不参加，我跳舞不太行，下午约了铭哥单独指点。"

高铭咬着筷子说："声乐课……大概队长和陆啸川会去吧，他们俩唱歌都不太凑合。"

宁澜眼皮一跳，这么说他要和两个身高 185 以上的狂踓酷霸一起上课？

"顾宸恺和那个方羽呢？他们不上声乐课？"宁澜问。

王冰洋乐了："他们俩是主唱啊，早就不上那种基础课程了。"

宁澜的最后一点期待也没了，甚至想临阵退缩。

下午，他提前半小时到了音乐教室，有人比他更早，教室里总共三排座位，那人挑了最后排的角落位置，趴在那儿睡觉，宁澜只能看见他染过的头发，还有一身长款风衣。

从身形来看，是陆啸川没跑了。

AOW 平均身高在 180 厘米左右，王冰洋和顾宸恺刚好压线，宁澜和高铭拖了后腿，隋懿和陆啸川则提高了整体水平。

宁澜盯着他的腿瞅了瞅，心想：网上写的 185 厘米应该没有虚报。个子高的人难免会给人一种泰山压顶的感觉，净高 177.5 厘米的宁澜心想：晚上去超市看看有没有增高鞋垫卖。

隋懿踩着点来，他和宁澜一样选了第二排，中间隔开一个位置。他刚坐下，老师就来了。

声乐老师姓赵，是位四十岁上下的女士，打扮时尚，不苟言笑，领着学生唱完一轮音阶，发现后排趴着的人还没醒，用教鞭敲了敲前排的桌子："陆啸川！"

被点名的学生慢悠悠抬头，先伸了个懒腰，拖长声音："到——"

"坐到前面来！"赵老师不留情面，又敲了几下桌子。

陆啸川晃荡着两条长腿跨到前排，在宁澜和隋懿中间坐下，宁澜闻到他身上浓浓的香味，是很多种香水混在一起的那种香。

老师继续上课。

陆啸川还是吊儿郎当不认真听，用胳膊撞了一下宁澜，压低声音问："你叫什么？没见过啊。"

宁澜有些诧异地看了看他五官深邃的脸和灰蓝色的眼睛。陆啸川是个混血儿，长相偏白种人，宁澜没想到他普通话说得这么好。

陆啸川似乎看出宁澜在想什么，笑了笑说："别这样看我，我在首都长大，不会讲英文。"

宁澜点点头："哦，我叫宁澜。"

"哪个宁哪个澜？"

赵老师忍无可忍，又敲桌子："陆啸川，不上课就出去！"

陆啸川举起手做投降状，闭上嘴表示不说话了。他从右手边隋懿桌上拿了纸和笔，唰唰唰写了一行字递给宁澜，宁澜没法，只能在纸上写下自己的名字。

陆啸川回复：名字很好听。

宁澜看他一眼，只觉得狂跩酷霸什么的果然只是人设，这人浑身上下除了吊儿郎当，啥都没有。

他工工整整回了两个字：谢谢。

陆啸川又写了自己的手机号给他，毕竟是队友，宁澜也写上自己的新手机号。

陆啸川笑嘻嘻地把用过的纸扔在桌上，旁边的隋懿瞟了一眼，眉头微不可见地皱了一下。

傍晚，宁澜没有跟队友一起回去，高、王二人吃食堂，隋、顾二人吃饭店，他啥都吃不起。

高铭借给他的八百块只剩两百多，他决定这个月只吃五顿食堂，其余全部泡面解决。

宁澜去超市逛了一圈，没找到增高鞋垫，买了洗漱用品，再不洗衣服他就要臭了。

宁澜回到宿舍时，队友们还没回来，他边洗漱边把衣服洗了，在卫生间里磨蹭了半个多小时，出来后把棉袄往下半身一裹，去阳台晒衣服。

于是，隋懿推开门，就看到这幅景象。

宁澜哼着声乐课上学的出道单曲主打歌，踮着脚一跳一跳地把衣服往晾衣杆上甩。

隋懿把门关上时，宁澜听见声音回头，跟他打招呼："队长回来啦。"

隋懿"嗯"了一声，转身进屋。

宁澜晒完衣服也进去了，把被子裹在身上，抱着热水焐在怀里暖身体，间或打个喷嚏。他从小就怕冷怕得厉害，在北方有暖气也不好使，经常在咳嗖鼻塞中度过冬天。

坐在桌子前不知道在干什么的隋懿突然站起来，打开柜子里一顿翻找，拿了几个暖宝宝给宁澜："用这个吧，贴上会发热。"

宁澜从被子里伸出手，接过来："队长还自备这玩意儿呢？"

隋懿肩宽体壮，暖宝宝跟他完全不搭。

隋懿道："小宸的妈妈寄来的，他不用这个。"

两天内接受人家三次帮助，宁澜也不是没有感恩之心的白眼狼，裹着被子站起来蹦到隋懿桌前，把在超市买的一兜吃的放桌上，慷慨道："想吃什么随便拿。"

隋懿："我吃过了，谢谢！"

宁澜就知道他瞧不上这些廉价的速食，乐见其成地收回塑料袋，顺便瞟了一眼他在看的书，似乎是本音乐相关的书，上面有五线谱。

"队长识谱啊？"宁澜问。

隋懿点头。

宁澜眼睛一亮，把旁边的凳子拖过来坐下："能不能教教我？今天上课我就跟听天书似的。"

他本来想等隔壁回来了去请教高铭，可是不知道那两个小子跑哪儿野去了，现在还没回来。

隋懿顿了顿，说："好。"

隋懿作为队长还是相当有耐心的，宁澜也不笨，一刻钟就把五根线上不同位置的音怎么唱弄清楚了，刚开始讲音符的时值，房间门被推开，顾宸恺回来了。

顾宸恺今天拉着脸，看见宁澜坐在隋懿旁边，立刻翻了个白眼。

宁澜猜想他应该是确定那天在4S店的就是自己了，毕竟隋懿都确定了，他们兄弟俩关系这么好，没道理不私底下互相通个气。

宁澜大大咧咧地站起来，再次感谢队长，回自己那边去了。

隔天，他在练习室遇到王冰洋，才知道昨天顾宸恺为什么心情不好。

昨晚上轮到顾宸恺公开亮相，公司官网发布了他的个人资料，下面评论毁誉参半。他家庭条件好是众所周知的事，选秀期间就有人说他能排名这么高是因为刷票，反正他家里有钱。

顾宸恺非常生气，在练习室发泄似的吼了一晚上《歌剧2》。

宁澜觉得他就是作，心中暗想：我不怕被骂，让我做有钱人吧。

今天，依旧是半天舞蹈课半天声乐课，陆啸川又没脸没皮地坐在他旁边，跟昨天一样问隋懿要了张纸，在上面写写画画后递给宁澜。

宁澜十分无语，他一点愉悦感都没有，但是不能得罪队友，他把笔尖狠狠按在纸上，画了个狰狞的笑脸还回去。

陆啸川看到那歪着嘴的脸低低地笑，涂涂改改，又塞给宁澜，只见笑脸两边多了两个点，看样子是酒窝，旁边写着一行字：笑一个呗。

笑起来有酒窝的宁澜笑不出来。

这次声乐课上得比较久，下课时天都黑了，宁澜迅速收拾东西走出去，还是让陆啸川赶上了，他拍了拍宁澜的肩："今天有点事，改天请你吃饭。"

说完就走向停在门口的银灰色跑车，打开车门还不忘向宁澜挥手，宁澜敷衍地冲他挥挥手，一回头刚好撞上从里面出来的隋懿，宁澜友好地冲他微笑，他兴许是没看到，径自走了。

晚上，宁澜特地花三块钱买了个本子，把凳子拖到隋懿桌前，请他继续给自己讲五线谱，却遭到了拒绝。

"看这个吧，能看懂。"隋懿拿了一本绿色封面的《基本乐理》给他。

宁澜总觉得哪里不太对，又不知该从何问起，只好抱着书回去坐在床上看。

过一会儿，顾宸恺回来了，心情看上去比昨天好很多，拿着一包看样子就知道比宁澜那一大包东西还贵的进口零食嘎嘣嘎嘣地吃，还跑去隔壁分了一圈。

就是没给宁澜吃。

宁澜并不想吃，他又不是小孩子。顾宸恺是真的幼稚。

隋懿也没好哪儿去，喜怒无常，莫名其妙。

隋懿也觉得自己这番举动不太成熟，可他从小到大自负惯了，还没能把大人那套表里不一学个淋漓尽致，装不出什么都没看到的样子。

宁澜的长相属于单纯无害型，第一眼就能轻易博得别人的好感。他明白张梵把他安排进 AOW 的用意，组合目前正缺这个类型的成员。

然而几天相处下来，宁澜行事作风与他的脸完全不配套。隋懿怀疑张梵把他弄进来之前根本没摸清他的底细。

晚上，临放出隋懿的个人宣传之前，张梵打来电话，让他通知所有成员下周一上午会议室集合。

隋懿顺便问了一嘴宁澜的来历，张梵半开玩笑说路上捡来的，隋懿也半真半假地问："打过疫苗了吗？"

张梵在电话那头笑了半天，说："这个任务就交给你了，相信你可以让他由野生变为家养。"

隋懿挂了电话回房间，宁澜把那本《基本乐理》盖在脸上打瞌睡，门被关上的声响让他打了个哆嗦，书从脸上滑下来，嘴上还横叼了支笔，口水都要从嘴角流下来了。

隋懿见他睡得香，俯身把笔抽出来，合上书在枕头边放好，才爬到上铺——自己的床上。

隔日清晨，宿舍的五人到得早，蹲在还没开门的会议室门口一起吃早饭，人手一份煎饼馃子，王冰洋起大早去楼下排队买的。

顾宸恺面上难忍嫌弃，扁着嘴把里面的葱花一粒一粒往外挑。高铭撞了一下王冰洋："小宸不吃葱蒜和香菜，你不知道？"

王冰洋傻笑："没睡醒给忘了，直接让老板做了五份一模一样的。"

宁澜虽然不是北方人，但是十八岁之后就在首都生活，吃惯了这口味，三下五除二解决掉，鼓着腮帮子拍拍王冰洋说："好吃，回头哥请大家吃手抓饼，放两根肠。"

顾宸恺拈着一片葱花，争强好胜道："明天我请客，公司楼下茶餐厅吃早茶。"

高铭和王冰洋捧场地鼓掌，宁澜也笑眯眯，心想：这个傻孩子真不经逗。

张梵踩着点到，进门后众人入座，张梵刚要宣布什么，扫一眼还少个人："方羽呢？"

隋懿道："昨天通知他了，应该快到了。"

陆啸川抱着胳膊嗤笑："他在停车场，倒车入不了库，估计还在那儿折腾呢。"

张梵问："你就不能帮他倒一下？"

陆啸川答道："我为什么要帮他？"

陆啸川是个纨绔，比顾宸恺更加不会掩饰情绪，厌恶之情溢于言表。

宁澜对这位未曾谋面的队友更加好奇了。从昨天晚上公布的照片来看，方羽长得非常好看，是组合当仁不让的门面担当。

陆啸川刚才来到会议室门口，见张梵还没来，掉头就去楼下练习室找姑娘玩了，回来的时候春风满面，又蹭了一身乌七八糟的香水味。

他们又等了十分钟，方羽才敲开会议室的门，细声细气地道歉，然后坐到隋懿旁边。

张梵没有责怪他，宁澜觉得大约是个人都舍不得责怪这样的美人，真真是唇红齿白，顾盼生姿。

人都到齐了，张梵宣布明天拍集体宣传照，新成员宁澜的个人照放在一起拍。

目前 AOW 未公开的成员只有宁澜一个，外界都以为星光娱乐压着一张王牌吊大家胃口，并且是顶替冯丘的成员，获得的关注度自然很高。

他们不知道迟迟不公布的原因其实是第七名成员连张像样的照片都没有。

集体照即出道单曲封面照，说明离拍正式的 MV（音乐摄像带）不远了，大家都很兴奋，什么都不放在眼里的陆啸川也眉飞色舞，说请大家吃午饭庆祝。张梵让他待会儿跟宁澜一起去练舞，他立刻蔫了下来，趴在桌上哼哼唧唧。

散会后，张梵把宁澜单独叫出去说话，问他这两天习不习惯、辛不辛苦，宁澜说挺好的。他之前干的服务行业经常两班倒，一天工作 12 个小时以上都是常事，相比之下唱歌练舞只有那一半的劳动量而已。

张梵让他好好学，说时间紧张，一周后就拍 MV 外景，明天开始给他加些镜头感方面的培训。

最后，张梵从包里拿出一个信封："这是两个月的工资，公司预支给你的。"

宁澜愣了愣："我才来一周呢。"

张梵笑道："没事，咱们公司人性化，年轻人刚起步都比较困难，这个时候我们不帮，谁帮啊？回头把卡号发我手机上，以后工资给你打卡上。"

宁澜点点头，有点无措地接过那一沓钱："谢谢……"上工不到一周就拿到工资，这还是破天荒头一回。

"不用谢我，是你们队长跟我说的，说你好像有困难。我带的艺人多，难免疏忽，顾及不到所有人，以后这种事直接打我电话，咱们公司不只是培养你们，也要照顾你们，毕竟都是孩子，在家都是父母的宝贝。"张梵说。

宁澜心想：张经纪人您怕是忘了我已经二十三岁了。

上午十点，AOW七人首次聚首在练习室，舞蹈老师徐蕊给他们排队形。

组合出席任何活动的站位都是事先定好的，大多是高个子往中间站，矮个子往两旁分布，另外还要考虑视觉效果，正常人的观察习惯是从中间往两边散开，往通俗了说，就是越在中间的越要抓人眼球。

隋懿长了一张俊美无双的脸，个子也高，"C位"非他莫属。从正面看过去，他的右手边依次是方羽、王冰洋、高铭，左手边依次是陆啸川、顾宸恺、宁澜。

队形即将拍板敲定时，高铭举手提出疑问，说："这样排是不是不太科学，宁澜颜好，不输王冰洋和顾宸恺，为什么把他放在最边上？"

宁澜眉毛一抖：站着也能躺枪？

他很快就琢磨过来了，高铭作为组合中最有舞台经验的成员，对这样的站位安排自然心有不甘，又不能直截了当地说"我想站中间"，就拿跟他一样站在最边上的自己当借口，来影射位置安排的不公。

宁澜也知道站在边上不好，组合七个人一字排开四五米，摄影师水平要差点，自己就被扔在镜头外面了。要是让他选，他也想站中间，可他清楚以自己目前的资历并没有这项话语权，但高铭这么一说，就算他没这个心思，也变成有了。

宁澜侧头从缝隙里看了高铭一眼，心想：这个孩子不太可爱。

队形自然是没能改动，徐蕊又给排了个前后两排的队形，中间几个人都站在后面，高铭、顾宸恺和宁澜三个人站在前排，高铭的脸色这才缓和。

午饭时间，陆啸川依约请大家到楼下川菜馆吃饭。方羽举止文雅，吃酸菜鱼先把鱼片在清水里过一遍才入嘴，宁澜好奇，问他为什么这么做，他莞尔一笑："我不能吃辣，脸上会爆痘。"

陆啸川重重"哼"了一声，似是很受不了他的娇气，吃到一半就扔筷子让大家慢慢吃，然后结账先走了。他走前还不忘给宁澜一个友好的眼神，像在说："哥哥忙完了，就来找你玩。"

一众队友习以为常，目不斜视，继续吃自己的饭。

下午的声乐课陆啸川没来，赵老师让隋懿给他打电话，三次被挂断，两次无人接听，赵老师险些把手里的教鞭拧断。

下课后，宁澜慢吞吞地收拾下楼，电梯下降缓慢，他干脆走楼梯踱步下去，楼梯间里昏暗又安静，只能听见他一个人"咚咚咚"的闷重脚步声。

他边走边把本子里夹着的照片拿出来看，那是上午排队形时徐蕊拿拍立得给他们照的，说是"嗷呜"成团纪念，人手一张，还笑着说可以发给家里人嘚瑟一下了。

宁澜看见身边的几个队友都当场拿出手机向家里报喜，他在边上看着，大概是因为训练的时间太短，还不能体会这种收获的喜悦。

不过虚荣心人人都有，他还是挺想与人分享的。

他拿出手机，按了一个烂熟于心的号码，绵长的"嘟——"从听筒里传出来，通了。

近半分钟才有人接电话："喂，谁呀？"

宁澜清清嗓子："是我，宁澜。"

那边沉默片刻："哦，小澜啊，怎么换号码啦？"

宁澜随口道："手机坏了，干脆换了一个，婶婶您存一下我的新号码。"

"哦，好。"

"小萱开学了吧？换了个学校还适应吗？"

"挺好的。"

对方明显没有与他继续交谈下去的意愿。

宁澜自打被送到那个人手上起，就没有跟家里人有过联系，更不敢回去。如今，每天面对的都是刚认识几天的陌生脸孔，哪怕家人不那么友好，他也舍不得挂掉电话。

他说："那就好。我换了个工作，以后说不定会在电视——"

"哎呀，水开了，婶婶先不跟你聊了，挂了啊。"

对方急匆匆挂了电话，像在躲避什么瘟神。

宁澜听着电话里的忙音，咧开嘴自嘲地笑着。他就是瘟神啊，没了亲爹，拖累母亲，害小叔小婶原本就不富裕的家庭背上自己这么个累赘。

要不是过年期间他给了婶婶一笔钱，让她把堂妹宁萱转到市里高级中学，婶婶听到他的声音大概会直接挂电话吧。

上了电视又怎么样？有谁想看见他？

宁澜没有直接回宿舍，而是坐了十五站公交，来到市南一家私人医院门口，在营业时间结束前走了进去。

不太正规的小医院只有一个医生和一个护士在，医生见他穿着寒酸，眼皮也不抬地说："所有项目都要预约，看桌上的报价单。"

"有没有今天就能做的项目？"宁澜问。

医生推推眼镜，差点翻白眼："没有，打瘦脸针也要预约的。"

宁澜抬手指了指自己左边眼角下方："在这里加个痣，需要多长时间？"

时针缓慢跨过数字十，隋懿合上书，关掉台灯，准备上床睡觉。他脱外套时瞥了一眼空荡荡的下铺，从口袋里拿出手机翻号码。

虽然当队长并非出于他的本意，但是加入组合的这两个月来，从小培养的责任心无形中指引着他至少做一个合格的队长，队员无故外宿，他当然要管。

隋懿找到号码刚要按拨打，外面传来开门的动静，听见有人进来换鞋，然后敲开隔壁的门，房间隔音不好，他听见宁澜和高铭的对话声，说什么"还钱""请客"之类的。

这小子还真喜欢打空头支票，刚来不过一个星期，就几乎欠了所有人一顿饭。

隋懿把手机放回去，把外套挂在衣架上。

隔着一堵墙的说话声刚停，这边门就被拧开了，宁澜看见满屋黑暗，打开手机电筒，照到站在那儿的隋懿，吓得倒抽一口气。

"我的个乖乖，队长你一声不响地站在这儿忒吓人了。"宁澜拍拍胸口说。

隋懿从出生就几乎没离开过首都，不知道他说的是哪里的方言。

"去哪儿了？"隋懿问。

宁澜也把外套脱了，见衣架上挂满，转而随便把衣服挂在书桌椅背上："出去玩儿了……我把外套放这儿行吧？"

隋懿看了一眼："嗯。"抬手握住扶梯，想了想又说，"以后早点回宿舍，要是在出道前被人拍到什么就不好了。"

宁澜先是愣了下，等到他再次回想起他和隋懿尴尬的第一面，终于明白了这家伙大约从那时候就对自己存着坏印象，生怕他给组合添乱。

宁澜心里发闷，怎么到哪儿都没人待见他啊？

他皮笑肉不笑地说："知道了，队长大人。"接着把刚挂上的衣服拿下来，准备扔回床上。

他一转身，黑暗中没留意脚下，脚尖绊到桌角，整个人重心不稳向前扑倒。

事情发生得太快，快到他手都来不及伸，认命地闭上眼睛，然而预想之中的疼痛没有出现，有人迅速抓住他的胳膊，把他往上一带。

"小心点。"

宁澜压低声音道谢，然后把亮着灯的手机扔到自己床上，手脚并用往上爬，从枕头底下摸出了换洗衣物。

他总觉得该说点什么，摸摸左眼下方刚点不久的痣，说："今天张梵姐给我发了工资，谢谢你，改天一定请你好好吃一顿。"

隋懿逆光站着，宁澜听见他"嗯"了一声，便轻手轻脚出去洗漱了。

2

宁澜的动机其实很简单，马上要出道了，他想改头换面重新做人，既然时间不允许他抛弃过去，那就点颗痣吧，好歹证明自己跟从前不一样了。

他急于摆脱那个无力抵抗命运的自己，盼望从此以后走上新的人生。

虽然他潜意识里并没有对此抱什么期待。

他以为在把整容当家常便饭的演艺界，这点小动作没什么大不了，没承想第二天，所有见到他的人都露出了口吞鸡蛋般的表情。

他起床时，顾宸恺盯着他看了半晌，然后"嘁"一声表示不屑；高铭和他在卫生间相遇，把牙刷咬在嘴里从镜子里看他，呜呜哇哇说了句听不懂的话；王冰洋更是夸张，捧着他的脸痛心疾首："澜哥，你为什么想不开啊？"

宁澜问他什么意思，他按着宁澜的痣道："这个位置是泪痣，不好的啊！"

宁澜在去公司的路上，上网搜了下，边看边乐，心想：我这痣又不是真的，还"孤星入命"？

公司派了台九座商务车送他们去拍摄的影棚，七个人落座不久，助理安琳也上来了。

王冰洋问："安安姐，你不是咱们生活助理吗？工作也跟啊？"

安琳打开自己的大帆布包，从里面拿了几瓶水，给成员和司机一人一瓶："工作外是生活助理，工作内是行政助理。有意见？"

少年们笑嘻嘻地摇头。

宁澜说："那得让公司给你加工资吧。"说着顺手把安琳的矿泉水拿过来，帮她打开盖子再还回去。

安琳笑眯眯地接过，喝了一口水说："我也这么认为……你的脸怎么了？"

司机听她一惊一乍的，也扭头去看。

宁澜今天被认识的人围观一早上，到会议室集中时，还被张梵数落一顿，说以后要动脸必须跟她说一声。

此时，他已经习惯了众人的大惊小怪，道："就多了个黑点儿，不知道的还以为我换了颗头呢。"

安琳凑过来端详片刻："你别说，还挺好看，先前还没发现你眼睛这么漂亮，待会儿做发型，让造型师给弄一层碎刘海，效果一定更好。"

宁澜连连称是。

拍照是在室内摄影棚，两套服装，一套叛逆少年风，一套可爱风，刚好跟出道的两首歌曲风格对应。

说是叛逆少年，实际上造型并不浮夸，全员帆布运动鞋加潮牌单品，看似普通又在细节处充满设计感，保留时尚的同时给人扑面而来的青春气息。

宁澜的头发被要求染成栗色，为了保持到下周拍 MV，做了个永久染色。

一起染头发的还有隋懿和王冰洋，一个灰色一个金色，没有杀马特色系，宁澜觉得这公司审美还不错，靠谱。

造型搞定，拍照过程很快。七个人的合照是安排好的站位和姿势，叛逆的那套不需要什么表情，可爱的那套笑起来即可。

宁澜的个人照耽误了些时间，他适应不了半秒一咔嚓的节奏，摆不出那么多动作，摄影师八成也没见过这么僵硬的偶像，看着显示屏上的成片直摇头。

宁澜自认竭尽全力，用胳膊在头顶上圈个心的羞耻动作都咬牙做了。现在只能坐等后期救命了。

宁澜拍完先去洗把脸，搓了半天愣是没把眼线洗干净，索性撸了把头发，用新剪的刘海挡一挡。

回去的车上，安琳让所有人以组合名加姓名的格式注册了新微博，关注公司官方账号并互相关注。陆啸川美滋滋地关注了好几个网红，被安琳说了一顿，老不高兴地挨个取关，说早知道不出这个道了，人身自由都没有。

宁澜在微博名输入"AOW宁澜"按确定，问安琳："咱们组合为什么叫这名字？"

安琳答道："是All Over The World的缩写。"

宁澜琢磨是哪几个单词，顾宸恺嗤笑道："全世界的意思。"

宁澜怎么说也念过高中，他冲顾宸恺笑了笑，继续问："那样不应该是AOTW吗？"

王冰洋打了个哈欠，道："企划部的说T不好看，就去掉了。"

宁澜默默收回刚才夸这公司靠谱的话。

下午安排的是全员排舞，宁澜单独练了一个星期，基本动作还凑合，然而七个人一起，经常要边跳舞边换队形，即便大多数时间他都在队伍的最后面站着，还是有点跟不上。

宁澜再次在变换队形时撞上人，被撞的高铭面露不耐烦："第几次了？前后换位不难吧？"

全员排舞之前，高铭万万没想到宁澜的实力连及格线都达不到，协调性差不说，动作还绵软无力，一看就知道毫无舞蹈基础，要不是把他安排在后面，混在人堆里看不太出来，整个组合都要被他拖垮了。

高铭是起早贪黑在练习室挥洒三年汗水的实力派，先前不知道宁澜底细，才对他礼貌客气，现在得知他不仅是空降兵，还没实力，根本不想拿正眼瞧他。

宁澜也不傻，他知道高铭大抵是对他"刮目相看"了。自从发现这孩子怨气爆棚后，就不太想跟他走近，还钱时还多塞两百块凑了个整，不知道他回头数了没有。

这事本来跟前排几个人没关系，站在最前头的方羽还是转过来打圆场："第一次合作肯定有磨合期，我们再来一遍。"

王冰洋也过来拍拍两人："好啦好啦，都是兄弟。"

大家各回各位。

再来两遍，宁澜总算不踩别人脚了。

中场休息时，他主动下楼买水请大家喝，本来拿了七瓶矿泉水，快到收银台时，想了想回头咬牙把其中六瓶换成了运动饮料，到练习室自己拿了矿泉水，别的给队友们挑。

集体训练一周后，在录音和拍 MV 前，公司安排参与 AOW 组合的所有工作人员聚餐。

大家吃的是海鲜自助，两百多一客。宁澜看着价格心口抽痛，都够买一百多包方便面了。

于是，他抱着吃回本的心思，放过米饭、饮料、蔬菜、甜品，甚至鸡鸭鱼肉，一门心思守着海鲜区，刺身一上来就挤进去扫荡，一盘又一盘地往回送三文鱼、螃蟹、扇贝和大虾，弄得爱吃海鲜的方羽和陆啸川都大呼太多了受不了，让他坐下歇歇，别再去拿了。

王冰洋塞了瓣橙子到他盘里："澜哥一个人忙活，把我们整桌人都喂饱了，难不成你也是保姆人设？"

宁澜歪着头道："咱们队还有保姆？"

方羽指指隋懿道："就队长呀，听说在宿舍里，他还负责帮你们洗衣服？"

顾宸恺道："哪有，我们都是自己洗。不过哥确实很辛苦，安琳姐一个女孩来我们宿舍不方便，所有芝麻西瓜的事儿都落在哥身上。"

高铭带头吆喝大家敬队长一杯，隋懿笑着应了，宁澜坐在对面悄悄观察他，发现他端杯子的姿势跟其他同龄人都不一样，平稳从容却不沾世故，的确是做队长的最佳人选。

宁澜最后一次去取餐，给隋懿捎了一份披萨和炸鸡，王冰洋问他怎么知道队长爱吃这个，他说："刚才看见队长把春卷皮吃了，没吃里面的馅儿，猜的。"

隋懿向他道谢，慢条斯理地把那个盘子里的东西吃个精光。

一直吃到晚上九点多，AOW 七人喝趴下五个，没喝酒的隋懿和为了留肚子就尝了一口鸡尾酒的宁澜把醉得七倒八歪的少年们往车上扶。

这次聚餐有公司幕后人员参加，十来个人浩浩荡荡五辆车，把醉得在酒店门口乱喊"'嗷呜'万岁，'嗷呜'必红"的王冰洋塞进车里，最后一辆车上只剩后备箱空着了。

这时，后座车窗降下来，一把车钥匙从里头抛出，隋懿抬手接住。

醉得话都说不利索的陆啸川在车里面喊："队长你……你开我的车，在……在停车场B……B……B区。"

宁澜于是跟着隋懿乘电梯下到负二层，转悠十多分钟，好不容易找到不在B区而是D区的银色跑车，两人无奈地对视一眼，苦笑着开门上车。

宁澜没坐过这么高级的车，系上安全带后就盯着前路，屏气凝神，眼睛都不敢眨一下。

他觉得哪里不太对劲，总想站起来。直到车开上平稳的主干道，队长兼驾驶员看出他的窘迫，说："这车底盘低。"宁澜才恍然大悟地指了指前面的大卡车："前面这车要是来个急刹，我们俩是不是就钻人家车底下去了？"

隋懿笑了："你当刹车是摆设吗？"

"好像在新闻上看到过，那些出车祸的明星不都是开这种跑车吗？"宁澜说到这里，抱着胳膊上下牙打战，"队长慢点儿开，安全第一！"

隋懿脸上笑意不减："我不会带着你去送命的。"

"你这么说我就放心了。"宁澜眯起眼睛，真心实意道，"整个'嗷呜'，就队长你最靠谱。"

隋懿被夸得猝不及防，好奇问："哪里靠谱？"

宁澜慢悠悠道："小顾说得对，这队长要是给我当，肯定不行，太累人了，昨天半夜我听到你起来去隔壁给他们关窗了，要是我，亲弟弟都懒得管……"

隋懿目视前方，平静道："举手之劳。"

宁澜自顾自地笑着说："谢谢你举手之劳的毛巾、暖宝宝、《基本乐理》，还有……还有载我回宿舍。"他想伸个懒腰，胳膊刚抬起来就撞到车顶，讪讪地缩回座位上，小声抱怨，"这破车坐着真难受！"

隋懿说："忍一忍，马上就到了。"

宁澜意识有点飘忽，只觉得这声音很温柔，听得人更困了。他"嗯"了一声，抱着胳膊歪在座椅上，开始摇头晃脑，昏昏欲睡。

隋懿再没听到副驾座有动静。

这时，隋懿兜里的手机突然响了。

铃声加振动让身边本就没睡熟的宁澜哼唧几声，隋懿慌乱中把手机掏出来随便一按，接通了。

"喂，隋懿？"

车里很静，一个平缓的声音从听筒里传出来。

隋懿看到来电显示的名字，眼神暗了暗。

红灯转为绿灯，隋懿开了免提，把手机放在中控台上方，右脚松开刹车。

"嗯。"他应了一声。

电话那头的人忙道："还没睡吗？"

"嗯。"

"最近怎么样？生活费够不够用？要不要——"

隋懿没等对方说完，就打断道："够，不要。"

他的态度强硬冷漠，一个字也不愿多说。

电话那头沉默片刻，说："那好。下周六你爸爸生日，他很想你，有空的话回家看看。"

哪怕被隋懿不礼貌地顶撞，那声音依旧温和平缓，好像一点都不生气。

"没时间，我挂了。"隋懿完全不领情，说着就要按挂断。

"等一下，隋懿。"电话那头的人急急喊住他，"老师知道……我知道你还恨我，你母亲的事我确实有错，我没打算推卸责任，可是事情已经过去这么久了，你所看到的并不是事情的全貌。你父亲最近身体不好，你至少回来一趟，听听他怎么说。"

隋懿把电话挂了，车厢内恢复安静。

隋懿又往前开了一段路，开口道："醒了？"

宁澜保持着往右侧脸的姿势，脖子都快僵了，听到这话，慢悠悠转过来，夸张地打了个哈欠，一脸刚醒来的茫然："到了？"

隋懿也不戳穿，说："快了。"

宁澜其实很紧张，他不是故意要听别人电话，还是这么隐私的一通电话，可他总不能捂耳朵吧？这种情况下，装睡是最妥善的处理方法了。

两人把车停在小区地下车库，乘电梯上楼。

"仔细一看，这小区有不少豪车呢。"电梯门关上后，宁澜没话找话道。

隋懿对此并无关注，随口道："你对车有研究？"

"没有，就挺喜欢的，不然也不会去 4S 店应聘。"宁澜看了隋懿一眼，"哎，你不会以为我特地跑那儿去自找麻烦吧？"

隋懿笑着摇头道："不是。"

宁澜看他这表情就知道没说实话。本来打算解释一二，突然想起那天为了脱身而发生的事情，话到嘴边还是没说出来，尴尬地轻咳两声，抬手摸了摸鼻子。

他们出电梯时，隋懿问："还缺钱吗？"

他声线平静无波，宁澜跟在后面看不见他的表情，无法确定他是真的关心还是不屑嘲讽。不过无论隋懿出于什么原因问这个，宁澜给出的答案都是一样的。

"不缺，谢谢队长关心。"

隋懿便没再追问，拿钥匙开门进去，提前回来的队友们横七竖八地躺在客厅的沙发上，两人又配合着把他们挨个抬回房间，忙完已是夜深人静。

隋懿恢复队长状态，对宁澜道："明天拍 MV 外景，早点睡。"

年轻人身体再好，也架不住酒精的侵蚀，直到第二天下午，宿醉的五个人才恢复一点精气神，梳洗打扮后全员一起往拍摄场地赶。

拍摄场地其实就是个学校操场，趁周日学生都不在包了个场，拍夕阳下少年们迷惘的奔跑。

宁澜出门前暗中在鞋里放了增高鞋垫，站着是有底气了，跑起来就不那么顺滑，总觉得步子一迈大，鞋子就随时要飞出去。

好在大家都在忙，没人注意他状态诡异。高铭、王冰洋和顾宸恺踩着滑板在跑道上练习，陆啸川和方羽还在吵架。

"说好了一三五你住二四六我住，昨天周六！"

"我知道啊，昨天不是喝醉了吗？我也不想跟你住。"

"谁知道你是不是故意的……"

陆啸川立马跳起来："小爷造的什么孽跟你一个组合……张梵姐，姐，您给我换个组合，我不想跟这人待一块儿，要不您把他赶出去……"

宁澜听了直摇头，都吵一路了还没完。

前几天，他从王冰洋口中得知这两人结怨的原因。说是陆啸川第一次见到方羽，哭着喊着要跟他一个组合出道。后来不知听了哪里的传言，对方羽的态度突然180度大转变，成天恶言相向不说，还尽干些挤对人的幼稚事。

宁澜问是什么传言，王冰洋四下看了看，附到他耳边神神秘秘地说："听说……只是听说啊，羽哥外面有人罩着，所以平时不住宿舍，还说他其实已经二十一岁了，为了出道硬生生说十八岁。铭哥有次在公司门口看到他被一辆豪车接走，他本人也不否认，这事儿可以说是咱们公司上下心照不宣的秘密了。"

宁澜听完后干笑两声，心想：改年龄装嫩什么的，原来不是我开的先河啊。

草坪上的两人又你来我往地吵了几句，张梵过去劝，陆啸川才消停。

"AOW全体集合！"

傍晚时分，夕阳西下，落日余晖将天边片状的云朵染成灿金色。

七个少年在橡胶跑道上一字排开，导演一声令下，他们争先恐后地往前奔跑，暖春的微风拂过面颊，他们在道路的尽头向着天空跳跃，抬手触碰离太阳最近的一簇光芒。

晚上8点，AOW最后一名成员公布，至此全员到齐，星光娱乐官网发布了集体照，并按公布顺序@七名成员。

除了陆啸川和方洋，其余五人都围坐在宿舍客厅里，人手一个手机，王冰洋最先开始紧张，发抖的腿挨着高铭，接着就跟连坐似的哆哆嗦嗦传染开了，转了一圈回到隋懿这边才止住。

"队长你不紧张啊？"王冰洋牙齿都在打战。

隋懿摇摇头，安慰他道："公司的宣传安排得很周到，不用担心。"

"可是咱们这儿好几个收到的评价都不太好……"王冰洋小心翼翼地看了一眼顾宸恺，"'嗷呜'不会未红先黑吧？"

高铭："乌鸦嘴，不准瞎说。"

王冰洋缩缩脖子，捂住嘴巴。

宁澜也不紧张，表面上配合着他们抖一抖。

他想得很开，受不受欢迎这种事不是他能控制的，七个人能红一两个就行，三年内大家都在一个组合，到时候蹭一蹭沾沾光总是可以的吧？反正他的目标是挣钱。

官宣过后，七人开始涨粉，速度比较快的是参加过选秀的三位，其次是相貌极其出众的三位，二十分钟后，宁澜被甩在最后面，差距有越拉越大的趋势。

王冰洋现在不紧张了，还安慰他："澜哥，你是不上镜，他们发现不了你的美，等 MV 啥的出来了，粉丝数一定噌噌噌往上涨。"

宁澜只是笑笑，退出微博。

评论他大致都看过了，大概是顶替冯丘的原因，网友们对他的评价极其苛刻。

要是他这会儿真是十八岁，说不定会跟顾宸恺公布那天一样生气，然而他现在二十三了，所谓的年轻气盛早就在风吹雨打的岁月中被磨得坑坑洼洼，连他本人都摸不到自己的棱角在哪儿。

不让任何人随便支配他的人生，大概就是他想守住的最后底线。

众人守到 10 点多，第一轮宣传热度散去，四散回屋。

顾宸恺第一个洗漱，宁澜去阳台收衣服，顺便把隋懿和顾宸恺的干衣服一起带回房间，隋懿站起来接："放着我来，你别乱动。"

宁澜愣愣的："啊？"

隋懿一边把衣服分发到三张床上，一边说："下午拍摄你扭伤腰了吧？"

宁澜眨眨眼睛："你怎么知道？"

隋懿："跨栏的时候我就在你旁边。"

宁澜回想了下，下午拍摄时导演临时要加一个全员从操场边上的围栏翻跨过去的画面，他离开校园五年了，哪做得了这个，可是连看起来弱不禁风的方羽都没有异议，他只好硬着头皮上。结果，第一翻就闪了腰，要不是身后有个人托了他一把，他八成要正脸着地，磕断门牙了。

当时，他满脑子疼疼疼，没心思顾及其他。现在想想，根据当时的站位，他的左侧方正是隋懿。

"不好意思啊，年纪大了……哦不，未老先衰……又得谢谢你了。"宁澜尴尬道。

隋懿放好衣服，从柜子里拿了几贴膏药："这个效果挺不错的，你拿去用吧。"

宁澜又要道谢，隋懿抢先说："这是小宸的，他关节受过伤，我买了些放在宿舍备用。"

宁澜也不扭捏，接过来说："从你的日常生活中，我深刻体会到当哥哥是多么不容易。"

隋懿见他动作艰难，主动上前接过膏药，问："你有哥哥？"

"没有啊。母胎 solo，是这个意思吧？"

"母胎 solo 指的是从出生到现在都是单身，不是指独生子女。"隋懿纠正他，然后一只手飞快地撕开膏药，"啪"的一声贴上，结束贴药过程。

周一拍 MV 内景。

出道首张专辑就出两支 MV，在业内称得上大手笔，足见公司对组合的重视。即将出道的少年们兴致高昂，主题曲又是提前做足准备的，所以拍摄效率极高，只在拍可爱风的那支 MV 时卡了下壳。

"队长，咱们补最后一个镜头，一，二，三，smile——"导演"第 N 次"示范如何微笑，脸上的肌肉已经酸到毫无知觉。

隋懿不是不会笑，用安琳的话讲就是"太官方"，让他笑他就抬高唇角，跟收到指令的机器人一样。他长得过分端正，不是自发的笑就显得有些假，眼神不聚焦，硬照还能凑合，视频就怎么都没办法欺骗观众了。

"咱们要发自内心地笑，你可以想象一下，看见喜欢的女孩，或者美丽的鲜花。"导演给他描绘美景。

隋懿摇头，他没有喜欢的女孩，也不喜欢花。

顾宸恺上网搜了一堆冷笑话，在他跟前念，结果没把他逗笑，反倒把自己笑得满地打滚。

各种作战计划全部失败，导演精疲力竭地宣布中场休息。

宁澜手指摩挲着下巴，在边上观察隋懿，然后趁他跟别人说话，上前冷不丁捏了他一下。

隋懿："干什么？"

宁澜惊讶："你不怕痒吗？"

隋懿："不怕。"

休息结束，导演"累觉不爱"，说不管怎么样就拍最后一条。镜头对准隋懿，

AOW 其他几人都站在摄影机后面张牙舞爪、各显神通地扮鬼脸。

隋懿依旧找不到任何笑点，无奈地打起精神面对镜头，努力酝酿"发自内心"的喜悦情绪。

隋懿目光扫过人群，大家都关注着这边，只有宁澜，趁没人注意他，缩在角落里掀起衣角龇牙咧嘴地揉自己扭伤的位置。

隋懿忽然扬起嘴角。

"很好，就这样笑！"导演兴奋地喊道，"Cut（停）！"

MV 拍完，距离出道首秀只剩一个多星期，AOW 全员进入疯狂操练模式。

两首歌，两支舞，仿佛被按了无限循环按钮，从练习室到宿舍，整个世界只有这两段旋律。

宁澜基础差，MV 能靠剪辑蒙混过关，现场舞台就不够看了。除了集体训练，张梵还安排舞蹈老师徐蕊给他单独加课，宁澜每天累得像条被榨干的咸鱼，爬回宿舍就躺在床上不想动弹，好几次是被上铺的兄弟吵醒的。

"该换药了。"隋懿催他。

随即熟练地把旧膏药慢慢撕掉，换一块新的贴上去。

"第五块了，有没有感觉好一点？"

宁澜小幅度点头，有气无力地说："有啊，好多了……队长，你是我的恩人，要不是你，我可能就死在这儿了。"

隔壁床的顾宸恺哼了一声，把书重重拍在桌上。

宁澜又趴了一会儿，肚子饿得不行，挣扎着爬起来泡方便面吃。

顾宸恺摔完书，开始用琴声表达不满，叮叮咚咚一通乱弹，还是意难平，腾地站起来走到正在拆调料包的宁澜跟前："喂！"

这会儿隋懿不在，宁澜猜他在喊自己，抽空抬头看他："啊？"

"你别想抢走我哥的注意力。"

宁澜嘴里叼着的叉子差点掉下来："啥？"

顾宸恺气得腮帮子鼓得老高，嫌弃道，"出去吃，一股味儿。"

小少爷惹不起，宁澜捧着泡面出去，边吃边想：原来这小朋友仇视我是因为这个？

非常冤枉了。

隋懿家教极好，年纪轻轻就温文尔雅且富有责任心，自律的人头脑往往比普通人更清醒，虽然始终不能理解他为什么要加入组合出道，但是他那样的人，绝不可能允许自己在这种地方惹麻烦。

宁澜轻轻叹了口气，后腰的膏药贴还在发热，心口却凉飕飕的。

他迅速把面吸溜完，屋里的小朋友还在弹琴，他不太想进去。一吃饱就开始犯困，宁澜捧着面碗坐着打起了瞌睡。

第二天，宁澜起晚了，去卫生间关上门刚要用脚顶住，外头有人推开门闪身进来，宁澜抬头一看，是隋懿。

隋懿跑完步回来，用冷水冲了把脸，喘着气跟宁澜打招呼："早。"

宁澜回头把毛巾从架子上拽下来："早。"

隋懿也拿毛巾，然后喊他："宁澜。"

"啊？"宁澜很少被他直呼姓名，猛一个激灵，脸上盖着吸满水的毛巾，差点呛着。

"你拿错毛巾了。"隋懿说。

宁澜把毛巾从脸上扯下来，用肥皂搓了又搓："不好意思啊，两条长一样，一着急就拿错了。"

隋懿似乎习惯了他的莽撞，笑了笑说："没关系。"

第二天宁澜就买了条新毛巾换上，旧的那条也没扔，洗洗晒干收了起来。

进入农历三月后，气温逐渐升高。出道首秀进入倒计时，AOW 七人几乎整天都待在练习室唱歌练舞，互相磨合。

公司给每个人做了模糊的人设，叮嘱他们可以展现个人特色，不要冲破这个范围就行，反差萌的度不是每个人都能拿捏得准。

宁澜是邻家弟弟风，就是要多笑，这对他来说并不难，服务行业也是要笑，目标对象从顾客变成粉丝而已，他很懂该如何讨人喜欢。

隋懿和方羽是组合的双门面，据说微博上已经有粉丝把他们俩并称为"高花"——高岭之花的缩写，正好一个高海拔，一个美得像朵花。

陆啸川听说后吹胡子瞪眼地问王冰洋："那我呢？我有没有和谁有组合名？"

王冰洋翻了翻："有有有，和小宸，你们叫川宸。"

顾宸恺上过选秀节目，熟悉这种捆绑宣传的套路，不以为意地戴上耳机继续听他的歌。

陆啸川还是不满意："为什么不是我和宁澜？还有，这名字也太随便了吧，一看就没花心思。"

宁澜一个都没入选，连高铭和王冰洋都因为选秀时关系好得名"铭洋"，七个人就他一个落单。

就像这个组合里唯一的外人。

AOW出道前一天，高铭、王冰洋和顾宸恺的家人来了，一群人挤在小小的宿舍里煮火锅。父母们为自己的孩子骄傲，不远千里从家中赶来观看孩子的出道演出，即便宁澜没有感受过这样的亲情，也不由得被温馨的气氛感染。

他吃到一半就默默退出去，把空间留给几个家庭，自己跑到楼梯间里坐着，坐了一会儿又觉得冷，干脆站起来练习舞蹈动作。

"嘎吱"一声，通往楼梯的门被打开，隋懿打着手电照在宁澜身上："你在这里干什么？"

宁澜被光晃得眯了眯眼睛，扭扭因疲劳过度而酸痛的肩膀："吃太饱了，消消食。"

隋懿从身后举起一只芒果："饭后水果，要吃吗？"

两个人坐在台阶上分食芒果。

隋懿随身携带的钥匙上挂着一个精致的挂件，掰开是把小刀。他利索地把芒果切成两半，去核，在果肉上横竖各切几道，递给宁澜。

宁澜接过来，在楼道昏暗的灯光下闻了闻。

"怎么样？"隋懿问。

"嗯，很香。"

"高铭爸妈带来的，他老家在南方沿海城市。"

"哦。"宁澜又开始盘算着还点什么给高铭，不能白吃人家的，顺嘴问，"你老家哪儿的？"

"本地。"隋懿答。

宁澜想起他那辆本地牌照的迈巴赫，后知后觉地意识到自己多此一问："我听你说话没有儿化音，还以为你不是首都人。"

隋懿：“我妈妈是江南人。”

“哦，是个好地方。”宁澜有点不知道该怎样往下接。七个人只有他们俩没有家人来看望，隋懿还是本地人，说什么都像在戳人伤口。

隋懿先问：“你家人呢？来不来看演出？公司会给家属安排靠前的座位。”

宁澜摇头道：“不来。”兴许人在光线昏暗的情况下很容易说真话，他突然就有了倾诉的欲望，“我爸早死了，我妈这会儿还不知道在哪儿浪呢。”

“浪？”

“对啊，浪，就是出去玩，疯玩，其他什么都不管的意思。”宁澜解释道。

“澜，是波浪的意思吧？”隋懿问。

宁澜愣了下，他从来没有思考过自己为什么叫“澜”。

“或许吧……”宁澜不太确定地说，“我爸取的名，他死得早，我也来不及问他。”

隋懿没说话。

“抱歉，大好的日子一直说这些。”宁澜觉得自己晦气，抬手拍了下自己的嘴。

“没。”隋懿道，“我爸虽然活着，但还不如……”

宁澜眼皮跳了下。他记性好，那天电话里的内容到现在还很清晰，如果没记错的话，今天是隋懿父亲的生日？

沉重的话题让气氛有些阴冷沉寂，宁澜把手上的芒果举起来：“不说那些不开心的了，来，干杯！”

隋懿被他突如其来的举动弄得一怔，手下意识抬高，两片芒果碰在一起。

“为了自由！为了明天！”

宁澜的声音在狭小闭塞的空间里被放大数倍，楼梯间外面的声控灯都亮了，门没关紧，灯光唰地照进来。

他先是一惊，以为有人来了，然后想到他们俩蹲在这里偷吃，莫名被戳中笑点，笑得直打跌，手一抖，芒果砸在新买的鞋上，白色的鞋面被糊了一层黄色的果肉。

这下笑不出来了。隋懿看他呆呆的样子“扑哧”笑出声来。

他学宁澜举着芒果道：“为了明天，干杯！”

“不干了不干了，芒果都掉了。”宁澜耷拉着眼角，沮丧地摆手。

隋懿把自己的芒果递给他："我还没尝过，你先。"

宁澜踌躇片刻，咬了一口，评价道："挺甜的。"

晚上睡前，宁澜用手机银行把身上剩下的一点钱转到姊姊卡上，然后给她发了条短信，让她拿这钱给宁萱买套衣裳，他记得过年回家时，小姑娘因为家里没钱给她买新衣服很不高兴。

他突然对未来产生了一点希望，开始真心实意地期待明天的到来。

日子总会越过越好的。就像今天一样好。

周日，从早上开始，天空就阴沉沉的。

Focus Show 音乐盛典上午彩排，下午红毯，晚上全球直播，时间卡得很紧。AOW 全员早上 6 点就到公司集合，到了地方排队等彩排，前面好几个歌手磨磨蹭蹭踩点对机位，等轮到他们已经快到午餐时间了。

七个人当中有舞台经验的不多，大家都很紧张，老师再三强调的表情、找镜头什么的都不记得了，业务能力很强的高铭也接连出现失误，一个跳跃的动作后变换队形，他跑错位置和宁澜撞个正着。

宁澜有点低血糖，被他撞得往后退两步，腿一软坐在地上，高铭本想道个歉，看到他站不起来又觉得他在装，谁不是一大早没吃饭就过来了？

音乐声戛然而止，离他们最近的王冰洋来扶宁澜，隋懿也从前排过来问怎么了，宁澜脸色苍白地摇头，最后隋懿去跟下面的工作人员打招呼，说他们需要休息整顿一下，让后面的人先上。

方羽从口袋里掏出几块巧克力塞给宁澜："先吃点甜的垫垫，我也低血糖，身上经常备着小零食，以后饿了就找我。"

陆啸川说："订的饭马上就送到，吃过再继续吧。"

宁澜心想：他们俩不吵架的时候，其实还挺不错的。

大家吃过午饭，AOW 再次上台迅速把两首歌过了一遍，然后就被张梵领到后台换衣服化妆。张梵今天很忙，她带的好几组艺人都有表演，包括师姐团 V-Wish，她说师姐团会在他们前面走红毯，到时候跟她们一起合影，能增加一点曝光度。

下午天气并未转晴，灰黑色的云离地面很近，罩在人头顶上，感觉随时要压下来似的。

宁澜走红毯的紧张程度不亚于当年参加高考，他抬头看了看天，当年也是这样的天气，他发着烧，试卷上的字在眼前飘成重影，考到一半他就握不住笔昏倒在桌上。

他在心里劝自己：不用紧张，没关系，这只是工作，别人怎么评价都跟我没关系，我只是为了挣钱。

就跟当年高考一样，再紧张、再努力又如何？他注定没法安安稳稳上大学，高中能读下来已经是万幸，上学读书对他这样的人来说，几乎是翻身的唯一途径，可他连这个机会都得不到。

他稀里糊涂地走完红毯，在通往舞台的休息室等待入场时，隋懿带领AOW向前辈们问好。宁澜看到过他在训练的间隙背一份带照片的演艺界活跃人士资料集，当时就很惊讶，这些人不都是电视网络上经常出现的熟面孔吗，用得着背吗？

后来才知道隋懿是学古典乐的，对演艺界的种种，不关心、也不在意。至于他小提琴学得好好的为什么突然进演艺界，宁澜思来想去，觉得只能用叛逆期想跟家里人对着干来解释了。

真是任性随意的人生啊！他不禁感叹。

由于入场后全程面对镜头，张梵禁止他们携带手机，AOW的表演安排比较靠后，少年们与前辈交流完毕后，都躲在角落里摆弄手机，向朋友和家人分享第一次走红毯的心情。王冰洋激动得满脸通红，对着电话说："薛莹啊，演员薛莹跟我讲话了！你一定想不到她真人有多漂亮！"

宁澜也握着手机，按着开机键一会儿点亮屏幕一会儿按灭，他不知道该向谁分享，没有人会为他高兴。

就在安琳背着她的大帆布包过来收手机的时候，宁澜的手机突然响了。

一个陌生号码，他以为是广告，直接挂掉了，结果没几秒又打了过来。

安琳走到他跟前："快接呀，等下得6个小时后才能碰到手机哦。"

宁澜于是背过身，接了起来。

"臭小子，还知道接电话？换号码居然不告诉我，谁给你的胆子？"

宁澜的心猛地一坠，他只能想到一种谢天豪得知他新号码的方法。

他往边上退了退，离开人群，用手捂住听筒："你想干什么？你别找我叔叔婶婶，钱很快就能还你。"

"哟，听听听听……"谢天豪的声音离远了点，背景音有些嘈杂，周围似乎有好几个人，"听听你的好儿子说什么呢，他不关心你，关心的是他叔叔婶婶。"

接着，一个凄厉的女声从电话里传出来："宁澜，你救救妈妈啊，他们要把妈妈弄死啊！"

周围的人们嘻嘻哈哈地笑，宁澜听见女人痛苦地叫了一声，谢天豪的声音又贴近话筒："听到了吗？你的好妈妈叫你呢，求你来救她，你管还是不管啊？"

宁澜一口气提在嗓子眼里，道："你放了她。"

"喷，说得轻巧，我借出去了那么多钱，那话怎么说来着？哦，赔了夫人又折兵，实在咽不下这口气啊。"说着电话里又是一阵杂乱的响动。

"我说了会还钱，你先放了她，行不行？"宁澜自己都觉得这话实在没什么说服力，可他不知道还能说什么。

谢天豪旁边的小弟给他点了根烟："这样吧，给你两条路，要么现在把那二十万凑齐，一毛都不能少，要么立刻出现在我面前。"

宁澜没别的办法，服软道："三天行吗？哥，给我三天时间吧。"

谢天豪跟他没什么情面可讲，缓缓吐了口烟："早这样乖乖的不就好了？这样吧，明天天黑之前，人或者钱，必须见到一样，哥给你最后一次机会，你自己看着办。"

宁澜挂了电话，做了两次深呼吸，尽量淡定地回到队伍中，对安琳说："姐，我想回公司一趟。"

安琳问："回公司干什么？马上入场了。"

"我……我之前求了个护身符丢在练习室了，没有它我不敢上台。"

安琳差点笑出声："年纪轻轻的怎么还迷信？我去给你拿吧，你在这儿坐着。"

宁澜忙道："我自己去吧，你不知道在哪儿，我藏得很隐蔽。"

安琳看了看时间，犹豫片刻道："行吧，我知道你第一次上台紧张。"她给宁澜指了下方向，"从后门出去，那边有不少出租车等客，拿到了就赶紧回来。"

宁澜答应了，转身就走，隋懿追上来拉住他，从口袋里掏出两张一百块："没带钱吧？就这样两手空空去打车？"

宁澜没敢抬头看他，匆忙接过钱，说了声"谢谢"，便穿过人群往后门去。

他胡乱擦了一把脸上的水。憋了一天的雨终于落了下来，他下出租车后从小区门口走到楼梯口，浑身就湿透了，一场春雨却下出了暴雨的气势，窗户被打得乒乓作响，跟他一样兵荒马乱。

十几分钟后抵达宿舍，宁澜抬头看着墙上的钟，晚上六点整，最晚一班回家的大巴车是七点钟，二十一个小时，到家天应该还没黑。

他从录制现场跑出来的时候是凭着冲动，然而在车上的十几分钟，已经足够让他想清楚了。

那个女人再多的不好，也是他的妈妈，小时候抱着他睡觉、给他唱过歌的妈妈。

号码有可能是婶婶告诉妈妈的，也有可能是谢天豪从婶婶那里要的，无论是哪种情况，都糟糕透了。

他拿不出这么多钱，所以必须回去。

宁澜抖着手打开顾宸恺的柜子，他看到过那孩子从里面拿钱。柜子最里面摸到一只钱包，他把里面的现金都取了出来，大概有一千多块，够买车票了。

整个宿舍属顾宸恺花钱最厉害，零食都吃进口的，衣服一个月都没重样，一千多块钱，应该不至于影响生活。

整个AOW也没一个像他这么落魄的，他走了，他们会高兴欢呼也说不定。少一个人会破坏队形，可以让伴舞暂时顶上，今天星光娱乐带了两车伴舞，个个都比他跳得好。等盛典结束了公司官博应该会发条通稿，说"成员宁澜无故退出组合首演，现将其从AOW除名"，以他们的效率，说不定很快就能安排进另一个成员，或者干脆改为六人组合也挺好的。

只要没有他这个祸害，一切都很好。

兴许是下雨天气压低的原因，宁澜觉得胸口发闷，有点喘不过气。他从自己画满音符的本子后面撕了一张纸，翻了半天没找到笔，去隋懿桌上找了一支，手抖得太厉害，一个字描了三遍都写不成形，最后笔尖一歪，纸被戳了个洞。

他把纸挪开，桌子上面是顾宸恺有一天晚上睡不着，开着台灯花了半个晚上刻上去的"AOW"三个字母。

那几个少年来自五湖四海，抱着各种各样的目的，唯一的共同点就是把这个组合当作崭新人生的开始，期待着摆脱过去，走向未知又充满希望的未来。

"对不起"三个字何其单薄无力。他算什么，他已经没救了，把无辜的人拖下水，还妄想求得原谅？

宁澜麻木地丢开笔，不想继续写，也不敢再去看，胡乱地从柜子里拿了两件衣服，目光触及堆在床边的几张暖宝宝和膏药贴时，愣了一会儿，然后拿起来，和衣服一起塞进包里。

他走的时候没有回头再看一眼，因为老天从来不曾给过他反悔的机会。

他打开门，头顶的声控灯应声而亮，门口站着一个和他一样淋了雨的人。

隋懿拿着伞却没有打，视线从宁澜苍白如纸的面孔慢慢往下，看到他手上拎着的包。

一滴雨水从额前的发梢上滴落，他的声音和雨一样冰冷："你要去哪里？"

隋懿看见宁澜的嘴唇在发抖，湿漉漉的睫毛盖住眼睛，让人瞧不出神色。

他这样子和在4S店门口准备跑路时的状态几乎一致，只是脸色更白了些，可能是逃跑不成先被抓的害怕导致的。

刚才宁澜拿了钱匆匆离开，隋懿走到窗边才看到外面在下大雨，跟安琳借了伞就追出去，到门口只看到宁澜上出租车的背影，他在后面喊他名字，宁澜没听见，他突然觉得不太对劲，拦后面一辆出租车跟了上去。

事实证明，他的感觉是对的，前面的出租车经过公司门口并没有停留，而是接着拐了两个弯，在宿舍所在的小区前停了下来。

敲开门的前一秒他还抱着期待，说不定宁澜路上才想起来护身符丢在宿舍了呢？他做事莽撞粗心，这很符合他的行为习惯，今天是 AOW 的首演，他不可能这样没轻没重，临阵脱逃。

"走吧，马上入场了。"隋懿伸手去拉宁澜，宁澜往后躲了一下，脚尖还是对着门口，随时准备跑的样子。

隋懿有点急，劈手去夺他手上的包，宁澜想从背后换个手拿，忘了手心里还捏着东西，动了下，东西"啪嗒"掉在地上。

宁澜慌张地蹲下身要去捡，隋懿阻止了他的动作。

声控灯熄灭前，隋懿看清楚地上躺着的是一沓钱。

常住的宿舍五个人当中，王冰洋每次取钱不超过五百，高铭柜子上了锁，他自己身上只会带两百块钱以备不时之需，宁澜呢，拿了两个月工资，却一直紧巴巴的。这是谁的钱一目了然。

"是小宸的钱？"隋懿还是问。

宁澜依旧垂着眼："是。"顿了顿又说，"我得走了。"

虽然他心里已有猜测，但是这回答还是给了隋懿响亮的一巴掌。他总是会看错人、相信错人，他不知道这种事情是跟年龄和阅历有关，还是因为他太蠢。

宁澜根本没变。他是疯了才会以为这人本性善良，就因为他笑起来天真纯粹，眼底澄澈干净，跟那个人很像。

隋懿觉得有团东西在心口膨胀、发酵，快要撑破胸膛似的灼灼翻滚。

宁澜声音带了点哀求："钱我会还的……我真的得走了。"

他其实有无数种让隋懿让开的阴损招，比如屈膝给他一脚，可他不想这么做。

面前的少年帮过他，在他冷的时候给过他温暖，哪怕只是出于责任心或者习惯，也足够让他放在心上铭记。

宁澜浑浑噩噩地想：这种事情换作谁会不生气呢？隋懿没有发脾气已经是修养极佳了。他心里空茫一片，讷讷地重复："我得走了。"

过了一会儿，他听见隋懿说："还要多少钱？"

他抬起头对上隋懿晦暗不明的眼睛，宁澜动了动嘴唇，有点不敢相信。

隋懿问："需要多少钱？我给你，你跟我去演出。"

当晚，星光娱乐今年推出的新男团在 Focus Show 音乐盛典上的出道首秀圆满成功，七个少年表演完退场后不到一小时，新歌话题 #AOW 出走行星 # 就登上微博热搜前十，一直到盛典结束，排名还在逐步攀升。

回去的车上，王冰洋和顾宸恺头挤着头刷微博，兴高采烈地给大家念评论。

"单曲什么时候上架？我要循环一万遍！"

"歌舞都不错哦，V-Wish 的师弟，可以粉一下。"

"那个新男团吗？年轻又有实力啊！"

"Rapper（说唱歌手）也不错，流利没口音……哎，夸你呢，川哥。"

陆啸川难得跟大家挤一车，扭头道："这就叫夸了？小爷下回来段中式英语 rap（说唱）给他们听听什么叫厉害。"

大家嘻嘻哈哈笑作一团。

"哇哇哇个子最高的那个太帅了吧……队长，在说你！"王冰洋伸手拍了拍前排隋懿的肩膀。

隋懿抱着胳膊靠在椅背上看窗外，闻言回头，表情有些疲惫："什么？"

顾宸恺拉王冰洋："我哥累啦，让他休息吧。"

两个人继续凑在一起念评论。刚才表演时大家都紧张得要命，所幸没有出什么差错，把在练习室里的正常水平发挥出来了，舞台表现完整有张力，尤其是《出走行星》这首相对较燃的歌，配合先进的音响和灯光效果，副歌部分强烈的节奏引起全场轰动。

微博流传的 cut（剪辑）视频下面几乎就是个大型"圈粉"现场，少年们既高兴又忐忑，迫不及待地想从评论中获得肯定和建议，争取下次表现得更好。

"黑色外套是空降的那个吗？比照片上好看……"王冰洋读到一半，把手机举给旁边的宁澜看，"澜哥，说你好看呢！"

宁澜在走神，王冰洋推了他好几下，他飘忽的视线才聚焦，慢慢转过头来。

王冰洋继续念："就是发型怪怪的，公司走点心吧。"

宁澜下意识摸了摸自己的头发，当时走得急，淋了两场雨，做好的蓬松发型塌了大半，回到现场只随便用吹风机吹了下就入场就座，后来上台前换演出服也没来得及打理。

他浑身冒冷汗，一首歌没跳完就察觉到额前的刘海不听话地往脑门上贴，那时候他思绪乱得很，耳返掉下来也没顾上管，能坚持到两首歌结束都没出错已经不容易了。

"队长不是带着伞去找你了吗？你们俩怎么还跟落汤鸡似的，妆都淋花了？"方羽问。

宁澜勉强挤出一丝笑："伞太小，不够挡雨。"

几人到了公司，分道扬镳，陆啸川和方羽各回各家，顾宸恺、王冰洋和高铭三人的父母难得来一趟，各自把孩子接走出去庆祝。隋懿拒绝了顾宸恺的妈妈，也就是他小姨共进晚餐的邀请，说想回去休息，然后和宁澜一起步行回宿舍。

外面的雨还在淅淅沥沥地下，宁澜撑开伞，踌躇片刻，还是追上隋懿的脚步，和他并排而行，慢慢把伞往他身上偏。

隋懿无甚反应，脸上也看不出情绪，他步子迈得很大，宁澜打着伞，几乎要用跑的才能跟上他，到楼梯口已经气喘吁吁，半边身体再次湿透，狼狈至极。

宁澜回到宿舍，先拿毛巾擦了把脸，刚从卫生间出来，隋懿就拿着手机问他卡号，宁澜回屋翻出银行卡报给他，很快就收到一条入账短信。

"到上限了，剩下的明天打你卡上。"隋懿说。

宁澜点头，拿起床边的本子撕了张纸："我写张欠条给你。"

"不用，"隋懿的声音毫无温度，"没有公证过的欠条不具备法律效力。"

宁澜有点无措地放下笔，咬了咬嘴唇，道："我会尽快还你的。"

他说完才想起曾经跟好几个债主说过同样的话，甚至让眼前的新债主听到过一次，"尽快"这两个字在他这儿约等于无稽之谈。

隋懿依旧没什么表情，显然没把他的承诺放在心上。他把手机揣回口袋，说："希望你遵守约定，在 AOW 待到合约期满。"

半个"钱"字都没提，却让宁澜的心像滚落悬崖的石头，拼命往下沉。

后来，宁澜花了点时间才想明白，钱之于隋懿根本不重要，他帮自己是为了保住组合。他跟顾宸恺一样，是花钱无痛感的大少爷，自然不明白钱对穷途末路的人来说，意味着自由和明天。

为了一点钱出卖良心，违背承诺，才是隋懿不能理解的。

出道首秀的第二天，AOW 的新曲 MV 和音源同步上线，上午还没过去就被刷到音乐榜榜首，星光娱乐官微趁热打铁，发布两条新消息：一、AOW 将在明天晚上做客甜橙直播间；二、AOW 首张单曲实体版即将开售，并从月底开展为期一个半月的全国签售活动。

直播当晚，宁澜接到妈妈赵瑾珊的电话，谢天豪脾性暴戾，却很守信用，收到钱就把人放了。

"你个白眼狼，换电话居然告诉金凤不告诉我，你到底是不是我生的？

背着我没少给她钱吧？"赵瑾珊在电话里尖着嗓子问。

金凤是婶婶的名字。

宁澜捏捏眉心，道："没有，我要工作了，先挂了。"

"哎，等一下！"赵瑾珊喊住他，"二十万你上哪儿弄的？还有余钱吗？妈妈最近手头有点紧……"

宁澜二话不说挂了电话，把手机设置静音。

直播选的地点是一个空旷的摄影棚，甜橙直播间的主持人酷爱让嘉宾做些稀奇古怪的游戏，这次为 AOW 特地设计了一项考验成员之间默契度的小游戏，让大家两两分组。隋懿人气最高，弹幕都在刷他，他当仁不让地获得优先选择权，主持人让想跟队长合作的人举手。

宁澜害怕落单，默默地举了手。

所有人都举了手，隋懿选了方羽。

宁澜意料之中地落了单，和主持人组成一队，最后意料之中地输了比赛。

惩罚很有意思，让他选一个人一起吃掉一块巧克力，主持人为了直播效果，先表明不能选自己。宁澜拿着巧克力尴尬地站在镜头前，扫了一圈站在面前的六个人，咬牙再次选择队长隋懿。

高铭、顾宸恺对他有敌意，陆啸川、方羽的脾气摸不准，王冰洋讨厌巧克力，刚才就在给他打手势求他别选他，能选的只剩下隋懿一个人。

背景音乐轻松欢快，宁澜往隋懿那边走过去。

隋懿面带微笑，像在看他又好像没在看，手一抬直接把他手里的巧克力掰断，然后把自己手上那一半扔进嘴里，吃完面向镜头说："这样就行了吧？"

宁澜知道不一样了。

如果这个组合的成员们都是墙头草，他大概就要被集中火力排挤了。

幸好还有王冰洋、陆啸川、方羽这样的存在，他们或迟钝，或无暇关心，即使跟他不亲近，也不至于敌视他。

第三场签售会上，被主持人挤到宁澜身边的隋懿再次不动声色地和旁边的人换了位置，小愣瓜王冰洋才后知后觉，凑到宁澜耳边小声问："澜哥你跟队长吵架啦？"

宁澜装傻充愣："没有啊，为什么这么问？"

"昨天晚上聚餐就你没来。"

宁澜心道：原来你们一起去吃饭了啊。他反应很快，说："我胃不舒服，吃不下。"

王冰洋怀疑自己猜错了："哦哦，没吵架就好。"

宁澜看那边主持人还在磨蹭，问王冰洋："你们昨天晚上吃什么了？"

王冰洋说："火锅啊，难得来趟 C 市，当然要吃特色火锅。"

宁澜吞了口唾沫，他昨天晚上就吃了一盒泡面，火腿肠都没舍得加。

他突然有点失落。

AOW 的签售会遍布全国十个城市，宁澜长这么大第一次坐飞机，第一次来到这些从前只在地理书上看到的城市，安琳说等看后期的反应，说不定还有机会出国签售。

宁澜想到这里，又没那么难过了，这么好的工作上哪儿去找？只需上台站几个小时，唱两首歌，再签几个小时，和粉丝说说话，就能公费全世界旅行。

如果那天隋懿没出现，他现在的处境一定糟糕透了，做梦都不敢想这么美。

这天的签售，他再次作为毫无存在感的一个小角色站在角落里，全程给在台上表演的队友们加油打 call，等到桌子搬上来开始签名环节，他甚至还有点意犹未尽，高铭的独舞真好看，方羽唱歌也很好听。

方羽这次和他挨着坐，从口袋里掏出一副指套："戴上这个，缓解肌肉压力。"

宁澜没要，因为粉丝们说粉色是方羽的专属，他不敢用，怕被讨厌。毕竟方羽唱歌好听，长得好看，心又善，没人会不喜欢。

宁澜只想不问世事埋头苦签，然而粉丝们总让他闲着。专辑歌词扉页上专门留空给他们七个人签名字，姑娘们拿着专辑挨个签过来，遇上自己喜欢的小哥哥总想多聊几句，这边耽搁半分钟，那边耽搁三十秒，只有没人搭话的宁澜最闲，签一个名字往往要等上好久才有下一个人过来，他又不太敢签得慢，姑娘们还等着跟后面的小哥哥聊天。

宁澜好不容易等来一个，边签边想，上个月这时候，他还没想过他会疯狂地写这么多次自己的名字，写到快不认识这两个字了。

"泡泡澜，你真的很好看，要多笑啊。"宁澜听见面前的女孩说。

他反应几秒，才知道"泡泡澜"是在叫他，忍不住问了下这个名字的来历。

女孩捂着嘴笑："因为你总是站在最边上，不爱说话也不抢镜头，是'嗷呜'的小泡泡，戳一下，噗，就不见了。"

一心只想低调的宁澜没想到这种行为也是能圈粉的。

女人心海底针。

AOW正式出道后，成员们几乎没睡过宿舍。每个星期除了要奔赴不同的城市举办签售会，公司还安排了几家卫视的综艺节目录制，他们刚出道，认知度不高，暂时争取不到上星卫视的好综艺，但地方卫视的节目也不错，好歹能增加点曝光度，就是录制时间长，有的室外节目一录就是两三天。

七个人经常外宿，公司会给开三个标间，七减六多出来的一个人就跟随行工作人员挤一挤。

多出来的那个一般都是宁澜，所以他经常得不到一手消息，有时候会错过聚餐之类的集体活动。

C市签售的第二天，AOW马不停蹄地赶往隔壁D市录制综艺，昨天同宿的工作人员打了一宿呼噜，宁澜以为上午没事，就在酒店里补了会儿觉，下午到录制现场，才知道今天临时安排了出场舞，他们六个提前排练过了，只有他不知道。

宁澜检查了一下手机，有电，没有停机，没有未接电话，也没有短信。

方羽和王冰洋说以为他身体不适才没参与，临开拍还有不到一个小时，急忙给他演示分解动作。宁澜手脚协调能力差，两个老师也是半吊子，王冰洋去求助高铭，高铭瞥了宁澜一眼，说："偷懒的人没资格上台。"

宁澜还是硬着头皮上了，他跟之前一样把舞蹈动作化成数字记在脑袋里，这次时间太短，记得有点乱，他光顾着强化记忆，没留心脚下，上台时被台阶绊了一跤，膝盖在地上重重磕了一下，走在前面的成员大概是没听见，都没回头。

几个小时后录完收工，宁澜的膝盖疼得快没知觉了。今天给他安排的服装是卫衣和破洞裤，游戏环节摸爬滚打样样来，累得浑身酸痛，甚至弯不下来腰看看伤势如何。

最先发现他受伤的居然是粉丝。晚上AOW的超话炸了，不知道是谁发的收工路透照，宁澜依旧跟在队末最不起眼的位置，镜头比较远，拍到了全身，稍微放大就能看见他破洞裤下露出来的明显是擦伤的通红膝盖。

这让姑娘们抱团狠狠心疼了一阵，决定多给空降兵宁澜一些关注。

于是，下一场签售会，在宁澜跟前停留的粉丝多了不少，甚至有姑娘给他带了礼物，有草莓味的创可贴和草莓形状的抱枕，因为公司给宁澜拟的爱好是喜欢与草莓有关的一切衍生产物。

宁澜当场就把创可贴贴在手背上，表示很喜欢，然后跟姑娘握手，发现姑娘的手冰冰凉，当即请助理安琳给她倒了杯热水，姑娘感动到哭，晚上就去超话发文说"爬墙"泡泡澜——"真人超级好看，酒窝特别甜，人暖得不要不要的，我爱泡泡澜，希望你越飞越高！@AOW宁澜。"

宁澜莫名其妙收割一大拨粉丝，微博粉丝数猛涨，很快和高铭、王冰洋比肩。

某天录完节目赶往下场签售的候机室里，宁澜主动帮大家去倒水，顾宸恺阴阳怪气地说："不敢劳驾。你知道有粉丝在门口拍呢吧？心机鬼。"

宁澜无话可说，经过正在闭目养神的隋懿身边时，他眼睛都没睁开一下。

他也没指望隋懿会帮他说话，他不把自己出道首秀那天差点逃跑的事情告诉其他成员，已经算心存仁慈了。

他们要是知道了，估计不仅仅是排挤这么简单，对他留有善意的几名成员应该也会把他扔出去。

所以，他没有资格反驳，无论他们怎么说怎么做，他都活该受着。

五月下旬，签售会一路南下，一行人来到温暖湿润的南方沿海城市。这边气温比首都高得多，粉丝们也异常热情，早在之前的签售会上，隋懿作为队长就代表成员们说过不收花钱买的礼物，于是姑娘们别出心裁，十字绣、水钻画、千纸鹤、幸运星等各种手作层出不穷，装了满满三车。

有个粉丝送了支跌打损伤膏给宁澜，说看见他膝盖上的擦伤一直没好，还有耳朵上戴耳夹的位置总是红通通的，让他带在身上有备无患。

宁澜是瘢痕体质，身上但凡有点伤就容易形成瘢痕。他个子虽然不高，但是腿白且直，公司懂得扬长避短，总爱给他穿各种各样的破洞裤，膝盖上的伤真不是他故意想露出来给人看的。

粉丝礼物一般直接打包寄回公司，宁澜惦记着那支药膏，签售结束后先爬车上去翻，礼物又多又杂，他也不知道安琳收在哪里。

"在蓝色格子包里。"身后突然冒出一个声音。

宁澜吓得肩膀一缩，回头看见是隋懿，才拍拍胸口："队长你能不能别老是突然出现……"

宁澜说到一半才想起自己现在和队长的关系今非昔比，默默收了声，转回去打开蓝色格子的包，很快就找到那支药膏。

宁澜跳下面包车，对站在那儿的隋懿说："谢谢啊！"

宁澜说完走了两步，觉得自己就这么走了好像不太礼貌，就又退了回来。

隋懿好像也是来找东西的，翻了一圈一无所获。宁澜又跳回车上："找什么啊，我帮你，刚才我翻了两个包，里面有些什么还记得呢。"

隋懿沉吟片刻，说："也是一支药膏。"

两人翻了个底朝天也没找到。宁澜把自己的药膏递给他，指指他的手："先用这个吧，消炎止痛，功效应该差不多。"

隋懿的右手手指动了动。他今天签名把手指磨破了，不过宁澜是怎么发现的。

他不想要，转身就走，宁澜追上来，硬塞他手里："拿着吧，我腿上的伤快好了，暂时没什么用。"说着又从口袋里掏出一块草莓味的创可贴，"抹完药，贴上这个，别感染了。"

隋懿垂眼，凑得近了才看清楚宁澜膝盖上的伤口青青紫紫十分骇人，除了破皮结疤的部分，还有些瘀青，明显不是那次摔倒磕伤的。

隋懿抿抿唇，说："不用了，你自己抹吧。"

宁澜好像没听清，自顾自拧开药膏挤在隋懿伤口上，然后麻利地撕开一张创可贴。

宁澜手指修长，指甲修剪得干净圆润，不过指腹处却布满细纹，甚至有几个细小伤口，跟养尊处优完全不搭边。

隋懿觉得奇怪，他不是很聪明，不是很会坑蒙拐骗吗？为什么总是把自己弄得这么狼狈？

"好了。"包扎完，宁澜笑了笑。

隋懿张了张嘴，最后只礼貌地说了句："谢谢。"

3

AOW 第一次全国签售会在初夏落下帷幕，宁澜收到公司发来的第三个月的工资时，恍惚了好一阵，这才意识到自己已经加入这个组合两个多月了。

这次的工资里面有专辑的分成，虽然公司分完了七个人再分，已经没剩下多少，但对于他来说仍是一笔不小的数目。他取了一部分当作下个月的生活费，又挪了一部分打给婶婶，剩下的存在卡里没动。

他想等凑个五位整数就还给隋懿，几千几百地还实在太难看了。

他回宿舍之前，去了趟超市，除了即食食品还拿了几瓶进口饮料，买了些菜，结账的时候这些东西占了大头，让他好一阵心疼。

宿舍里没人，宁澜先给队友们群发短信，说晚上请他们吃饭，然后把饮料放在每个人桌上，先去洗漱。

热水轻柔地打在脸上，宁澜闭了闭眼睛。在外面漂了一个多月，回到宿舍让他有种久违的安逸感，像回到家里一样。

他想到这里，愣了一下。他哪里有家？

爸爸还没去世的时候，三天两头有人上门讨债，宁澜记得有一次早上出门上学，开门就被腥臭的秽物迎头浇了一身，还差点挨打。而他本该承担责任的爸爸，躲在房间里几天没敢露面。

后来他们经常搬家，筒子楼、民房、群租房，甚至住过工棚和地下通道。他在长身体的时候吃不饱饭，偷过几次同学的钱，数额都很小，只够买一包方便面，他想着等有钱了就悄悄还回去。可是很快就被抓到了，老师把妈妈叫过来，妈妈当着全班同学的面对他又扯又打，哭得歇斯底里，把他唯一一件完好的外套扯得稀烂。

再后来，爸爸过世，他被送到叔叔婶婶家，叔叔把妹妹的房间隔开一半，支起一张弹簧床，就是他的小房间了。他很珍惜这个来之不易的住所，努力讨叔叔婶婶欢心，努力对妹妹好，每逢寒暑假他就出去打工，挣来的钱都拿来补贴家用，剩下的就给妹妹买好吃的和发卡头花。

可是人都是会变的，慢慢地，好吃的好玩的再也不能讨好妹妹，婶婶对他也从起初的客气关心转变为厌烦嫌弃。有一天，他在厨房门口清楚地听到婶婶对叔叔说："什么时候把那小子送走啊？难不成他要在我们家待到结婚生娃？"

宁澜记性很好，可他记不清自己当时的心情了，大约是有些难过的。可能比被欺负时，爸爸都没出来看他一眼更难过一点。

高中毕业开始工作后，他努力挣钱，盼着过个十年八年能够回老家买套不大的房子，属于他自己的房子，不用朝不保夕地搬来搬去，也不用胆战心惊地怕被赶走，每天迎着朝阳出门，踏着夕阳回家，不用东躲西藏，也不用看人脸色生活。

本来钱快攒够了，老家房价低且稳定，凑个首付不是难事，可是出了那档子破事……

宁澜抹了一把脸上的水。现在钱没了不说，还欠下一屁股债，刘老板的，加上隋懿的，他三十岁之前都翻不了身了。

除非飞来横财。

宁澜洗漱完，上网花两块钱下注一张体育彩票，然后钻进厨房。

以前在首都工作，手头不那么紧张的时候，他也会买些菜回去做，改善一下伙食。今天买了仔排、鱼、五花肉、鸡翅、大虾，还有许多素菜，哪怕陆啸川和方羽来也该够吃了。

他做可乐鸡翅的时候，特地留了几个翅中，腌渍好了裹上蛋液和面粉，放着准备做炸鸡翅。虽然很久没和大家一起吃饭，但是隋懿喜欢吃油炸食品，他一直记着。

宁澜忙活了两个小时，几个大菜都做好了，素菜也切好码在案板上，等他们回来了下锅一炒就能吃。宁澜洗手拿手机，看到王冰洋十分钟前给他的回复："我们在外面，晚上不回来吃啦，澜哥你自己吃！"

他猜王冰洋说的"我们"大概是宿舍里除了他的四个人。

陆啸川和方羽也都回复说在家里吃，不来了。

宁澜在客厅坐着发了会儿呆，然后把在超市里买的小蛋糕从盒子里拿出来，塞进嘴里之前，非常不虔诚地许了个愿，希望刚才买的彩票能中奖。

今天是他的生日，身份证上写的十一月是妈妈给自作主张填的，说年末更显小。

生日什么的他本来也不过，只是取钱的时候 ATM 机上显示的日期提醒了他。今天下午正好休息，他早就说要请大家吃饭，吃外面的既贵又不卫生，于是逛超市经过生鲜区，想着择日不如撞日，就今天吧。

其实，他潜意识里还是动了点不切实际的小心思，今天是生日啊，不是说过生日的最大吗？说不定老天都会帮帮他，让他顺遂一回呢？

果然想太多了。

宁澜吃完蛋糕，就不饿了，把已经凉了的菜封上保鲜膜放进冰箱，百无聊赖地在屋里转了几圈，然后拿上钥匙出门，决定去公司练舞打发时间。

他到公司找了间空着的练习室，刚做完拉伸跳了一会儿，妈妈的电话打来了。

这阵子妈妈三不五时就给他打电话，大部分都被他无视了，如果有急事，她会夺命连环 call（呼叫）或者短信轰炸，再不济就用别人的手机打过来，一直逼到他接电话为止。

而今天的电话，宁澜有点想接了。

他在心里默默数到十，然后接了起来。

"喂，澜澜啊。"

宁澜擦了下额头上的汗："嗯，妈。"

电话那头顿了下："臭小子，都多久没叫妈了？"

宁澜靠着墙根坐下，不知道说什么，鼻音浓重地"嗯"了一声。

"妈妈在电视上看到你啦，你找的新工作是当明星啊，怎么不告诉妈妈呀？"

宁澜揉了揉膝盖上发痒的疤："没什么，就唱唱歌跳跳舞，不是什么明星。"

"大明星都是这样起步的，我儿子长得这么标致，迟早要红透半边天的嘛。"

宁澜笑了下，他这百折不挠的精神大概就是遗传自母亲，只不过没有她那么没心没肺罢了。

他想问妈妈还记得今天是什么日子吗，然而妈妈接下来的话，把他心头刚升起的一点暖意打得支离破碎。

"妈妈现在连吃饭的钱都没有啦，给你打电话你也不接，妈妈上次被谢天豪欺负，把鼻子都弄坏啦，还想去做个整形……没红也挣得不少了吧？看你上次一掏就是二十万的……"

笑容慢慢在脸上消失，宁澜抿抿唇，说："我没钱了。"

"能不能跟你们公司借一点啊，我听说你们公司有钱得很，给你穿的衣服好漂亮的……"没听见宁澜的回复，妈妈又说，"要不跟你的队友借一点啊，我看网上的八卦了，你好几个队友都是富二代……"

"我不借。"宁澜当即打断。说完又觉得自己可笑，已经欠下队友二十万了，现在装什么倔强刚烈、宁折不弯？

"好，不借不借。"电话那头的母亲立刻改口，"可是，你好歹凑点钱让妈妈吃口饭吧，妈妈现在老可怜了，吃不饱，也没地方去，鼻子还是歪的……"说着说着就带了哭腔，再不阻止她一定能当场号啕大哭。

宁澜不想听，狠狠按了挂断键，然后把银行卡里最后一笔钱给妈妈打了过去。

过了一会儿，妈妈发来短信："收到了儿子！以后有钱不要给金凤那个坏女人，妈妈帮你存着，给你结婚用。"

结婚？

宁澜看着手机上的字，从喉咙里逸出一声苦笑。

他拖着疲惫的身体晃荡到宿舍楼下时，天已经完全黑了。

初夏夜晚的风很凉，夜空繁星闪烁，宁澜坐在楼下的花坛边上仰头数了一阵，直到有云飘过来遮住光亮，才拢了拢衣襟，把连衣帽扣在头上，一边搓冰凉的手，一边上楼。

他打开门，客厅灯是亮着的，隐约可以听到厨房里有动静。

宁澜很累，觉得自己今天没法再对任何人露出笑脸，他绕过堆满购物袋的餐桌想直接回屋，靠近厨房时，听见顾宸恺和高铭的对话声。

"这都是什么啊？谁做的？"

"宁澜吧，下午就他在宿舍。"

"冰箱本来就不大，这几个盘子挤在这儿，我的饮料酸奶往哪儿放啊？"

"啧……做这么多，还真以为我们会回来吃？拿出来吧，占地方。"

"拿出来也没地方放啊……干脆倒掉吧。"

宁澜不想听下去，今天接收的负面内容已经濒临极限，再听下去就要喘不过气了，他逃避似的快步回到房间，进门就看到门边的垃圾桶里躺着两瓶饮料。

隋懿在换衣服，刚把T恤脱下来，回头就看见刚进门的宁澜。

宁澜脸色不太好，嘴唇微微发紫，好像被冻着了，耷拉着眼皮跟隋懿打了个招呼，就走到自己床边面朝里侧躺下来。

隋懿想问他怎么了，又觉得他好像没事，想了想，把衣服放下，转身从放在桌上的购物袋里拿出一个长形盒子，走到宁澜床前："没买到一模一样的药膏，店员说这个功效一样。"

宁澜身体动了动，扭头看了药膏一眼，伸出一只手接过来："谢谢。"

他这句"谢谢"莫名其妙，隋懿想：分明是我先用了他的药膏。

宁澜接过东西就转过去，肩膀往里蜷缩，凸出的肩胛骨支棱在背上，单薄得有些可怜。

他刚才没有笑，酒窝都没有露出来。

隋懿刚想问他是不是不舒服，房间门被人从外面推开，顾宸恺和高铭有说有笑地走进来。高铭舞跳得好，经常指导顾宸恺，他们俩最近玩得不错。

顾宸恺的笑声戛然而止："哥，你跟他说什么呢？"

隋懿直起腰，面向他："东西收拾好了？早点睡吧，明天还要训练。"

顾宸恺眼睛瞪得浑圆，不敢相信似的走上前，看了一眼床上躺着的人，突然怒从心头起，推了推宁澜的后背："让你别接近我哥，你以为我跟你说笑呢？"

隋懿没想到顾宸恺会动手，忙拉住他："小宸，你干什么？"

顾宸恺被拉开，对着宁澜张牙舞爪："你给我起来！把话说清楚！以为我哥人傻钱多好欺负，居然骗他给你钱？招摇撞骗的浑蛋，呸，不要脸！"

隋懿惊愕，看着顾宸恺："你听谁说的？"

宁澜慢慢坐起来，依旧木着脸。他下床穿鞋的时候，隔壁的王冰洋也被这边的吵闹声吸引过来了，傻乎乎地问发生什么事了。

顾宸恺倒豆子般把宁澜如何骗他哥的钱一股脑说了出来，还加了不少自己的猜测和幻想，将整个故事说得有声有色，听上去极具可信度。

隋懿几次想打断都插不进嘴，顾宸恺正在气头上，根本拦不住，他又不能动手打他。

宁澜听着听着，自己都快信了。他胸腔里震得厉害，好像随时会炸开，他一秒也不想在这里多待，打开柜子飞快地把自己的行李打包装好，走了两步被隋懿拦住去路。

"你去哪里？"隋懿皱着眉问。

宁澜还戴着连帽衫上的帽子，抬头对上他的眼睛："放心，我不跑，钱也会还给你。"

隋懿被他泛红的眼眶弄得一怔，一不留神，让他从身侧挤了过去。

"洋洋，你们房间的上铺修好了吧？"隋懿听见宁澜问王冰洋。他离得近，听出来宁澜的声音在细细地发颤。

"啊？啊……修好了。"

顾宸恺提着嗓子问："你不是想去隔壁住吧？"

高铭跟着说："我不同意啊，你别搬过来。"

王冰洋走过去拉拉高铭的袖子，压低声音说："哥，你别这样……澜哥本来就是跟我们住的。"

顾宸恺抱着胳膊讥笑似的提点隔壁的二位："高铭哥，洋洋，你们可要小心，他不仅手脚不干净，还会……"

"还会骗钱？"站在门口的宁澜转过身来，自己回答。

他把包重重甩在地上，发出轰然一声巨响，然后抬手唰地把外套拉链拉下，脱掉外套丢在地上。

宁澜缓步往前走，脚步声因为屋里的安静被放大数倍，钝重和尖锐交织，无端给人一种毛骨悚然的感觉。

"你……你干吗？"顾宸恺昂着脑袋大声问，乱飘的眼神却出卖了他内心的慌张。

宁澜又往前一步，捏紧拳头："你觉得我要干吗？"

恶寒从脚底往身上蔓延，顾宸恺话都说不利索："你你你给我走开！"

宁澜低笑几声："原来你们真的是这样想我的啊。"

隋懿的呼吸陡然停滞了下。

房间能站人的面积很小，宁澜越靠越近，站成一排的三个人不约而同地往后退了半步，高铭甚至还撞到后面的桌子，被王冰洋扶了一把才站稳。他们哪里料到宁澜会是这样的反应，之前明里暗里挤对他，他都一声不吭默默受着，所以这样突如其来的回击行为，让人惊讶到有些骇然。

何况宁澜的表情也一反常态，明明是笑着的，眼底的森寒却将他的情绪泄露个彻底。他很生气，说不定下一秒真的会动手。

都是十多岁没经历过社会险恶的孩子，随便吓一吓就失了方寸。顾宸恺脸都白了，他在众星捧月中长大，爹妈亲戚甚至只比他大一岁的哥哥都宠着他，他哪里被谁这么当面怼过，心里慌得要命，嘴巴偏偏不饶人："我才不怕，神经病！"

宁澜牵起一边嘴角。

王冰洋也浑身发毛，总觉得再不阻止要出事，上前一步说："别吵啦，宿舍规定不准打架斗殴，都消消气，消消气。"

这话并没有起到缓和气氛的作用。

宁澜还是杵在那儿，似笑非笑，明明身高身形都不具优势，仅仅是绷直背部，仰着脸，就莫名地给人阴沉沉的压迫感。被这种气势笼罩着，即便对方身躯瘦削，也能让人感受到刺骨寒风般的凌厉，丝毫没有软弱可欺的成分。

连宁澜都以为自己早就没有棱角了，原来它只是被打磨掉埋进土里了，等到一阵无预警的暴风过境，还是会被吹得露出一点尖尖角。

他不是不会痛，只是把它藏起来了，藏得很深，寻常的刺激根本触碰不到它。

就在空气静止，有什么东西酝酿着一触即发的时候，隋懿站出来："好了别闹了，各回各的房间睡觉吧。"

一件厚实的外套从后面披到肩上，宁澜身上一暖，紧绷着的身体不由自主地松弛下来。

他回过头，隋懿眼帘低垂，胳膊绕过来帮他把外套衣襟拢了拢。

一场事态严重的冲突消散于无形。

高铭和王冰洋逃也似的溜了，顾宸恺在隋懿的施压下也闭了嘴，气鼓鼓地拿着衣服去洗漱。

宁澜在原地站了会儿稳定心神，冲到脑门的热血慢慢冷却，未消的余韵还是让他有些头晕目眩。

他扔在地上的包已经被捡起来放在床边的椅子上，宁澜迈开步子走过去，把包拿起来，转身往外走。

隋懿再次挡住他的去路。

宁澜眼皮都没掀："让一下。"

隋懿愣了下。他的语气平淡无波，好像刚才冷笑的那个根本不是他，但语气中的疏离和抗拒却是显而易见的。

隋懿大概能猜到他在气什么，他不喜欢被人误会，当即解释："钱的事我没有告诉别人，不知道小宸是怎么知道的。"

宁澜没吱声，唇角抿得更紧了。

"我代他向你道歉，等回头查清楚，我——"

"不必了。"宁澜打断他，"本来就是我跟你借钱，而且暂时还不起，他没说错。"

隋懿话说一半被截断，还没想到如何回应，宁澜接着道："钱我会还你的。麻烦让一下。"

然后就兀自从他身侧越过去。

宁澜没走很远，在陆啸川和方羽的房间里住了一晚。

隋懿第二天早上起来，就看见昨天拿给宁澜披的外套被叠得整整齐齐地放在椅子上，桌上放着那本绿色封面的《基本乐理》。

换宿舍风波在宁澜向张梵打申请，陆啸川和方羽同意他入住他们房间后拉下帷幕，为此，张梵把他们几个叫过去敲打一番，警告他们人还没红，别先学会抱团排挤那一套。

隋懿听得心不在焉。尽管他不是故意对宁澜实施冷暴力，不过其他队员都将他的行为看在眼里，自然效仿之。这事与他脱不了干系。

他只是不知道该如何面对这样一个人。

集体训练一周后，AOW接到第一个商业广告——一家知名公司新推出的运动饮料，消费群体的定位是十几至二十岁的年轻人。由于是面向网络投放的广告，对代言人的国民认知度要求不那么高，于是AOW轻松地脱颖而出，作为近期最火爆的新一代男团获得商家青睐。

回到首都没多久，AOW七人又乘坐飞机前往S市。

六月中旬的S市比首都温度更高，暑气蒸人，还要顶着烈日，在地表温度惊人的市中心上蹿下跳，着实难熬。

方羽今天不知道第多少次补防晒，抹完了问宁澜："真不擦一点吗？晒黑了有你哭的。"

宁澜喝了口水，摇头："憋几天就回来了。"

隋懿刚拍完单人镜头回来，从安琳手里接水的时候往那边看了一眼，宁澜背对着他，只能看见一段晒得发红的后颈。

那天之后，他们几乎没有过交流，以前住一个房间抬头不见低头见，现在在练习室都遇不到了，除了张梵喊全员开会或者集体活动，其余时间根本没有打照面的机会。

曾经是他躲着宁澜，现在是宁澜躲着他，不，是他们。两者的最终效果如出一辙，还帮他省掉不少麻烦，可隋懿就是觉得哪里不对劲。

轮到宁澜拍单人镜头，导演让他笑，他就把饮料贴在脸颊上，咧开嘴弯起眉眼，好像这个饮料真的能给他带来无与伦比的夏日沁爽。

灼热的阳光直射休息区，眼前的景物都快要被融化似的，隋懿却察觉到宁澜比之前更瘦了。

广告拍摄结束后，少年们相约去吃S市有名的生煎包，勾肩搭背刚要出发，安琳的电话过来，让半小时后楼下集合，公司给他们接了一个S市本地的直播。

大家吃了点零食对付晚饭，然后唉声叹气地下楼。被安排跟工作人员合宿的宁澜已经在车上了，他抱着胳膊坐在车子最后排的角落，头倚在窗户上，闭着眼睛打盹。他听到有人上车，只动了一下，身体往里挪了挪。

有宁澜在的地方，几个人说话都放不开，一路开到直播地点，车内都鸦雀无声。

那次冲突之后，宁澜便不再向大家示好，也不曾表现出那晚滔天的怒意，在宿舍他就像个透明人，不需要大家刻意忽视，他自己已经提前走出了这个圈子，独自站在一旁，不再尝试掺和进来。

对此，顾宸恺和高铭喜闻乐见，其他三位成员事不关己，只有隋懿觉得不太舒服。

刚才他接到通知的时候，给宁澜发了消息，让他过来这边房间一起吃饭。他记得宁澜低血糖，没吃晚饭就出发可能会影响接下来的工作。

他发出去之后，又有点后悔，想起之前宁澜发来的几条短信，他全都没有回复，如果宁澜现在不回复他，也在情理之中。

宁澜还是回了，简单的三个字："不用了"。

接到回复的隋懿莫名地松了口气。转念又想，宁澜的短信都是群发，他就算不回复也没什么不妥。

直播是个美食节目，今天的主题是"龙虾的新吃法"。

本以为是麻辣小龙虾，谁知道直播刚开始，就有两个厨子抬上来一只足有脸盆大的"澳龙"。少年们目瞪口呆，主持人问在场没吃过大龙虾的举个手，听起来有点寒碜人，只有宁澜笑眯眯地把手举了起来。

当然不会是叫他们来烹饪的，美食直播请嘉宾的目的就是增加人气，调动气氛，几个人把烤龙虾的铁板围了个严严实实，七嘴八舌地暖场，弹幕刷得飞快，观众们看得很高兴。

龙虾烤好了，自然要由嘉宾试吃。隋懿作为队长，身先士卒小尝了一口，然后用纸巾擦擦嘴，表情莫测，不说好吃也不说难吃，让大家自己尝。

队员们哄闹一番，说队长学坏了，然后各自拿盘子叉子分食龙虾肉，大家晚上约等于没吃，三下五除二就把龙虾分得只剩渣渣。

"喂喂喂，你们少吃点，宁澜还没动呢。"陆啸川鼓着腮帮子说。

隋懿看了一眼站在角落安静当背景板的宁澜，拿起一个干净盘子，把最后一块稍微完整的虾肉叉在上面，递给桌子另一头的宁澜。

"啊，队长把最后一块给宁澜了。"方羽咬着叉子道。

隋懿看着宁澜，有点担心他不肯接，嘴上回应方羽："你不是说要减肥吗？"

"就说说你也信啊……"

宁澜没看给他递食物的人，微笑着把盘子接过来，然后胳膊拐了个弯，稳当当地送到方羽面前："你吃吧，我不饿。"

AOW 从 S 市回来那天，经历了一次盛况空前的粉丝接机。

AOW 出道才两个月，之前的接机最多七八十个粉丝，还能边走边聊天。这次来了足有三百多个，刚成立的后援会只派了两个工作人员来管理秩序，始料未及的状况导致现场一片混乱，粉丝妹子们摩肩接踵地挤在一起，把出口围得水泄不通，七个人没走几步就被冲散，宁澜落在最后，被挤得东南西北都分不清，只能身不由己地随着人潮往前走。

"队长，等等方羽呀！"人群中有个妹子喊。

隋懿也晕头转向，闻言回头寻找，方羽没找着，却一眼看见没戴眼镜和口罩的宁澜，身边两个女孩拽着他的胳膊举着手机在自拍，他被挤得脸都涨红了。

"宁澜！"隋懿喊了一声。

宁澜抬了下头，然后没看见似的别开目光，闷头往前挪。

最后是离他更近的陆啸川过去把他拽出来，又把方羽揽过来，七个人才勉强聚到一起。

大家上车后，都劫后逢生般地大口深呼吸，每个人手上都被粉丝塞了礼物，隋懿和陆啸川最多，方羽和顾宸恺次之，组合人气参差不齐由此可见一斑。

宁澜手上只有一个装着草莓的小果篮，边上塞了一封信，他打开看，粉丝妹子说他太瘦了，求他多吃点。

他回去就把草莓洗了，这个天气水果放不了太久，给王冰洋分了一半，还剩不少。今天陆啸川十分罕见地跟他们一起回了宿舍，板着脸瘫坐在沙发上玩手机，可能是早上的起床气还没消。

"吃草莓吗？"宁澜经过时问他。

陆啸川把脸从屏幕后面伸出来，懒洋洋地拿了一颗丢进嘴里。

宁澜一转身，看见隋懿站在房间门口定定地看着他。

两人对视两秒，宁澜收回视线，捧着果盘进屋去了。

午饭之前，AOW又接到新任务，公司将要给他们筹办出道后第一场Show Case（演出），地点定在首都某个能容纳千人的室内体育场，四舍五入即一场小型演唱会。

成员们得到这个通知，有的欢喜有的愁。迫不及待想获得展示机会的高铭、顾宸恺和王冰洋，吃过午饭就奔公司去了，陆啸川哀叹连天，喊着早知道当艺人这么辛苦，就不出道了。

他非要宁澜把他扛到公司去。

宁澜把他当小孩子，一个体形大又爱玩的小孩子，随他怎么闹，都笑眯眯地接受。只有跟在他们后面出门的隋懿眼神暗了暗。

下午，张梵抽空来了一趟，说Show Case一个半小时，AOW只有两首歌肯定撑不住场面，所以得排练其他节目，团体、solo（单独表演）都要有。她列出一张单子，框选了几个比较适合的曲目，除了每人一个单独表演，还把成员两两凑成一组，又添了三个节目。

"高铭，王冰洋，你们俩排段舞，炸一点的，我跟徐蕊说过了，你们待会儿去找她讨论……陆啸川，顾宸恺，你们俩唱歌吧。"

陆啸川哀叫一声："姐，我是 rapper……"

张梵瞪他一眼："歌曲里面可以加 rap，回头去找赵老师编曲。"

陆啸川再次哀号："赵老师最讨厌我了，我不去。"

张梵单手叉腰："你敢再逃课试试！"

陆啸川撇撇嘴，不说话了。

"隋懿和方羽，你们俩也是跳舞，曲目已经选好了，难度不大，照着视频学就行。"张梵继续分配任务，"宁澜……除了 solo，暂时没有别的项目，可以跟着大家学习学习，到时候随机应变。"

宁澜点头应了，他知道随机应变的意思就是让他在边上待着别添乱，这与他的想法不谋而合，正好乐得轻松。

谁知方羽举手提出异议："我想唱歌，让宁澜跟队长跳舞吧。"

宁澜瞬间精神紧绷。

张梵把文件卷起来在手掌心敲了敲："这是上头的安排，不容反驳。"

方羽撒娇："张梵姐，您不就是'上头'嘛。"

张梵"扑哧"笑了："我不是，你可别瞎说啊。总之这是企划部根据组合目前的状况做出的安排，你们得明白，关于如何让这场 Show Case 更精彩更圈粉，他们懂得比你们多。"

方羽蔫蔫地把手放下。

隋懿趁大家都在讨论，偏头看宁澜一眼，只见宁澜拍拍胸口，大刺刺地松了口气。不知道是因为不用跳舞，还是因为不用跟他一起跳舞。

张梵走后，成员们分散到不同的练习室排练。

隋懿看了一遍舞蹈视频，才知道为什么会安排他和方羽一起跳。

这原本是一支男女合舞，经过改编，隋懿的还好，他跳男生部分，动作偏向展现男性的刚毅，而方羽的部分十分柔和。

隋懿当即给张梵打电话，问可不可以换一支舞，张梵在电话里云淡风轻地说："就跳这支，现在不是你们想跳什么就能跳什么，而是粉丝想看什么你们就跳什么。"

隋懿挂掉电话，抿唇不语。

方羽实际上对这支舞并不排斥，他生得漂亮，出道前在学校文艺汇演上也经常跳舞，都被粉丝扒出来贴在网上了，这件事他心里也门清，只是表面装装样子就能达到1加1大于2的效果，何乐而不为呢？

可是，隋懿看起来似乎不太能接受。

"队长你是不是不爱跳这类舞蹈啊？"方羽大胆猜测。

隋懿愣了下："没有。"他站起来走到练习室中央，"先跟着视频跳一遍试试吧。"

舞蹈动作并不难，徐蕊老师过来检查的时候，他们几乎能完整地跳下来了。

徐蕊却看得直摇头，说他们状态不对，尤其是隋懿，太僵了，僵的不是动作，而是表情。

隋懿脸色更僵了。

于是，又练了一个多小时，方羽下楼去买吃的，隋懿拿着手机出去打电话。

他上次给小姨打电话，被转接到姨夫的手机上，姨夫说她出国了，一周左右回来。当时，隋懿有点急躁冒进，死马当活马医，连老师的电话都打了，接通后才想起来自己存钱的那张卡是妈妈生前留给他的，爸爸怎么会知道？

老师接到他的电话很高兴，声音都抬高了几度，问他最近好不好，什么时候回来吃饭。隋懿强忍不耐烦，礼貌应付几句，便将电话挂了。

他不可能回家。他放弃去国外音乐学院继续深造的机会，不顾所有人的劝阻加入组合，这是他能表明立场和决心的唯一途径。他破釜沉舟，早就斩断了所有退路。

再说，回去做什么？看他尊敬爱戴了十几年的老师和他的父亲在家里相处吗？

隋懿走到楼梯间，深吸一口气，拨通小姨的电话。

小姨果然已经回国，寒暄过后，隋懿开门见山地问她，是不是能监控母亲留给他的那张卡上的收支记录，小姨沉默片刻就承认了。

"姐姐走的时候拜托我好好照顾你，你还年轻，不懂人心险恶，我离得远照顾不到，就让小宸帮我看看你最近是不是交了什么朋友。"

果然是这样。

隋懿无奈地闭了闭眼睛。他知道小姨告诉顾宸恺的绝不仅仅是这些，她一定查到了收款人的姓氏，不然顾宸恺也不会对号入座，一口咬定那二十万是转给宁澜的。

隋懿在电话中直接请求小姨不要再监管他的正常生活。

"我已经成年了，虽然现在还要靠母亲的遗产维持生活，但是我有自信很快就可以独立，希望您能给我自行理财的权利。交什么样的朋友我也心中有数，希望您不要干涉。"

礼貌却不太客气的一番话，让电话那头的小姨沉默良久。

最终她还是应了，嘱咐他和小宸互相照顾，就挂了电话。

隋懿又在楼梯间站了会儿，眼前狭长昏暗的楼梯走道，让他想起出道前一晚和宁澜坐在这里用芒果举杯庆祝的场景。

现在的宁澜已经不会跟他插科打诨，甚至躲着他，不跟他说话。就因为这么一个误会。

隋懿一面觉得遗憾，一面又觉得为宁澜这样的人不值得，要不是他先背信弃义，弃组合于不顾，也不会引发这样的结果。

他只是一个无关紧要的人而已。

隋懿说服了自己，转身去拉楼梯间的门，准备回练习室继续练舞。

楼梯间紧邻楼层拐角，视线开阔又安静，是抽烟以及说悄悄话的不二圣地，隋懿的手放在门把上还没拉动，就听到外面传来两个人的对话声。

"我作为经纪人，只负责传话，不负责帮你做决定。"

"只是去吃饭吗？"宁澜说。

"嗯，是一个知名制片人攒的局，不只是你，我手底下还有几个年轻人也会去。今天的局都是有头有脸的人物，你要是待不惯，喝完酒聊完天就可以回来，没人会拦着。"

"嗯，知道了。"

"那我先走了，去或者不去，6点前都发个短信告诉我一声。"张梵说完就要走，高跟鞋踩在地上发出两声脆响。

"我去。"宁澜喊住她，声音隔着一张薄薄的门板传过来，听上去很平静，"地址是哪儿？几点过去？"

张梵定住脚步："8点，碧海潮生大酒店。"

宁澜在练习室逗留到晚上七点一刻才走。

他没跟张梵口中的其他几个年轻人一起去，他觉得没有认识的必要，大家都是出来混的，难道抱个团惺惺相惜吗？

电梯下降的过程中，他查了下上次买的彩票，一个数字都没对上，最后一簇希望的小火苗"扑哧"熄灭了。

他想尽快挣钱，刘老板那边早就等得不耐烦了，隋懿的钱不还掉他又不安心，他的还款周期根本不能按年来计算，没有人有义务笑容满面地等他慢慢挣、慢慢还。

出门走下台阶，天边冷不丁响起一声闷雷，宁澜脚步顿了顿，心想：好不容易想通了，连个好天气都不能给？

他闷闷地双手插兜慢悠悠晃下去，站在路边等车，好不容易等来一辆出租车，却被后面跑过来的人抢先坐了进去。

第一滴雨砸在脸上的时候，一辆黑色迈巴赫停在面前。

驾驶座那边的车窗降下来，隋懿面无表情地说："上车。"

宁澜不想理他，继续眺望远处有没有空出租车驶来，道："我不回宿舍。"

"去哪儿？我送你。"隋懿说。

雷声轰轰作响，豆大的雨点穿破云层，开始争先恐后地往身上落，眼看时间紧张，出租车只会越来越不好打，宁澜踌躇片刻，便绕到副驾座，开门上车。

"碧海潮生大酒店，谢谢。"

隋懿一边抬脚松刹车，一边问他："去那儿干什么？"

"吃饭。"宁澜敷衍道。

他上了车就开始摆弄手机，拨弄拨弄额角凌乱的碎发。

隋懿偏头看了一眼，宁澜眨了下眼睛。

"你去那里吃饭？"隋懿问。

"是啊。"宁澜没打算避讳，反正这人怎么看他的，他心里有数，"怎么，就准你们有钱人去吃饭，不准我们穷鬼去见识见识？"

隋懿抿唇不语。

宁澜也觉得自己话里的刺太明显，会将隋懿得罪得更深，可他忍不住。反正已经得罪过了，他们这些眼高于顶的公子哥，要想觉得一个人坏，实在太容易了，要想觉得一个人好，才难如登天。

何况他确实坏得离谱，换个角度想，他要是隋懿应该也无法原谅这种背信弃义的恶劣行为。所以再怎么努力都是渺小无力的，根本无法掩盖他犯的错。

宁澜想到这里，不禁自嘲，他活了二十多年还能不明白吗？

外面雨下得很大，即便这车隔音很好，还是能听见乒乒乓乓砸在玻璃上的闷响。

兴许是车里太安静了。

酒店处在市中心，下雨天路况不佳，一个红灯要等好久，宁澜看看时间，等得有点着急，伸长脖子数前面还有几辆车。

他这举动让身边的隋懿没来由地心烦。车子以龟速缓慢向前移动，能看到碧海潮生大酒店显眼的招牌时，距离 8 点已经不到 10 分钟了。

隋懿不想这么快到，在酒店门口排队进停车场时，让旁边好几辆车插队到前面，一点也不着急地慢慢挪。宁澜等不住，没等车子开到停车场入口，就去开副驾座车门，匆忙道："我先走了，谢谢你。"

隋懿没来得及按锁门，宁澜已经飞快地下车了。隋懿什么都没想，也开门下车，快步绕过去拦住宁澜："急什么？停车场里有电梯可以上去。"

宁澜用手挡在额前，滂沱的雨还是迅速将他全身浇湿，他望着酒店正门："那边也能进。"

他想往前走，隋懿还是不让开。

宁澜道："你干吗？"

隋懿看着他，脱口而出："你就这么想去？"

宁澜先是愣了下，然后很快明白过来。隋懿今天举动如此反常，他早该猜到他是听说了什么，瞧这着急的样子，八成又在担心自己拖累组合。

"放心吧，"宁澜说，"只要你不说，没人会到处乱传，又不是什么上得了台面的好事。"

见隋懿还没有让开的意思，宁澜抬头看着他问："难道队长也想跟我一起上去？"说到这里忽而勾唇一笑，怕他听不见似的往前凑了凑，"还是说……队长能给我指条明路？"

宁澜一个人进了酒店。

包厢就在三楼，他没坐电梯，顺着大理石台阶往上爬。楼梯宽敞又安静，把大风大雨尽数挡在外面，隐隐有舒缓的音乐流入耳朵，提醒他这里是怎样一个与世隔绝的深渊。

二楼的转角处是一大片落地窗，借着室内的金碧辉煌，宁澜一抬眼便看到玻璃上映出来的自己。

狼狈，落魄，丑陋。

刚才雨中挑衅的笑容早就消失了。

有人会用浓妆来掩饰自己，就像他会用笑容来遮掩自己的心慌意乱一样。

他转身过去，背靠窗户缓缓蹲下。

他不知道自己这样算不算行差踏错。

其实都是一样的，在心里扳着指头找不同的举动，不过是在自欺欺人罢了。

宁澜抬起双手，慢慢盖住自己的脸，挡住面前直射入眼睛的光。

要是没下雨就好了。

窗外的雨顺着玻璃往下滑，让坐在车里的人视线模糊，甚至看不清外面亮着的路灯。

隋懿把车停在停车场，就一直坐在车里没动。其间有酒店的服务生过来，敲车窗询问他是不是没带伞，酒店可以给顾客提供，他摇摇头，把车窗关了。

他知道自己该走了。宁澜已经进去了，说不定直到明天太阳升起的时候才会出来。

可他又不想走，心里没来由的烦躁，潜意识里告诉自己他还不能走。

不知又坐了多久，隋懿深吸一口气，打开车门，钻入雨幕中。

他刚走进一楼大厅，就碰到从楼梯上慢吞吞往下走的宁澜。他双唇微启，目光茫然无焦点，走两步就停顿一下，隋懿怕他一脚踩空，疾步迎上去。

宁澜察觉到突然压过来的黑影吓了一跳，往后躲了躲，看到是隋懿才稍微放松下来，惊讶道："你……你怎么还在这儿？"

隋懿一腔莫名其妙的怒火，顿时就被浇灭了。

宁澜脸色苍白，眼角的红都蔓延到眼睛里，比那天在宿舍生气时的状态还要糟糕。隋懿说不出狠话，就问："回去吗？"

宁澜垂眼，闷闷地发出一个类似回应的单音节。

"那走吧。"

两人一前一后地在雨里走，隋懿回头看了几次后面跟着的人，有点后悔没跟服务生要伞。

即便有雨，夏天依旧闷热。回去的路上，隋懿没敢把空调温度打得太低，宁澜靠在宽敞舒适的座椅上眯了一觉，醒来时已经到宿舍楼下的地下停车库。

宁澜临进门前，再次向隋懿道谢，走道亮着灯，隋懿低头淡淡地"嗯"了一声，然后把钥匙插进锁眼里，打开门。

第二章

（时间停止）
Time—Stop—

1

接下来的几天，隋懿依旧没在宿舍和公司里见到宁澜。

隋懿轻轻呼出一口气。那家伙不出现也好。

然而，毕竟在同一个组合，总不可能一直碰不着面。

离 Show Case 还有一个星期，安琳拿着一台小型摄像机走进练习室，说要收集团体综艺的素材。

这项安排公司很早就下达了，只是大家都没想到日常也要被拍。

既然是团综，就要全体出镜，宁澜最后一个赶来集合。今天他穿着白 T 和黑裤，刘海梳起来在头顶扎了个小辫，光洁的额头上挂着星星点点的汗珠。

"刚在练舞没注意看手机，抱歉，来晚了。"他喘着气说。

安琳摆摆手表示没事，打开摄像机开拍。

起初少年们都有点拘谨，安琳叫他们自由发挥，他们也不知道该干些什么，后来王冰洋和高铭起头先跳了一段准备在 Show Case 上表演的热舞，气氛才被带动起来，其他队员也跟着学，说这个舞太帅了，想跟他们换。

大家干脆开始互相展示这几天的排练成果。轮到隋懿和方羽这组，气氛被他们的舞蹈动作推向高潮。陆啸川跑过来把蹲在角落里的宁澜拉起来，非要他当自己的搭档，宁澜拗不过他，只好陪着跳了一会儿。陆啸川跳隋懿的部分，边跳边跟宁澜说话。安琳举着摄像机说："虽然可以后期剪辑，但是话还是谨慎说啊。"

隋懿刚开始就一直在趁转身的动作看他和陆啸川跳舞。宁澜从最初对舞蹈一窍不通，到现在看两遍几乎就能学会，的确是肉眼可见的进步。

他的搭档方羽似乎也不太高兴，噘着嘴小声嘀咕一句："这个家伙……"

隋懿回头看他，他忙吐吐舌头，说，"我不是在说你啊，队长。"

这两人各怀心事，舞跳得貌合神离。

AOW 团综第一期在三天后上线，播放量一小时突破百万，为即将到来的 Show Case 做了一轮强有力的宣传。再加上这次公司派出师姐团 V-Wish 的两名高人气成员作为嘉宾参与，AOW 出道后第一场演出门票放出不到五分钟便销售一空。

成员们训练之余也会上网刷评论和弹幕，粉丝们对小组表演和个人表演异常期待，尤其是隋懿和方羽两个有人气的小组舞蹈，在团综里放了一分多钟的片段都被粉丝们剪下来反复评论，几乎达到了万众期待的程度。

不承想 Show Case 当天却出了状况，方羽突然身体不适，打电话来说无法参与这次演出，张梵急得火烧眉毛，在电话里问他怎么了，方羽声音虚弱，欲言又止，只说真的没法参加。安琳去他家里跑了一趟，回来说确实挺严重，床都下不来，张梵才无奈作罢，叫她带着摄像机去方羽那边录一段给粉丝们的视频带回来，然后召集其余成员紧急讨论。

"方羽的 solo 是歌曲演唱，现在临时给你们加塞节目肯定来不及了，我通知 V-Wish 那边抓紧准备，她们歌多，随便挑一首就能顶一个节目。"

大伙儿齐齐点头同意。

张梵眉峰紧蹙，支着胳膊用手摩挲下巴："至于隋懿和方羽的小组舞蹈……改成隋懿的个人才艺 solo 吧，我让工作人员去给你找把小提琴过来。"

话音刚落，隋懿断然拒绝："我不拉琴。"

宁澜悄悄看他，只见隋懿面色坚定，眸色深沉，不像是在开玩笑。

张梵敲了几下桌子，严肃道："现在事态紧急，你作为队长，应该把组合的利益放在第一位。再说，给你才艺展示的机会，对你的人气提升有利无害。"

隋懿沉声道："这与团队利益无关，出道前我就要求过，不要把小提琴作为特长写到个人档案里面，是企划组自作主张。我是绝对不会拉琴的。"

张梵见他态度坚决，公司擅自做这种事又确实理亏，扶额思索片刻，妥协道："好吧，那这支小组舞蹈不能砍去，不然表演时长不够，观众会有意见。"

张梵巡视一圈，最后目光锁定宁澜："这支舞的搭档换成宁澜吧。之前拍团综的时候都跳过这支舞，我看你跳得还不错，距离开场还有点时间，你和隋懿好好磨合一下。"

宁澜头皮一紧，太阳穴突突直跳："不……不了吧，我跳舞不行，不如换他们吧……"说着指了指左边的顾宸恺、高铭等人。

"陆啸川太高，高铭、王冰洋已经有舞蹈表演，顾宸恺气质不搭，只有你了。"张梵分析得有理有据。

宁澜冷汗都要出来了，方羽的位置哪是他能顶上的？

"粉丝想看的是队长和小羽跳，换成我，她们肯定不乐意看。"宁澜继续挣扎。

"你怎么知道她们不乐意看？把万众期待的节目直接砍掉才更让人生气。这是目前最稳妥的安排，你之前没被安排到小组表演，现在是时候给组合出力了。"张梵说完，威胁般地瞪了他一眼。

宁澜不敢说话了。

上次碧海潮生大酒店的局他最后没有进去，蹲在门口给张梵打了个电话，张梵嘴上把他骂得狗血淋头，后来还是出手帮他解决了。于情于理他都欠张梵好大一个人情。

跳就跳吧。宁澜硬着头皮跟隋懿进了同一间练习室。

今天，他照样把刘海扎了个小辫翘在头上，不知是不是因为紧张，有一次举起来的动作，落地时双膝一软，身体往前倾倒，额头冷不丁撞到了隋懿。

"抱歉，我不是故意的。"宁澜忙解释。

隋懿看似并不在意，道："没事。"

两人又磨合了一阵，舞蹈老师徐蕊抽空来看他们跳了一遍，音乐声一停，她就站起来边拍手边欣慰地点了点头。

中午，AOW除了方羽的六个人聚在一起吃饭，少年们既紧张又兴奋，这种时候无暇内斗，吃完聚在一起把两支集体舞复习了几遍。缺少方羽队形有缺口，公司调派一个伴舞过来配合，大家全情投入抓紧练习，上场前的最后一次彩排没出任何差错。

服装在开场前不到两小时才送过来，少年们在后台做造型，隋懿的头发被染回黑色梳到脑后，露出饱满的额头和深邃的五官，配上今天开场的小西装，十分硬朗帅气。

宁澜把辫子放下来，造型师打算帮他把刘海固定在一边，张梵经过时指挥道："宁澜的刘海不要弄，就碎在额头上，待会儿其他表演还要换发型。"

宁澜起初还觉得奇怪，他不记得自己需要换其他造型，直到看到他和隋懿的舞蹈服装时，才恍然大悟。

那是一件黑色长袍，上面还给配了一顶假发。

宁澜跑去问张梵是不是弄错了，张梵眨眨眼睛："你不知道要穿这个啊？"

宁澜无语，这舞之前又不是他跳，他怎么会知道。

张梵拍他的肩膀安抚道："所以说别人都驾驭不了啊，皮肤不够白的穿这个就是块炭，你穿上就是天仙下凡。"

宁澜：……

他被夸了也并没有很高兴。

不过他倒是没什么豁不出去的，当成工作来执行就好了。

横竖不过五分钟，熬一熬吧。

Show Case 由 AOW 出道单曲主打歌《出走行星》拉开序幕。

台下座无虚席，欢呼声此起彼伏，只在播放方羽病中慰问粉丝的 VCR 时，全场气氛低迷了一阵。

因着准备充分，表演进行得比较顺利。只在下半场陆啸川和顾宸恺的小组歌曲时出了点小差错，陆啸川唱错一段 rap，后面直接忘了词，握着话筒站在那里发呆。幸好顾宸恺反应快，即兴编了两句歌词接上去，才使得破绽没有那么明显。

"让你好好背歌词，你就天天往外跑！"张梵在后台叉着腰训斥陆啸川，"从明天开始，给我住宿舍，每天到公司打卡上下班，不准缺勤！"

陆啸川罕见地没有反驳，他低头垂眼，不知道在往哪里看。

宁澜被安琳催促着换衣服，等 V-Wish 的表演结束，就是他和隋懿的舞蹈了。

隋懿只需把身上的 T 恤换成白衬衫就行，看见宁澜抱着衣服鞋子到处找空房间换衣服，还觉得奇怪。

嘉宾表演结束，舞台灯光由亮转暗，营造出一个迷离的氛围。

隋懿先上场，白衬衫的一角塞在裤子里，其余随意地挂在外面，纽扣开了两粒，领带松松垮垮地系在脖子上，薄唇轻抿，慵懒而性感。

台下的粉丝顷刻间沸腾，尖叫声不绝于耳。

音乐声响起时，他的舞伴才姗姗来迟，众人的视线都往升降台上聚焦，只见一个高挑瘦长的朦胧背影缓缓出现在舞台中央。

地上滑得厉害，宁澜鞋子不是很合脚，出场后跳到一半就掉了一只，由于太紧张险些跳错，幸好隋懿反应快用另一个动作接了上去，但宁澜在旋转中另一只鞋子也甩脱了。没了鞋子，动作幅度不敢太大，小心翼翼地随着音乐节奏踩点摇摆。

三分多钟的舞，宁澜跳得浑身冒汗，抬手随便抚开额前的碎发，不知道是不是错觉，他感觉到隋懿也很吃力。

直到灯光渐收，两人才摸黑下台，宁澜赤脚走路，一个趔趄险些摔倒，身后的隋懿眼疾手快，伸手搀着他往前走。

一路上宁澜都没回头。

Show Case 在 AOW 全员和嘉宾的大合唱中圆满收兵，精彩纷呈的表演很快转化成一个个关键词被刷上微博热门。

公司安排了庆功宴，所有演职人员结束后直接前往酒店。

少年们在车上兴奋地刷微博讨论，只有宁澜坐在角落里显得格格不入。他连手机都不想碰，今天顶替方羽，那些粉丝们指不定在网上怎么骂他呢。

他起初不太明白张梵这样安排的原因，现在却有些懂了。一场表演，抛开精彩程度不说，能引发讨论的噱头才是至关重要的，能把热度带起来，就算达到目的了。

他这种小角色，可不就是在这个时候派上用场的吗？

庆功宴在一个大包厢里，酒过三巡，众人开始勾肩搭背，群魔乱舞。宁澜跟着组合一起给公司高层敬了几杯酒，酒劲上来后头昏脑涨，他去走廊上透了会儿气，再次打开包厢门时，扑面而来的烟酒味呛得他实在不想进去。

他关上门，晃悠悠地往走廊那头走，想找个空房间坐一会儿。

走廊尽头有一间开着门的空包厢，里面没开灯，宁澜走进去，将门虚掩，走道上的光被压缩成一条狭长的光线落在屋内的地毯上，勉强能看清屋里的陈设。

宁澜在黑暗中顺着墙摸到一张椅子边缘，没想太多就往下坐。

结果坐下去不是平整的座椅。

"谁？"隋懿警觉地睁开眼睛。

他也是受不了包厢里混乱的气氛，才出来找个安静的地方待着。

"啊，对不起。"宁澜没想到这里有人，急忙站起来。

他扭头往后看，一张在黑暗中依旧惹眼的面孔出现在眼前，宁澜惊讶地张了张嘴："队长？"

隋懿也看清楚了宁澜的脸。

宁澜猜隋懿应该是喝多了，所以才傻乎乎地一动也不动。

宁澜本打算离开，走到门口听到身后不舒服的喘息声，犹豫了下，还是转过身，问："你还好吗？"

隋懿没答话，累极的样子。

宁澜叹了口气，认命般地走回来，抬手探了探他的额头。

不烫，应该就是单纯地喝多了。

至于为什么喝多，宁澜自觉管不着，也没立场问。他从口袋里摸出刚从餐桌上顺的一包湿纸巾，抽出一张，叠两下，盖在隋懿脑门上。

隋懿艰难地睁开眼，推了一下在他面前挥舞的手："你干什么？"

宁澜说："帮你醒酒。"

热闹的庆功宴一直到凌晨才结束。

醉得七倒八歪的人们被扛上车，由没喝酒的人载着离开酒店。AOW 全军覆没，幸好开保姆车的司机没有喝酒，尽职地载着少年们回宿舍。

隋懿和宁澜因为没有一直在宴席上反倒成了清醒着的人。

两人协力将四个不省人事的队友扛进屋，隋懿把顾宸恺安置好，抬头就看见宁澜打了个哈欠，一副随时能睡过去的样子。他没打算在这个房间逗留，囫囵道了声"晚安"，就伸着懒腰出去了。

第二天早上，两个酒醒的人在卫生间打了次照面。宁澜在刷牙，叼着牙刷含含糊糊地说："早。"

隋懿跑步回来，满脸都是汗，打开水龙头泡毛巾。宁澜也洗脸，捧着水一下一下往脸上扑，此刻他脸上几乎没有表情，跟昨天关切的模样大相径庭。

宁澜顶替方羽和隋懿完成双人舞蹈的事，Show Case 当晚就在超话里炸开了锅，发酵了好几天都没消停。宁澜这个名字第一次在 AOW 话题下高频次出现在首页，百分之八十是谩骂，百分之十五是心疼，剩下百分之五则是调侃。

宁澜盘着双腿坐在练习室的地板上翻评论，王冰洋怕他受不了刺激，在边上半开玩笑地安慰他说："总好过不温不火啊，哈哈哈。"

宁澜笑着点头附议，看完后咕嘟咕嘟喝掉一整瓶矿泉水，站起来原地蹦了两下，然后对着镜子摸自己的胳膊和腿："唉，中午多添一碗饭吧。"

那些刺耳的言论似乎被过滤掉了，完全没能进到他心里。

方羽整整休息了半个月才归队，AOW 全员七人久违地到齐开晨会。

张梵手上拿着厚厚的一沓材料，说公司参与投资的一部偶像剧开始选角，主要目的是推新人，男一号男二号都从自家出，这种机会不可多得，想争取一下的举个手。

消息来得突然，大家你看我我看你，都没动弹。

顾宸恺拽了拽隋懿，小声催促他："哥，好机会啊，快举手。"

隋懿没理会，等张梵说话。这种公司能拿主意的项目，即便没有最终内定具体名单，也至少框出了选角范围，说让大家毛遂自荐，其实不过是走个形式罢了。

果不其然，张梵等了会儿见没人举手，直接把带来的本子扔给隋懿和陆啸川："你们俩，男一号可以争取一下。"

陆啸川把本子还回去："我不想演戏，让队长去吧。"

他这些日子不太爱说话，像有什么心事，整个人看起来有些颓丧。

张梵也没多问，把本子接过来一并给了隋懿："你们还有谁想试试的，问队长拿本子。"

中午方羽请吃饭，慰劳一下他不在的这段时间里辛苦的大家。

安琳也在受邀之列，高铭、顾宸恺和她一起走在前面，宁澜收拾好东西站起来，看见陆啸川也别别扭扭地跟了上去。

饭店离公司仅步行五分钟的距离，后门的小路人烟稀少，方羽刻意落在后面跟宁澜说话，感谢他临危受命，顶替自己跳了那支舞。

宁澜轻描淡写地说不用客气，旁边说话没遮拦的王冰洋非要说："澜哥跳了这舞，可被骂惨了。"

方羽心态乐观，平时早睡早起，生活过得像个老年人，从不上网看评论，闻言惊诧地问："为什么啊？"

"他们说澜哥抢你位置，说他……唉不说了，怪难听的。"

方羽没想到还有这一出，忙跟宁澜道歉，宁澜哭笑不得，说这事儿又不能怪你。

本来就不能怪方羽，也不能怪隋懿，更不能怪公司。

王冰洋口中的"怪难听的"宁澜都看过，什么"蹭队长人气"这种都算客气的。有些粉丝还给他起了个新名字叫泡泡黑。

原本他有看私信的习惯，最近想从里面挑几句鼓励的话实在难如登天，他就不再翻看了。

虽然早就猜到会是这样的后果，但是看到这样的言论难免有些胸闷气短。

方羽跳是万众期待，他跳就人人喊打。宁澜觉得自己可能天生惹人厌，无论到哪里都一样。

方羽归队的第三天，偶像剧的演员名单就内部敲定，隋懿饰演男一号，公司另一个男团的老幺饰演男二号，下个月开拍。

隋懿本人挺淡定，一个本公司内部包揽的小网剧，既不能磨炼演技，又不能掀起什么热播狂潮，就当积累经验吧。顾宸恺倒是兴奋不已，上蹿下跳地要给他庆祝，隋懿就秉承队内谁有事谁请客的原则，喊大家一起吃顿饭。

宁澜收到隋懿短信的时候刚好路过走廊拐角的练习室，听见高铭在对王冰洋抱怨不公平，说他也去试镜了，连个男三号男四号都没捞着，隋懿凭什么走个过场就能拿男一号。

宁澜捂着手机悄悄走了，心里想着我要是制片人，我也选隋懿，一群十八九岁的愣头青新人，都谈不上什么演技，傻子都知道要选长得最帅、话题最足的那个啊。

连他这个空降兵都能看得透彻，隋懿以后肯定是要红的，有那个时间在背后说闲话，还不如抓紧时间跟他搞好关系。

宁澜忽然想到 Show Case 庆功宴那天晚上自己做的事，不知道算不算在"跟他搞好关系"的范畴内？

应该不算吧……只是醒酒而已，他不求隋懿念着他的好。

宁澜掏出手机，看到那条请吃饭的短信，无奈地扯了扯嘴角。

看吧，连当面跟我说句话都嫌弃，就不用和他搞好关系了。

他想都没想，飞快地按了几个字回绝了。

接下来的日子，宁澜继续一个人闷头过，除非工作需要，尽量不在队友们跟前刷存在感。

七月的首都非常炎热，下旬，AOW全员被安排参加一个慈善晚宴。

这种所谓的宴会一般都能动员整个演艺界，走个红毯蹭个曝光率总没有坏处。刚过午饭点，等候区就乌泱泱聚集了一堆人。

AOW作为暂时没有大牌赞助的新人，穿着打扮相对低调，清一色的衬衫小西装，然而一群高个子还是太过扎眼，被娱记们抓住采访了好几波。

其中一家直播平台的主持人直接拉着他们到镜头下访问，等候区虽然有空调，但是人多又拥挤，送出来的一点凉气几乎起不到降暑作用，成员们都心烦气躁，还要应付镜头保持微笑，着实难熬。

偏偏该主持人是个新人，没什么经验，抛出来的话题生硬且无脑，见方羽热得受不了，背过去偷偷用手扇脸，居然问他热不热要不要脱衣服。

方羽尴尬，打哈哈说："这个时候就十分羡慕女明星姐姐们了，穿裙子至少凉快些。"

主持人突然想到什么，又对宁澜说："你真的很漂亮啊，我好几个朋友都夸你。"

隋懿对这种轻佻的态度感到不适，皱了皱眉。

宁澜倒是始终保持微笑，好像完全没为这无聊的言语生气。后来主持人说想看看他是不是像传说中那么白，他还大大方方地把袖子挽起，露出白生生的一截胳膊给她看。

好不容易送走这尊大佛，AOW七人躲到角落里坐下，场内该拜见的前辈都打过招呼了，总算可以喘口气休息片刻。

安琳拿水过来给他们，交代他们不要乱跑，就去后援会那边帮忙布置应援了。隋懿给成员们分矿泉水，安琳今天大约忙昏了头，包里只有六瓶水。

宁澜说自己不渴，把手中最后一瓶水塞给隋懿，两人一番推辞，王冰洋看不下去，说："分着喝呗。"说完还演示了下，证明此操作的可行性。

隋懿把瓶子递给宁澜："我不喝了。"

宁澜垂眼，把瓶口送到嘴边，恍惚间不知道被谁碰了下，水晃出来洒了一身。

距离开场还有不到一个小时，宁澜手忙脚乱地去卫生间整理衣服。

这个时间人都在入口处聚着，卫生间空荡荡的。洗手池旁边有烘干机，他解开衣服前襟凑上去吹，幸好湿的只有胸前一小块，再吹一会儿应该能弄干。

他这几天有点魂不守舍，有件事在脑中一直挥之不去，还有现实的问题等着他去解决。

上个星期，妹妹用婶婶的手机给他打了个电话，接通了就开始哭，说高考没发挥好，爹妈让她复读。

宁澜安慰她说复读一年也没关系，哥哥出钱让你念。妹妹支支吾吾不肯依，说念书太辛苦，想出国念大学，还说她好几个没达到一本线的同学都被父母送出国了，她也想去。

宁澜想到这里，长叹一口气。他怎么会不知道妹妹打电话的时候婶婶肯定在旁边呢？小姑娘虽然虚荣，但不会玩心机耍手段，说不定就是婶婶教她打的这通电话。

可他明知道是个圈套，却不能拒绝。他占了妹妹半个房间长达十年之久，如今怎样回报都不为过。

去哪里弄这笔钱，便成了这阵子最让他犯愁的事。

烘干机发出断断续续的轰鸣声，耳朵里闹哄哄的。宁澜想着想着又觉得好笑，旧债未平新债又起，说的可不就是他吗？

衣服干得差不多了，他扣上纽扣，对着镜子整理了下衣襟，转身准备出去。

一个大块头男人叼着烟从门外进来，两人抬头视线碰个正着。

宁澜怔住，下一秒便匆忙转身。

大块头抓住他，吐掉嘴里的烟："跑，还跑，我看你往哪里跑？"

宁澜倒抽一口凉气，勉强笑着说："大哥是你啊……我没跑，我正往里走呢……刘老板也来了？您快带我去拜见他老人家。"

大块头冷声道："我带着你，你带着钱去拜见？"

宁澜转着眼珠看周围有没有人经过，企图拖延时间道："钱就快攒够了，刘老板心善，肯定能再通融我几天。"

大块头看着他，突然歪嘴笑道："凭什么通融你？"

大块头哼哧哼哧地笑："从前怎么没发现你小子长得不错呢？那话怎么说来着，人靠衣装马靠鞍，对吧？这么一打扮，怪不得能混到这儿当明星呢。"

宁澜咬紧牙关，双手慢慢握拳，嘴上继续服软道："哪里，也就化个妆能看一看。"

"啧，"大块头扳着他的下巴逼迫他抬头，"可别谦虚，刘老板说了，要是没钱，把你押回去也是可以的。"

宁澜倏地瞪大眼睛："什么？"

大块头解释道："你现在大小也是个明星了，身价水涨船高，自然跟从前不一样。"

这个大块头吃软不吃硬，越是跟他对着干，他就越暴戾凶狠。

宁澜脑中百转千回，一番思考过后，眨眨眼睛，谄媚道："刘老板当真是这么说的？"

"哟，这就想通了？"

宁澜艰难地点头。

"那行，现在跟我走。"大块头说着就去抓他的胳膊。

"给我一点时间行吗？那边快开场了，我进去走个过场，出来就跟你走。"

大块头循着他的视线往外面看，面露怀疑道："你小子耍过我多少次了，你觉得我还会信你吗？"

宁澜咬咬嘴唇，一副快哭的样子道："那不是怕您嘛，我身上又确实没钱，这回不一样啊，刘老板既然不会对我动手，那我还怕什么？"

"你倒是想得开！"

大块头观察他的表情，没看出个所以然来，又扭头往人群聚集的方向张望，觉得这地方不像能轻松混出去的。

他也是第一次来这种新鲜场合，还想再逛逛，想了想便松口道："那给你俩小时，要是敢跑，下次不用刘老板吩咐，我直接收拾了你。"

宁澜连连称是："谁再跑，谁孙子。"

整场晚会，宁澜都在琢磨该怎么当这个孙子。

虽说他现在大小算个公众人物，行程都暴露在阳光下，跑得了和尚跑不了庙，但仔细想来，大多时候他都待在人多的地方，像今天这样落单被抓到的机会寥寥无几。

总之先跑了这趟再说吧。

他在脑中模拟了无数种情形，想得入神，上台合影时脚下没留意踩了顾宸恺一脚，被狠狠报以一个白眼。

慈善宣言由队长发表，他干脆站在边上发呆，痴傻的样子被镜头拍了，也浑然不觉。

下台时，方羽用胳膊肘捣了他一下，掩着嘴问："下巴怎么弄的？"

宁澜回魂，抬手摸了摸下巴，还有点疼，应该是肿了。

"不小心磕到了，没事。"他说。

方羽摸出一管遮瑕："还要在镜头下面待一会儿呢，你先抹抹再回座位。"

宁澜对方羽是服气的，觉得他可能是哆啦A梦转世，总能在关键时刻从口袋里掏出好东西。

宁澜躲在角落里抹完遮瑕，回到嘉宾席发现之前坐的位置被高铭占了，只好坐到靠近走道的隋懿身边。

他刚坐下，隋懿视线轻扫过他的脸，公事公办地对他说："散场不要到处跑，要去公司集合。"

宁澜心不在焉地点头："嗯，知道了。"

他现在巴不得一天二十四小时集体活动，让他离群他还不愿意呢。

晚会上什么吃的都没有，喝口水都要遮遮掩掩怕被镜头捕捉到丑态。台上宣布本次慈善晚会到此结束时，AOW一行七人迫不及待地站起来，和周围的前辈们道了别，就顺着人流退场。

越是接近门口，宁澜的心就跳得越快，震得耳膜都跟着砰砰作响。他紧挨着隋懿小步小步挪，在心里祈求大块头别看到他，就算看到他，也至少顾忌一下周围这么多人在，先放他一马。

他恨不得把自己团成一颗球，或者打个地道钻出去，然而他做不到，只能尽量埋低脑袋，借隋懿的身高掩藏自己。

隋懿步子迈得不大，走到一半就和前面的队友拉开距离，宁澜躲在后面，心存侥幸地想着：这下应该看不到我了吧？

谁承想这大块头眼神拔群，在众人分道扬镳的出口处一下子就看到他，叼着烟黑着脸，健步如飞地上来就伸手逮人。

宁澜眼睁睁地看着他过来，心快提到嗓子眼。就在大块头的手快落在他身上的瞬间，原本在他前面走着的隋懿侧身一挡，将他护在身后。

大块头的手落了个空，不耐烦地要越过去继续抓人，隋懿按住他往后伸的手道："干什么？"

大块头上下打量他道："哪来的臭小子多管闲事？"

事情的发展不在宁澜设想好的任何一个状况中，他硬着头皮装蒜："哥，你在这儿啊，我刚还找你呢……队长，队长放手啊，都是朋友。"

隋懿冷冷地看着他，谨慎地环顾四周，见没引起别人注意，才慢慢把手松开。

大块头也不想在大庭广众下闹事，要不然这俩毛头小子加起来都不是他的对手。他冲隋懿不满地哼哼几声，然后对着宁澜勾手指头："走吧。"

"他要跟我回公司。"隋懿道。

宁澜怕大块头嘴里说出什么不好的话，忙乞求道："哥，你再等我一下，就一下，我去公司报个到，很快就好。"

公共场合人来人往，摄像机还在门口架着，那边保安已经盯着他们有段时间了，大块头到底没发作，警告宁澜乖乖的别要花样，凶神恶煞地瞪了他一眼，感觉威慑力足够，便暂且先放他走了。

直到保姆车在楼下停稳，AOW成员鱼贯下车，三三两两地走进公司大楼，如芒在背的感觉都不曾消减，好像后面有双眼睛阴恻恻地盯着他。

在宁澜不知道第几次状似不经意地扭头往后看时，走在最后面的隋懿说："他没跟到后面。"

宁澜条件反射地缩了缩肩膀，转回去才发现其他队友都乘上一部电梯上楼去了，此时一楼大厅里只有他和隋懿两个人。他短暂地卸下防备，摸了摸后颈的汗，对侧后方的隋懿说："谢谢啊。"

宁澜按了电梯，默默地盯着往下跳动的数字，思考接下来该怎么办。

他也不知道为什么总是这样，让自己陷入如此狼狈的境地，还几乎每次都让身边这个人看到。按照这个人惯常对他的偏见，肯定又要以为他是故意为之。

宁澜垂头盯着脚尖，觉得自己真是没救了，这种时候还在意别人怎么看他。

电梯轿厢下落到一楼，两个人走上电梯，始终维持着不远不近的社交距离。沉默的气氛令宁澜有些无所适从，他继续盯数字，当上行的数字跳到"5"时，隋懿突然再次开口："你真的要跟那人走？"

宁澜双目猛地圆睁，扭头看他，嘴唇机械地嚅动几下，没说出话来。

隋懿看他这副惊惶的模样，心中躁意更甚。

刚才慈善晚会现场，宁澜去洗手间半天没回来，他就过去寻他，听到那样一段对话完全是偶然。

如果没听到，他也不会知道这家伙想走捷径的心思还没打消，看他最近安安静静地公司宿舍两点一线，还天真地以为他改邪归正了。

事实证明，他就是自甘堕落，不然为什么会语气轻快地答应，而不是想办法寻求帮助？

隋懿思及此，自嘲地勾起唇角，觉得自己刚才脱口而出的问题毫无意义。宁澜的社交圈子如此广阔精彩，想必能耐也不小，何必寻求庇护？他不想光明磊落地过，任谁也阻拦不了。

在他思考的这段时间里，宁澜的脸色已经缓和，满目的慌张退去，平静道："关你什么事。"

话说得轻飘飘，背在身后的手却紧握成拳，微微发抖。

然而，隋懿只看到他冷淡的眸子，和尖俏的下巴上那块突兀的红痕。

电梯在22楼停下，直到两扇门差点超时合上，宁澜才迟钝地迈出去。他走在前面，汗湿的掌心在衣角不着痕迹地搓了搓。

夏夜的走廊很暗，只有两人的脚步声交叠错落，打破漫长而燥热的安静。

"宁澜。"身后的人叫他，突兀的声音将黑暗撕开一道缝隙。

宁澜背脊一僵，鬼使神差地停住脚步。

隋懿追上来，离他近了些，胸腔里沉着一口气，对着快要隐没在夜色中的背影道："既然缺钱，那我帮你吧。"

嗓音低沉悦耳，敲打着他摇摇欲坠的脆弱，像是这无边的黑暗中可以将他从泥沼中带出去的唯一一抹光亮。

2

少年们回到宿舍，都嚷嚷着饿了，顾宸恺和高铭勾肩搭背出去吃烧烤，王冰洋想吃泡面又怕胖，拆包装的时候咬牙切齿，不忍直视汹涌的热量。

宁澜刚好进厨房，按住他的手说："我煮面条，带你一份吧。"

跟在后面来厨房觅食的陆啸川举手："也带我一个。"

挂面是宁澜之前买的，竖着放在冰箱角落里不是很占地方，因此避免了被扔掉的命运。水开了先焯小青菜，平底锅开始煎蛋和培根，菜焯完了下面条，三个面碗清一色清汤加酱油，煮熟的面条捞进去，铺上菜，最后淋几滴香油就完成了。

两人真的饿坏了，一碗面条几筷子就见了底，王冰洋吃完还意犹未尽，直夸宁澜手艺赛过五星级酒店大厨。

"就普通的阳春面，有这么夸张吗？"宁澜笑道。

陆啸川吃完放下筷子，竖起大拇指道："真情实感，好吃！"

隋懿从房间里出来时，宁澜正在收拾空碗。

他还没想好接下来用什么样的状态面对隋懿，有些紧张地捏紧碗沿，问他："你要吃吗？"

隋懿摇头说不用，把一张卡推到他面前："转到你账户了，剩下的在卡上。"

宁澜先看了一眼四周，确定没人在，然后放下碗，把卡接过来，垂着眼盯着上面的卡号，更不知道该说些什么了。

隋懿看他欲言又止，担心他会错意，只好又问："密码记住了吗？要不要拿纸笔……"

"记住了，"宁澜忙说，"谢谢。"

在这尴尬沉寂的氛围下，隋懿说了句"早点休息"便转身回房。

宁澜一整晚都辗转反侧，思考要不要申请调回原来的房间。第二天早上到公司才听说，昨天顾宸恺在台上瞪他的照片被发到微博上去了，在粉丝中掀起轩然大波。评论两极分化严重。

宁澜点开微博就看到一长串 @ 他的消息。

顾宸恺气得早饭都吃不下，关上门嚎了一上午，宁澜本来没将这事放在心上，但从安琳那边听说因为这件事，顾宸恺掉粉而他涨粉，他就有点坐不住了。

怎么说顾宸恺现在是他"债主"的弟弟，这样算不算……恩将仇报？

宁澜站在门口刚要敲门，隋懿就从里面出来，看见他先是一愣，然后背过身把门带上。宁澜想绕过他进去，被他拦住："进去干什么？"

"道歉。"宁澜言简意赅。

隋懿见他表情淡然，不像是要寻衅滋事，想了想说："他耍小孩脾气，不用理他。"

这话听得宁澜心里舒坦，面上却不敢流露半分。谁让面前这个小孩升任为他的"债主"了呢，他打算调回原来的房间，也好在"债主"跟前露露脸，好好表现。

"钱还了吗？"隋懿问。

"啊？……还了。"宁澜被这突然的关心弄得有点慌。

昨天晚上他就把到账的钱给刘老板打了过去，说起来这还是他第一次主动联系债主，然而还掉之后不但没有一身轻松，反而更加沉重了。

债还是欠着，只不过债主从一堆合并成了一个，这个人还抬头不见低头见，躲都躲不得。

他不知道自己这个选择是对是错，当时的情形现在回想起来都觉得荒谬。

隋懿则与他相反，淡定得仿佛置身于状况外，点头道："嗯，今天团综要取材，不要离队太远。"

晚上，安琳直接把摄像机扛到 AOW 宿舍，急吼吼道："动作快点儿，拍完我还得回去剪片子，明天就得播。"

宁澜边收拾东西边问："这周要播的不是已经剪好了吗？"

安琳哀叹一声："还不是你们两个祖宗在台上搞事情，这期团综临时替换成宿舍日常了！"

顾宸恺坐在沙发上，闻言翻个白眼，火气又冒上来："随他们爱说说去！"

隋懿皱眉，继续耐着性子做弟弟的思想工作。宁澜没闲心听，反正无论要演什么，他都会全力配合。

15 分钟后开拍，先从参观各个房间开始，意在记录温暖友好的兄弟情。摄像机来到队长所在的宿舍，宁澜抱着草莓抱枕说是粉丝送的，天天晚上陪着他睡觉，又拿起床边的膏药贴说是队长给的。

"别看他整天挂着脸，其实是个大暖男。"无脑夸队长总不会出错。

接着，镜头给到上铺的隋懿，宁澜说队长有独门下床绝技，隋懿便长腿一伸从上铺跳下来，顾宸恺也从低矮的床上纵身一跃，十足耍宝，宁澜捧场地给兄弟俩鼓掌。最后，顾宸恺按照安琳的指示给舍友一人分了一袋零食，包括宁澜，两人还不咸不淡地闲聊几句，才把这个虚伪造作的部分揭过去。

当晚刚好有 AOW 六月初录制的某综艺播出，安琳多留了一会儿拍七个人一起看电视的日常。

一个半小时的节目，宁澜的镜头意料之中最少，只在陆啸川即兴 rap 时帮忙打节拍的时候得到几个特写。

节目播完后，他们送安琳到楼下，她单独把宁澜拉到一边，说："粉丝们不明真相，可我们都知道那事不怪你。张梵姐让我跟你说，宸恺小孩子脾气，你别跟他一般见识。"

宁澜乖巧地点头称是。

安琳把话带到，拎着摄像机准备走，想想又回过头来，忍不住说："以后上节目得学会来事，尽量多展示自己，不是让你像宸恺那样搞事情啊……虽然后期会剪辑，但是你光站在后面做背景板，不就一点机会都没有了吗，培训时教的那些你都忘啦？"

宁澜摇头，忘倒是没忘，只是他没有资格和立场去争取镜头。

从前没有，现在更没有。

接下来的日子千篇一律。

AOW 的首支单曲过了宣传期，八月上旬几乎没有集体行程。高铭接了一档舞蹈节目，每周都要去外地录制；陆啸川从 Show Case 之后安静了一阵子，最近又故态复萌，从偶尔夜不归宿变成不见人影，和方羽一样神龙见首不见尾；顾宸恺找到新乐趣，天天抱着吉他去找老师学习；隋懿则准备进组，开始研读剧本。

日常训练之余，宁澜就跟王冰洋小朋友一起玩耍。王冰洋弄来一套手柄游戏机，两个人没事就蹲在客厅里打，小朋友活力无穷，打通宵都不嫌累，宁澜也爱玩，可惜精神到底不比十几岁的小年轻，好几次歪在沙发上快睡过去了，又被王冰洋拖起来继续撑着眼皮对战。

这天半夜，宁澜听见耳边有人压低声音说："他困了，让他睡吧。"

他确实困，白天练舞练到半死不活，现在眼睛都睁不开了。被人扶起来跌跌撞撞往房间走，直接倒下。

隋懿给他盖上毯子，刚要直起身，宁澜的眼睛突然睁开。

就在隋懿迷茫的分秒间，宁澜张嘴小小地打了个哈欠，他闭上眼，往里侧翻身，只留个背影给隋懿，拉长声音说："晚——安——"

隋懿进剧组之前，张梵给 AOW 全员接了一档新综艺。

一个脱口秀节目，每周会邀请嘉宾围绕某个主题谈天说地。AOW 七人分成两边坐，主持人是一男一女两个名嘴，录制现场侃天说地"打嘴炮"，气氛还算融洽。

才艺展示环节，方羽和顾宸恺的合唱引起台下鼓掌欢呼，王冰洋也表演了魔术作为个人特技，虽然紧张嘴瓢说成了"我给大家表演一个蘑菇"，反而引得现场笑声不断。

到后半部分即兴访谈，女主持人以豪爽泼辣著称，毫不掩饰对隋懿的喜欢，见缝插针地追问他喜欢什么样的女孩子，隋懿按照公司给的范本背了一遍，女主持嫌他敷衍，说这个答案台下每个姑娘都对得上，非要他说实话，隋懿没法，加了一条"眼睛漂亮"，女主持顺势夸张地找镜子检查自己的眼妆。

录制后半部分给 AOW 集体表演空出了时间，在后台换衣服化妆时，宁澜接到了没事从不联系他的母亲赵瑾珊打来的电话。

"臭小子，你脑子被驴踢了啊？供宁萱那个丫头出国念书？有这钱为什么不给我？老娘苦了一辈子连首都都没去过，你个小白眼狼，到底是不是我生的？"

责骂连珠炮似的往外蹦，宁澜捂住话筒，避开人群走到角落里，问："从哪儿听说的？"

"还想瞒我是吧？在你叔家楼下碰到丫头，问她干吗去呢，她说去上什么托福班，你当老娘没念过什么书就不知道这班上来干吗的吗？他们家哪来这么多钱送丫头去喝洋墨水啊，还不是你给的吗？啊？"

聒噪的大嗓门刺得宁澜耳膜疼，他把手机拿远了些，心想母亲这辈子的所有机智怕是都用在绞尽脑汁跟他要钱上了。

宁澜无奈道："我只给她报班的钱，能不能考过还不一定。"

赵瑾珊不依不饶道："报班的钱也不该给！她是没爹还是没妈啊，轮到你给她出学费？"

"那我是没爹还是没妈啊，轮到叔叔婶婶把我养到成年？"宁澜道。

电话那头沉默片刻，不多时便传来抽泣声："听听，听听这说的是人话吗？叔婶养你有功，我这个当妈的就什么都不是啦？十月怀胎把你生下来的是谁？你那个该死的爹发酒疯打你的时候护着你的又是谁？小没良心的，我的命怎么这么苦啊……"

宁澜捏捏眉心，他就知道说出来会是这么个难以收场的后果，刚才心头躁意翻涌，一时没忍住。

他已经说错一次，不想再多言语，沉住气直接问："要多少？"

赵瑾珊立刻收了哭声，报了个数字。

宁澜连用途都没问，直接挂掉电话，手机转账。

他知道自己这样无底线纵容会让母亲更加肆无忌惮，可以他对母亲的了解，如果不遂了她的愿，一次两次还好，次数多了她什么没脑子的事都干得出来。

五年前，他刚到首都某酒店做服务生，岗前培训三个月薪水较低，他把从牙缝里省出来的钱全打给赵瑾珊，她嫌少，觉得宁澜藏钱了，宁澜跟她说不通，干脆不理她。谁知她不知去哪里查的电话，顺藤摸瓜一直打到酒店老总的办公室，说他们这儿有个叫宁澜的员工不仁不义，不赡养卧病在床的母亲。事情闹得酒店上下人尽皆知，领导看他的目光都带着审视和质疑，最后上岗考核没过，拎着包灰溜溜走了。

现在他做着一份更需注重形象的工作，经不起这样的折腾，能给就给吧。

宁澜看着手机银行上的卡内余额，明明是挺大的数额，他却一点都高兴不起来。没经过任何付出而获得的收入，在别人眼里可能是天上掉馅饼的好事，可在他眼里却是沉重的负担，他想光明磊落地活下去，首要条件就是谁都不欠。

所以哪怕隋懿不说，他也会还的。

节目录完已是日暮西斜，录影棚外面有粉丝蹲守，有几个还包了车准备跟他们的保姆车，AOW七人分别上了三辆出租车，神不知鬼不觉地从后门遁走了。

他们还要赶回去开直播，今天是陆啸川的生日，没办生日会，总要给粉丝们一个热闹的机会。

地点选在公司的一个会议厅，厅内布置一新，墙上贴着"生日快乐"四个彩色大字，蛋糕也在隔壁房间准备就绪。

距离直播还有一个小时，寿星陆啸川瘫坐在沙发上没精打采，他扫一眼屋里的人，问："姓方的呢？"

安琳答："回家去了，说晚点过来。没关系，我们可以先开始。"

怪不得那家伙一个人坐了最后一辆出租车，原来是要跑。陆啸川心情更加阴郁，烦躁地捶了下沙发扶手。

直播8点准时开始，众人先送上准备好的礼物，即便并不太感兴趣，职业操守和演技陆啸川还是有的，他笑吟吟地拆礼物。隋懿出手最阔绰，送了他一只手表，其他成员有的送运动鞋，有的送钱包，也都花了心思。

最后拆宁澜的礼物，是一盒曲奇饼。

"昨天去店里做的，在冰箱冷藏一夜，天气热，抓紧吃。"宁澜道。

陆啸川惊讶道："你亲手做的？"

"嗯。"宁澜微笑着说，"手艺一般，不好吃的话就丢掉吧。"

陆啸川拿起一块塞嘴里，边嚼边含糊不清地说："好吃，怎么会不好吃！"

说着便分给大家一起品尝，隋懿说不饿，没有拿，弹幕纷纷询问队长是不是不舒服，读弹幕的工作人员把粉丝们的关心转达。

那边粉丝们刷礼物祝福，这边队友们拿出看家绝活给寿星公庆生。王冰洋又把他的"蘑菇"表演了一遍，陆啸川假装第一次看，热情鼓掌。公司还十分有心地把他在国外的弟弟陆啸舟请来，陆啸川自打出生就待在国内，实际上跟弟弟并不热络，陆啸舟走出来时他还要装作很惊喜的样子，然后拥抱了下就相对无言了。

宁澜看看这个瞧瞧那个，说："你们兄弟俩真像。"

点蜡烛许愿的时候，陆啸舟挤到宁澜边上，说："加个微信呗。"

宁澜看着他那双和陆啸川如出一辙的蓝灰色眼睛和笑容，心想：果真是亲兄弟。

隋懿不爱吃甜食，靠在墙边看大家热闹。宁澜切了一块蛋糕到边上吃，眼看陆啸舟又要跟过来，隋懿两步过去把宁澜往外拉了一把："这里镜头还能拍到，转过去吃。"

隋懿板脸的时候会自动散发出生人勿近的气场，陆啸舟目光在他身上打量一圈，双手往兜里一插，撇撇嘴走开了。

宁澜听话地背过去吃蛋糕，吃完接过隋懿递来的纸巾擦嘴，小声说："谢谢啊，队长。"

隋懿点点头，回到人群中去。

直到唱完生日歌吹完蜡烛，蛋糕都分掉大半，方羽才匆匆赶到。

"不好意思，家里有点事来晚了。"他放下包先冲着镜头打招呼，然后对陆啸川说生日快乐，就捂着肚子说饿，要切蛋糕吃。

陆啸川瞧他敷衍的态度，脸上的笑容渐渐消失，想想还是不甘心，故意走到他跟前晃来晃去。

直播到尾声，众人向粉丝们道别，镜头刚关闭，方羽就继续吃他的蛋糕，完全忽视他面前硕大的一个寿星公。

"喂，你刚才去哪儿了？"陆啸川问。

方羽头也不抬道："回家啊。"

陆啸川脸色更不好看："回家干什么？"

"玩啊。"方羽说着，从旁边的盒子里拿了块曲奇塞嘴里。

陆啸川瞪大眼睛："那是送给我的，谁让你吃了？"

方羽把嘴里的东西咽下去，不畏惧地抬头看他："蛋糕我还吃了呢，又不是你做的。"

陆啸川很生气。

"你回家到底干什么去了？"他又问一遍。

方羽笑了笑："关你什么事？"

陆啸川被他这个无所谓的笑容彻底激怒，接着怒极反笑："呵，回家？"

方羽不笑了，看着他："你笑什么？"

他们俩吵架时从不避讳旁人，周围的人都听得一清二楚。

陆啸川急火攻心，口不择言道："谁不知道你那个家是什么地方？"

安琳反应最快，一个箭步冲过去拉住陆啸川："别说了。"

陆啸川非要说完："还回家？那是你的家吗？"

只听"啪"的一声脆响，方羽扬手扇了陆啸川一巴掌。

陆啸川被打蒙在原地，傻掉的队友们这才意识到事态严重，上去拉开两人。

隋懿带陆啸川到隔壁休息室，宁澜扶着浑身发抖的方羽坐下，给他拿了杯水。

方羽捧着杯子不说话，宁澜正琢磨着怎么安慰他，就看见一滴眼泪"吧嗒"掉进杯子里。

"哎，你别哭啊。"宁澜慌了手脚。

方羽哭得梨花带雨，任谁看见他这样落泪都得心疼。宁澜也不例外，心想：这个陆啸川真不是东西，回头得让他把曲奇吐出来。

"你……你是不是也觉得我……我是……"方羽抽抽噎噎地问。

宁澜忙说："不啊，当然不是啊，小羽这么好，好到全世界都应该知道。"

方羽不禁破涕为笑。其实，宁澜回答时一点底气都没有。方羽委屈成这样，流言明显是谣传，而他为了钱出卖尊严、曲笑逢迎却是板上钉钉的。这场面让他觉得既心虚又讽刺。

晚上，宿舍。

宁澜想通了，既然隋懿已经成了自己的债主，自己对债主更好些也是应该的。在债主面前，更是不应该耍性子。

隋懿把行李箱摊在地上收拾东西，明天一早的飞机去J市影视城报到。

自从上回宿舍日常拍摄后，宁澜就在原来的房间住下了。顾宸恺直播后去找赵老师学吉他，王冰洋和高铭也去旁听，这会儿宿舍里只有他和隋懿两个人。

宁澜洗漱完擦着头发进来，看见隋懿把衬衫叠成惨不忍睹的一团，主动上前道："这么叠等到那儿就不能穿了，我来吧。"

隋懿想了想，把衬衫给他，自己去整理其他物品。

宁澜边叠边问他："陆啸川怎么样？没被打傻吧？"

"没，"隋懿说，"就是挺惊讶的，大概第一次被打。"

宁澜想起陆啸川那副震惊到无以复加的表情，觉得好笑："他活该，人家方羽什么都没做，他相信这种以讹传讹的事情就罢了，还非要说出来，不是讨打么。"

隋懿说："嗯，活该。"

宁澜看他把充电器随便一团就往行李箱里塞，忙站起来："哎，充电线别那么收，会打结的。"

宁澜把充电线整整齐齐绕好，继续帮他收拾其他东西，原本叠好的衣服也被拿出来重新叠了一遍，最后整个行李箱都是他整理的，衣物、日用品和洗漱用品分门别类摆放，连袜子都有专门的空位。

宁澜合上行李箱前，提醒道："杯子和牙刷一起放在这个夹层里，裹在毛巾里面，别忘了啊。"

隋懿看着如此井井有条的行李，问："你学过收纳整理？"

他想起之前专辑宣传期到处飞，不知道宁澜是不是也这样帮别人整理过行李。

宁澜理所当然地说："这还用学吗？熟能生巧啊，我从初中开始就住校了，生活自理能力应该比你们要好那么一点吧。"

隋懿从他语气中捕捉到那么一点自豪，差点跟着他一起笑了。

第二天清晨，两人前后脚走进卫生间，宁澜半梦半醒走路像踩在棉花上似的，甚至险些把牙刷柄怼进嘴里。

"起这么早干什么？"隋懿问。

宁澜嘴里含着泡沫，半眯着眼睛说："送你啊。"

临走前最后一次检查行李，已经神志清醒并换好衣服的宁澜跟昨天晚上一样把活儿都揽了去，麻利清点完毕，把拉链拉上，箱子有点沉，一胳膊没能拎起来。隋懿把行李箱从他手里接了过去，然后看着他的手腕问："还疼吗？"

宁澜顺着他的视线往下看，才知道他指的是昨天收拾行李时弄出的伤痕。

"没事，我从小身上就容易留印儿，不疼的。"宁澜无所谓地说。

隋懿没说话，打开自己桌子的抽屉，从里面拿出一瓶云南白药气雾剂，返回来执起宁澜的手，就往他红通通的手腕上"呲呲"喷了几下。

冰凉的气雾剂洒在皮肤上，宁澜蜷着肩膀往后缩。

"喷点这个好得快。"隋懿说。

他们到了机场大厅，宁澜抬起手嗅嗅，那股刺鼻的味道还没散。前面走着的隋懿忽然转身，走在他后面的宁澜一个没刹住，差点随着惯性撞到他。

隋懿扶了他一把："到了，你可以回去了。"

宁澜看着大屏上的航班信息："还早，我送你去安检。"

两人都戴着口罩，隋懿看不清宁澜此时的表情，说："你不用这样。"

宁澜眨了下眼睛，天真道："哪样啊？"

隋懿拍拍行李箱："帮我收拾行李就够了，谢——"

还有一个字没出口就被按回嘴里。宁澜瞪大眼睛道："求你别说！我会折寿的。"

隋懿被他的脑回路弄得哭笑不得，点头表示答应。

临近安检口，宁澜没法再进去，叮嘱隋懿道："以后这种整理东西的活儿，记得都交给我。"

隋懿瞧他一脸认真，反倒起了点玩笑的心思："怎么，你有强迫症？"

宁澜又眨了眨眼睛，片刻后双眼微微弯起，重重地点头道："对！"

当天晚上，宁澜就收到隋懿发来的消息："在吗？剃须刀放在哪儿？"

宁澜迅速回复："箱盖夹层的黑色洗漱包里。"

过了一会儿，那头又问："睡衣？"

宁澜打字如飞："白色的 T 恤吗？在那堆裤子上面，衬衫下面。"

一问一答几个来回，总算远程把人伺候妥当，宁澜忍不住发问："你平时都怎么出门的啊？不带行李吗？"

隋懿回复："带。这次是你收拾的。"

宁澜琢磨片刻才明白，这人是在甩锅呢。

宿舍里只有他一个人，宁澜躺在床上，放飞自我地跷着二郎腿，脚丫一晃一晃地发消息："怎么样，还习惯吗？"

隋懿："挺好的。"

宁澜又问他："要拍多久啊？"

隋懿："一个月。"

宁澜一边觉得这剧真是粗制滥造，区区一个月就能拍好，一边又去翻日历，一个月啊，那时也快入秋了。

他没再发消息，百无聊赖地往上翻聊天记录，发现他们上一次交谈是隋懿得到该剧男一号，请大家吃饭的群发消息，再上一次是在 S 市直播前，喊他去他们房间吃东西。

宁澜挨个长按，把这几条和之前自己发过去没收到回复的那些消息全都删除。删完他手指下拉，和隋懿的聊天记录从"在吗"两个字开始，营造出了一种两人关系还不错的假象。

他抬起手腕闻了闻，洗漱之后云南白药的味道淡了很多，正琢磨着要不要偷摸拿来再喷一下，手机一振，隋懿又发来一条消息：气雾剂在我桌子右边第一个抽屉里，你自己喷，一天三次。

宁澜捧着手机看了许久，打几个字又删掉，来回折腾半天，最后只回了简单的一个"好"。

队长不在，赋闲在家的 AOW 其他成员像长时间绷紧后突然松弛下来的橡皮筋，软绵绵蔫巴巴的，干什么都提不起劲。

张梵怕他们闲着闲着就废了，给每个人都排了课程。宁澜被王冰洋连蒙带拐地拖着一起上了几堂表演课，感受到了演戏的乐趣，至少比唱歌跳舞得劲多了。

方羽也接了个剧，演女主角的前男友，戏份少，拍摄周期只有一周，就在本地取景。宁澜课余时间去探过他的班，女主角长得还没方羽精致，拍摄之前不停地请求摄像注意角度，别把她的脸拍太大。

"这剧一看就没逻辑，你这张脸往那儿一搁，女主角是瞎了才会跟你分手。"宁澜说完，咬了一大口冰激凌。

"哎，你先别吃啊，还没拍照呢。"方羽把自己的冰激凌贴过来，和他的靠在一起，开始各种摆弄找角度。

宁澜等得无聊，也掏出手机"咔嚓"了一张。

方羽拍了十来张才收手，边加滤镜边说："女主角瞎不瞎我不知道，男主角眼神肯定不太好。"

说到男主角，宁澜问他："上回陆啸川不是非要演这个男主角嘛，最后没成？"

方羽冷哼一声："要成了那还得了？又瞎又蠢的男主角，这剧没播出就得凉到地心。"

宁澜笑得肩膀直抖，手机"叮咚"一响，收到一条特别关注提醒，方羽把两只握着冰激凌的手的照片发了微博。

到晚上，评论里还在热火朝天地猜另一只手是谁的。有的说是新戏女主角，对比一看手应该没这么大；有的说是助理，又有蹲在剧组外面的妹子说小花花的拍摄内容少，根本没带助理；更多的说是队长，没多久就被资深粉丝用肤色差打脸，隋懿虽然不黑，但也没有照片上这么白。

经过一番艰辛的推测和排除，粉丝们终于得出结论——是泡泡澜的手。

宁澜晚上转发了这条微博，配了个爱心表情，一石激起千层浪，粉丝都活跃起来了，毕竟很少看到宁澜和方羽互动，而这里面有那么一小撮粉丝却开始打抱不平起来：我们的队长隋懿呢！怎么没物料？星光娱乐您可真行！

宁澜转发微博之后，没再翻评论，自然不知道粉丝们的各种评论。

他在睡前把冰激凌照片发到朋友圈，醒来时看到隋懿给点了个赞。他顺着赞爬到隋懿的朋友圈，看到他最近的更新来自昨天，也是一张照片，拍的是远处的日出，照片上的屋顶是歪的，好像拍照片的人就没站直，只配了一个字——困。

宁澜品了品，觉得他这才有了点十八岁少年应有的样子。礼尚往来地给点了个赞，切回聊天界面时，拇指悬在隋懿的对话框上半天没按下去。

他不知道该说些什么，隔着这么远帮不上什么忙，可又不想就这么退出去。

这时候，老天帮他做了选择，聊天界面突然变成等待通话，手机振动不止。

宁澜刚点接通，妹妹宁萱的声音就从听筒里传出来："哥哥，哥哥，我想要个苹果表。"

宁萱找他百分之九十九都是为了要钱。宁澜上个星期才给她买了新手机和笔记本电脑，现在又要什么苹果表，高频率且无道理的索求，让宁澜觉得背离了初衷。

"手机不就能看时间吗，要手表做什么？"宁澜问。

宁萱："是苹果表，跟一般的手表不一样，可以监控心率，还可以接打电话。"

宁澜忽略她语气中的鄙夷，问："这东西对学习有帮助吗？"

宁萱没回答，只说："我们班上的同学都有。"

她们班指的是她上的托福班。那种班里一群准备出国的小孩，家庭条件普遍不错，宁萱处处想跟他们比，本来就很勉强。

宁澜缩小通话框，打开浏览器查了下，耐着性子道："哥哥查了一下，语音回复短信，导航，播放音乐，测量心跳，还有什么计步功能，手机 APP 都可以做到，没必要买这个……"

他话还没说完，就被宁萱不客气地截断："就三千多块，连给你妈的零头都不到，怎么这么小气呀！"

宁澜脑袋里"嗡"的一声，问："你怎么知道……"

宁萱振振有词："你妈昨天还来咱们家嘚瑟呢，说你刚给她打了三万块，她买了金项链金镯子金耳环，喊，土得要命！"

宁澜半天没说话，身体里的力气好像一瞬间被抽空了。

他怎么也想不到，他们会拿他给的钱互相攀比，以能榨干他身上的最后一滴血为荣。

宁澜扶着椅子坐了下来，看着自己因为练舞磕伤的还贴着膏药的腿发呆。电话那头的宁萱还在聒噪地喊，他不想听，摸索着按了挂断。

太阳跃出地平线，在屋里洒下一片金灿灿的光，可宁澜却觉得浑身发冷，暖不起来。

隋懿的桌面很干净，他伸手想去拿被他放在桌角的气雾剂，手机突然振了一下，他迟疑片刻，还是把手机拿起来。

一条信息，隋懿发来的：手腕的伤好了吗？

兴许因为阳光刺眼，宁澜眼睛有点酸。他回复：好了。

隋懿似乎不信：真的？

不然亲自看看？宁澜问他。

隋懿只回了一个字：嗯。

宁澜吸吸鼻子，打开火车订票网，今天去 J 市的高铁票都卖完了，K 字头和 T 字头的也只剩站票。

他翻了一会儿，才觉得自己傻，退出去改看飞机票。

来回机票加起来不过一千多，就当买了半个苹果表吧。

去他的苹果表。

七个小时后，宁澜站在 J 市影视城门口的角落里给隋懿打电话。

"喂。"隋懿第一次接到宁澜的电话，不太确定地唤了一声，"宁澜？"

每次听到他喊自己的名字，宁澜就心慌。"队长，"宁澜慢吞吞地说，"我在 J 市影视城门口，刚到。"

电话那头沉默了，周围人来人往，吵闹异常，电话里却一点声音都没有。

就在宁澜无地自容，慌不择路地准备挂电话时，隋懿说话了。

"在那儿别动，我去接你。"

隋懿半小时后才到，黑 T 恤黑裤子黑口罩黑帽子，像个行走的吸热体。

宁澜在这半小时里想了很多，面对隋懿不知道该说点什么好，想故作轻松地问他磨蹭啥，这么半天才来，隋懿在他开口前主动道："拍摄地点不在这里了，昨天刚搬到东边一所学校。"

宁澜尴尬极了，摸了摸鼻子，"嗯"了一声。

走了两步隋懿回头，宁澜以为他要问自己为什么突然过来，紧张地顿住脚步。结果隋懿只是伸手把他手里的包接过去，就转身继续往前走。

他们打了辆车，一路无言地来到某大学门口，宁澜下车把连帽衫的帽子戴上，两个捂得严严实实的人一起走进学校外面的商业街。

"剧组包的宾馆在那边。"隋懿指了指道路尽头，却带着宁澜进了另一家宾馆，"你今晚就住这儿吧。"

学校周围住宿很便宜，宁澜口袋里没揣钱，隋懿飞快地掏钱包把押金和房费一起交了。开门进房，房间虽然小但还算干净，隋懿把他的包放下，问："吃午饭了吗？"

宁澜摇头。

"刚才我们经过的地方有很多吃的，可以下去买。如果不想出去，也可以订外卖。"

宁澜又摇摇头，隋懿不知道他是不想下去，还是不想吃饭，干脆帮他决定："我去楼下给你叫份餐送上来。"顿了顿又说，"下午还有戏，先走了。"

宁澜问："要拍多久啊？"

隋懿走到门口，转过来说："到晚上七八点。"

宁澜讷讷地点头："哦，注意安全。"

隋懿走后不到十分钟，有人敲门送餐。送餐的人宁澜见过，从商业街穿过来的时候看见这个小伙子守着快餐车打哈欠。

宁澜从早上到现在没吃过东西，就在飞机上喝了两杯可乐，这会儿确实饿了。他把饭菜吃得渣都不剩，然后拎着垃圾扔到楼下，站在宾馆门口望了两眼远处"××大学"的烫金大字，再一个人返回房间。

吃饱了就开始犯困，宁澜坐在床上，拿着遥控器调了几个频道，没什么可看的，索性停在一个正在放《动物世界》的频道上，抱着枕头睡了过去。

他做了一个梦。

狭小逼仄的房间，散发着霉味的床铺，被窗帘遮盖得严严实实的窗户，还有耳边无休止的争吵。"砰"的一声，一根铁棍打碎玻璃窗捅了进来，他吓坏了，没穿鞋就往外面跑，赤脚踩在地上的声音刺耳单薄，他跑到外面，刚才还在吵架的爸爸妈妈不见了，屋里空荡荡的，只有头顶的吊扇在吱呀吱呀地转。

紧接着，又是一声巨响，大块的玻璃砸碎在地上，外面的人冲了进来，他想逃出去，拼命地扳门锁，杂乱的脚步声越来越近，可门被反锁了，怎么也打不开。

没人要他，他是所有人的累赘。

惊醒的时候满头都是汗，宁澜掀开被子坐起来，大口地喘气，待到呼吸平稳后，才往窗外看。太阳还没落山，外面天还是亮的。

电视里放着滑稽热闹的动画片，他在欢快的音乐声中拿起手机，给隋懿发了条消息："晚上过来吗？"

过了二十多分钟，隋懿才回过来："有事？"

"一起吃饭。"宁澜按了几个字。

又过了半个多小时，隋懿回复："嗯。"

晚上八点还差十分钟，房门被敲开了。隋懿拎着东西进来，看见电视机旁边的小桌上已经摆了几个饭盒，愣了一下。

"你买饭怎么不说一声啊？我也买了。"宁澜说着接过他手里的塑料袋，打开最上面的饭盒，"烤鸭？好香，我以为你拍戏得管理身材，就只买了些清淡的。"

两个人坐下吃饭，房间里只有一张椅子，隋懿让给宁澜，自己坐在床尾，床离桌子有点远，夹菜不太方便。

宁澜不怎么饿，喝了小半碗粥。

他们吃完收拾碗筷，宁澜问："明天想吃什么啊？我提前买回来……对了，你吃夜宵吗？"

隋懿觉得宁澜现在的状态跟中午刚到时不太一样，话一下子多了。

他下楼扔垃圾，宁澜也跟在后面，喋喋不休地说："我买饭的时候看到有卖煎饼馃子的，没想到这边也有卖，不知道跟咱们宿舍楼下的比起来味道怎么样……明天早餐就吃它吧？"

他没得到回应，又指着校门口方向问："这个大学条件怎么样啊？马上开学了，学校还让你们拍吗？拍的时候有人来围观吗？"

隋懿挑了一个问题回答："让拍，租了一个多功能教室。"

"多功能教室长什么样？会变形吗？"宁澜继续追问。

"不会。"

他们回到房间，隋懿拿起搭在椅背上的包，单肩挎上："那我先走了，有什么事打我电话。"跟着又补充一句，"你的伤让我看看。"

宁澜今天穿的是长袖，他抬起胳膊，把袖口挽起来，露出一截手腕。

"哎呀错了，是左手。"

宁澜自顾自换了只手，布料盖着的左手腕和右边一样干净白皙，腕骨高高支棱着，隐隐可以看见皮肤下的血管。

隋懿端详片刻，做出判断道："已经好了吧？"

半个月都过去了，没好就怪了。

隋懿把背包往肩上颠了颠，再次告别："那我走了，你早点休息。"

宁澜在他身后说："这么晚了，不如在这休息吧，反正这儿有两张床。"

隋懿留了下来。包里就有换洗衣物，之前为拍打戏准备的，因为他不喜欢衣服被汗湿透的感觉。洗漱出来，宁澜正趴在靠门口的那张床上看他的剧本，模样还挺认真。

宁澜翻过去一页，抬头问他："女主演是黄晓曦吧？怎么样，真人漂亮不？"

　　隋懿没吹头发，把浴巾盖在头上随便揉了几下，说："挺漂亮的。"

　　"啊？你们青少年不都喜欢清纯的吗？"

　　"我们青少年？"隋懿觉得这界限划得很奇怪。

　　宁澜合上剧本："你们青少年啊，都不爱吹头发。哎，你什么时候染的头发啊？"

　　"开拍之前，剧组要求。"

　　宁澜有些咋舌："还是黑头发好些。"

　　隋懿在宁澜洗漱出来之前就爬上床，盖上被子。

　　卫生间里的水声停歇，隋懿听见宁澜的脚步声，然后顶灯熄灭。接着窸窸窣窣一阵响动，他爬回了自己床上。

　　隋懿闭着眼睛，慢慢睡着了。

　　次日天公不作美，上午还艳阳高照，下午就雷声大作，很快暴雨便破开乌云，肆无忌惮地冲刷大地。剧组只剩下部分校园外景没拍，天气恶劣无法继续拍摄，只好宣布收工休息。

　　宁澜在房间里待了一整天，憋得难受，想出去转转。隋懿在用平板看电影，宁澜在他身后转了好几圈都没引起他的注意，忍不住瞥了一眼屏幕，起了坏心思，恶作剧般地说："这个哥哥，就是林伟凡演的这个，把同父异母的弟弟杀掉，最后自首了。他做这么多坏事，其实就是想引起父亲的关注。"

　　被剧透一脸的隋懿没有生气，目不转睛地看着画面上穿着校服，笑起来天真单纯的弟弟，直到他消失在画面里，才关上平板，站起来说："走吧。"

　　两人打着伞，走在大学校园的林荫道上。

　　还没开学，又下着雨，路上一个人都没有，一眼就能望到尽头。

　　遍地都是被暴雨打落的树叶，宁澜每一脚都要踩在叶子上，这是刚才那部电影里弟弟有过的举动，他哼着那部电影的主题曲，下意识就这么做了。

　　宁澜专心致志地踩了一会儿，才想起后面还有一个人，扭头寻他，隋懿的脸被黑色的伞布笼罩出一片阴影，表情却像被夏雨浸润过，柔和得仿佛抹平了所有棱角。

两人坐在体育馆廊下的台阶上聊了会儿天。

宁澜深吸一口气，清新的空气盈满肺腔，感叹道："学校多好啊……你干吗不继续上学，跑来当什么明星？"

隋懿说："你不也是？"

宁澜的视线越过雨幕看向前面的操场："我跟你不一样。"

隋懿偏头看他，宁澜瞳仁黝黑，里面几乎看不到杂质，像面镜子，世界是什么样，映在他眼里就是什么样。

无怪乎第一次看见他，就觉得他应该是个学生，并把"单纯"这个词用在他身上。

可惜人跟人到底不一样，长相可以类似,干净剔透的心却不是谁都能有的。

晚上，他们吃完饭，宁澜继续看剧本解闷，隋懿则把带来的书翻开，边看边用笔勾勾画画做注释。

宁澜看了一会儿眼睛酸，就跑到桌前看隋懿在干什么。

书上密密麻麻全是字，拆开来他都认识，组合在一起就看不懂了。宁澜眨眨眼睛，猜测道："你要自考？"

这事没什么隐瞒的必要，隋懿说："嗯，如果红不了，也好有个退路。"

宁澜张大嘴巴："别人都把考大学当出路，你把它当退路？"

隋懿见他傻乎乎的样子，继续半真半假道："是啊，我成绩很差，实在混不下去的话，才会考虑继续读书。"

宁澜先撇着嘴表示怀疑，见隋懿没有开玩笑的意思，才信了几分，以为自己戳了他的痛处，心虚道："别太担心，现在大学还是好考的……不强求那些985、211的话。"

隋懿一本正经地点头。

他看完书洗漱后，便躺着刷微博酝酿睡意。

屋里只开了一盏床头灯，窗外雨声渐停。隋懿放下手机，就着雨声的余韵闭上了眼睛。半梦半醒间他听到身边的床铺传来声音："队长，你是不是明天要拍吻戏啊？"隋懿醒了，转过头，对上宁澜黑润的眼睛。

宁澜脸上渐渐带了笑，嘴角向上扬起，露出两个酒窝。

"是不是啊？"他又问。

隋懿不想回答，敷衍地说："不知道。少说话，多睡觉。"

宁澜不依不饶："那不如我给你讲讲我的初……"

隋懿转过身去。

宁澜闷闷地笑："咱俩都这关系了，你躲什么？"

隋懿假装入睡，实际上竖起耳朵在听。

宁澜见他真转过去了，很无奈似的叹了口气："唉，债权人和债务人的关系罢了。"

咔哒一声，床头灯被关上。

"哎。"宁澜知道他没睡，翻身对着隋懿的后脑勺说个不停，"有什么需要我做的一定要跟我说啊，你帮了我这么大的忙，就让我好好报个恩呗。"

第二天，隋懿早早出门去了剧组，而宁澜睡得头昏脑涨，醒了一会又睡过去。

到了下午，宁澜被浑身的燥热弄醒，才意识到自己发烧了。手机屏幕上的字都在飘，哆嗦半天才把"我发烧了"四个字发送出去，十多分钟过去，隋懿那边都没有回复。

宁澜就算没拍过戏，也知道演员在拍戏的时候不能经常拿着手机。

他再次有意识，是被人叫醒的。外面天还没黑，说明这一觉睡得并不久。

一只大手在他额头上探了探，然后不由分说地把他扶起来："走，去医院。"

宁澜浑身难受："我不去。"然后又钻回被子里，把自己缩成一个蚕蛹。

隋懿没再折腾他。他听见两次开门关门的声音，迷迷糊糊间，隋懿把他扶起来："吃药，吃完再睡。"

宁澜眼睛都没睁，被塞了药片，喝了一大口水，把药片吞下去。

发烧的时候反而睡眠浅，直到半夜，宁澜才不烧了，迷迷糊糊地坐起来找东西吃。

夜已深，外卖只能点到烧烤，隋懿用一次性杯子盛了几杯白开水，把菜拆下来全部过了水才给宁澜吃。

宁澜嘴里本来就没味，被他这么一弄，脸都皱起来了："你干吗……"

隋懿忽略了他话中的埋怨，强硬地把手里的培根卷多过了两遍水："生病不能吃得太油腻。"

宁澜被生病两个字打败，只得安静地吃完。

等到天亮，宁澜热度彻底退下去没多久，就接二连三接到电话。先是剧组问他好了没能不能上工，这边都在等他。然后是张梵，问他搞什么，短时间内请那么多次假，导演的投诉电话都打到她这边来了。

宁澜看着隋懿淡定地说自己身体不舒服，在边上大气都不敢出。等电话终于消停，隋懿背上包准备走，宁澜才羞愧地说："不好意思啊，影响你工作了。"

隋懿没说什么，把空调调高两度。

由于之前请假落下进度，隋懿今天的拍摄时间很长，太阳还没落山，宁澜就又给他发短信："晚上想吃啥？"

好一阵隋懿才回复："不了，另有安排。"

宁澜一看，瞧出这句话似曾相识。

这不是隋懿先前得了男一号请大家吃饭，他拒绝时回复的内容吗？一个字都不差！

宁澜气呼呼："那我自己吃。"

过了一会儿，隋懿说："面条。"

宁澜原想不理他，5分钟都没憋到，又问："汤面还是冷面？"

隋懿："上次你做给他们吃的那种。"

晚上9点多，隋懿才下工回来，宁澜神神秘秘地堵在门口，咬着筷子让他猜晚上吃啥。

隋懿其实在剧组吃过盒饭了，说："不知道。"

宁澜"喊"了一声，觉得他无趣，转身回屋，隋懿跟在他后边，看见桌上摆了个电磁炉，炉上是一只小锅，锅里咕嘟咕嘟地煮着面条，旁边的盘子里摆着两个煎鸡蛋。

宁澜打开锅盖，把面条往一次性碗里捞："这边超市食材太少，鸡蛋是在快餐车那边买的，那个小哥说煎蛋不单卖，我出价到五块钱一个他才松口。以后别去他摊上买盒饭了，太黑了！"

隋懿没想到他的随口一说，宁澜当真了，不知从哪儿弄来工具给他做面条。

锅里的热气蒸腾到空气中，宁澜亮晶晶的眼睛盯着锅，好像里面正煮着什么人间美味。

几滴香油一洒，香味飘散出来，终于让人有了点食欲。两人捧着面碗开吃，有一搭没一搭地聊天，基本上都是宁澜问隋懿答。

"拍吻戏的感觉怎么样？"

隋懿喝了口面汤，说："不怎么样。"

宁澜戳开煎蛋黄，对全熟十分嫌弃，问："你不是说黄晓曦挺漂亮的吗？"

隋懿吃完把面碗放下，说："身上太香，口红太艳。"

宁澜哈哈大笑："说得跟你没化妆似的。"

"我没涂口红。"

宁澜看着隋懿，他压着嘴角的时候看起来是冷酷到有点凶，所以总给人一种难以接近的感觉。

不过其实他人很好，没有一点架子，对人也很温柔——宁澜如是想。

隋懿连续三十多个小时没睡觉，洗漱后一沾枕头就进入梦乡。

次日早上宁澜接到张梵的电话，问他去哪儿了，宁澜扯谎说回老家了，跟边上的隋懿交换了一个心虚的眼神。张梵没说什么，只让他早点回来，AOW 的新单曲已经在企划中，该拉拉筋准备学习新舞了。

宁澜愁眉苦脸地挂了电话，跳舞令他头疼，想他一个走路都能摔跤的"老年人"混在一群小年轻中间蹦蹦跳跳，就觉得生活真的很艰难。

隋懿安慰他："新舞蹈的视频已经发给我了，中午休息时间，我回来教你。"

剧组为了避开暑热，开工很早，温度最高的时间段放了足有三小时的假，隋懿依约回到宾馆，带着妆脸上难受，放下包先去卫生间洗脸。

宁澜心情很好，小尾巴似的跟在他后面，隋懿卸妆他就递卸妆棉。

这时，隋懿放在口袋里的手机响了。他继续洗脸，说："不管。"

宁澜已经把他的手机抽了出来，念道："隋承……接吗？"

隋懿手上动作顿了顿："不接。"

隋懿洗完脸，手机又响了一次，直接按掉。开始放舞蹈视频时，手机又响了，宁澜见隋懿表情逐渐阴沉地抄起手机按了接通："什么事？"

语气冷得吓人。

大概不到半分钟，他就把电话挂了，站起来往外走。宁澜有些担心地跟上，隋懿走到门口对他说："我出去一下，马上回来。"

隋懿边下楼梯边戴上帽子和口罩，不紧不慢地穿过商业街，远远地就看见一辆黑色SUV停在学校正门口。

他直接打开副驾座车门坐上去，摘了帽子说："我只有五分钟，麻烦长话短说。"

驾驶座上的中年男人西装革履，仔细一看，眉眼和隋懿颇为相似，只是更加沉稳，不苟言笑的神情显得分外庄重严肃。

"半年了，你也该玩够了吧？"隋承道。

"玩？"隋懿的脸藏在口罩下面，看不见表情，"我没在玩。"

"顶着大太阳在这里拍什么戏，你不觉得掉价，我还觉得丢人。"

隋懿冷冷道："我拍我的戏，您丢什么人？旁人问起来，您可以说我已经被扫地出门，早就不是您的儿子了。"

隋承脾气不好，经常皱眉导致额下有了挥之不去的川字纹，他把在商场上呼风唤雨的气势拿出来："谁把你扫地出门了？离家出走的是你，不听话的也是你，拿大好的前程来跟我赌气，幼不幼稚？"

"我的确浅薄幼稚。"隋懿道，"学不会您那套步步为营，将人玩弄于鼓掌之间的手段，也做不出您那种龌龊恶心的事。"

"混账！"隋承大怒，紧握拳头似要发作，对上儿子毫不畏惧的淡漠眼神，又劝服自己冷静下来，说，"你不要用这种话激我。我知道你恨我，可这不是你毁掉自己前程的理由，你母亲的在天之灵也不想见到你这样自暴自弃。"

隋懿冷笑："母亲？这个时候，倒是记得把母亲搬出来压我了……自暴自弃？难道留在那个所谓的家里，才是正确的选择？把我带大的是母亲，拜师是我不懂事的时候您帮我做的主，是您的一己私欲。"

母亲已经不在了，他才发狠，才下定决心离开，又有什么用？

对于儿子的这番话，隋承不想解释，有些事情不是隋懿这个年纪能参悟得了的。他抬手捏了捏眉心，绕过这个话题："你的老师给你重新找了一所音乐学院，等签证下来就能出发。老师为你四处奔波，又给你弄来一把名琴，每天擦拭一遍，就等你回去试拉。有什么怨气你冲着爸爸来，不要怪你的老师，老师没骗过你。"

隋懿眼中的波光剧烈翻涌了下，很快又恢复平静。他说："您让老师自己留着吧，我不会再拉琴了。"

说着就去开车门，外面的热气与车内的冷气交汇，给人一种站在冰与火的交界点上的错觉。隋懿抬头看高悬的太阳，对车里的父亲道："我现在很好，麻烦您以后不要再来打扰我。"

回去的路上，隋懿扯了口罩，闷头往前走，被路过的几个姑娘偷拍了也浑然不觉。

他想起母亲离世的那天，也是这样一个骄阳似火的午后。

母亲临终前悲凉的眼神，他忘不了。

当时他胸口闷得厉害，心脏像在气压的推挤下出现蛛网般的裂缝，里面的东西横冲直撞，但怎么都出不来。他快步走进琴房，一年365天他每天都会待在这里五个小时以上，老师说他天赋绝佳，再加上后天的努力，将来必成大器。他几乎把所有空闲时间全部花在练琴上，就为了获得老师的一句夸奖。

如今，他所有的努力都成了一场笑话。

他砸掉了最爱的那把琴，胸中几倍增长的暴躁却没有因此而消弭。

他的举动在大人们眼里是幼稚的离家出走，是无谓的消极抵抗，可他除了这么做，没有其他可以排遣痛苦的选择。

宁澜来开门的时候，看到隋懿闷闷地站在门口，问："不是说五分钟吗？十五分钟都有了。"

隋懿不说话，进屋后打开平板把舞蹈视频切出去，点开那天没看完的电影接着看。

宁澜没注意到他的不对劲，跟着他坐到床边："不学跳舞了？"隋懿还是不说话。

宁澜侧过身观察他的表情，这才发现问题。

"出什么事了？"宁澜觉得奇怪，"怎么接了个电话就跟变了个人似的……"

在他的认知中，债务人有逗债权人开心的义务，自己用手机打开舞蹈视频，跟着示范动作跳了几拍，自认为很滑稽，喊隋懿看："队长，你看我跳得怎么样？"

隋懿眼皮都没抬一下。

宁澜便加大动作幅度，还一个劲往隋懿跟前凑，企图吸引他的注意力。

隋懿的心情本就糟糕，被眼前手舞足蹈的人弄得更烦躁，抬手一挥，把宁澜推开了。

力道没把握好，宁澜后退两步，险些摔倒。

腰撞到桌沿，当场白了脸。

隋懿听到宁澜的抽气声，忙站起来："怎么样？没事吧？"

宁澜摇摇头，想说没事，可是疼得话也说不出。

缓了一会儿，宁澜垂着眼皮道："是我自己不小心嘛。"

言外之意——你是债主，想怎么整我都行。

隋懿被他云淡风轻的一番话弄得无所适从，一股闷重的情绪席卷而来。

他不知道怎么回事。宁澜此人诡计多端，撒谎成性，本该是他避之不及的，可他自己又干了些什么呢？阴晴不定，毫无风度，又比他好得了多少？

第二天清晨，隋懿要请假送他去机场，宁澜坚持不要。

出租车远远地开过来，宁澜戴上口罩，冲隋懿摆手，叫他不要送了，然后拎着包一个人往路边走，走得很慢，有点站不稳。

隋懿看着宁澜单薄的背影，忽然大步追上去，说："到了发个消息。"

宁澜看出他眼中的愧疚，笑着说："把我当小孩呢？我没这么脆弱。"抽出手拍拍他的肩膀，轻松道，"我走了啊，你去拍戏吧。"

宁澜到了机场候机厅，坐在角落里，这时手机响了，隋懿发来了消息："到了吗？"

宁澜回复："到机场了。"

隋懿："登机牌拿好，还有身份证，机场人多，注意安全。"

宁澜被他这话弄得发笑，一笑牵着腰伤疼，他龇牙咧嘴地想，公司让隋懿做队长，说不定就是因为他这个爱瞎操心的奇葩属性。

宁澜抵达首都机场，再打出租车辗转回到宿舍，几乎是刚坐下，就接到隋懿的电话："到宿舍了吗？"

"嗯，刚到。"

"好，等下注意敲门声。"

宁澜住的房间在最里面，经常听不清外面的动静。他不明所以地在客厅里等，不到十分钟，外卖小哥送来两个沉甸甸的食盒，里面是一份海鲜粥和一碗鸡汤，开盖晾了一会儿还是热气腾腾的。

宁澜吃得汗流浃背，剩下了一点，也没舍得丢，晚上从冰箱里拿出来热了继续吃。

"澜哥，外卖是你点的吗？"王冰洋在外面喊。

宁澜放下勺子出去，茫然地接过一份新外卖，翻了下订单记录，下单人叫 SY，换了一种粥，还配了豆腐卷和小菜。

王冰洋没吃晚饭，凑在旁边看："S——Y——是队长吧？他怎么知道我们没饭吃啊，太暖心了吧！"

宁澜不便多解释，拉着王冰洋坐下一起吃。王冰洋乃朋友圈刷屏狂魔，一点点大的事都要拍照发上一条，宁澜拿双新筷子的工夫，他已经咔嚓三连拍发出去了，配字——感谢队长的爱心晚餐！

于是，半小时后，宁澜再次接到隋懿的电话，开门见山地问："帮你点的，为什么给王冰洋吃？"

宁澜如实地说自己吃不下这么多，叫他别再乱点外卖了，宿舍人来人往的，他也不是每时每刻都在。

隋懿沉吟片刻，没说好也没说不好，交代他早点休息就挂了。

次日，午餐时间，宁澜从公司溜回来，刚要拆泡面对付，有人敲门。

他打开门，还是戴着头盔的外卖小哥："是浪先生吗？您的外卖。"

宿舍里没别人，宁澜稀里糊涂地接过来，盯着订单仔细一看，下单人叫浪，括号"务必本人签收"。

他在原地愣了半晌，在黑暗楼梯间里的对话倏忽在脑中浮现。

"澜，是波浪的意思吧？"

波浪……浪……宁澜有些不适应这个称呼，心想队长道歉的方式倒是很特别。

晚上，隋懿主动联系他，直接发的语音，问他吃没吃饭。顾宸恺在屋里弹琴，宁澜压低声音回复道："吃过了，你……你干吗改名字啊？"

隋懿："以免被别人误食。"

宁澜翻个身面朝里，耳边飘荡着舒缓的音乐，他觉得顾宸恺今天弹得还挺好听，对着手机话筒道："不知道的还以为你要谋杀我。"

隋懿没接他的话，说："是给你的外卖。"

两人闲扯几句，宁澜跳了一天的舞，腿酸脚软，向隋懿抱怨说这次的舞蹈超难，隋懿好半天没回复，宁澜猜他是拍戏去了，今天又是大夜，他那边连个助理都没有，什么都要自己来。

一觉醒来，顾宸恺已经去隔壁了，屋里静悄悄的。宁澜点开新的微信语音，里头传来隋懿的声音："还疼吗？"

宁澜把手机摸到跟前，缓慢地输入——不疼了。

或许越难得到就越珍惜，他从小就习惯记住别人对他的好，忽略他们给自己带来的伤害。何况隋懿给他的善意有那么那么多。

被窝里没有一丝光线，宁澜的眼睛却有点酸。

3

AOW 全新单曲名为 *Time Stop*（时间停止），是一首 Urban Hiphop（都市嘻哈）风格的曲目，节奏明快、旋律感强，宁澜不懂那些音乐术语，只觉得这歌让人听了还想听。

舞蹈就不那么让人跳了还想跳了，前一分半钟就有两个手撑地转圈跳的动作，后面还有直接仰面躺倒悬空扭腰的动作，整支舞的走位基本靠蹦，一个大跳到前面，一个大跳再退回去，极度考验成员间的配合。

队长不在，大家先各自练习，宁澜每天都找一间空练习室躲起来自己练，即便没有与生俱来的天赋，后天的勤奋也能弥补些许。一周后，张梵把六个人召集起来检查，难得地没有对宁澜的舞蹈实力皱眉。

舞蹈老师徐蕊赞许地说："宁澜跳舞虽然力度不够，但节奏感好，卡点准确，肢体动作中还有一种独特的韵味，再努力一把，以后说不定也有机会站 C 位。"

宁澜受宠若惊地鞠躬感谢老师，高铭在后面不高不低地说了句："瞎卖弄什么呢。"

不止宁澜，方羽也惊讶地回头看他，瞪大眼睛道："你胡说什么呢？"

高铭讪讪地闭了嘴。

方羽以为宁澜被人这样嘲讽，还是上次顶替自己和队长跳舞的原因，散会后跑到练习室找他道歉。宁澜正脱掉汗湿的上衣准备换件干净的回去吃饭，不知道隋懿今天给他点了什么好吃的，心里正偷偷期待着，没心思应付别人，说："没事，我不跳那舞他也这么说我。"

方羽不住宿舍，不了解他们之间的矛盾，宁澜含糊其辞地拿生活习惯不合胡扯了一通。

宁澜刚回到宿舍，外卖就来了，隋懿发消息问他味道怎么样。

宁澜拿起手机："不好吃。"

隋懿："那下次不点这家。"

宁澜把饭菜吃得精光，觉得这么直接还是不好，给隋懿回复："其实还行。"

"明天不给你点外卖了。"隋懿说。

宁澜愣了愣，如释重负般的轻松："哦。"

过了一会儿，又进来一条消息，隋懿告诉他："我明天回来。"

翌日下午，隋懿抵达首都机场，在粉丝们的簇拥下上了车，到公司就被张梵安排去整顿造型。他的头发染成栗色刚一个月，又被折腾成红色，剪短并略微凌乱地竖起来，接着就进棚拍宣传照，明天就要录制新歌，下周拍MV，后面签售会、商演安排得紧锣密鼓。

这次的服装配置有一套整齐划一的打歌服，还有一套更彰显个人特色的。隋懿腰高腿长的特征被放大，无袖牛仔马甲将手臂线条完美地展示出来，配上胡桃色的头发，整个人桀骜中不乏冷酷。

宁澜的服装偏清凉，大概公司是想让他们抓住夏天的尾巴释放男性魅力，服装造型让宁澜非常脸红。

他换好衣服硬着头皮出来，隋懿见状，怕他难堪，直接询问张梵可不可以在衣服里面加一件背心，张梵同意，服装组找了件黑色背心，宁澜换上后才敢把背挺直。

晚上十点多才收工，大伙儿都累成一摊泥，回去倒头就睡了。自打陆啸川不再住宿舍，顾宸恺除了偶尔弹琴就没回过原来的房间，今天晚上还撺掇隋懿跟他一起搬过去住，隋懿说了句"陆啸川和方羽随时会回来"就拒绝了，顾宸恺便不高兴地瞪了宁澜一眼，气哼哼地走了。

隋懿洗漱完回来，就看见宁澜蹲在地上帮他归置行李。

"我买的酱油和香油呢？怎么没带回来？"宁澜边收拾边问。

两人一天没说上话，隋懿没想到他会先问这个，愣了会儿才想起他说的是那天做面条的调味品，答道："丢在剧组了。"

宁澜叹了口气，把叠好的衣服往柜子里摆："不当家不知柴米贵。"

"做面条要用？"隋懿拿起手机，"我给你点吧，要汤面还是——"

宁澜连忙制止："我没说要吃东西，别乱点！"说着转过身背对隋懿，继续收拾去了。

队长归队，全员到齐，开始训练。由于之前各自练习过，合舞很顺利，只在中间一个特别部分卡了下壳。

舞蹈要求陆啸川和隋懿两人将方羽托举起来在空中定格三秒，方羽看到陆啸川就没好脸，坚决不搭理陆啸川，陆啸川被他这态度弄得上火，抬杠说："你以为小爷乐意啊！"

致使事情发展白热化。编舞老师没法，把陆啸川那个位置换了几个人都力气不够抬不平稳，后来一合计，干脆把方羽换成宁澜，宁澜是全团体重最轻的，并且跟这两人都不曾结怨。

可宁澜怕痒，被碰个胳膊弯就憋不住笑，张梵亲自坐镇，看见他笑就凶神恶煞地瞪眼，宁澜就硬生生憋回去了。

其实，到了舞台上是笑不出来的。《*Time Stop*》的编舞难度相对之前的《出走行星》拔高不止一个层次，宁澜这种底盘不稳、基础不牢的人，做完那几个大动作就元气大伤，被抬起来的时候只顾着赶紧喘匀气继续跳，还要注意表情管理，哪儿还有心思笑？

第二张单曲专辑的签售只定了九座城市，中间穿插几个音乐盛典和商演，但天南海北到处飞也把人累得够呛。

十月中旬行程过半时，天气转凉，宁澜不幸染上感冒，在Ｓ市签售会舞台上像棵蔫巴巴的小白菜。

隋懿见他状态不好，一直站在他身边，跳舞托举的时候特地用另一只手扶了一把，宁澜感激地回头看他，跳舞时也卖力不少。

这场结束后，隋懿还特地跟别人换了房间，并把被子都给宁澜盖上照顾了一宿。结果，第二天宁澜神清气爽，不咳嗽不发烧，鼻子也通气了。反观隋懿却不太好，化妆的时候打了好几个喷嚏，早餐也没胃口吃。

宁澜作为传染源，觉得很对不住他，台上台下格外殷勤，中场休息时后勤送水上来，宁澜第一瓶就打开瓶盖递给隋懿。

这天的主持人十分啰唆，不知道哪里搜罗来一堆所谓的粉丝提问，可以说是天马行空、奇思妙想，把七个人的耐心都问光了，其中有个问题是——如果一觉醒来变成小朋友，会先干什么？

陆啸川的"当着大家的面挨个叫队员们爸爸"弄得台下笑声一片，姑娘们都说他心眼坏，连队友都不放过。轮到宁澜回答时，他愣愣地说："啊？先去找队长。"

签名环节，有个粉丝问宁澜昨天是不是跟队长住一间，宁澜没想太多，就回答："是啊，你怎么知道？"

结果签售结束后，有人指责宁澜别有用心，知道队长红就往队长那边靠。

酷爱刷微博看八卦的王冰洋把这事告诉宁澜的时候，宁澜一笑置之，他现在几乎不上微博，两耳不闻窗外事，反正他也不是第一次被推到风口浪尖了。适当的话题度有助于组合发展，公司对此也是睁一只眼闭一只眼，根本没放在心上。

孰料后面会闹出那么大的事。

AOW最后一站签售定在首都本地，寓意走遍全国又回到了梦开始的地方。首都场的粉丝也是最多的，签售会从下午开始，签到一半就已经晚上七点多了。

事情发生的时候，宁澜正在试戴前面一个粉丝送给他的指套，妹子说他皮肤那么白当然要用粉色，还给他在上面绣了两个草莓，宁澜无法拒绝这样用心的礼物，当场就答应说马上就用。

"你也喜欢粉色？"下一个来到宁澜桌前的粉丝问。

宁澜越看手上的指套越喜欢，说："是啊。"然后抬起另一只手要跟她握手，戴着口罩的女孩把手背在身后，眼神莫测地看他。

宁澜尴尬地放下手冲她笑："那我直接签名了哦。"

事情就发生在他低头的一瞬间，戴口罩的女孩突然从背后拿出没盖盖子的饮料瓶，把里面的液体往他脸上浇去。

率先反应过来的不是宁澜本人，而是旁边的隋懿，他腾地站起来制住女孩的胳膊，周围的姑娘纷纷尖叫，宁澜和左边的王冰洋吓得呆在那里，不知道该作何反应。

签售会被迫中止，警察十分钟后赶到，盘问完现场状况，就带着肇事女孩回警局了。

泼到宁澜身上的是普通饮料，洗过脸换了身衣服就没事了。可他回不过神，像个木雕似的坐在那儿一动不动，谁劝都不好使。

大家都心有余悸，顾宸恺和高铭出去透气，陆啸川傻乎乎地问那粉丝为什么袭击他，被方羽轰了出去，王冰洋抓耳挠腮地安慰宁澜，收效甚微，宁澜除了会点点头表示自己在听，其余一个反应都不给。

隋懿做完笔录过来，叫他们都先出去，然后蹲在宁澜身前，故作无事地说："火锅吃不吃？安琳姐去楼上排队了，半小时后就到咱们。"

宁澜别开脸，不说话。

隋懿看着他微微鼓着的脸："别哭，哭就不好看了。"

宁澜本来没想哭，被他这么一说眼睛反而有点酸，可能是最近日子过得太顺利，没什么倒霉事发生，人都变矫情了。

宁澜想了想，有些犹豫地问："网上有没有人发我被……被泼的照片啊？"

隋懿掏出手机刷了下："没有。"

"你骗人。"宁澜瞪他，"他们什么照片都拍得到。"

"真的没有，事情一出，张梵姐那边就安排人去控制舆论，限制现场照片流出，发在微博上的也会被及时删除。"

宁澜看他表情不像说谎，悬着的心慢慢放下，转念又想到泼他的那个女孩的动机，还是不好受，哑着嗓子问："我就这么……这么讨人厌吗？"

这话不似在询问，而像是在自问，并且已经给自己贴上了"非常讨人厌"的标签。

隋懿没见过宁澜在自己面前示弱，无论是被队友排挤甚至被动手，还是没钱走投无路的时候，他都把腰挺得笔直，什么都不怕的样子。这是他第一次露出这种弱势的的模样。

"不讨人厌，很多人喜欢你。"隋懿说，"你有二百多万微博粉丝。"

宁澜还是埋着头，讥笑道："一半送的一半公司买的，几个零头的真粉丝看到我今天的狼狈样，估计也要脱粉取关了。"

他说得轻松，隋懿听得却不痛快，未经思考便道："那你还有我们。"

宁澜怔了怔。

过了半晌，宁澜才笑着说："那队长能给我一个……鼓励吗？"

隋懿见他笑，自己也笑了，站起身，拍了拍宁澜的肩。

宁澜深吸一口气，将翻滚的惊惶和冲动压了下去。

他把脸埋得更低了。

这样就没人看到他眼底弥漫的雾气了。

大家吃完火锅回宿舍，宁澜洗漱完捧着本书在看，是隋懿曾借给他的那本绿皮的《基本乐理》。

宁澜见隋懿凑过来瞧，道："这本是我自己买的，没拿你的书。"

隋懿笑了，这家伙脾气一旦上来，什么都要压人一头。

宁澜正在看大调式那一讲，边看边抓耳挠腮地往前翻着对照，把示例曲目哼唱两遍，还是一脸蒙，再加上现成的音乐老师就在他跟前晃来晃去，可以说是十分气人了。

在隋懿准备休息时，宁澜拽住他。

"什么事？"他转过去问。

宁澜撇撇嘴，往书上一指："这个，能给我讲讲吗？"

隋懿听了，欣慰地坐下，开始给他讲课。

隋懿系统地学过音乐，无论宁澜问到哪里，他都信手拈来。宁澜把之前没看懂做了记号的内容一股脑都问了，乐理跟其他学科一样，只要基础打牢了，后面的难关就自然迎刃而解，宁澜听完颇有茅塞顿开的感觉，看隋懿的目光都带了些崇拜。

隋懿知道他在想什么，说："你要是从小学，把乐理知识融入到学琴的过程中，也不会觉得很难。"

语气中丝毫没有炫耀的意思。宁澜心想自己要是从小学了个什么特长，估计巴不得天天嘚瑟给别人看，就问："队长，你学琴多久了？"

隋懿愣了下，说："十三年。"

"哇，那一定过了十级咯？"

"内行不看所谓等级。"

宁澜不懂这些，只觉得遗憾："学了这么久，放弃了多可惜啊……以后真的不拉了吗？"

隋懿看着他清亮的眼睛，忽而又想到那个人，当年那个人也是用这样单纯澄澈的目光看着自己。

彼时年幼的他，因为一支练习曲拉了半个多月都没有达到老师的要求，耍小孩子脾气冲着老师喊："我再也不拉了。"扔掉琴弓，跑到教室外面，躲在角落里哭。那个人丢下弹了一半的曲子，跳下琴凳跑出来，蹲在自己跟前说："你拉得这么好，千万不要放弃呀，我……我好想跟你合奏一曲呢。"

如果说老师是他崇敬的目标，那个人就是他向往的追逐。他想像那个人一样，每一个从指间流出的音符都充满干净纯粹的欢乐，明媚的阳光沉淀在眼底，每一个笑容、每一个眼神都能给人安心、愉悦的力量。

隋懿一直没说话，宁澜自觉失言，捂住自己的嘴巴说："唱歌跳舞也挺好的，反正都是音乐，没差啦。"

隋懿回过神来，只说："没事。"

大家忙完签售，今年只剩下两个月。

各大音乐颁奖礼在即，公司给 AOW 接了两个综艺，其中一个是上星卫视王牌真人秀《爱的初挑战》，原本按照 AOW 目前的地位还上不了这档节目，组合人数又多，节目组有固定嘉宾，很难安排。张梵到处拉关系，才得到这个机会。

隋懿听到这个行程后愣怔片刻，跟张梵再三确认是最近热播的那个《爱的初挑战》，好似魂都不在身上了。

"也别太高兴，我没那么大能耐，给你们争取到的是特别板块，跟真人秀主线不在一起拍，应该跟那些嘉宾碰不上面，播放的时候会插 20 分钟到节目中去。"张梵说，"咱们的主要目的是蹭着节目热度给组合打个广告混个脸熟。"

隋懿的表情又有一瞬间的空茫，过了一会儿才恢复如常。

大伙儿拿到行程表后，既兴奋，又觉得有点可惜。

"《爱的初挑战》啊！我妈、我二姨、我奶奶、我外婆每个星期都守着看，你说咱们上了这节目会不会爆红啊？"王冰洋兴致高昂。

"我猜不会。"对综艺节目最有经验的顾宸恺道，"只是特别板块，等切到场外，估计阿姨奶奶们都换台了，或者趁这工夫洗衣服切水果去了。"

高铭道："不要这么悲观嘛，这节目不是有好几个一线流量嘉宾吗？去年拿新人奖的纪之楠不也在里面吗，大家同是新人，我们好歹也能蹭到点关注吧？"

"现在演员跟歌手的群众基础能一样吗，是你太乐观啦……"

宁澜没参与讨论，听了一耳朵乱七八糟的猜测，在听到"纪之楠"三个字时顿了下，突然想起点什么，再往深里想又抓不到了。掉转目光看到隋懿时才隐约有印象，在J市宾馆里，他曾两次打开纪之楠作为男配角拿最佳新人奖的那部电影。

隋懿抱着胳膊倚在窗边，不知道在看什么。

宁澜走过去，顺着他的视线往外面望，向上是初秋一碧如洗的天空，向下是车辆川流不息的马路。

宁澜没看出个所以然，问："中午吃什么？"

隋懿转头看他，微笑着说："你来定。"

隋懿不吃食堂，一般都是在公司楼下的餐馆解决午饭。最近公司楼下常有粉丝来往聚集，本是司空见惯的事，毕竟公司的艺人又不止他们几个，但是经历过上次签售会的恶性事件，宁澜对粉丝有了些畏惧。上周有场拼盘演唱会，下保姆车时两旁有粉丝递鲜花和礼物，宁澜看到一杯递过来的奶茶，下意识就往边上躲，脸色煞白。

表面上看他似乎没受到什么影响，实际上就算心理素质再好，也不可能一下子就走出这片阴影。

隋懿带着宁澜走公司后门，开车去城东新开的美食街吃饭，路上顺便把他下周要和顾宸恺、方羽一起去S市录制一档音乐节目的事情说了，宁澜有点惊讶，想了想又觉得在意料之中，他们三个是AOW里面有点音乐素养的，要是让他去，估计只会给组合丢人。

宁澜问他要去几天，然后琢磨了下，赶回来录制《爱的初挑战》时间刚好，只是中间几乎没有休息时间。

11月12日，是宁澜对外公布的官方生日。

宁澜的真实生日并不是这一天，经安琳提醒才记起这回事，连忙登上微博大号感谢大家的祝福。AOW其他成员也都发了祝福并@他，宁澜挨个点赞，公式化评论，忙完一圈放下手机，也没产生什么过生日的真实感。

下午，王冰洋来练习室找他，神神秘秘地说晚上有惊喜，宁澜猜到公司八成是给安排了直播，跟陆啸川上次一样，不过他并不怎么期待表演给粉丝看的所谓生日会。

下班前，方羽给他发了一个微信红包，宁澜假装没看到，方羽又连着发了好几个霸屏，宁澜没办法，甩过去一个"请停止你的表演"的表情，说："您老人家的好意我心领了，现代人不兴这些虚头巴脑的，收了还要还，多没意思。"

方羽被他这么一说，当即想通了："红包怎么撤回？你别点啊！"

宁澜无语："你点红包收取不就行了嘛。"

于是，方羽在发了一堆六块钱八块钱的红包后，又自己逐一收了回去。

方羽收完后，说："对不住啊！今天不能回来陪你过生日了。"

宁澜说："没关系，知道你忙。"

方羽又道："虽然我人在遥远的S市，但是我的心已经在万米高空中，全速向你身边飞去！"

宁澜以为他给自己快递了什么东西："谢谢了，您的心我要不起，会挨揍。"

说到这个方羽就炸毛："谁？谁要揍你？我绝对不放过他！"

宁澜听了，"扑哧"一下笑出声来。

晚上七点半，AOW成员宁澜的生日直播开始。

直播环节毫无新意，宁澜既要强装惊喜又要保持笑容，脸部肌肉都酸了。切完蛋糕躲到镜头后面翻了下手机，除了婶婶含蓄地催他打生活费的短信，其余一条消息都没有。

上个月初中秋节，叔叔和婶婶一起给他打了个电话，问他怎么没回家过中秋，然后嘘寒问暖一番，又忆苦思甜了足足半个小时，听电话的宁澜一句嘴也插不上，深深怀疑他们提前做了准备，在对着电话念草稿。

可不得不说这招很有效，他天生吃软不吃硬，尤其是叔叔说到小时候他几次被爸爸打，都是叔叔出面拦住，把他带回家给他饭吃，宁澜好不容易硬起来一点的心就被软化了。其实他们不必费这番工夫，他本来也没打算断了他们的生活费，宁萱的大学他也准备继续供着。

只是屡次听到"家"这个字眼，难免心酸。

宁澜点开微信，在最近联系人界面上下滑了几圈，最终还是没点开名叫SY的对话框。

他那么忙，忘记了也正常，还是别去打扰他了吧。

宁澜的生日会没有什么惊喜环节，要是公司把他妈妈弄过来，那就不是惊喜，而是惊吓了。别人家的父母都是满脸慈爱的笑容——"宝贝，生日快乐！"他的妈妈则是——"儿子，还有钱吗？"

想想还挺逗。

宁澜收了大家或用心或敷衍的礼物后，陆啸川和王冰洋给他唱了首歌，不知道是谁改的词，把他的名字巧妙地加了进去，反复地唱"澜澜可爱可爱全世界最可爱"，宁澜笑得停不下来，当场拿出手机让他们再唱一遍，说要录下来当闹铃。

由于 AOW 全员没有到齐，流程也相对简单，生日会不到一小时就收尾。就在宁澜对着镜头说："感谢大家的祝福，我会继续努力……"时，会议室的门被推开了。

隋懿风尘仆仆地站在门口，身边还放着一个贴着托运标签的行李箱。

他走到宁澜跟前："生日快乐。"

隋懿翻了翻风衣口袋，先从左边拿出一个礼物盒："方羽那边有事情被拖住了，非要我回来给你带生日礼物，这是他的。"接着又从右边掏出一个，"这是我给你的。"

"生日快乐。"他又重复一遍。

方羽送给他一支钢笔，里面留的纸条上写着让他拿着这支笔为建设和谐社会奋斗终生，周围的人都笑了。他打开隋懿的礼盒，里面躺着一串红玛瑙手串。

隋懿说："逛商店时看到的，觉得很适合你，就买了。"

宁澜盯着瞧了许久，摸了摸红色珠子温润细腻的表面，用低得只有自己听得见的声音说："谢谢你们……我很喜欢。"

晚上，宁澜把钢笔和手串拿在灯光下欣赏了许久，然后视如珍宝般地收回盒子里，把盒子下面压着的一条作为赠品的红绳戴在手上。

隋懿问他为什么换这个戴，宁澜说不想戴，怕被粉丝多想。

宁澜蹲下跟隋懿一起收拾行李。问他怎么这么早就回来了，隋懿说今天下午刚拍摄完毕，想着是他生日，就没多留一晚，改签了飞机票先回来了。宁澜有点高兴，拿起一件衣服时动作太大，把下面压着的东西也掀了起来。

一只和隋懿送给他的礼物盒差不多的盒子掉落在脚边，盒盖应声打开。

宁澜靠得近，先他一步捡起来，盒子里面躺着一对星星形状的耳钉，一只大一只小，设计简洁，黑色的宝石在白炽灯的照耀下淌过璀璨的光芒。

隋懿并没有耳洞，宁澜疑惑地问："这是……"

隋懿看了一眼那对耳钉，目光闪烁了下，悬在半空的手放下了，低声说："也是送你的。"

宁澜眨眨眼睛："可是我没有耳洞啊。"

"嗯，买的时候没想到。"

宁澜看隋懿垂着眼，一副不自在的样子，以为他在不好意思，忍俊不禁道："那就谢谢队长了。"

隋懿抿抿唇，继续收拾行李。

方羽和顾宸恺终于也回来了。宁澜觉得隋懿送的耳钉还怪好看的，便想抽空去打个耳洞，于是打了个车到市南的某医院门口。

这是他第二次来这里，接待他的还是上次那个男医生，他没把只有一面之缘的宁澜认出来，见他穿得人模人样，态度倒是没上次那么恶劣。

然而当听说他只是要打个耳洞时，医生指指门外："出门左拐再左拐，遍地都是打耳洞的。"

宁澜根据医生的指引，在小巷里找了家卖饰品的小店，花二十块钱在左边耳朵打了两个耳洞，一个在耳垂上，一个靠近耳廓边缘。

"麻烦您帮我把这两个耳钉戴上。"打完耳洞，宁澜从口袋里掏出盒子说。

饰品店老板是个三十多岁的女人，惊讶道："哪有刚打耳洞就戴自己耳钉的，不怕发炎化脓啊？"

宁澜说不怕，使劲儿央求老板娘帮他戴，老板娘哪里架得住小男生奶声奶气地撒娇，见那星星耳钉是铂金的，不容易引发伤口感染，耳根一软就答应了。

刚扎进肉里的银钉子拔出来还渗着血，老板娘一边不忍直视地给他换，一边问："很贵吧？这么宝贝。"

宁澜挡在口罩后面的脸笑得灿烂，还没来得及说话，就被扎开皮肉的疼痛弄得龇牙咧嘴倒抽气。

回去的路上，宁澜在出租车后座，打开手机前置摄像头当镜子照自己的左耳。他把大一点的星星安在耳垂上，小一点的安在耳廓位置，黑曜石反射着窗外的阳光，亮得晃眼。

还算赏心悦目，除了耳朵有点红肿外。

宁澜跑出来打耳洞不是一时冲动，而是他辗转一夜深思熟虑过的。

第一次有人这样对他，没有瞧不起，也没有看轻。

这份善良他记在心里，想给隋懿一些回应。宁澜看着窗外往后倒退的沿街景色，抬起戴着红绳的那只手摸了摸左边耳朵，笑容映在眼底，凝在眉梢，一路都未曾退去。

宁澜回公司的时候，碰到从电梯上急匆匆下来的安琳，就跟她招呼："美女去哪儿啊？"

安琳看到是他，顿住脚步："去找陆啸川，下午排练，你也别乱跑！"

宁澜点头称是，安琳狐疑地打量他，总觉得哪里不太对劲，又观察片刻，惊奇道："什么时候打的耳洞？"

宁澜摸了下耳垂："就刚刚。怎么样，好看不？"

"好看，很衬你皮肤。有红霉素软膏吗？小心发炎。"

宁澜笑嘻嘻地闪进电梯："知道啦，我先上去咯，安大美女加油！"

宁澜到楼上，经过办公室，张梵和王冰洋都在，张梵从窗户里看见他，唤道："宁澜，你也进来一下。"

宁澜被迫停下，姿势古怪地侧身挪进去，还是不幸被张梵一眼发现他耳朵上多出来的东西。

"我有没有说过，要动哪儿必须先跟我报备！"张梵拍桌子厉声道，"还能不能听点话了？"

宁澜讪笑："前些天您不是嫌弃我戴不了耳钉很麻烦吗，这不，我就打了。"

张梵只是气他擅自行动，轻哼一声说："前些天？都过去大半年了，你这反射弧够长的。"

宁澜及时低头认错，保证以后就算剪个指甲也打书面报告，张梵被他逗笑，摆摆手示意他坐下，切入正题。

她手上争取到一个角色，年后开拍的大型古装剧《覆江山》里的一个小侍卫，虽说是小角色，但该剧主演众多，且并未清晰定位男女主角，每个角色都很出彩。再加上制作团队口碑好，未拍先热，现在圈里众演员闻风而动，挤破头往里进，网络上已经造势好几轮，现在只敲定几个主演，其中有薛莹、郭昊、纪之楠……

宁澜心不在焉地听着，心思早就飘到隔壁练习室去了。

今天中午吃什么？

要不要再多买几副耳钉换着戴？

"啪"的一声，张梵手中的笔敲在宁澜脑门上，宁澜这才回过神来："啊？"

"打个耳洞把魂都打飞了？重复一遍我刚才说的话！"

宁澜捂住额头苦着脸："机会难得，好好争取。"

"前面一句。"

"敲定的演员有薛莹、郭昊、纪之楠。"

宁澜记忆力绝佳，一个字都没说错。张梵警告地瞪他，继续说："我综合考虑下来，觉得你们俩形象最为贴合，这个角色有很大把握能拿下，你们俩都准备一下，等下个月 MTV 颁奖礼之后就去试镜，这是剧本。"

张梵做事求稳，她口中的"有很大把握"基本等于"百分之百收入囊中"。

王冰洋兴冲冲地接过剧本，迫不及待地翻开看。宁澜没有接，委婉道："我唱歌跳舞还一团糟呢，就不凑这个热闹了。"

张梵不喜欢他这样还没尝试就先消极怠工："积累点经验也好，年轻的时候不要怕吃苦。"

宁澜并不是怕兼顾不了其他工作，更不是怕吃苦，只是看到王冰洋跃跃欲试的样子，想起他之前那么认真地上表演课，不想跟他做竞争对手，怕伤了感情。

"您就饶了我吧，上次拍广告属我 NG（重拍）条数最多，让我去拍戏，还是古装戏，我怕尴尬的时候控制不住自己，对着镜头摆剪刀手。"

张梵最善于察言观色，瞧出宁澜是不想跟王冰洋闹不愉快，怒其不争地嗔怪了宁澜两句，便默认让王冰洋一个人去试镜。

宁澜在办公室耽误了点时间，出来时隋懿已经不在练习室了，发消息给宁澜说他和顾宸恺有事出去，让宁澜自己解决午餐。

宁澜去食堂吃了份盖浇饭，吃完在公司休息室的沙发上躺了会儿，醒来觉得耳朵肿痛，就去楼下药店买了红霉素软膏抹上。

下午，AOW全员集合，为明天的《爱的初挑战》录制进行预演排练，方羽下飞机后，先回了趟家，踩着点进练习室，看见宁澜立刻大惊小怪："打耳洞了！为什么不告诉我？早知道就送你耳钉了！"宁澜一面跟方羽说话，一面偷瞟在窗边和顾宸恺说话的隋懿，隋懿也看过来，视线在宁澜耳朵上停留片刻，很快移开目光。

下午时间安排紧密，一直没有单独说话的机会，晚上回宿舍，隋懿又跟顾宸恺进了隔壁房间，兄弟俩不知道在叽里咕噜聊什么。

宁澜累了一天，坐在桌前翻开《基本乐理》看。

隋懿回屋的时候，宁澜已经趴在桌上睡着了。

隋懿推了推宁澜："醒醒，别在这儿睡。"

宁澜睡得浅，睁开迷蒙的双眼，说："我怎么看书看的睡着了。"

他说完，兀自上床继续去睡了。

录制那天，《爱的初挑战》特别板块意料之中没能和主线部分一起录制。

拍摄场地在市郊某人造湖边，一百多个工作人员和十几台摄像机围着东边的正式嘉宾，特别嘉宾AOW则在五百米开外的角落里拍摄，三个工作人员，一台摄像机。

拍摄中途休息，七个少年裹着棉袄挤在一起，背对呼啸的北风，遥望人群聚集的地方，边羡慕边感叹，不知道自己什么时候能混到那一步。

"我们还行啦，PJ公司知道吗？差不多跟我们同期出道的男团，现在连街头商演都接不到了，我有个朋友在里头，说连续四五个月没拿过工资，签售会就来了八十多个粉丝，签完一轮再来一轮，尬得他想回家种田。"高铭说。

"咱们的人气大多是靠队长带起来的吧？"陆啸川晃着二郎腿道，"希望队长明年的偶像剧大爆，好让我们沾沾光。"

方羽斜睨他："别什么都想靠别人，自己努努力行不行？"

陆啸川嗤笑："我确实没某些人努力，也没几个头顶青天的粉丝在后头撑着，哪儿来的底气？"

方羽似要发作，和事佬王冰洋跳出来挡在两人中间："'嗷呜'一荣俱荣一损俱损，咱们互相提携，一起红，哈哈哈，一起红。"

顾宸恺插嘴道："说起来，洋洋是不是要去《覆江山》试镜啊？"

王冰洋提到这个就兴奋："是啊，和纪之楠演兄弟姐妹，纪之楠知道不？"说着往人群聚集处指，"常驻嘉宾之一！"

高铭无论见谁得志都酸溜溜的，斜眼往那边瞥："知道，谁不认识他啊。"

只有隋懿没往那边看，他从桌上拿水分发给大家："多喝水，等下还有两支舞要跳。"

宁澜接着刚才的话头，笑眯眯地说道："洋洋加油，哥看好你。"

顾宸恺闻言"哼"了一声，挤对人的毛病又上来了："管好你自己吧，'嗷呜'拖后腿专业户。"

"小宸。"隋懿出声呵止，顾宸恺满脸不甘，却克制住自己，没再说话。

昨天从 S 市回来之前，他就在 AOW 超话里刷到宁澜生日直播的截屏，他没想到隋懿居然会回去给宁澜过生日。虽然表哥对他也不错，可宁澜是外人啊，而且一看就没安好心，他怕表哥被骗得渣都不剩。

顾宸恺是被宠大的，习惯将所有情绪都摆在脸上，隋懿见他一副吃了炮仗要找人打架的模样，主动把他带出去，语重心长地做他的思想工作，让他以组合大局为重，不要胡乱臆测队友。

顾宸恺认为宁澜要是不坏，就不会骗隋懿的钱。隋懿说是借给他的，不是被骗，然后以哥哥和队长的身份强迫顾宸恺答应他，以后不再挑事，顾宸恺从小就敬畏这个哥哥，只好憋屈地答应了。

如今，真是越看这个骗子越不顺眼，顾宸恺灌了一大口水，恶狠狠地瞪了宁澜一眼，心想：总有让我抓住你小辫子的那一天。

"小伙子们集合了啊，咱们接着拍。"摄像大哥冲这边喊。

七个人脱掉外套站起来，宁澜里头只穿了第二张单曲专辑宣传照上的服装，他本就怕冷，一阵北风平地而起，吹得他直哆嗦。

隋懿建议他："用一下暖贴？"

宁澜摇头："那玩意儿太厚了，贴在背心下面也会露出痕迹，待会儿跳舞衣服要是掀起来了，人家看到不得笑话死。"

隋懿便拿了件外套给他暂时披着。

只一会儿，宁澜就觉得浑身上下都暖和起来。

"谢谢队长。"宁澜压低声音说。

这时，远处扎堆的人群中突然传来骚乱，先是女人的尖叫声，接着有人高声呼救："纪老师！纪老师落水了！"

拍摄现场乱作一团，特别板块的演职人员也扔下工作挤过去围观。宁澜站在外围伸长脖子往人群里张望，隋懿刚才二话没说就往那边跑，等他反应过来，连个人影都找不着了。

他大约知道他们口中的纪老师是纪之楠，演员，比他小两岁，已经拿过一个含金量十足的最佳新人奖了。宁澜只在网络和电视上见过，勉强能把名字和脸对上号，周围人多嘴杂的，他犯不着凑这个热闹，可隋懿那个爱管闲事的家伙在里头，他有点担心。

过了几分钟，救护车抵达现场，众人七手八脚地把救上来的人抬到车上，宁澜才把隋懿从人群中找出来。隋懿站在那儿呆呆地往马路尽头的方向看，救护车的鸣笛声早就听不见了。宁澜喊了好几声他才缓慢地转过头来，瞳孔失焦，表情茫然。

"怎么了？"宁澜问，他目光往下，看到隋懿露在外面的一条胳膊正在流血，登时吓了一跳，拽着他在现场转了一圈，没找到任何医疗物品。宁澜果断地拿起休息区凳子上自己的衣服，胡乱给他裹了下胳膊，就要带他去医院。

其他成员和工作人员围过来，七嘴八舌地问怎么了，宁澜心里急，但也不知道缘由，跟安琳简单交代两句得到允许后，就打车和隋懿一起去了医院。

隋懿一直不说话，宁澜以为他疼得厉害，便问他怎么弄的。隋懿说是刚才混乱中不小心碰的，伤口不深，宁澜也就稍稍放心了。

他们到医院，挂号、包扎，医生建议再挂个消炎水，隋懿不同意，要回去继续拍摄，宁澜便让隋懿坐在这儿等，他去拿药。

他拿完药回来，人却不见了，医院里到处人头攒动，幸亏隋懿个子高，经过楼下抢救室，宁澜一眼就看见他站在门口，正往里面看。

"不是让你等我吗，怎么跑这儿来了？"宁澜隔着口罩大喘气。

隋懿还是站着不吱声，宁澜顺着他的视线往里面看，五六个人围着一张病床，床上是个年轻人，似乎刚抢救过来，医生正在做检查。

宁澜趁医生绕去另一边，仔细看了看，躺着的正是刚才落水被救上来的纪之楠。恰巧有护士从外面进去，宁澜好奇地指指里面问："这人没事了吧？"

护士说已经脱离危险，隋懿神色稍缓，又看了一会儿，对宁澜道："走吧。"

他们回去的路上，宁澜偷偷观察隋懿，试探着问："纪之……纪老师是你的偶像？"

隋懿靠在后座椅上闭目养神，闻言摇了摇头。

宁澜不太相信，他从未见过隋懿对任何人任何事如此紧张，可隋懿明显心情不佳不愿回答，他只好闭口不言。

他们回到现场，安琳给隋懿拿来一件长袖套头衫换上，确定他只是受了皮外伤，才允许继续拍摄。

《爱的初挑战》AOW特别板块延后两小时收工。

夜幕还未降临，AOW队长在拍摄现场意外受伤的事情已经在网上流传，不过纪之楠落水的消息显然更吸引眼球，许多粉丝们号啕半天都不知道这两个人其实在同一个拍摄现场。

原本定好的聚餐也因隋懿受伤取消，出事时顾宸恺在湖边凑热闹，直到隋懿和宁澜从医院回来他才知道，这会儿看见隋懿右胳膊绑着绷带，吓得眼泪都出来了："哥，哥你没事吧？怎么办啊，以后还能拉琴吗？"转过去狠瞪宁澜，"一定是你这个扫把星害的，以后离我哥远点儿，再让我抓到一次……"

隋懿坐在保姆车最后一排休息，开口直接打断道："闭嘴，不关他的事。"

顾宸恺第一次被表哥这样不留情面地训斥，到底还是小孩子，嘴巴一瘪就要哭，前座的安琳又是哄又是劝，半天才把他安抚好。

鸡飞狗跳的一天总算过去了，宁澜到宿舍先把水烧上，然后仔细翻看说明书，把隋懿晚上要吃的药准备好。端着热水进屋时，隋懿正靠在床头拨弄手机。

宁澜往床边靠近，隋懿大概是看完了，把手机扔在一边，宁澜垂眼一瞄，看见还未熄灭的屏幕上停留着纪之楠的照片。

这么关心人家，还说不是偶像。宁澜在心里暗暗腹诽，嘴上却没提，年轻人脸皮薄，他对外又是高冷人设，不好意思承认很正常。

"先把药吃了。"宁澜把杯子递给他，"晚上想吃什么？我来点外卖。"

隋懿看见他手心里的五六片药，微不可察地皱了皱眉，艰难地一颗一颗吞掉，放下杯子就说："不吃外卖。"

宁澜见他终于肯说话，忙道："那想吃什么，我去做？"

隋懿没什么胃口："随便。"

宁澜替他决定："那就面条吧，热乎乎的一碗下肚，什么烦恼都没有了。"

年底演艺行业异常忙碌，公司体谅员工一年到头几乎没休息过，准备春节放个大假。

为了这来之不易的半个月假期，安琳打了鸡血似的天天扛着摄像机对着AOW几个人拍，说要收集足够的团综素材，才能无债一身轻地和家人去国外度假过年。

"为什么不跟男朋友出去玩？跟家人一起多没意思。"陆啸川跷着二郎腿道。

"哪能跟您比啊，姑娘排排站等您挑。"安琳道，"喷，以后摄像机开着不准说这种话题，回头又要剪掉。"

陆啸川面露得意，挑眉看边上的方羽，像在说——瞧瞧小爷我多么受欢迎。

方羽头都没抬，跟宁澜一起围着一张椅子下飞行棋，认真投入的程度不亚于参加世界级比赛。

安琳过去拍了一会儿，觉得太安静了没意思，撺掇他们几个起来玩狼人杀游戏，说要做个特辑。人数不够，从隔壁练习室找了几个练习生妹妹来凑，陆啸川被簇拥在美女中间，乐得不行，时不时跟旁边的妹子耳语调笑一番。

安琳看不下去，关掉摄像机指挥大家调整一下位置，让方羽和顾宸恺分别坐在陆啸川左右两边，方羽很不情愿地挪过去，陆啸川腿晃得欢，把边上的凳子钩了钩，方羽侧目而视，把凳子拉远一尺才坐下。

其他人便成了夹在女生中间的肉馅儿。宁澜之前看到过其中一个女生跑到练习室来向隋懿谄媚示好，隋懿的相貌摆在这儿不容置喙，家境又不是一般的好，是个人人都想搭讪的香饽饽。

狼人杀游戏结束，安琳神神秘秘地喊方羽出去，宁澜对他们的谈话并不好奇，方羽回来后却主动告诉他，隋懿的生日就在下个月，安琳把他叫过去是问他有什么想法。

"我能有什么想法啊，随便送个礼物呗，难不成我们几个去他家集合，给他一个 surprise（惊喜）？"方羽边揉手腕边说。

宁澜从自己包里拿了云南白药丢给他："反正粉丝们都等着看你的表示呢，你得打头阵。"

方羽叹了口气说："之前在机场，那堆粉丝别的都不问，就问我队长怎么没在，给她们签名，我觉得自己像是买一赠一的那个赠品，你说揪不揪心。"

宁澜心里暗想：让我写啊，我乐意写。转念想到签售时被饮料泼一身的窘况，又缩回壳里去了："嗯，可太揪心了。"

隋懿的生日在一月初，到时候说不定会和跨年直播一起办，宁澜把那些常见的、别人可能会送的东西都筛掉之后，选择面就很窄了，太贵的东西他又送不起。

宁澜在购物网站上浏览半天，没看到中意的，切到微博，打开了以前转发的一段视频。

那是粉丝们扒出来的隋懿在音乐学院附中交响乐团作为首席的表演视频，镜头拉得远，只能勉强看到演奏者们的轮廓，五官都辨不清楚，评论里好多粉丝问是哪一个。画面里乌泱泱几十号人，站在最前面、拉得最好的那个就是隋懿。

第三章

覆
——
江
——
山

1

这几天晚上训练完，宁澜就窝在床上继续扒拉手机，他研究了一圈，网上都说小提琴要买手工的，演奏级别的都是欧洲老琴，价格令人咋舌，够在老家买几套房子了。宁澜另辟蹊径，把主意打到琴弓上，心想都是握在手上的东西，没差。

他在交流论坛里辗转联系到一位口碑很好的制琴师，定做了一根巴西苏木弓，虽然不能理解一根木头和几根马毛为什么会这么贵，但还是咬牙转了账。

下单之后，对方问他有没有什么特殊要求，宁澜问他能不能镶钻，对方沉默片刻，说琴弓都有标准克数，镶嵌宝石会影响手感，望慎重考虑。宁澜又问能不能刻字，对方沉默更长时间，说如果非要刻的话，他可以试一试。

宁澜又想了想，觉得还是简单为好，便把在琴弓上搞花样的想法否了，让师傅做普通的样式就行。

隋懿拿着毛巾进屋："在看什么？"

宁澜默默地把手机藏到身下，坐起来，说："粉丝把你以前的演奏视频翻出来了。"

隋懿擦着头发，淡淡地"嗯"了一声。

宁澜试探着问："以后……以后你还拉琴吗？"

隋懿闭着眼皱了皱眉，不甚高兴地说："这很重要吗？"

宁澜一惊，忙说："就随便问问。"

直到头发擦完，隋懿都没再说话。

接下来的几天，隋懿的态度都不冷不热的。宁澜没想到隋懿会对拉琴如此抵触，颓丧地想那根琴弓八成是送不出去了。

他决定以后还是投其所好，不再擅自做决定，隋懿毕竟年轻，哪个养尊

130

处优的少爷没点喜怒无常的坏毛病？隋懿已经够好了，自己作为年长的一方，让让他是应该的。

于是，他又把主意打到纪之楠身上。隋懿不好意思承认是纪之楠的"迷弟"，宁澜却没什么不好意思的，他可以去帮忙要个签名照什么的，这个隋懿应该不会拒绝了吧？

MTV 颁奖典礼后台，宁澜擅自离队去找纪之楠，像纪之楠这种地位的明星一般会有单独的休息室，不多时便找到了，门上贴着名字，但里面是空的，人还没来。

他在门口东张西望地等了一会儿，没等到纪之楠，先等来一个老熟人。

一年未见，刘老板还是老样子，墨镜加大金链子再叼根烟，每走一步身上的貂毛都在惹眼地晃。宁澜飞快地转身假装玩手机，尽量降低存在感，但还是被他从背后拍了下肩膀。

"哟，这不是咱们小澜澜吗？"

宁澜迫不得已跟刘老板到角落里"叙叙旧"，人家毕竟是在困难的时候借过他钱，虽然后来要债的手段不怎么阳光，好歹让他全须全尾地活到现在，也算是他的恩人。

刘老板像给商品估价似的，把他从头到尾打量一遍："现在不得了，飞上枝头变凤凰了啊。"

宁澜对他的遣词用句十分无语，客气道："哪有，瞎混混，跟刘老板您站一块儿比的资格都没有。"

这话刘老板听得熨帖，捧着肚子哈哈大笑："你们这些小明星啊，一个赛一个地能说会道。"

"哪里哪里，讨生活罢了。"宁澜说了句大实话。

两人又寒暄几句，刘老板身后立着的大块头看到宁澜就气不顺，鼻子不是鼻子脸不是脸地哼粗气，刘老板责怪地瞪他："这什么态度？现在背后有大靠山啦，以后见到了客气点儿。"

宁澜继续谦虚："没有没有。"

应付这种极爱面子的暴发户，最好的方法就是示弱，满足他们没有边界的虚荣心。

刘老板疑惑道："当真没有？"

宁澜迅速琢磨他话里的意思，怕给隋懿招惹事端，否认道："当然没有，不然我还在这里又唱又跳的干什么？"

刘老板的一双小眼睛噌地亮了："哎呀，我就知道，我们宁澜这么好的品性，怎么会……哈哈。"说着搓搓手，"其实吧，那次你没来求我，我还真有点失望。"

宁澜怛然失色，他哪里会想到刘老板还记着这一茬。

"最近刚谈的那个姑娘，泼辣得很，喏。"刘老板指了指后面大块头手上抱着的玫瑰花，"非要我带着花来给她撑场面，任性，一点都不知道让人省心，唉，你说是不是？"

宁澜额头冒汗，附和着说是。

刘老板往前一步，压低声音，说："我以前怎么就没发现你这么听话呢？"

宁澜往后退了一步，脸上笑容尽散，隐隐有了些怒气。他现在除了隋懿，谁也不欠，没必要再隐忍不发。他沉声道："如果没别的事，我先走了，刘老板您忙。"说罢转身便走。

刘老板赖皮似地拽住他胳膊往回拉："哎哎哎，我还没说完呢，先别走啊。"

宁澜正欲挣扎，另一条胳膊被人从旁拉住，一股大力将他从刘老板身边扯过来，伴随着熟悉低沉的声音："马上入场了。"

正是隋懿。

宁澜的脑袋简直都要炸了，他觉得老天一定是有心作弄他，总让隋懿撞见这种窘况。

"哟，这不是，这不是……"刘老板舌头打结半天，也没把隋懿的名字叫出来。隋家跟他这种中年发家的暴发户可不是一个层级，他只觉得这小伙子似曾相识，好像在哪儿见过。

这边，隋懿已经带着宁澜把人远远甩在身后，拐了几个弯到一处僻静的角落。

隋懿表情冷冷的，问他："还要多少钱？"

宁澜愣住："什么？"

他看得出隋懿这几天心情很差，不过原因不在他。

这几天，隋懿每天都会接到父亲的电话，他挂断，父亲就再打来，他就开勿扰模式，父亲就给他发短信，说老师病了，在××医院。即便父亲把地址和床号发过来，他也没打算去看，他和老师的师徒缘分早就已经尽了，对方辜负了他的信任，他为了不再跟他们有瓜葛，都已经破釜沉舟地走到这一步了，根本不可能回头。

糟心的事似乎约好了要撞到一起，纪之楠也在住院。他那么胆小的一个人，小时候看到自己下水游泳都要捂眼睛喊救命，如今受了这么大的刺激，他的公司居然这么快就安排他出来工作？

两件事隋懿都无能为力，却都盘踞在心头经久不散地烦扰着他，想避重就轻都做不到。

眼下宁澜居然也给他找不痛快，不是说债都还完了吗，为什么还在这儿跟别人牵扯不清？

"我问你，还要多少钱？"隋懿沉声一字一顿地重复。

宁澜还蒙着，嗫嚅道："我……我不要钱啊。"

隋懿听了他这话，忽然勾起唇角讥诮地笑了下。

宁澜像被迎头浇下一盆冷水，无异于被公开处刑。

借了人家那么多钱之后，又来撇清，这不可笑吗？

不要钱？不要钱还打着报恩的名义拼命表现？

隋懿见他脸色苍白如纸，莫名地觉得刺眼，丢下一句"半小时后集合"，便转身走了。

宁澜在原地站了许久，最后是口袋里的手机铃声将他唤醒，刚接起来，母亲赵瑾珊就大着嗓门说自己出车祸住院了，需要几万块钱，不给就要死在这儿了……宁澜静静听着，听到她号不动了，才默默地挂了电话。

这是母亲这个月第三次车祸住院了，老家最近的交通治安似乎不太好。

他浑浑噩噩地沿着来时的路往回走，经过纪之楠的专属休息室时，稀里糊涂地顿住脚步。

里面有人，摄影师把机器架在门口拍摄，纪之楠笑容可掬地坐在那里接受记者采访。一个人被众星捧月般地活着，宁澜莫名地有点抵触和里面的人接近。

可宁澜还记得自己过来的目的，是想跟纪之楠要一张签名照作为隋懿的生日礼物。

"那么我们进入下一段访问。"里面的记者对着台本道，"这个问题来自网友飞天小女票，她想问纪老师有没有小名？"

纪之楠心情似乎不错，笑着说："有啊，她们都叫我楠楠，或者小楠。"顿了顿，又道，"其实我还有个大家不知道的别名，叫纪星。"

"新？崭新的新？"

"不是，是星星的——"

外面的摄影师突然插嘴道："暂停一下，这边没录上，刚才那段再来一遍。"

记者摆摆手："没关系，我做了笔录，开着继续拍吧，时间有限，马上开场了……好，我们继续，下一个问题是……"

……

纪之楠的时间满满当当，他根本找不到机会去要签名。因此，宁澜等到入场前五分钟，才回到 AOW 在后台的集合点。

安琳上前疾言厉色道："去哪儿了？电话也不接，这种场合能到处乱跑吗？"说到一半发现宁澜状态不对，把还没出口的责怪收了回去，语调放轻问，"怎么了，不舒服？"

宁澜摇摇头："抱歉，刚去了下洗手间。"

安琳把宁澜拉到边上，压低声音："是不是又有什么困难啊？"

连助理都知道他不是第一次"有困难"。宁澜想自嘲，却笑不出来，垂眼看着地面："没有，不用担心。"

安琳看着他心事重重却闷不吭声的样子，无奈地叹了口气。AOW 七个人当中宁澜不是最突出的，却算是最让人省心的，他刚进组合时遭排挤，安琳都看在眼里，也在背后试图协调过。她听说宁澜家条件不好，生日会时公司打算把他家人请来，去翻他留在公司的个人资料，父母那一栏居然是空着的，紧急联系人也是空空如也，怪不得懂事得早，跟那几个整天惹是生非的小少爷可以说是天壤之别。

"有什么事可以跟我和张梵姐说，别都憋在心里。"安琳劝道。

宁澜点头称是，心想：这种事只能带到棺材里，谁都不能说。

"哦，对了，刚才你没在，有个事儿你记一下。"安琳声音压得更低，"张梵姐说了，没有意外的话最佳新人组合就是咱们的，她叫你们上台领奖别太高兴，至少别让人瞧出得意，能感动落泪那就更好了，卖卖励志苦情人设。"

宁澜抬头面露疑惑，他是空降进来的，不存在什么数年辛苦练习终于熬出头的悲喜交加和感慨万千。

"你出道时人气不高，如今也算被大部分粉丝认可了，想想上回签售……嗯，"安琳及时刹车，"到时候台上音乐一放光一打，总该有点感触吧？"

宁澜以为自己哭不出来，他活了二十三年，把很多人一辈子都不可能经历的事情都经历过了，按理说应该早就无坚不摧，没什么事情能让他动容或者难过。

台上的主持人宣布年度最佳新人组合是 AOW 时，他心底空茫一片，甚至连作为旁观者和见证者的与有荣焉都没有，仿佛那是个与他毫无关系的画外音。

"喂，上台领奖啦。"方羽碰了碰还在发呆的他。

七个人排成整齐的一队从舞台侧边上台，宁澜跟在队伍最末，激昂的音乐在耳边回荡，到处都透露着虚幻的不真实。

"下面我们请嘉宾纪之楠为获奖组合颁奖。"

"首先感谢音乐盛典主办方，还有感谢我们的公司星光娱乐，更要感谢我们的粉丝，没有你们，就没有 AOW 的今天……"

隋懿字正腔圆，把千篇一律的获奖感言念得沉稳郑重。

宁澜听着听着，喉咙哽咽，接着下唇一抖，热烫的液体刚刚漫上眼眶，就争先恐后地滚落下来。

AOW 在台下一直坐到颁奖礼结束。

公司的庆功宴安排在明天中午，回到保姆车上已是半夜十一点多，方羽和陆啸川也跟随大部队一起去宿舍，车里叽叽喳喳热闹非常，大家把刚拿到的奖杯挨个传阅，王冰洋还上嘴咬了一口，疼得嗷嗷叫。

方羽笑得不行："你当这是奥斯卡小金人呢？"把奖杯抢过来说，"宁澜还没看呢。喏，摸一摸这座奖杯，明天有意想不到的好事发生。"

宁澜蜷在角落里缓缓扭头，愣了会儿，然后抬手摸了一下。

陆啸川拍腿大笑："要不是为了意想不到的好事，宁澜都不乐意摸，哈哈哈哈哈。"

王冰洋伸长脖子看宁澜："澜哥没事吧？"

刚才在台上，属宁澜哭得最厉害，不是号啕大哭，而是一声不吭地泪流满面，七个人在台上围成圈拥抱的时候，其他成员才发现他哭了，下台后高铭还嘲他"真会演"。

"没事。"宁澜低声道。

坐在前排的隋懿回头接过方羽递过来的奖杯，顺便瞟了一眼，宁澜的鼻子还是红红的，嘴角微微下垂，双目无神地看着窗外，看起来既冷漠，又有一种说不出的可怜。

今天，隋懿见到了纪之楠，那人跟从前一样眼神清澈，然而嘴角噙着的笑却不如从前那般单纯，客套生分的弧度像是在镜子前练过很多遍，似乎也有了心事。

不知道宁澜是真的在演，还是想到了什么伤心事，如果是后者，说不定跟自己对他说的话有关系。

当时那话没过脑子就说出口了，现在回想，确实有些过分。

大家到宿舍楼下，分头出去找吃的，顾、高、王三人去小区门口吃烧烤，方羽和陆啸川没开车，央求着隋懿带他们去吃火锅。宁澜准备一个人上楼，方羽胳膊一拐勾住他的脖子："宁澜陪我一起去，上次说好的，要给我兑秘制酱料。"

方羽看着瘦巴巴的一个人，力气却大得像头牛，不费吹灰之力就把宁澜拖到隋懿车前。宁澜眼看再拒绝就不合适了，只好妥协。

隋懿帮他打开副驾座车门，宁澜往后退了一步，爬上后排坐到方羽身边，陆啸川见他们哥俩好，主动让出位置换到副驾座，大吼一声："出发！"

宁澜其实一点胃口都没有，甚至有些反胃。

小时候，他很爱哭，因为哭的话邻居就会听见，就会有人来管，劝爸爸不要这么打他，爸爸碍于面子，总会下手轻些或者结束得早些。后来，爸爸嫌他吵，给他嘴里塞脏抹布，他哭不出声音，咬牙熬过去之后就只想吐，导致后来他只要流眼泪，就条件反射地作呕。

他去给大家弄酱料，回来的时候菜已经摆满桌面，汤也咕嘟咕嘟地沸腾。

"啊，你怎么没给自己弄酱料啊？"方羽咬着筷子道。

隋懿看了看自己跟前的这份，推给对面的宁澜："你先吃吧，我不吃酱。"

宁澜垂眼半晌，又推了回来："你的。"

隋懿没弄明白。

"没加蒜蓉、香菜和葱，微辣，你的。"宁澜补充道。

隋懿愣了下。他从未跟任何人说过自己的口味喜好，集体聚餐也从不说自己的忌口，不吃的东西避开就好了，他不喜欢麻烦别人。

方羽尝了尝自己和陆啸川那份，撇嘴道："你偏心啊，给队长搞特殊。"

陆啸川往锅里丢了一盘丸子："人家一间宿舍的，跟你能一样吗？"

一顿饭吃到凌晨两点，方羽喝了点果酒，在后座从"大河向东流"唱到"凉凉夜色为你思念成河"，又改唱"好运来祝你好运来"，陆啸川全程 B-BOX（节奏口技）伴奏，而宁澜一直在拍手给喝醉的方羽找节奏。

临近宿舍，车里的闹腾声才收敛了些。到地下停车场，陆啸川下车就去后座把还在哼歌的方羽抱出来，边喊"这家伙怎么这么重"边往电梯去。隋懿下车等了一会儿，没见后排再有人下来，走过去拉开车门，宁澜歪在座椅上一动不动，似乎睡着了。

"宁澜？"隋懿喊了一声。

没人应。

隋懿喊他："醒醒，回去睡。"

因为方羽和陆啸川今晚留宿，所以顾宸恺不得不搬回原寝室。

宁澜胃里难受，翻来覆去睡不着，对床的顾宸恺不胜其烦地踹了两下床板，他便干脆坐起来，抱着被子去客厅的沙发上睡。方羽也睡不着，不停地给他发短信，问他和队长怎么回事，是不是吵架了。宁澜说没什么，方羽虽然并不相信，但见他不愿多说，到底没再追问，还主动保证不会出去乱说，连陆啸川也不告诉。

宁澜放下手机，胃里翻江倒海，刀绞般疼，实在受不住，跑到卫生间把晚上吃的那点东西都吐了，直到没东西可吐还是犯恶心。

好不容易缓和了些，刚扶着水池站起来，就听见卫生间外面有人敲门。

只有隋懿是这样不急不缓的敲法，宁澜开了门，看都没看来人一眼，转身去拿毛巾洗脸。

　　他把水流开到最大，掬一捧水就要往脸上浇，隋懿把水龙头拧到热水，说："身体不舒服，别用冷水洗脸。"

　　宁澜抬眼看镜子里狼狈不堪的自己，有些麻木。宁澜用毛巾狠狠搓脸，脸上的皮肤都搓麻木了，才拧上水龙头，绕过隋懿要出去。

　　隋懿拦住他："你怎么了？"

　　"吐了，不舒服。"宁澜道。

　　隋懿皱眉，他又不是没长眼睛。

　　"我问你在台上怎么了，为什么哭？"

　　宁澜回答："想到不开心的事了。"

　　这个回答无懈可击，隋懿也不认为自己有问"什么事情"的立场。

　　宁澜见他不再说话，侧身出去了。

　　一周后，王冰洋称病缺席了年底某卫视春晚的录制，隋懿才从安琳口中得知，年后开拍的《覆江山》里原本已经定给王冰洋的角色，在试镜后换成了宁澜。

　　他把宁澜叫到楼梯间，宁澜一脸半真半假的懵懂："叫我来这里干吗？有芒果吃吗？"

　　隋懿开门见山地问他："为什么抢王冰洋的角色？"

　　宁澜"啧"了一声，抱着胳膊懒懒地倚靠在墙上："别说这么难听，什么叫抢啊？没有最终公布前都是正当竞争，各凭本事嘛。"

　　隋懿看不惯他这样轻描淡写的态度，抬手就揍过来，沉声道："你明知道王冰洋对这个角色有多期待，还当着那么多人的面祝贺过他，现在却公然抢了他的角色，让他以后怎么在队友面前抬头？"

　　宁澜揉揉脸，浑然不在意似的看窗外，天气预报说今天会下雪，天空像一张企图吞噬人间的怪兽的嘴，阴沉得可怕。

　　"怎么就不能抬头了？"他悠哉道，"现在演艺行业形势大好，每个月都有一堆新剧开拍，他还年轻，以后机会多了去了。"

　　隋懿跟他说不通，转身就走了。

　　宁澜在原地站了很久，久到今年的第一场雪洋洋洒洒飘落。

他不知道王冰洋有多期待这个角色，他只知道自己不能错过这次机会。

老天爷也不喜欢他，所以对他百般苛刻。如果不去争不去抢，只能眼睁睁地看着最后一点希望消失。

12月31日晚，AOW全员首都卫视跨年演出。

因为是现场直播，所以他们提前一天到，前后彩排两遍才正式上场。

近期，歌坛掀起一股各家粉丝比拼演唱实力的热潮，来之前公司打听到大部分歌手都选择真唱，AOW怎么说也是歌手出道，可又唱又跳对于气息和声音的稳定是很大的考验，张梵提前几天就让少年们苦练唱歌和气息吐纳，到现场效果还是不尽如人意。再加上说好的半开麦，因工作人员疏忽搞成了全开麦，成员们措手不及，紧张之下唱得颠三倒四。

王冰洋在团内的定位是歌舞双担，兴许是之前被抢了角色还没恢复元气，在台上频繁走神，大段大段地忘词，宁澜就帮他接了几句。直播还没结束，超话里就争论起来了。

其实，客观地说宁澜唱歌还不错，至少在那么大强度的舞蹈下咬字清晰也没走调，但是架不住无论他做什么都有人往歪处想。

紧接着，元旦当天，某娱乐八卦小号传出《覆江山》主演拟定名单，更是一石激起千层浪。王冰洋之前在接到试镜剧本后按捺不住兴奋，遮遮掩掩地拍了张照片发微博，当时就有"原著粉"认出是《覆江山》里的台词，粉丝们好一通为他高兴，现在一看，名单上哪里还有王冰洋的影子？AOW中只有宁澜一个人的名字出现在上面。

再加上最近王冰洋在各种粉丝照片中肉眼可见地消沉，一时间各种言论纷纷涌现。

宁澜本人听安琳说了这事之后，咂摸一番，竟也觉得他们的推测挺有逻辑。最近没有王冰洋在跟前唠叨，他都快跟这个圈子脱节了。

"公关部那边已经在拟申明，如果你想追究责任的话……"

宁澜果断道："不追究，别浪费这个钱了。"

安琳见他这样豁达反而有点害怕："角色是你凭实力争取来的，被人这样误解难道不生气吗？"

宁澜笑了笑："嘴巴长在他们身上，这个话题过去了还有下一个，随他们去呗。"

安琳劝道："话虽这么说，但是这一般都是走投无路时的选择，你年纪轻轻，还是以正面形象积累人气比较妥当。"

宁澜连连点头称是，把操碎了心的安琳送走，回头就把这事抛到脑后去了。

很快到 1 月 9 号，公司按照惯例给 AOW 队长隋懿举办了生日会直播。

宁澜一反常态地没有躲在角落里做背景板，而是挤到隋懿身边站着，顾宸恺送礼物也没能近隋懿的身，宁澜霸着位置不让，堵得比门板还严实。

轮到他送礼物，他故弄玄虚地让工作人员帮忙把灯光调暗一些，大家还以为他要放什么大招，结果憋了半天，就唱了一句"祝你生日快乐"。

弹幕全在刷"哈哈哈哈哈哈哈哈哈哈"，隋懿也配合着一脸蒙，问他："就这样没了？"

宁澜点头："嗯啊，我准备了很久呢。"

弹幕有粉丝说："泡泡澜不实在，队长上次特地从外地赶回来，还送了一串看着就价值不菲的手串，你就唱首歌吗？"

宁澜对着镜头神秘道："其他的私下给，不让你们看。"然后把手腕亮出来，炫耀道，"好不好看？"

他今天戴了那串红玛瑙手串，大颗剔透红润的珠子衬得他腕细肤白，弹幕一堆夸好看的，不和谐的声音当然还是存在，宁澜凑过去读了条弹幕，笑眯眯反驳了回去。

他这番豁达的举动反而引来好感，晚上超话里不少人觉得泡泡澜其实也蛮不容易的。

晚上，宁澜回宿舍，洗漱完就趴着玩手机，隔壁方羽和陆啸川住腻了宿舍回家去了，顾宸恺又打包去隔壁住，意难平似的把行李箱摔得砰砰响，宁澜把脑袋从手机里抬起来看他："你再多摔两下楼下的住户就要找上门来了。"

顾宸恺瞪圆眼睛看他，似乎没想到他会挑衅自己。

宁澜翻了个身："要不是嫌搬东西麻烦，我也不介意搬到隔壁去，不然你把你哥也叫走吧？我一人占一屋别提多爽了。"

顾宸恺气哼哼地走了。

宁澜长长地叹了口气，趿上拖鞋下楼去取快递。

他定做的琴弓到了，制琴师用一根长近一米的白色硬塑胶水管装着寄过来，宁澜拿到的时候吓一跳。

"这啥啊？这么个装法？"快递小哥好奇地问。

宁澜穿得随性，脸却捂得严实，隔着口罩嘿嘿一笑："金箍棒。"

他一转身，撞见也过来取快递的王冰洋，王冰洋看到他直接移开目光，宁澜想了想，站在原地等他一起回去。

电梯里，宁澜才开口："洋洋，那事儿……哥向你道歉，对不起，明天请你吃好吃的。"

王冰洋沉默了会儿，挤出一个不怎么从容的笑："没事，都是兄弟。"

王冰洋经常挂在嘴边的话就是"大家都是兄弟"，没心没肺的一个大小孩，可宁澜知道这回他一定是咬牙切齿地说出来的。

要说不难受肯定是假的，王冰洋是他加入组合后第一个向他表示善意的成员，他也觉得做出这种事情的自己忒不是东西了。

可这是他衡量轻重之后做出的选择，谁都怨不得。

宁澜回去摘了口罩，刚想把水管拆开看看，隋懿就推门进来了。

宁澜把东西往床里面一扔，隋懿看了一眼，问："什么东西？"

能勾起队长大人的好奇心是一件多么不容易的事，宁澜有些得意："你猜？"

隋懿没猜，坐下自己擦头发。

宁澜问他："喜不喜欢我给你的生日礼物啊？"

隋懿不说话。

宁澜就当他默认了，摇头晃脑地哼歌，是隋懿没听过的旋律，还有一搭没一搭地跟他说话："队长，你有没有看过小说啊？"

……

宁澜在拍摄《覆江山》定妆照的当天感冒加剧，究其原因还是这几天睡得太晚。昨天晚上他还缠着隋懿聊到凌晨，似乎只能找到这一种方式，他把每一天都当作最后一天来过。

宁澜走进棚里就看到身穿一袭白衣的纪之楠，合照时两人站位离得远，独照时宁澜早早地拍完自己那套，纪之楠有两套造型要拍，宁澜在边上围观了会儿，棚里空旷，冷得厉害，他实在撑不住，回休息室拿外套穿。

休息室里没人，他路过纪之楠之前化妆坐过的位置，余光瞥到化妆桌底下有个红色的东西。

宁澜捡起来一看，是一本结婚证。在这种地方捡到这东西还挺稀奇的，他翻开想看看是谁这么不小心，只见持证人姓名一栏赫然写着"纪之楠"。

宁澜的心突突直跳，有一种窥探到别人隐私的紧张，还有一丝莫名的兴奋。

照片上一个是纪之楠本人，另一个不面熟，不像圈内人。宁澜把上面的信息飞速扫一遍，看了眼门口，没人经过，从口袋里掏出手机，对着结婚证内页拍了一张照片。

做完这些，他心跳得很快，扶着椅子坐下，在心绪平静后，犹豫该把这东西放在哪里时，纪之楠进来了。

宁澜勉强维持淡定，跟纪之楠打招呼："嗨，纪老师。"

对方显然不认识他，粗粗打量他一番，面露疑惑。

宁澜站起来笑着伸出手："差点忘了自我介绍，我叫宁澜。"

纪之楠好像这才想起有他这么一号人物，抬手回握："你好。"

宁澜另一只手还拿着那本结婚证，往前凑道："纪老师，您丢东西啦。"

纪之楠不太喜欢被人亲近似的往后退了一步，看到宁澜手里的红本子，眼睛倏地瞪圆，劈手夺过来，又觉得自己的举动不太礼貌，踌躇片刻道："抱歉，不小心弄丢了，请问是在哪里捡到的？"

宁澜指指桌子下面："就那儿。您放心，我不会到处乱说的。"说着抬手在嘴巴上做了个拉拉链的动作，"我嘴巴很紧的。"

过了好几天，宁澜都没把这事向任何人透露，主要原因有二：一是纪之楠看起来戒备心很重，他说不定是圈内唯一一个知道纪之楠结婚的人，事情一旦泄露，纪之楠首先会怀疑的就是他。演艺界里弯弯绕绕最多，据说纪之楠家境也很好，出道以来顺风顺水没人敢惹他，宁澜怕到时候自己怎么死的都不知道。

二是冷静下来后，他反而不知道该拿这件事怎么办。直接告诉隋懿？隋懿必定会怀疑他的动机，再者，隋懿把纪之楠当偶像，要是知道这事，应该会很伤心。

年假前，AOW 成员们抽空一起去把头发颜色染回正常的黑色，宁澜好不容易看惯了隋懿的红毛，变回黑色他又不适应了。

隋懿的头发很硬，很容易做造型。不记得听谁说过，头发硬的人心也硬，宁澜想：隋懿明明挺心软的啊。

他觉得自己矛盾极了，有时候恨不得隋懿对他坏一些，这样自己欠他的就少一点。

但宁澜不想隋懿难受，于是决定把纪之楠的事烂在肚子里，永远也不告诉隋懿。

春节前，最后一项工作是星光娱乐家族现场演出。

AOW 七人黑发亮相，意外地引发全场尖叫。主持人问他们变回质朴少年是不是怕过年回家挨揍，隋懿笑说不想被邻居当成巴啦啦小魔仙围观，台下粉丝惊奇：我们正经严肃的队长是从哪里得知巴啦啦小魔仙这种东西的？

主持人代粉丝发出疑问，隋懿说："队友教的。"

宁澜在边上眨了眨眼睛，没想到自己开玩笑说过的话他还能记得。

现场演出一结束，其他成员就直奔机场回家，方羽盛情邀请宁澜和隋懿去他家里玩，宁澜说想好好睡一觉，明天还要赶火车，隋懿也说想回宿舍休息。

方羽把宁澜拉到边上，问隋懿是不是要跟他一起回去。

"怎么可能。"宁澜道，"他只是不想回自己家。"

"我还以为你们俩关系缓和了呢。"

宁澜含糊道："嗯，是缓和了。"

"啧，今天中午在休息室，你趴在桌上睡觉，队长不知道从哪儿弄来一条毯子给你盖上，可关心你了。"方羽感叹道。

宁澜哭笑不得："要是换成你，他一样会给你盖毯子。"

大家在公司门口分道扬镳，AOW 剩下的两个人回到宿舍，宁澜见冰箱里还有些食材，煮了一锅番茄鸡蛋面，还给隋懿炸了对鸡翅摆在上面，算是色香味俱全。

隋懿见只有自己的碗里有鸡翅，有种被当成小孩看的羞臊，分了一只给宁澜："你也吃。"

宁澜欣然接下，第二天一大早又去采购，给隋懿炸了一盆鸡翅鸡腿鸡块。

隋懿瞠目结舌，宁澜笑嘻嘻地对他说："多吃点，过年别怕长胖。"

一大盆当然没吃完，宁澜带了一半上火车当晚餐。

隋懿开车送他到高铁站入口，他自己拖着行李箱哼哧哼哧绕了一大圈到老火车站，爬上了K字头的普通列车。

除了省钱，还有一层原因是他并不是很想回去，可出于过年期盼团圆的天性，又觉得应该回老家看看，于是买了张慢车票，火车开一会儿停一会儿地慢慢挪，第二天下午才到家。

他先到妈妈住的筒子楼，在门口废弃的牛奶箱里摸到钥匙，开门进去。

家里没人，桌上有几盘已经看不出来是什么东西的剩菜，厨房水池里也堆满了没洗的锅碗瓢盆。宁澜挽起袖子打开水龙头，等了半天没有热水，天然气不知道几个月没缴，停了。

他无奈地给母亲打电话，赵瑾珊不知道在哪里，电话里闹哄哄的。

"回来怎么不提前跟我说一声？我在跟姐妹逛街呢，再有俩小时就回去啊。"

宁澜问她燃气卡在哪里，她没心思听，光顾着跟旁边的人扯着嗓门炫耀："我儿子回来啦，明星儿子，上电视的大明星……"

宁澜挂掉电话，去卧室里找，顺手把被子叠了，又把地扫了一遍，还真让他在床头柜后面的角落里找到了积满灰尘的燃气卡。

小城市没开通网上缴费业务，他乘公交去营业厅，回来的路上刷到隋懿的朋友圈，晒了一盘乌漆麻黑的东西，宁澜评论问："是什么？"他回复："炸鸡。"

宁澜在公交车上笑到不能自理，给他发语音问怎么搞的，隋懿说想热一下继续吃，结果就搞成这样了。两个人东拉西扯地聊了几句，隋懿问他吃饭没，宁澜刚下车，顶着呼啸的北风往筒子楼跑，对着电话道："马上。"

隋懿也发了语音过来："怎么有风声？你在外面？"

宁澜跑到楼梯拐角背风处捂着手机说："没有啊，在家里。"

他进了屋又想起什么，再发一条语音："你别自己做饭了啊，小心烫到手。"

隋懿："烫到手会怎么样？"

宁澜犹豫一会儿，说："会烂掉。"

其实他是怕隋懿以后拉不了琴，弄伤了多可惜。

隋懿问他："真的？"

宁澜故作严肃道："真的，油炸猪蹄了解一下？"

隋懿发来一个黑线的表情。

赵瑾珊除夕晚上才回来，身上穿着一件喜庆的红色羊毛大衣，宁澜看着觉得单薄，问她为什么不买件羽绒服，赵瑾珊臭美地在他跟前转一圈："你妈妈我今年本命年，就要穿得美美的！"

宁澜笑了笑，别开目光继续切菜。

晚上，电视里播春晚，主持人说金狗贺岁，他才想起今年也是他的本命年。他裹紧了身上的旧棉袄，擦了擦冻出来的鼻涕，觉得还是有暖气的北方好。

钟声敲响第十二下，宁澜踩着点给隋懿发了一条"新年快乐"，隋懿大概以为是群发，回复"同乐"。宁澜蜷在长时间没晒过的潮湿被窝里翻朋友圈，隋懿晒了年夜饭，照片拍得很随便，顾宸恺的脸都不小心入镜了。

大年初一早上，宁澜就提着大包小包去叔叔家拜年，赵瑾珊拉着个"晚娘"脸跟在后面，一路上都在唠叨带的东西太多，不如留在家里让她慢慢吃。

他们进门坐下，妹妹宁萱扭扭捏捏地跑出来说"哥哥新年快乐"，模样倒是比之前乖巧懂事多了，也没张口就要钱要东西。宁澜给她封了个红包，宁萱掂量完厚度就笑成一朵花，拿起包就说出去找同学玩儿。

叔叔婶婶关心几句他的工作状况，赵瑾珊在边上边吃瓜子边往地上吐壳，阴阳怪气地说："我儿子终归是我儿子，挣再多钱跟你们有半毛钱关系？"

婶婶金凤气得脸都白了，准备午饭时，凑到来厨房搭把手的宁澜跟前，压低声音说："你可别犯傻，有钱自己存着，哪怕让你叔帮你打理都好啊。给你妈，那是肉包子打狗——有去无回啊！"

宁澜不禁对婶婶刮目相看，一年没见，都会用歇后语了。

《覆江山》定在年后2月14号正式开机，剧组提前几天包下了一间宾馆，宁澜在家里除了当提款机，横竖没别的事，就准备早点过去。

宁澜走的那一天，赵瑾珊一反常态地没睡懒觉，一大早就出去了。

宁澜蹲在地上整理行李，摸到那根被他斜着放在行李箱最底层的塑料水管，又把里面的东西拿出来看了看。

琴弓的样子很朴素，一根微弯的长木头上绷着一撮白色马毛，宁澜学电视里演奏家的样子，把弓弦拧紧，手指沿着圆润的木头，缓缓从弓尖摸到弓根……

这时，门口传来脚步声和钥匙在锁眼里转动的声响。

宁澜头也没抬："妈，我一会儿就走了，午饭做好了在桌上，热一下就……"

话音戛然而止，他的视野中出现了一双男士皮鞋。

宁澜抬起头，开门进来根本不是赵瑾珊，而是曾把他抓到地下室的谢天豪。

宁澜站起来，身体紧张地绷着，双手握拳，指甲深深嵌进肉里，拼命克制住想往后退的冲动。

谢天豪长了一张戾气很重的脸，笑起来尤其可怖："一年多没见了。"

宁澜一边用余光越过他肩膀往门口张望，一边在心里计算——门是关着的，他要用至少五秒时间完成走到门口再开门跑出去的动作，速度还必须比谢天豪的反应要快。

他对逃跑这件事算得上有经验，撑起笑容道："新年好啊！谢哥。"

谢天豪摸着下巴，一步一步慢慢向他靠近："好？你哪里看到哥好了？"

宁澜心里咯噔一下："钱已经还了，咱们不是两清了吗？"

"两清？"谢天豪歪着嘴笑，"谁说两清了，利息还没管你要……"

宁澜一巴掌拍开他的手，趁他错愕，伸开腿就往外跑，然而离门口还有三米远，就被谢天豪拽着后领抓回来了。

"臭小子，还敢跟老子撒泼，不想活了？"谢天豪怒了，提着宁澜往屋里拖。

宁澜头晕目眩，咬紧牙关铆足劲抬起胳膊用硬水管往身后甩，谢天豪没设防，被水管重重敲了一下，他痛叫一声，手上刚松劲，宁澜就迅速挣脱，两大步跨到门口。

宁澜开门出去时被门槛绊了一下，顾不上站起来就连滚带爬地跑。在楼梯口撞见赵瑾珊，二话不说拉着她一起跑，到一公里外人声鼎沸的街道口才停下。

"哎哟哎哟，跑什么哟我的儿，你妈这把老骨头要被你整散架了哟。"赵瑾珊靠着墙连声抱怨。

宁澜大口喘着粗气，脸色苍白如纸。待到呼吸平稳，大脑开始供血，他才猛然想到什么，上前去翻赵瑾珊的衣服口袋。

"你干什么啊？"赵瑾珊捂着不让他碰，"我没有钱啊，你翻什么呢？"

宁澜不理她，把她所有口袋都检查一遍，然后看着她问："你钥匙呢？"

赵瑾珊神色躲闪："啊……啊？钥匙，我想想……应该是丢在家里了吧……"

宁澜脸色愈发惨白，混着还没干透的汗，皮肤看起来近乎透明。他不敢相信地问："你把钥匙给了谢天豪？"

赵瑾珊结巴起来："没……没有啊？我怎么会……会干这种事？"

宁澜瞳孔一缩，嘴唇几不可察地颤了颤。

赵瑾珊见他貌似动摇，接着道："谢老板人多好啊，他答应了给咱家弄套廉租房，你也不忍心看着妈住在那个到处是蟑螂老鼠的筒子楼里对不？"

赵瑾珊越说越觉得这笔买卖划算，还觉得自己十分占理，亲昵地拍了拍宁澜的脸："你说，你这副好相貌还不都是妈妈给你的？老天爷赏饭吃的大明星，谁羡慕得来啊？"

宁澜默默听着，终于有了点反应，从鼻子里短促地哼了一声："羡慕？"

"可不。"赵瑾珊来劲了，"得亏你长得像我，要像你那个早死的爹，哪儿能混到电视上当明星？哪儿会有人看得上？哪儿……"

宁澜脑袋里面嗡嗡作响，他什么都不想听，猛地抽出胳膊甩开她，赵瑾珊一个不留神摔坐在地上，咬着嘴唇就要哭，捏着嗓子喊："哎哟，快来看看呐，儿子打亲娘啦……"

宁澜蹲下来看着她，森寒的目光与她平齐，把赵瑾珊吓得收了声，生怕挨打似的往后挪了挪。

他们在闹市口的巷道里对峙，周围慢慢有人聚集过来看热闹。宁澜面无表情，眼睛里也是空的，泥雕木塑一般，只有口鼻间呼出的白气证明这是个活人。

过了几分钟，他才开口，一字一句道："从今往后，除了每个月固定的生活费，别想我再多给你一分钱。"

赵瑾珊急了："那……那怎么行，妈妈身体不好，要……要看病的，看病要花很多钱的……"

宁澜看着面前这个和他有着最深血缘关系的女人，上一秒还觉得这副眉眼亲切温暖，下一秒又如同隔着重峦叠嶂般陌生。他很少花时间去思考该不该对她好，她值不值得，他相信至少在妈妈决定生下他的那一刻，一定是爱他的。

他想要的从来就不多。

"嫌少，可以不要。"他冷冷地说。

赵瑾珊忙道："要的，要的，苍蝇再小也是肉啊……"说着还有点委屈，眸中泪光闪烁，"那……那妈妈要是病了，要是被人欺负了，你……你就不管啦？"

宁澜缓缓站起来，蹲久了发麻的腿让他有些站不稳。

"那我要是死了呢？我要是死了，谁管你？"

声音比他的表情还要平静。赵瑾珊抬头看宁澜，他逆光站着，东升的太阳勾勒出一个佝着身体的剪影，脆弱得好像随便一阵风就能将他吹走。

赵瑾珊身体无端地瑟缩了一下，张了张嘴，终是没再说话。

宁澜没再回家，一个人沿着人行道闷头往前走，城市很小，穿过几条街便能看到火车站。

自从那次被赵瑾珊偷走身份证，他就养成了把证件随身携带的习惯。窗口排队时摸出手机，拆掉壳子拿出身份证，里面还压着三张百元钞票。

宁澜上了车，看着窗外萧条陌生的冬景，才有了些远离家乡的真实感。

他只是不想再待在那里，想快点离开，去哪里都好。买票的时候脑袋里还是一片茫然，连自己说了哪个目的地都不知道，现在听着报站声，才知道列车正在一路北上，终点站是首都。

宁澜缓慢抬手，遮住自己的眼睛。

他在落魄伤心的时候就想哭，这个习惯不好，得改掉。

第二天上午在首都站下车，出站时塑料水管又被安检员拦下来里里外外检查了一遍，毕竟背着琴包到处跑的常有，抱着根装着琴弓的管子到处跑的不太常见。

宁澜走出火车站，迎面一阵冷风吹来，他把水管抱得更紧了。这东西不仅是他全身上下最值钱的东西，还是救了他一命的宝贝。

宁澜吸吸鼻子，心想：都有点舍不得把它送给隋懿了呢。

他用身上最后几个钢镚乘地铁前往宿舍，到楼下抬头看，黑灯瞎火的不像有人在，上去敲门果然没人应。

他没带钥匙，站在门口给方羽打电话，这小子从假期开始就没联系过他，发微信也不回，这会儿电话也打不通，全程忙音，不知道跑哪儿浪去了。

宁澜又站了会儿，拨通隋懿的电话。

电话响了好几声才接，接电话的不是隋懿："找隋懿吗？他出去了，待会儿我让他给你回电话。"

隋懿再打过来时，宁澜已经被巡逻保安撵到楼底下了。他是租客不是业主，因为职业原因每次进出小区都捂得像个贼，这会儿又掏不出钥匙，保安不仅不眼熟他，甚至以为他是混进来避寒的流浪汉。

宁澜低头看了看自己身上破到漏棉花的棉袄，确实挺像流浪汉的。

电话接通后隋懿先说话："喂，你找我？"

"嗯。"

"什么事？"隋懿问。

宁澜在刚才短短的十几分钟里，想了许多要说的话，可真到这个时候，他反而说不出口了。

说起来有点可笑，他还期待着有朝一日能跟隋懿展开一段平等的关系，像天底下所有普通朋友那样，所以现在唯一能做的，就是不向他示弱。

"我可以再跟你借点钱吗？"宁澜喉咙苦涩，话语艰难，"等拿到片酬就……"

隋懿并没有耐心听他说完，直截了当地问："要多少？"

手机上收到转账提示，宁澜在网上买完票，没有立刻起身离开，而是在小区门口的路牙上继续蹲着，直到手机最后一丁点电耗光，才揣回口袋里，站起来往火车站方向去。

他有些遗憾，又觉得庆幸，如果隋懿刚才哪怕随便问一句怎么了，为什么要钱，他说不定会脑袋一热，把满腹的委屈都说出来了。

幸好他没问。

宁澜再次坐上火车时，隋懿正看着他父亲被推进手术室。

昨天老师给他打电话，他还以为这两人又在要什么手段，一会儿这个倒下一会儿那个生病。当听到电话里隋承压抑不住的咳嗽声，他才意识到这次可能不是在诓他。

昨天晚上他驱车到医院，按照老师发过来的房号摸到病房，看到隋承安静地躺在床上，整个人瘦了一大圈，比上次在剧组宾馆楼下见到时更加憔悴。

他不再接受父亲的给予，不代表他在这样的生死关头真的能弃自己的亲生父亲于不顾。

手术灯亮，隋懿把同样病着的老师送回病房，然后回到手术室门口继续守着。几个小时后，医生出来告诉他手术很成功，等到护工到岗，他才离开。

路上车里放到 AOW 的歌，听见宁澜的声音，他恍惚想起早上宁澜给他打了个电话。

他有点不放心，在等红灯的时候回拨过去，连打三遍都没有接通。

隋懿嘴角上挑，弯成一个自嘲的弧度。那家伙开口就是要钱。

笑容只在脸上维持几秒，便消失无踪。隋懿一整晚没睡，把手机扔回中控台上，疲惫地捏了捏眉心。

首都和 J 市相距一千五百多公里，飞机一个半小时，高铁七个半小时，普通火车则是整整一天。

没有对比就没有伤害，宁澜上次坐飞机来 J 市找隋懿，眼一闭一睁就到了，这次闭了八百次眼，睁开的时候还在闷热的车厢里，耳边回荡着永远不知疲倦的小孩哭声和方便面瓜子火腿肠的叫卖声。

次日下午，宁澜腰酸背疼地从火车上爬下来，这还不算完，通江影视城在 J 市的下属县，过去还得坐两三个小时汽车。

他在大巴车上扳指头一算，总共能省五六百块钱，虽然杯水车薪，但也值得。

多攒一分钱，就多一分底气。

宁澜抵达影视城，剧组的生活助理就到门口接应，带他入住宾馆。单人间设施简单却干净整洁，宁澜连续坐了两趟长途火车，澡都没洗就趴在床上睡了过去。

一觉睡到清晨天大亮，起来先洗个澡，接着出去置办生活用品。

影视城附近什么都有，宁澜在超市里买到一件还算合身的冲锋衣，重点是便宜。他什么样的苦日子都过过，对生活要求并不高，买点日常生活用品就足够了，洗头膏沐浴露宾馆都有，脸不用洗面奶也烂不了。他付完钱，直接在店里把外套换了，破棉袄没舍得扔，跟收营员多要了个塑料袋，叠好装进去带走。

他拎着两袋东西溜达出门，碰巧撞上正往里走的生活助理姑娘，宁澜顺便问她这附近哪儿有银行，姑娘挺热情，把他领到路口才走，还提醒他谨慎小心，这附近狗仔和粉丝特别多。

宁澜把一次性口罩往脸上一扣，就大摇大摆地走进银行。他这身土到极致的打扮，稍微有点眼力见儿的人都不会把他当明星。

宁澜挂失、补办只花了二十分钟，拿着新卡到 ATM 机上取钱，余额一分没少。

看来离家之前发的那顿飙，应该够让她安分一阵子了。

宁澜心情难得松快，找了个早点铺，要了碗豆腐花，一边慢条斯理地吃，一边刷手机。

《覆江山》会在五月份拍外景，选址就在他老家这座小县城附近的未被开发的山脉。当时他觉得这也太巧了，过年之前趁空闲跑了一趟，在远处拍了一张连绵的群山，然后发了条微博，@纪之楠和另一个在剧中和他演兄弟的男演员。张梵之前就让他多跟剧组成员互动，这条微博算是在她授意下发的。

然而，最后只有郭昊回复并回关了他，纪之楠那边始终没动静。宁澜猜测纪之楠对自己捡结婚证的事心有余悸，于是点开私信，装模作样地寒暄几句，到现在都还是未读状态。

宁澜不觉得稀奇，这种大明星大概都不看私信。他退出大号，登上小号去刷超话，由于《覆江山》开拍在即，超话里有人把宁澜抢王冰洋角色的事情拿出来重温，但 AOW 还处在放假阶段，也没什么新鲜事。

2

开机之前，宁澜就把周围环境摸了个透，哪家饭店既便宜又好吃，哪家便利店的食品最新鲜，他比生活助理还清楚。

千呼万唤终于等来了主要演员。

2月14日开机仪式那天，宁澜站在第二排，险些把纪之楠的后脑勺盯出花来。后来剧组主要演员聚餐，两人没能分到一桌，宁澜频繁扭头去看，同桌的女演员薛莹发现了，笑说："小宁在看什么？那桌有你的偶像？让我来猜猜是哪一个。"

宁澜忙起身向她敬酒："我第一次拍戏，心里紧张，您就别取笑我了。"

散场回去的路上，纪之楠走得慢落在后面，宁澜终于找到机会，上前跟他打招呼。纪之楠似乎不胜酒力，在桌上没喝几杯，脸颊就浮了一层薄红，即便如此，眼中依旧带着防备。

宁澜有意套近乎，走上去问有没有看见自己上次发的微博，纪之楠眉宇微蹙，说没看见，宁澜便笑笑，说有空记得看一眼。

第二天，正式开拍，纪之楠被分在A组，而宁澜在以朝堂为背景的B组。他演的小侍卫动作多台词少，所以当时导演戏说要找个身段漂亮的，至于为什么会选择他而不要王冰洋，大约是他表情和状态更稳定，跟寡言木讷的小侍卫形象更加贴合。

就这样过去小半个月，宁澜除了天天在B组拍戏，还时不时去A组逛逛，这里搭把手，那里聊会儿天，在其他演职人员跟前混了个脸熟。

眼看即将进入三月，J市地处长江以南，天气暖得比首都要早，乍暖还寒时最容易着凉，这天准备上工时，宁澜拿起手机回复些未读消息，顺便给隋懿发了条微信，提醒他注意保暖。

一场戏拍完，他去看手机，刷出一条好友申请，名字叫Adrian Lu（艾利安·陆）。

宁澜不认识，按了拒绝。过了不到五分钟，那人又发来申请，这回带了验证——我是陆哮喘的弟弟。

宁澜愣了半天，才反应过来他说的是陆啸川。

队友的弟弟，拒绝恐怕不合适。他想了想，按了"同意"。

Adrian Lu主动打招呼："你好，我是陆啸舟。"

宁澜客气回复："你好。"

这句"你好"仿佛触发了某个开关，宁澜每天起床看到的第一条信息和睡前收到的最后一条信息均来自 Adrian Lu。

宁澜有一搭没一搭地回复，陆啸舟见此计不通，不知道请教了何方神圣，开始转变思路发语音唱歌，唱你拍一我拍一，我们都是好朋友。

起初，宁澜还愿意稍微听几秒，次数多了就觉得浪费时间，都懒得点开，就装模作样地回复："好听！"

要不是看在他是陆啸川亲弟弟，还有年纪小不懂事的份上，早就把他拉黑了。

这天晨起又来几条语音，宁澜在去拍摄点的路上翻了翻手机，还是没有隋懿的回复，他深深吸了一口气，先给隋懿发了条消息，然后点进陆啸舟的对话框，闭着眼打了一句："真棒！"

同一时间的另一边，AOW 六人聚在练习室里拉筋晨练。

隋懿压了会儿腿，气喘吁吁地站直身体，抹了一把额头的汗，转身看见方羽和陆啸川两个人外套都没脱，还坐在那儿叽里咕噜地聊着什么。

方羽越说越生气："你看你干的好事！宁澜肯定是不好意思删他，你弟弟那么个闹法，他怎么受得了？"

方羽掏手机打字，嘀咕着："我给宁澜发消息，让他把你弟拉黑。"

陆啸川阻拦道："别呀，我看他挺喜欢和我弟玩的，今天他还夸我弟真棒呢。"

方羽疑惑："我不信。"

陆啸川还扯着嗓门："你看，臭小子一大早就发截图过来跟我嘚瑟。"

方羽撸袖子："你们兄弟俩，都不要脸！"

陆啸川被他追得满屋跑，举着手机躲到隋懿身后。而隋懿直到上午训练完，才从包里拿出手机，看到宁澜在三小时前给他发的消息："今天我会和纪之楠一起拍戏哦。"

宁澜怎么也想不到简单的一场朝堂戏会出意外。

今天拍的是一场朝堂比武戏，与宁澜演的小侍卫关系不大，他只需要在台下开始骚乱时，拔刀摆个护驾的姿势即可。谁知新请的群众演员生涩无经验，还没到该站起来的时候就闹哄哄地往堂上挤，混乱中宁澜不知被谁绊倒

153

摔了一跤，当时左脚腕就一阵钻心的疼，被挤进来的场记搀扶着才颤颤巍巍地站起来。

不多时，脚腕就肿成馒头状，看起来十分骇人，剧组说要找附近的医生过来看看，宁澜说不用，扭伤而已，养养就好。接着，休息室里来了几拨人慰问，导演叫他好好休息，晚上还有一场戏，场地已经布置好了，站在那里做做样子就行，总之就是进度不能拖，宁澜应了下来。

人都走了之后，他才皱着脸倒吸几口气，好久没扭脚了，可真疼啊。

他边揉脚腕边看手机，给隋懿发一条："片场出事，我受伤了。"

不到五分钟，隋懿的电话打进来："发生什么事了？"

"就是群演不专业，还没轮到他们呢……"

隋懿又问道："那小星呢？他有没有事？"

宁澜愣了愣，开口道："没有。"

他没再提自己受伤的事，觉得没有必要了。

没有人想知道。挂掉电话之前，隋懿才后知后觉地问他哪里受伤了，有没有看医生，宁澜含混不清地应付，隋懿突然拔高音量："好好说，到底怎么了？"

宁澜吓了一跳，解释说自己只是扭伤，没什么大碍，隋懿让他跟剧组请个假，见对方没有话再想对他说，就挂了电话。

直到吃完午饭，隋懿看到宁澜今天发来的第二条消息时，这才直接拨了电话。

片场出事，能出什么事？《覆江山》是古装戏，左右逃不开威亚事故、摔跤磕碰、落马、落水之类。

可纪之楠最是怕水，小时候有一次他抱着炫耀的心思扎入水中，在水底憋气，起初还听见纪之楠大声呼救，后来就渐渐没了声音。他从水里冒出来，才看到纪之楠一只脚踩在水里，像是准备下来救自己，然后活生生把自己吓晕了过去。

宁澜既然还能发消息，证明他没什么大碍。隋懿的大脑于是自动做了取舍，先询问纪之楠的情况，情急之下甚至喊出"小星"这个没什么人知道的名字。

他想得太入神，以至于陆啸川喊他好几声都没听见。

"队长，你知不知道宁澜在 J 市哪个影视城啊？"陆啸川扯着嗓门喊。

隋懿回过神来："问这个干什么？"

陆啸川嘿嘿一笑："我和方羽打算去看看他，趁专辑还没开始宣传。"

AOW即将在四月推出首张专辑，除去之前两张单曲的四首歌，还要再添六首新歌，等到宁澜三月中旬出组，七个人又要恢复到连轴转的模式。

隋懿想起自己之前在J市宁澜跑去看他，这次宁澜扭伤脚，他理应也要去看望一下。

傍晚时分，宁澜迎来两位探望他的贵客。

郭昊和纪之楠一前一后进门，宁澜起身迎接，准备给他们端茶倒水，郭昊忙按着他坐下，于是宁澜拿着鸡蛋继续揉脚踝，为两个小时后的一场夜戏做准备。

纪之楠问他助理去哪儿了，宁澜笑着回答："没有助理啊，我们整个组合七个人也就一个助理，公司分不出那么多人手。"

一个人一个助理这么美的事，他想都没想过，那是公司天王天后级的艺人才有的待遇，是连隋懿也没有得到过的特权。

宁澜想：这位纪老师可当真不知人间疾苦，这样一个从小被人捧在手心里保护着的富二代，哪里需要那人多余的关心？

纪之楠却未察觉他话中隐隐的嘲讽，看他的目光里带着一抹同情："好好养伤，导演那边可以先跟他打个招呼，戏先往后排。"

宁澜竭力控制住情绪，笑得眉眼弯弯："嗯，谢谢纪老师。"

几天后，宁澜受伤的脚腕转好，兴许是恻隐之心作祟，纪之楠对他的防备心没有先前那么重，偶尔看到他和周围的人组队打手游，也会凑过来观战，帮忙观察敌情："那边有人埋伏……子弹没了，子弹快没了……安全区，快跑快跑！"

慢慢走得近了，宁澜发现纪之楠其实是个单纯且情感丰富的人，从不怀疑别人说的话，还很容易被人带跑情绪。

这种人一般都很好哄很好骗。

这会儿郭昊正帮纪之楠给即将要拍的一场苦情戏找感觉，两人说到只要别哭出鼻涕泡就行，宁澜放下手机插嘴道："我们组合去年头一回拿新人奖，上台的时候我就哭出一个大鼻涕泡，事后被经纪人姐姐训个半死。"

纪之楠想到什么似的眨眨眼睛，问他："是不是去年底的MTV音乐盛典？"

宁澜笑眯眯道："对呀，就是我们组合，领奖的是我们队长，是不是超帅？"

纪之楠点头："嗯，你们都很帅。"

房门被叩响的五分钟前，宁澜正在摆弄赵瑾珊寄来的大箱子。

因着在这边没衣服穿，他给母亲发了条信息，问她能不能帮忙把行李箱寄过来，原以为按她的懒散个性打电话喊快递都费劲，没想到赵瑾珊一口答应，隔两天东西就到了。

宁澜把装着琴弓的水管塞到箱子最里层，紧接着门就被敲响了。

宁澜贴在门边问："谁？"

外面没出声，他从猫眼里往外面瞧，忙拧动门把。

即便戴着帽子和口罩把脸遮住大半，宁澜也能一眼辨出门口的人是隋懿。

隋懿跟着他进门，放下随身携带的包，才开口道："我在这附近有个广告要拍，顺便来看看。"

宁澜没信。三月了，纪之楠的生日就快到了，所以隋懿才会过来。

翌日，宁澜有戏要拍，他起大早去买早餐。

走廊两边通风，温度比房间里要低，宁澜拉上外套拉链往电梯间走，顺着风吹来的方向，他看见跟他住在同一层的女演员薛莹在走廊尽头的窗户边抽烟。

"薛老师早。"宁澜主动跟她打招呼。

薛莹微笑，慢悠悠地伸出一根食指，冲他勾了勾。

宁澜知道这是让他过去，不禁有些忐忑，上前两步问："您叫我有事？"

窗户大开着，薛莹穿着一件单薄的毛衣，宁澜看着都替她冷。她抽了口烟，缓缓吐出一个烟圈："小宁，你房里有其他人吧？走廊的监控应该拍到了。"

"那是我的队友。"

进组之前张梵就提醒过他，说薛莹这个人老谋深算，最爱玩弄手段，让他离她远一点。宁澜当时想着，她得有多闲啊，关注自己这个十八线？

不料这就着了她的道。

薛莹弹了弹烟灰，道："是吗？那可难说清了。不过姐姐我也是从新人过来的，就给你行个方便，先行知会你一声。"

宁澜还是头一回碰上这种人，可隋懿毕竟是偷偷过来的，他不能让隋懿惹上麻烦。

宁澜没犹豫太久，沉下一口气说："我有一个消息可以跟您交换，相信您更愿意拥有这样一个有价值的把柄。"

"哦？"薛莹挑眉，果然很有兴趣。

白天拍戏的时候宁澜没去 A 组。

他以为自己做惯了亏心事，应该不会有什么愧疚的念头，可他一想到纪之楠，还是像乌龟一样缩回壳里。

他没有指名道姓地告诉薛莹隐婚的是谁，只说是《覆江山》剧组的一位主演。他想，以纪之楠的家庭背景，应该不会轻易被查到。

整个白天，宁澜都心神恍惚，隋懿还待在他房间里，发消息他也不回，不知道是不是还在睡……宁澜时刻处在戒备状态，手机不离手，精神高度紧张。

今天 B 组收工略晚，宁澜回到化妆室，把耳钉戴回耳朵上，站起来就走。平时他还会等人散得差不多了，偷偷拿剧组的洗面奶用一下，他舍不得花钱买护肤品，晚上在这边把妆卸干净再回去，就不用拿沐浴露洗脸了。

今天显然没这个时间，宁澜用卸妆棉沾着卸妆水胡乱抹了抹，就戴上口罩往外走，场记小哥留他一起拼饭他也没应。

宁澜经过影视城门口的小集市，被路边卖水果的摊子吸引。买了两斤草莓、两个青芒、两盒小笼包，然后绕了一大圈去影视城北门的麦当劳，可惜那家店不是 24 小时营业，已经关门了，宁澜只好又在旁边的快餐店里凑合着买了两份鸭血粉丝汤，把快要凉掉的小笼包揣进外套里，急匆匆往回走。

他拐进宾馆所在的那条小路时，角落里突然跳出来一个人。

"当当！"黑灯瞎火的路遇歹徒，把宁澜吓得不轻，他后退几步，借着几米开外的路灯瞅了半天才看清面前人的相貌。

宁澜只觉得这男孩有点眼熟："你是？"

陆啸舟手里拿着一瓶香水，噘着嘴作可怜状："我是舟舟啊。"

"你怎么在这里？"宁澜看清了他的脸，惊奇地问。

陆啸舟嘴巴噘得更高："来探班，给你一个惊喜。"

"这么晚了，你今晚住哪儿？"

陆啸舟摸摸后脑勺："还没想好。"

这时，手机响了下，宁澜一看，是隋懿发来的消息："你在哪里？"

宁澜说："我先回去了，你可以在这个酒店开一间房，没有身份证的话，我帮你开。"

"可是我不认路。"陆啸舟把手上的香水递过来，说："你收下这个。"

"这又是哪一出？"

"探班礼物，书上说看望朋友要送礼物。"

宁澜觉得这书说不定是陆啸川写的，读者只有他弟弟一个人。眼下没时间跟他废话，怀里的小笼包都要凉了，道："行，我收下，这多少钱？"

陆啸舟见他收下还挺高兴，听他提钱又垮了脸："这是礼物，礼物，不需要钱。"说着抓住宁澜，"我们一起去玩……我下个月就要走了哦，暑假才能回来。"

宁澜扔下一句"好好学习"，就转身要走。

他一面走，一面按手机给陆啸川发消息，叫他管好自己的弟弟。

他刚打了几个字，迎面有个黑影挡在前面，宁澜光顾着打字，没看路，一头撞上一堵人墙。

在宁澜走近的瞬间，就有不知名的香水味随着急促的呼吸一缕一缕钻进隋懿的鼻子，香得令人作呕。

此时，距离宁澜给他发的收工短信已经过去一个半小时，就算从影视城最北边走过来，也用不上这么长时间。

他本不想出来找他，可是宁澜无论如何也算队友，再不听话，他也得管。于是，他把酒店周围的巷子找了个遍，甚至去片场走了一趟，半个人影都没找到。

隋懿一路顺风顺水长大，了解到的社会阴暗面都是在新闻里，他把所有可怕的情况都在脑子里想了个遍，绑架、抢劫，什么都想了。隋懿越想越怕，差点打 110 报警。

结果，他的担心全是多余的。

宁澜抬头，看到是隋懿，立刻笑起来："你怎么出来了？正好，帮我拿一下，我发条消息。"

隋懿没接宁澜递过来的塑料袋，由着它们掉在地上。

"干吗不接啊？"

宁澜心疼他的草莓和芒果，蹲下身要去捡，隋懿一把将他拽起来。

甫一站定，隋懿就问："去哪儿了？"

"去买吃的呀。"宁澜献宝似的从怀里掏出两个盒子，"咱们赶紧上去，冷了就不好吃了。"

隋懿冷笑着看他，宁澜觉得他这样子有些恐怖。

难道纪之楠的事被他知道了？

宁澜吞了口口水，紧张地问："你知道了？"

隋懿目光更深沉："你到底有没有把组合放在眼里？我说过会给你钱，让你安安分分。"

宁澜以为自己要挨揍了，忙不迭解释："我就买几个水果，又没干坏事。"

"那……那个陆啸舟来干什么？你收了他什么东西？"

"没……没收。"

隋懿显然不信。宁澜张了张嘴，不知道说点什么才能为自己辩白。

有人朝这边走来，两人不想被发现，下意识退到旁边的灌木丛里。

宁澜透过树丛缝隙往外面看，驻足在路边往这边张望的是纪之楠。

宁澜小声说："我先出去，等我们走了你再出来。"

或许是没有更好的办法，隋懿犹豫片刻，答应了。

宁澜大大方方地走出去跟纪之楠打招呼，两人一起走回酒店。

宁澜前脚进屋没多久，隋懿后脚就跟进来了。

"你是不是崇拜纪之楠啊？"

宁澜的声音很低，在落针可闻的房间里几乎让人听不见。房间里没有镜子，所以隋懿不知道自己此刻的表情变得多么狰狞。

根据宁澜过往的行事作风和所作所为，他脑海中立刻萌生出一个可怕的想法。

"你想说什么？你是不是故意接近小星？"隋懿一步一步向他靠近，起

159

初还是询问，后来就转变为笃定，"你抢这个角色，是为了接近小星。"

宁澜没有回答，笑容僵在唇边。

"你究竟想干什么？"隋懿咬牙切齿地质问，"我给你的钱还不够多吗？"

宁澜觉得自己应该高兴，这是隋懿第一次主动跟他说这么多话。可是他眼眶无端地发热，眼前的东西渐渐模糊，很快都变成摇晃的虚影。

我想干什么？

他缓慢地摇头，他也不知道。

"是啊……"宁澜听见自己说。

隋懿的怒火已经燃至顶峰，他忽然扬起嘴角笑了，朝着宁澜的脸就是一拳。

入骨般的疼痛，让宁澜空荡荡的心里迅速燃起一把燎原大火，又像某种强腐蚀性溶剂，让他喘不过气来。

他没有挣扎，只是有泪水从微眇的眼睛里流出来。

直到自己的手开始有了痛感，隋懿才大梦初醒般地停了手，他一把推开宁澜，低声呢喃道："不准……不准再接近小星。"

他给自己的行为找到了正当的理由。是宁澜先不听话，先把他骗得团团转，这不过是小惩大诫而已。

宁澜抬起手抹抹嘴角，轻咳几声，艰难地扯开嘴角。

隋懿看着他苍白的脸上绽开的笑容，不明白这感觉是什么，只知道自己不想看见宁澜这样笑，一双眼睛里没了神采，只剩两个黑洞洞的窟窿。

"也别拿自己的人生开玩笑。"

隋懿丢下这句话，不再看他，拿起背包夺门而出。

肿胀的疼痛在此时蔓延，宁澜把上半身的衣服脱了，慢吞吞地挪到卫生间，扶着洗手台，看镜子里的自己。

隋懿只会唾弃他、厌恶他。无意间施予的善意，不过是源于本能罢了。

他的"有心"，在隋懿眼里永远是"别有用心"。

宁澜支撑不住，瘫坐在地上，双手捂住脸，抖着肩膀笑起来。

他意识混沌，迷迷糊糊地想，这就是报应吧？

隋懿在路边拦了辆车，车子行至霓虹闪烁的街头，心里才生出些后怕。

他给宁澜打电话，一直没人接，就在他想让司机掉头时，那头发来一条短信："我没事。"

片刻后又来一条："也不会对小星做什么。"

隋懿放下心来，到广告拍摄地附近找了家酒店安顿下来，随便洗漱了下，就准备睡觉。他原本打算今天离开，广告明天上午开拍，历时两天，拍完还要去之前拍偶像剧的大学补几个镜头。

他躺在床上长吁一口气，胸口的沉闷却丝毫没有缓解。一晚上发生这么多事，桩桩件件都是他意想不到的。

隋懿闭上眼睛，烦躁得睡不着，起来洗了把脸，又躺回床上，过了好一会儿，疲惫才战胜精神。他往右侧卧，把被子抱在怀里，沉沉睡去。

隋懿补完镜头已是一周后，在离开片场之前接到安琳的电话，说已经给他买好明天晚上的机票，宁澜那边的拍摄部分也结束了，让他们俩一起回来。

隋懿其实有些抗拒在这个时候和宁澜碰面，这几天他没再和宁澜联系过，于是对安琳说两人不在一个地方，他想今天就回去。

安琳在那头拜托他道："今天机票的价格是明天的两倍还不止……而且宁澜在剧组受伤了，队长大人帮忙照看下呗。"

隋懿眉头一皱："他又受伤了？"

"就上次的扭伤，还没痊愈呢，剧组赶进度把他的部分提前结束了，他倒好，留在那边学习演技学上瘾了，我不问他他就不提回来的事。"

隋懿听到这里，又有些担心。

他回酒店收拾好东西，退了房，打车前往通江影视城。

隋懿到宁澜住处的时候，天边最后一缕阳光刚被黑暗吞没。他敲了好几下门，里面的人才磨磨蹭蹭来开门。

宁澜面色如常，看见他一点也不稀奇，好像早就知道他这个时候会过来。

"剧组有聚餐，我不跟你一起吃了。你晚上想吃什么？"宁澜边转身进屋说。

"我吃过了。"隋懿撒了谎。

宁澜把外衣拉链拉到最上面，接着从口袋里掏出几张名片大小的纸递给隋懿："饿的话可以打这上面的电话，比网上订便宜。"走到门口换了一只鞋，直起腰又说，"给我打电话也行。"

隋懿"嗯"了一声，想说点什么，见宁澜一副神态自若的样子，便也没再提那些不开心的事，目送他出去，然后打开电视，百无聊赖地换台。

有个频道正在重播 AOW 第二张单曲的打歌现场，隋懿放下遥控器，发现宁澜的镜头少得可怜，且多数时候都站在后排，但却能看出他那时候是愉快的，每个动作都朝气蓬勃。两首连唱很考验体力，他跳舞跳得满头汗，擦汗的同时还不忘撸一把额前的碎发，顺便把左耳的耳钉露出来，对着镜头笑得熠熠生辉。

隋懿曾经以为自己注意到宁澜是因为他长得有几分像纪之楠。记忆里小时候那个闪闪发光的小星，已经变了，他们都有了各自想追寻的东西和牵挂的人，在现实的道路上渐行渐远。

多年未见，纪之楠被保护得很好，身上的纯真并未被演艺界污染。而宁澜呢？他只有面孔单纯，性格却反其道而行之，伸手要钱，欺骗成性，人品低劣。

隋懿关掉电视，在安静的房间里想，待会儿宁澜回来，先给他道个歉吧，就算再生气，也不该动手。

至于宁澜怎样得知他崇拜纪之楠，隋懿觉得他应该是从之前自己的种种反常举动中猜出来的。不过，这和宁澜没什么关系，不需要跟他解释。

宁澜出去不到两小时就回来了，门被敲响的时候，隋懿还以为是他一刻钟前订的餐提前送到了。他记得宁澜喜欢吃水果，就点了份果茶和芒果布丁，特地没写房号，留言让放在酒店前台。

自从做了艺人，无论在工作还是生活中他都十分谨慎。他没出声问外面是谁，轻手轻脚走到门边，从猫眼里看见宁澜的脸，才把门打开。

隋懿开门的一瞬间，突然有一个人被推进来，还没来得及看清楚，那人就重重栽倒在地毯上。

宁澜旁若无人地走进来，抬脚把门踢上，表情可以称得上从容。

他拿起桌上的水喝了半杯，胸膛轻微地起伏，把人弄到这里似乎费了他不少力气。

隋懿闻到他身上的酒味，大脑宕机了几秒，反应过来后忙蹲下看躺在地上的人。那人也在喘气，脸颊绯红一片，不是纪之楠又是谁？

宁澜放下杯子，冷静地对隋懿道："吃了点醒酒药，你放心。"

隋懿紧张地探了探纪之楠的额头，接着抬头问："你把小星弄来干什么？"

"你不是崇拜他吗？"宁澜说。

隋懿只觉得不可思议："你疯了吗？"

"我没疯。"宁澜扶着椅子坐下来，没有笑，一本正经道，"你是我的债主，我只是想帮你啊。"

隋懿觉得宁澜肯定喝多了在发酒疯，无言以对这套逻辑。

他把被带过来的人背靠着墙扶坐起来。纪之楠连眼睛都睁不开，只从口中泄出几缕虚弱的呼吸。纪之楠小时候身体就不好，胆子也小，却格外容易轻信别人，这大概也是宁澜能把他轻易弄过来的原因。

隋懿想到这里，面上不禁露出一丝狠色，他以为宁澜只是自私利己，绝不会做过分的事，可他现在做了什么？

隋懿拽着他的衣领把他从椅子上拎起来，厉声质问他："你怎么了？你究竟要干什么？"

宁澜艰难地张了张嘴，喉咙里发出几段沙哑破碎的声音。

你不高兴吗？

隋懿险些把牙根咬碎，这家伙干出这样的事，自己竟然还会觉得他脆弱痛苦的样子很可怜。

可怜之人必有可恨之处。

隋懿松开他，宁澜贴着墙瘫坐在地上，捂着嘴猛咳。生日宴上不知道用的什么酒，后劲十足，却不上头，他到现在还五感俱在，清醒地看着眼前的一切。

纪之楠迷迷糊糊地嘟嚷，隋懿忙跑去卫生间给他弄湿毛巾。水声哗啦啦地响，从宁澜这个位置，只能看到隋懿颀长的身影在磨砂玻璃后面晃动。

宁澜突然意识到自己做错了，错得离谱。

门什么时候打开的，纪之楠怎么离开的，宁澜通通不知道。

他好像开启了某种自我保护机制，把自己关在一个密不透风的容器里，不向外界传达任何声音，也不接收外面的任何信息。

恢复意识的时候天已经大亮，他坐起身，茫然四顾许久，弄不明白自己为什么没在卫生间冰凉的地砖上醒来。

直到门口传来响动，宁澜的目光才有了焦点，定定地望着走进来的人。

他以为隋懿会揍他一顿，又或者像昨天那样拎着他出去受审。

他梗着脖子静静等待，结果隋懿口罩都没摘，只轻飘飘看他一眼，说："收拾东西，晚上七点出发。"

哦，可能人在外地不方便，等回去再处理他。

宁澜其实没什么好收拾的，为数不多的几件衣服都安放在行李箱里，把桌子上的东西一股脑塞进去，拉链一拉就好了。

3

纪之楠的事情超出了隋懿能解决的范围，凭他一己之力根本无法摆平，唯一的办法，就是请求父亲出面。

他并没有在求与不求之间挣扎很久，对方也没耐心等他犹豫斟酌。他给父亲拨了电话。

既然他来了，就没想过要把宁澜交出去。

此刻，父亲隋承在电话里问："事情都解决了？"

"嗯，谢谢……爸。"

隋承笑了，一扫病中的萎靡："别谢我，谢你自己，你答应我的事，记得说到做到。"

隋懿握着手机的手指紧了紧，沉声道："好。"

隋懿挂掉电话回房间，宁澜坐在行李箱上发呆，听见动静抬头看了他一会儿，然后站起来，打开已经装好的行李箱，翻出一瓶药膏朝他走来。

隋懿心中烦躁，道："你没有其他要说的吗？"

宁澜眨了下眼睛，语速极慢地说："对不起……谢谢。"

干巴巴的两个词语，听不出什么诚意，却让隋懿心里压了一整晚的火消去不少。

隋懿说："给纪之楠道个歉。"顿了顿又说，"以后别喝那么多酒。"

宁澜僵了一下，低声应道："好。"

晚上七点准时出发，宁澜让隋懿先下去，这栋楼住的都是《覆江山》剧组相关人员，他担心被别人瞧见，再节外生枝。

酒店门口只有台阶没有坡道，宁澜脚腕疼得比昨天还厉害，约等于半个残废，扛着个硕大的行李箱下楼下得艰难，好不容易才搬下来。

宁澜把行李箱塞进后备箱，爬上车时还崴了下脚，隋懿没发现。商务车空间大，宁澜没跟他坐一起，躲在后排角落里悄悄揉脚踝。

他们回到首都，AOW 全员投入第一张正式专辑的准备工作。

星光娱乐造星体系成熟，年前就已经将曲目敲定，成员们已经听了几个月的样带，看了无数遍舞蹈视频，且都各自练过，三天就把歌录制完毕，新增两支 MV 也拍得很顺利。

这次新主打歌曲的打歌服除了花纹颜色各异的小西装，还有一套七人统一的制服，短皮靴加宽腰带，很显身材。拍 MV 那天，方羽拼命往肩膀上垫东西，试图营造肩膀宽阔的假象，还问宁澜要不要也来点。

宁澜在系腰带，"咔嚓"一下轻松扣到最里，方羽仰天翻了个白眼："算了还是我自己垫吧，你腰细成这样，肩膀单薄点才配套。"

宁澜回头打量他，说："你这样刚好。"

方羽又笑嘻嘻："是吧，你也太瘦了，女孩子腰都没你细。"

宁澜捏了捏自己的腰，肋骨一根根支棱着，手感很粗糙。于是，他中午多吃了一碗饭，食堂添菜要给钱，加饭不要钱，他吃得心安理得。

本来以为拍完 MV 就可以等着专辑发行，然后到处打歌了，宁澜准备趁这几天养养腿脚，顺便养点肉。谁知刚休息半天，企划部突然下达新任务，说这次新歌不仅要发普通版 MV，还要发布练习室版。

原因是去年年底现场车祸风波到现在还有人拿出来议论，隔壁公司刚推了新男团，两家更是在各种场合被拿出来比较，星光企划部认为这个时候必须甩出点显示实力的东西，才能堵住悠悠众口，最近几期的团综也临时后推，换成了成员个人才艺展示。

张梵不死心地又撺掇隋懿拉琴，他在队里的定位是门面，进公司晚，也算半个空降，即便人气高，也掩盖不了他唱歌和跳舞都不拔尖的事实。原本大家以为他这次也不会答应，谁知他思忖片刻，说："拉琴暂时不行，一年多没练了，手生。先弹钢琴可以吗？"

当然是可以的，张梵喜极而泣。

隋懿和顾宸恺准备了一支颇有难度的四手联弹，方羽和陆啸川改编了一首歌，王冰洋和高铭跳了支舞，宁澜……宁澜表演了一个做蛋包饭的绝活。

倒不是他偷懒不想准备节目，只是拍完练习室版后，他的脚就撑不住了。练习室版穿便装就行，看起来轻松，实际上固定不动的镜头使得每个人的每个动作都会被拍进去，一点小毛病都无所遁形。为了不给团队拖后腿，宁澜咬牙将每个动作都实打实地完成。最后一遍录完，他腿一软跪在地上，半天没站起来。

隋懿陪着他去医务室，到门口，宁澜扶着门框道："到这里就行，我自己进去。谢谢队长啊。"

隋懿点头，目送他一蹦一跳地进去。

下午，宁澜去了趟大医院，公司医务室的医生问了他病史，建议他去拍个片子。要放在平时，他肯定能忍则忍，不去医院烧钱，可是接下来还有好几场演出，他的合约还有将近两年，这个时候腿脚出不起问题。

宁澜咬牙挂了个专家号，今天坐班的骨科医生是个中年大叔，看了看他拍的片子，把眼镜拉下来又盯着他的脸瞧："小伙子，干什么的？"

"看病的。"宁澜道。

"我问你做什么的，从事什么职业。"

"哦，暂时是个歌手。"

医生茅塞顿开："我说嘛，我认识你，我女儿特别喜欢你。"

宁澜笑道："您可能弄错了，我长得有点像某个影星。"

医生把眼镜推回去："就是你，我还能看错？泡泡澜嘛，草莓味的，对不对？"

宁澜惊喜地点头，然后厚着脸皮问医生能不能给算便宜点。

医生大笔一挥，给他开了一堆药，说："小伙子有点意思，还知道勤俭持家。不过这个医院统一定价，便宜不了。你这踝骨小时候受过伤，按道理说不适合上蹿下跳的剧烈运动。不过我有个好建议给你。"

宁澜求知若渴，洗耳恭听。

医生拿出一张白纸："来，签个名就告诉你。"

宁澜唰唰唰签上，还问了医生女儿的名字，给了个花体 TO 签。

医生很满意，笑得见牙不见眼："出医院左转再右转，去保险公司给自己的腿上一份意外险。"

宁澜对此嗤之以鼻，心里觉得这个医生说不定和保险公司达成了什么地下交易。

他回到公司一琢磨，又觉得有几分道理。

他去问方羽："你有没有给自己买保险啊？"

方羽："你怎么知道？"

宁澜转念又觉得这个思想传统的年轻人干出这种老派的事也不稀奇，方羽却告诉他，高铭和王冰洋也都买了保险，说这个职业高收益和高风险并存，万一哪天跳舞摔伤了，也好给家里留下一大笔钱。

宁澜听得胆战心惊，还等什么呢，赶紧买。

方羽自告奋勇要给他做参谋，两人一道前往保险公司。

路上，方羽欲言又止地问他脚怎么弄的，宁澜平静道："拍戏不小心摔的。"

方羽不甘心，宁澜填表的时候在旁边问："你和队长……最近又吵架了？"

宁澜弯了弯唇角："没有啊。"

方羽气得抓狂，宁澜这张嘴太严了，啥都撬不出来。他决定跟他绝交一小时。

一个小时后，两人站在宿舍楼下，宁澜说自己的脚没事，不要方羽送上楼。

马路杀手方羽把他的车在楼下艰难地掉了个头，开到宁澜跟前，降下车窗，说："如果不开心，就别给他好脸了，他整天拉个脸，凶巴巴的，谁跟他待在一起都得疯。"

4 月 8 日，AOW 第一张正式专辑上线，一连串打歌活动如约而至，七人忙得脚不沾地，第一轮紧锣密鼓的宣传过去后，已是四月下旬。

一两天一场表演的频率，让宁澜的伤脚不堪重负。

隋懿晚上睡前突然对他道："实在不舒服不要硬撑，请个假别上场了。"

宁澜站起来蹦跳几下，证明自己腿脚利索："我没事啊，谢谢队长关心。"

眼看五月初又要回《覆江山》剧组拍外景，隋懿以山野环境恶劣为由向张梵申请给宁澜派个助理，批下来后，宁澜特地跑来感谢隋懿："谢谢队长，其实我一个人也可以的，不用为我费心。"

隋懿心里不是滋味，总觉得哪里不对劲。

从那次两人都避而不谈的事情过去之后，宁澜对他的态度就有了微妙的变化。

宁澜可能是想粉饰太平，假装什么事都没有发生，可惜装得不好，谨小慎微和客套生分都写在脸上。

而且，他把那对耳钉摘了，再没戴过。

隋懿注意到这一点的时候，既觉得轻松，又莫名心绪不宁。

宁澜走之前的晚上，隋懿没睡好，翻来覆去一整晚。

第二天早上，隋懿的脸阴沉得仿佛山雨欲来，宁澜检查完行李，拖着箱子要走时，他终于没忍住，说："戴上那个手串吧，保平安的，山里拍戏危险。"

宁澜觉得诧异，却也不敢违抗债主的命令，把手串拿出来戴上。

宁澜见隋懿脸色缓和了许多，悬着的一颗心才放了下来。

他在候机室拨弄那串珠子，跟他同行的助理米洁大呼小叫："哇，好漂亮的手串！"然后凑近他问，"是家人送的吗？"

宁澜愣怔片刻，想到打耳洞那天，老板娘问他耳钉是不是很贵，那时候他是很喜欢这个礼物的，现在心里却是空茫一片。

他不该去想，也不再敢去想了。

宁澜摇摇头："不是，朋友送的。"

五月的山中全无城市的喧嚣。

这片地处中西部的山脉尚未被开发成旅游地，完整地保留了古朴素雅的自然景致。清晨被鸟雀啁啾唤醒，夜晚伴着阵阵虫鸣入睡，推开窗户极目望去尽是苍翠绿茵，拍摄闲暇之余还能亲近山涧泉水，着实令人心旷神怡。

这样的环境却没让宁澜觉得放松。

一来他头一回出外景，扮演的角色又是一位年轻侍卫，骑马射箭对于他来说全然陌生，花了很大力气才勉强学会，拍摄时磕磕绊绊，心有余而力不足。

二来这片土地离家乡越近，离首都越远，他越是惶惶不安，正所谓"近乡情更怯"。

此时倒是有点想念首都的队友们。

至少那里有点温度，比这里更像一个家。

这日收工早，吃过晚饭，天边仍铺着柔暖霞光。

《覆江山》在山上的拍摄点偏僻，附近没有酒店宾馆，住处是剧组租下来的几排民房。房间紧缺，宁澜和其他两个男演员挤一间，那两人爱玩爱热闹，下了工就招呼几个人蹲在房间里打牌，起初还叫宁澜一起，宁澜推了几次，他们便当他不存在，把房间变成棋牌室，经常闹得乌烟瘴气。

是以宁澜这几日都没睡好，他把原因归咎于这几个精力旺盛的家伙，白天拍戏已经很累，晚上依旧得不到休息，让他身心疲惫。

昨日，助理米洁下了趟山，给他买了安神助眠的药物，他吃了药也只睡到半夜，天还没亮就没来由地惊醒，耳边只有舍友的呼噜声和外面的沙沙风声。

他又把原因转接一半到最近天热心浮气躁上。

此时，屋里又聚集五六个人打牌，宁澜听米洁支的招出去闲逛消耗多余精力，以求晚上能睡个好觉。

其实，他哪还有什么多余精力，白天要打起精神拍摄，还要应付剧组人员，因为害怕别人瞧出端倪，对那位故作热情，已经十分不易。

伪装是一件极其累人的事，更累的是他还要继续伪装下去。

宁澜听见有脚步声靠近，抬起头，看到纪之楠也在走廊上，与他相对走来。宁澜没避让，直直迎着纪之楠撞上去，两人的肩膀碰个正着，目光倏忽相交。

私底下，宁澜终于可以丢掉面具，眼神玩味地打量在想心事、被撞得发蒙的纪之楠，并尽量让自己看起来不卑不亢，不落下风。

四下无人，这么好的机会，本该用来跟纪之楠道歉。宁澜还没开口，纪之楠冷冷看他一眼，大约也觉得他不会说什么好听的话，侧过身径直从他身边越过。

"喂。"宁澜鬼使神差地出声，说的话却与道歉无关，"你怕我啊？"

纪之楠停住脚步，却没回头："到底是谁怕谁，我想你心里有数。"

宁澜把这话当作挑衅，心神不宁了一整晚，安神药也没再起到任何作用。

就像脾气不好的小狗看见比自己强壮的大狗，总是会仰着脖子耀武扬威地大声吠叫。其实，它是害怕的、心虚的，只能用这个方法来掩饰自己的紧张不安。

次日，片场信号不错，他上微博刷出纪之楠转发了他先到拍摄点时的那条微博，但宁澜记不清自己当时的用意，大概也是为了挑衅，妄想撕下纪之楠单纯伪善的面具，还盼着对方反击，好印证自己的某些猜想。十足小人做派。

在剧组的日子谈不上度日如年，但总给人一种时间被拉长放慢的错觉。

五月下旬，梅雨季如约而至，山中阴雨连绵，剧组其他人闲来无事在移动基站下搭了个雨棚，在里头打牌玩手机，宁澜没去凑这个热闹，助理米洁眼巴巴地看着他，他挥挥手，让她自己去玩。

宁澜坐在休息区看连绵的雨幕，一连看了好几天，总也看不够似的。

雨总能让他想起很多事情，从小路那头向他冲来的摩托车、六年前失败的高考、潮湿发霉的地下室、富丽堂皇的酒店，还有他揣着几百块钱准备跑路时，出现在他面前的高大身影。

这么回想起来，没一件是好事。

最近，他大脑放空时，经常做一些不切实际的假设——假如那天没有出门，假如那天放弃了这条路，假如那天跑得够快……自己现在的处境会不会不同？

他闭上眼睛，眼前的雨丝幻化出一条绷直的线，线的一头是一只手，另一头捆着一个人，那只手企图将人拉回安全地带，那人却拼了命地往反方向跑，面朝风雨，无所畏惧。

宁澜抬手捂住眼睛，让自己彻底陷入黑暗。

没用的，殊途同归罢了。

人说"三岁看老"，他用二十多年才看清楚自己。偏执和愚蠢，单有其中任何一个都算不上什么大毛病，两个都有，就足以致命了。

雨收云散，天气转晴时，宁澜收到隋懿发来的一条消息。

隋懿习惯言简意赅，没有寒暄也没有关心，开门见山地说六月底有个零食广告，要请 AOW 其中三名成员拍摄，问宁澜有没有兴趣。

宁澜读了一遍就懂了，厂家的人选中一定没有自己，不然应该是张梵或者安琳联系他，而现在隋懿来联系，这就代表他有意把这个机会让给自己。

宁澜很缺钱没错，可这样的机会并没有什么意义，一样都是欠他，于是婉言拒绝了。

今天要拍的是一场射箭赛马戏。宁澜早早抵达移到山脚下的拍摄现场，帮工作人员做了些前期准备工作，不多时，他在剧中的好友纪之楠和郭昊就一道来了。

宁澜朝他们挥手："今天小弟可不会让你们哦！"

郭昊性格豪爽，当即与他玩笑几句，纪之楠则目不斜视地走开，进后面临时搭起来的雨棚里换衣服化妆去了。

宁澜笑了笑，心想这位纪老师果然比自己小，大多数时候脸上还是藏不住事。

当然，只有被人无条件保护着的人才敢这样展露真性情。他是个俗人，里子已经没了，面子还是要的，起码不能让人瞧出来他跟纪之楠不和，更不能让纪之楠瞧出来自己有多羡慕。

今天，剧组不知犯了哪方太岁，戏拍得很不顺利，每个人手上的弓几乎都拉断过一次，马儿们也在边上躁动不安，跺着蹄子在原地转悠，时不时打个响鼻，要不是被绳子牵着，好像就要急着跟天上成群结队的鸟儿一起往北边迁徙了。

所有演职人员暂停工作，抬头望天。宁澜也觉出古怪，早上天空明明一碧如洗，这会儿却阴沉沉的，乌云层层叠叠往这边聚拢。不多时，几声闷雷在天边响起，有几匹马儿受惊扬起前蹄凄声嘶叫。

暴雨说来就来，剧组上下手忙脚乱，分头去收拾道具和器材，宁澜和其他演员一起回到塑料雨棚中，里头面积有限，大家都在忙着卸妆换衣服，一下子容纳这么多人，着实拥挤。

宁澜先脱了外袍抻开当作屏障，让两个女演员在遮挡下换了衣服，轮到他自己时，刚摘下头套，就听见雨棚的塑料膜被外头的大风吹得哗哗作响。

紧接着又是一个闷雷，伴随着一道划破长空的闪电，宁澜眼皮猛地一跳，终于意识到点什么。

"地震了，大家快出去！"

他听见有人在喊。

这种时候说这话是没人信的，没人会在意外来临前知道自己下一秒会死。

宁澜心跳骤然加速，他没帮着喊，只是催促身边几个相熟的女孩子赶紧出去，理由是这里地方小，他施展不开。

几个姑娘走之前还打趣他，说："不好意思在人前换衣服可以直说嘛。"

宁澜不想让她们害怕，笑嘻嘻的，没有表现出任何不安。刚把人送走，他就感觉到脚下一阵起伏。

果然是地震。

宁澜家在西南山区，临近地震带，应对这种情况还算有点经验，他边披外套边推周围还没感应到危险的磨磨蹭蹭的人们，将他们带到门口，又一阵比刚才更剧烈的摇晃袭来。

终于有人察觉到事态严重，惊恐地问："这是怎么了？地怎么在动？"

"没事，小地震，山里经常地震，去空地上待一会儿就好。"宁澜面上依旧淡定，催促他们往前走。

其实，他心里也没底，若是小地震，躲过去就没事了；若是大地震，说不定会引发山体坍塌和泥石流，那就只能听天由命了。在自然灾害面前，人类从来都是渺小无力的。

外面暴雨如注，狂风像要撕裂大地般地怒吼，宁澜把刚穿上不久的外套脱下来，给身边的米洁挡雨，在那之前，手先伸进去摸了摸，没摸到拍戏前摘下来塞到口袋里的东西，他把外套丢给米洁，转身就钻进雨棚。

里面已经没人了，他刚进去，就迎来一阵连续的地动山摇，伴随着各种物体乒乒落地的声音，和外面的轰隆声混在一起，宁澜半蹲在空地上才勉强稳住。

雨棚里的桌椅已经倒了大半，缓了几秒，宁澜就站起来一鼓作气往雨棚西南角跑，他今天是在那里化的妆，东西大概就是落在那里。

临时的化妆桌斜着倒在地上，天太黑什么都看不清，宁澜跪趴在地上到处摸索，手被什么锋利的东西刮破也无暇顾及，太着急昏了头，摸了几圈才想起来自己有手机。他把手机掏出来按亮屏幕照明，一眼便看见旁边立着的化妆桌最里面莹莹反光的东西，他匍匐着爬过去，伏低脑袋伸手去够，抓到那串冰凉的珠子，才如释重负。

他捏着那手串，撑着胳膊要起来，这时地面再度摇晃，唯一立着的化妆台也不堪这三番五次的考验，轰然倒地，宁澜躲闪不及，左腿被严严实实地压住，钻心刺骨的疼让他痛呼出声，可是周围已经没有人，回应他的只有喧闹嘈杂的风雨声。

他咬紧牙关试了几次，都没能把被压着的腿拔出来。为了在不平整的地面上保持稳定，剧组的化妆桌个个都是实木加大理石台面，两个人搬都费劲，何况他现在一条腿无法施力，整个人还以趴着的姿势被压在下面。

他气喘如牛，汗如雨下，似是疼得狠了，脸上无一丝血色，手上青筋都因用力撑得暴出。他还在拼命往前爬，自由的那条腿踩着化妆桌把身体往前送，左腿在重压下疼得眼前发黑，终于摸到手机。

他刚才点亮屏幕时没留意，现在才看到上面有一条消息。

隋懿："随便你。"

宁澜在黑暗中瞪大眼睛，屏气凝神地盯着几个字看了片刻，然后长长地出了一口气，强弩之末般地瘫倒在地上。

兴许因为缺氧，他瘫倒在地上时，甚至弄不清自己现在在哪里，在做什么。

恍惚间听到有人在喊他的名字。

宁澜艰难地动了动身体，腿还有知觉，他还活着。

"哗啦"一声，压在身上的挡雨布被猛地掀起，外面的狂风暴雨倾盆而来。眼睛习惯了黑暗，突然看见光源有些睁不开，宁澜适应许久才看清面前人的脸。

居然是纪之楠。

纪之楠全身湿透，匆匆抹了一把脸上的雨水，发现宁澜的腿被压住，二话不说弯下腰就开始抬桌子。

奈何那化妆台实在太重，搬到一半脱力砸了回去，宁澜闷哼一声，面色惨白如纸，喘了几口气，疾言厉色道："你走吧，不需要你假好心。"

这行为称得上以德报怨，可纪之楠越好，越善良，宁澜就越心慌。

纪之楠没空理他，休息片刻继续搬。他们所在的位置角度尴尬，双臂施力困难，眼看力气耗尽又要撑不住，身后突然来了一个人，拖住纪之楠的胳膊："小星你让开，我来。"

那男人力气大，握住桌角猛一发力，将桌子掀翻过去，他和纪之楠因惯性向后仰倒，纪之楠往后退两步，还好没摔着。

宁澜知道这个男人，叫秦魏宇。他咬牙支着伤腿站起来，刚勉强地走了两步又摔倒在地。

纪之楠过来扶他，宁澜却故意用话头讽刺："你以为我会感谢你吗？"

纪之楠淡淡道："别想太多，我只是答应了导演会把你带回去。"

别想太多？怎么能不想多？

他扯开嘴角似哭又似笑，觉得自己先前做的那些蠢事的可笑程度，又攀上了一个新高度。

同一时间，一千多公里以外的首都，隋懿他们从安琳口中听说《覆江山》剧组所在的外景拍摄地附近山区发生地震，都急得团团转，直到安琳好不容易打通剧组人员电话，确定宁澜没有生命危险，众人才放下心来。

AOW今天有个现场要录制，总导演听说情况后，主动将他们插到前面录制。

六人录完急匆匆地出去，外面守着一群粉丝，他们也刚从网上得到消息，有几个小妹妹不知所措地哭，追着他们问泡泡澜有没有事。

隋懿正为先前赌气般发的短信而后悔，此时停下脚步，拉开口罩对粉丝们说："他没事，他一定没事。"

隋懿回到公司，下车径直去停车场取自己的车，安琳跟他一起去，方羽知道他是要去机场接宁澜，小跑着跟上来："队长带我一个。"

陆啸川也挤上车，边看导航边道："走苍山路，市区主干道堵车。"

宁澜已经在回来的飞机上了，四个人一路风驰电掣地赶到机场，等了约莫半个小时，就接到被米洁扶着一瘸一拐地走出来的宁澜。

方羽"嗷"地一声扑上去，宁澜反而笑眯眯的，说："我没事……你别哭啊，我又没死……啊，快看，那边有相机！"

几个人动静太大，真的招来几个路人粉，掏出手机对着他们猛拍，好不容易挤出包围圈行至车前，又为如何安排座位犯了难。

方羽回头对着陆啸川就是一拳："让你不要跟来你非要来，现在宁澜都没地方坐了。"

安琳和米洁主动提出打车回去，陆啸川也被挤对走。方羽扶着宁澜上后座，车身太高伤员爬得困难，隋懿示意方羽让一下，然后托着宁澜将他安放在后座。

隋懿把从后备箱拿出来的毯子盖在宁澜身上，宁澜小声说："谢谢。"过了一会儿又说，"纪老师没事。"

隋懿手上动作顿了一下，然后"嗯"了一声，坐回驾驶座。

天色已晚，宁澜躺在后座，昏昏沉沉睡了过去，醒来时已经抵达医院。

安琳比他们先到，弄了架轮椅过来，宁澜虽不好意思坐，但行动困难，也只好硬着头皮坐下。

伤口在拍摄地山下的小医院简单检查包扎过，宁澜先办了住院手续，值班医生过来看了看，开了几瓶消炎药挂上。

"就破了点皮，没事的，你们都回去吧。"宁澜坐在病床上对大家说。

方羽瞪大眼睛："破了点皮？都肿成那样了，你给我好好躺着，我今天在这儿陪你。"说完一屁股坐下，一副要长驻的架势。

"我留下吧，你们回去，不然家里人该着急了。"隋懿道。

方羽摆手驱赶："我打电话说一声就行，你们先走，明天不是还有那个什么发布会么，别耽误工作。"

明天是隋懿去年拍的那部偶像剧的发布会，陆啸川也有其他工作安排，安琳一合计，觉得有道理，催着大家赶紧回去休息。

隋懿一步三回头，走到门口又转过来道："好好休息，有事打我电话。"

宁澜没把他的话放心上，就算真有什么事也不会找他，何况宁澜觉得这只是小伤。

次日一早，方羽就推着宁澜去拍片，等片子的时候，他说饿了，把方羽支开，自己取了材料去找医生。

诊断下来是由骨裂引起的外踝骨折以及韧带拉伤，建议手术治疗。

宁澜不想手术，说不是很疼，问医生可不可以保守治疗。今天的坐班医生还是上次那个大叔，这次他没笑，神情严肃地说道："小伙子别听到手术就闻风丧胆，保守治疗就是手法复位，存在一定的风险，一旦失败，还得通过手术进行内固定。"

宁澜不是怕手术，而是怕耽误时间。

星光娱乐打算在七月份给 AOW 举办第一场演唱会，他们的工资完全跟工作量挂钩，宁澜不像隋懿那样能接到那么多代言，也不像陆啸川、高铭那样能收到各种综艺邀约，他的工资水平一直处在 AOW 的底层。

这个圈子很现实，他因为拍戏过年到现在的几个月几乎没有曝光度，第一张专辑的后半段宣传也没参加，如果演唱会再不能上台，粉丝大概会把他忘干净。

没有粉丝的艺人就等于没有商业价值，失去价值的下场会是如何，前车之鉴多如牛毛。

他必须给自己做好打算，谋条出路。

医生最终被他说服，告知可能要承担的风险后，给他定制了具体的治疗流程。

方羽回来后，听说宁澜已经诊断完毕，且没什么大事，手术都不用做，高兴得手舞足蹈，说要回去烧香拜谢菩萨。

下午宁澜做了第一次复位，打上石膏，在方羽给他办出院手续时，独自一人去导医台问有没有一位叫秦魏宇的患者住院。

宁澜在护士的指引下，摸到楼上的单间病房门口，因没有探视证被挡在住院区外。他在外面站了一会儿，没见有人进出，便乘坐直梯下楼，跟方羽一起离开医院。

路上，他望着窗外，他现在之所以能好好地坐在这儿，多亏了那个男人。

当时为了活着，他把自己单薄的尊严踩在脚底下，妥协地让纪之楠扶着往人群处走，姓秦的男人在后面几步之遥的地方打手电为他们照亮脚下的路。

耳边雨声嘈杂，宁澜心里却异常平静，突然产生了说"对不起"的冲动，反正是隋懿要求的，横竖都要执行，早说还是晚说并无区别。

正当他酝酿着准备开口时，变故横生，他听见头顶有奇怪的响动，刚要抬头看，整个人就被纪之楠拉着一起往前扑倒，接着身后轰隆隆一阵巨响，剧组搭建的木质塔台轰然坍塌，他和纪之楠被大力推到前面的空地上，秦魏宇一人被压在那堆散架的木头底下。

宁澜想了整整两个晚上，像所有没经历过这种事且心胸狭隘的人一样，怀疑这件事的真实性。

真的有人可以为别人舍弃生命吗？

如果丢了命，会不会觉得后悔？

还有，秦魏宇闭上眼睛的前一刻，在想些什么？

拍戏的时候，导演曾说过，好演员就是要把自己没经历过的事情、没体会过的人生刻画得惟妙惟肖。

宁澜觉得自己不是好演员，也成不了好演员，大多时候，只有事情真正发生在身上时，他才会知道自己居然会这么想，这么做。

他掉转视线，低头摸了摸手腕上的红色圆珠，然后拉下袖子将它遮住。

接下来的几天，宁澜因伤在宿舍休息，有许多时间刷微博，超话里到处都是为他祈福的帖子。

人类对弱者都怀有怜悯之心，尤其是女孩子们。受伤之后，粉丝们为他弄了个叫"泡泡澜早日康复"的话题，排在"楠宝早日康复"下面，因为在同一个剧组，偶尔被八卦号带着俩话题一起刷，免费蹭了一批热度。

更加因祸得福的是，保险刚买一个多月就发挥作用，宁澜获得一笔数额不小的赔偿，和《覆江山》的片酬加起来，离他心中的数目越来越近了，这算是近期以来唯一一件好事。

这天，宁澜再次开着小号进入超话，突然刷到一条隋懿的花边新闻。

文字前半段说 AOW 队长隋懿日前被拍到与女演员黄晓曦在某酒店共度一晚，早上才一前一后分别出来，举动十分谨慎。后半段说两人早在去年拍摄某偶像剧时就结下缘分，秘密交往至今才浮出水面，下面配的是两人并排站在某酒店门口的照片，拍得略微模糊，不过从身形和脸部轮廓可以看出确实是隋懿和黄晓曦，两人离得很近，黄晓曦仰头靠着隋懿的肩膀，姿势像在亲昵地说悄悄话。

男方当事人在得到消息之后不到半小时，就敲响了星光娱乐公关部办公室的门，公关部嘴上表示十分重视此事，可隋懿却从他们敷衍的态度里看出公司对这件事情的放任自流。

他又去找张梵询问，张梵知道他不好糊弄，就没隐瞒，说："这是剧组和两家公司都默认的，毕竟新剧要播了，在不损害双方利益的情况下，这是效果最好的宣传方式。"

更何况木已成舟，现在忙着澄清反而对新剧宣传不利，纵然"先斩后奏"这种事隋懿非常厌恶，可为大局着想，只能先吞下这个哑巴亏。

隋懿回到宿舍，看到某位伤员正踩着石膏在厨房烧菜，更是火大，用冷得能化成冰把人扎死的眼神看着来蹭饭的厚脸皮方、陆二人，心想：还有账没跟你俩清算。

偏生陆啸川毫无眼力见儿，好死不死地在桌上把隋懿人生中第一个绯闻拿出来调笑，方羽见队长脸色越来越黑，忙用一块炸鸡堵住陆啸川的嘴，结果隋懿脸色更加难看了。

隋懿送走两个活宝，进屋就看到宁澜坐在床边。他手上不知道怎么弄的伤口已经愈合，新长出来的肉在周围白皙皮肤的衬托下微微泛红。

宁澜在发呆，隋懿在房间里来回走了好几圈，他头都没抬一下。

隋懿不想他误会自己是那种人，手指在桌面上敲了两下，状似不经意地说："网上的消息是假的。"

宁澜愣愣地"啊"了一声，抬起头看他，反应过来后浅浅一笑："哦，好的。"

他虽然在笑，但是隋懿没从他脸上捕捉到喜悦。

他的眼睛黑洞洞的，里面什么都没有。

宁澜提前三天拆掉石膏，正赶上《覆江山》棚内部分拍摄。

这部剧的导演出了名的精益求精，原本为了追求画面真实，后期特效都不让做，结果突如其来的地震引来各家粉丝们的强烈不满，再把演员拉回去拍外景怕是会被炮轰，无奈之下只得妥协宣布剩下的镜头要么删除，要么改为内景。

米洁在地震中承蒙宁澜照顾，主动又跟了他几天，主要负责接送和安排伙食。拍完后宁澜主动找她结算费用，她摆手说不用，宁澜非要给，发了红包给她，米洁原封不动地退回来，终于交代出实情："这几天的饭都是隋先生订的，无功不受禄。"

宁澜给远在 W 市录制《爱的初挑战》第二季的隋懿发了条感谢短信，并把这几天的伙食费记在账上。

隋懿此时正在工作。

他在一周前才接到上节目的通知，还是本季常驻嘉宾，张梵说这是公司为他争取的，一来当作炒绯闻的补偿，二来恰逢上周开播的偶像剧需要宣传，《爱的初挑战》边录边播，制作周期短，半月后就播出第一期，再没有比这更合适的宣传平台了。

毕竟是公司自己的剧，且这档节目也不是随随便便谁都能上的，机会来之不易，他没多犹豫就接了下来。

隋懿以为参加过第一季的嘉宾不会再参加第二季，到节目组官宣那天，才知道纪之楠也在本季常驻嘉宾之列。演艺界里大家抬头不见低头见，一起录个综艺很正常。

隋懿到 W 市的当天晚上，节目组邀请几位嘉宾吃饭。纪之楠已经结婚了，结婚对象看起来很好，纪之楠脸上的笑容都比之前多了不少，隋懿在惊讶之余，更多的是高兴。

曾经他最大的愿望就是快快长大，变得能够独当一面，保护他想保护的人。如今母亲不在了，纪之楠过得好，他也没那么多感怀岁月的时间和精力。

隋懿以后辈的身份站起来向纪之楠敬酒，纪之楠看见是他，收敛了几分笑容，倒是没给他难堪，客气地说了些"出门在外互相帮助"之类的场面话。

隋懿放下酒杯，想着得找个合适的时间替宁澜向纪之楠道谢才是。

次日，天还没亮，《爱的初挑战》第二季全体嘉宾就被从床上喊起来，到某学校进行第一期的拍摄。

隋懿没想到头一回就跟纪之楠分在一组，前半段游戏是分头搜集材料以获得通关钥匙，得到钥匙开门进了教室，才是重头戏的开始。

二十多个小朋友端端正正地坐在教室里，等待二位来给他们上课。

节目没有事先给嘉宾安排剧本，只在开拍前大致讲了一下本期主题。隋懿和纪之楠都以为要教的是文化课，看到教室前面摆着的钢琴和小朋友手上的口琴瞬间觉得措手不及。

纪之楠愣了会儿，对隋懿道："你不是歌手吗？你上，我给你打下手。"

隋懿自然不会拒绝，他有音乐基础，照着书本五分钟摸透口琴的吹法，教孩子们吹奏儿歌。纪之楠也没闲着，拿出三角铁和沙锤教孩子们打节奏，一节音乐课上得有声有色。

最后到了拉票环节，节目组显然早有准备，不知从哪里拿出一把小提琴。

隋懿在上节目前得到剧透，知道他们会来这一出。他也不是没挣扎过，可为了弥补宁澜犯的错，他把重拾小提琴当作筹码跟父亲做了交换，或迟或早无甚区别，他已经做好心理准备，于是没再别扭，大大方方地拿了起来。

况且，他还念着小时候的事，哪怕纪之楠已经忘记，他私心里还是希望能跟纪之楠合奏一次。

"我需要一位钢琴伴奏。"隋懿给琴调完音，转向纪之楠，"纪老师，可以帮我伴奏吗？"

纪之楠有些惊讶，但毕竟是在镜头下，犹豫片刻，便摊开谱子，端正地坐在琴凳上。

合奏的曲目调子婉转悠扬，旋律从琴弦和琴键上缓缓倾泻而出，虽然未经磨合，两人的配合依旧称得上完美。

隋懿的手指在琴弦上缓缓滑动，长时间没拉琴，手指上的茧子早就退干净了，指尖按在硬质琴弦上微微有点疼。

他回想起自己刚学这支曲子的时候是八九岁，当时老师不赞同他拉这些简单的小夜曲，严厉地要求他把更多的时间花在练习曲上，这样才能取得长足的进步。

可是隋懿非常喜欢这支小夜曲，通过它第一次感受到音乐的美妙。

他在琴上安了消音器，晚上躲在阳台偷偷练，然后跑到母亲病床边拉给她听，母亲一直不赞成他学琴，却也在听到美妙感人的旋律后，露出欣慰的笑容。

他曾经还想拉给老师听，感谢他十年如一日的悉心教导，但他只敢想想，没敢真的去做，他怕老师责备他浪费时间。

一支曲子拉到后半段，得偿所愿的合奏让隋懿怅然若失。

明天还有大半天的拍摄，隋懿在回去的路上才拿到手机，打开就看见宁澜发来的消息："谢谢队长这几天的饭，辛苦了。"

隋懿蹙眉，这几天宁澜对他说"谢谢"的频率又恢复到两人刚认识的时候。

他说话字斟句酌，小心翼翼到有些战战兢兢，那会儿隋懿不觉得这样有什么问题，现在他和宁澜突然又恢复到从前，着实难以适应。

次日，隋懿录完节目，坐飞机回首都，到宿舍的时候 AOW 的其他成员也刚从公司回来。

最近，大家正在为演唱会做准备，虽然公司为了迁就学生粉丝的时间，将时间由七月调整到八月底，但时间仍然很紧张。

出道首场演唱会对于每个有舞台梦的人来说都是最严肃的事，陆啸川和方羽为这场演唱会分别推掉一个综艺和一部戏，AOW 全员只有隋懿还在东奔西跑，过几天还有一部电影的男二号要试镜。

今天训练很累，高铭像烂泥一样摊在沙发上，斜着眼阴阳怪气地说："还是队长好，粉丝多，无论干什么都有人买账，咱们就不行了，不拼命唱拼命跳，就会被人说业务能力不行。"

宁澜从厨房里倒水出来，置若罔闻地径直走进房间，仿佛不知道自己又被高铭当枪使。

王冰洋从前还会帮他说两句，那次"抢角色事件"之后也不再开腔，没有方羽在的时候，他经常腹背受敌，明明没想招惹谁，却总是变成众矢之的。

隋懿也不想搭理高铭幼稚的挑衅，丢下掷地有声的一句"我不会拖大家后腿"，便也转身回房。

宁澜坐在床上给自己抹药。小腿破皮的地方已经开始掉疤，皮肤红白交错，看着有些吓人。

他涂药很不仔细，随便一抹就趿着拖鞋下地走动，拿着手机问隋懿："晚上想吃什么？"

隋懿看了一眼他还有些肿的脚踝，说："清淡点就好。"

宁澜在那边嗒嗒嗒按手机，隋懿这边从口袋里掏出一管药膏，摸索半天不知道怎样弄开里面的金属封口。他的胳膊在录制节目时不慎蹭破一小块，药膏是在场工作人员给的。

隋懿故意把动静弄得很大，宁澜把视线从手机屏幕上抬起，看清状况后，走过来接过他手上的东西，把药膏的盖子反过来对着封口一戳，里面的药膏就挤出来了。

"百分之八十的药膏都是这么打开的，有没有生活常识？"宁澜说完把药膏还给他就要走。

隋懿在身后道："那天，我不知道你出事了。"

宁澜"嗯"了一声，说："没关系。"

本来债主也没有理由关心这些的。

第四章

夜
—
奏
—

1

隋懿前往电影《夜奏》剧组试镜那天，宁澜一个人去医院复查。

医生看了片子，说："恢复得还不错，但还是不能剧烈运动，得好好休养。"

宁澜嘴上应着，却没往心里去。再有一个多月就到演唱会了，他觉得现在的训练强度还不够。

宁澜离开医院，拐了个弯，走进药房，问柜员有没有安眠药卖。

之前米洁给他买的那些已经吃完了，从山上回来，他还是睡不好，有时候能从黑夜一直眼睁睁地看着晨光从窗帘的缝隙里泄进来，耳朵里还时不时发出尖锐的鸣响，像有什么东西穿过耳膜，刺进他的脑袋，在里面肆无忌惮地翻搅。

这症状时好时坏，宁澜猜自己可能需要抱着什么东西睡，把粉丝送的娃娃都放在床上，每天晚上都抱着，然而症状并没有缓解。

药店的医生很负责，问他为什么失眠，有多长时间了，建议他不要乱吃药，先去医院挂个号看一看身体有没有其他问题。

宁澜自我保护意识很强，什么都不说，医生没办法，给他开了瓶氯美扎酮，强调一天一片，千万不能多吃。

不到半个月，宁澜就加到了一天两片。

这天宁澜训练完回来吃了药就躺在床上。他觉得自己躺了很久很久，睁开眼的时候发现才过去一个半小时。

他记着医生说过睡不着的话不要逼着自己睡，可以下床活动活动，看看电视，放松心情。

于是打开手机刷微博，手指一滑便刷到《爱的初挑战》第二季第一期的预告。长期睡眠不足让他大脑反应迟缓，他看了开头才反应过来这是隋懿参加的那个，于是往下看，预告视频总共 3 分钟，隋懿占了至少一半的镜头。

和他一起占这一分半镜头的还有另一个人。

节目组剪进去许多他们俩一起过关斩将，完成各种挑战的片段，最后还给出半分钟时间播放两人的合奏。

摄像机360度围着他们转，外面的阳光透过玻璃洒在两人身上，一个弹琴一个拉琴，每一帧定格下来都是一幅静谧甜美的画面。

宁澜终于近距离看到隋懿拉琴了，和他想象中一样好听、好看，微弯的唇角和温柔似水的眼睛，无一不透露出他愉悦的心情。

隋懿拍完宁澜不肯要的那个广告，正在宿舍做平板支撑。中午吃饭的时候，宁澜突然一摸口袋，饭也不吃了，站起来就要走，隋懿按住他："去哪儿？"

"礼物……生日，小羽的。"

隋懿看了一眼他手里拿着的东西就明白了，说："下午我跟他在一起练习，我帮你带给他。"

宁澜这才安心坐下，吃了一小口白米饭，然后咬着筷子神游天外。

隋懿见宁澜最近忙于训练消瘦得厉害，今天特地给他点了不少肉菜，眼看他只夹了一块排骨，啃到现在都没啃完，隋懿吃饭也没了滋味，问他："不合口味？"

宁澜沉浸在自己的世界里，猛然被唤醒，愣愣看着他说："没有，很好吃。"说着又夹了一片很小的肉放到自己碗里。

隋懿猜他一定在惦记方羽的生日。不知道那个礼物盒里装着什么，包得严严实实，还怕别人看见不成？

他又想到前几天方羽说想吃宁澜做的酸菜鱼，宁澜训练完累得腰都直不起来了，还不忘去超市买食材，回来折腾半天才做好，方羽不到半小时就把整条鱼吃得一干二净，捧着肚子满足地说下次再来。

隋懿想到这里，忍不住说："方羽比你大，你不用迁就他。"

宁澜愣了好一会儿，道："他对我好，我就对他好，跟年龄大小无关。"

隋懿扬起嘴角笑了笑，似在质疑他这句话的可信度。

宁澜本就没胃口，现在更是意兴阑珊，垂着眼摆弄桌上的碗筷，就是不吃饭。但看见隋懿的目光，还是拿起筷子强迫自己再吃了点。

电影《夜奏》已经开拍，隋懿参加试镜的两个角色都没选上，导演当时很中意他，说他形象气质最符合片中的警察男二号，要是演技纯熟些就好了。说罢，选择了另一位科班出身的演员。

隋懿有自知之明，知道自己演技还需磨炼，去试镜本就是为了见识见识，积累些经验。

没承想那边电影开拍没几天，扮演警察男二号的演员就被爆出丑闻，剧组以违背拍摄及宣传期间维护好个人正面形象的条款为由与其解约了。

《夜奏》剧组免费上了热门却高兴不起来，为重新选角色犯了愁。

张梵消息灵通，听说这事后主动联系导演，说隋懿档期空着，随时可以进组，在电话里把自家艺人夸了个天上有地下无，什么人气高、上升空间大、聪明有灵气、年纪轻还特别能吃苦，通通扳着指头讲了一遍，导演沉吟片刻，跟边上的制片商量了下，然后一拍桌子，就这么定了下来。

隋懿刚替宁澜把礼物转交给方羽，就被张梵火急火燎地带着去签合同，生怕不快点过去导演就反悔了。

隋懿听她描述情况之后，其实是有些犹豫的。

众所周知，《夜奏》的主角是纪之楠，最近两人合作频繁，纪之楠恐怕一点都不想再见到他。

可《夜奏》是一部好电影，无论剧本、导演，还是制作团队都是业内一流，许多人头破血流都争取不到的机会，现在就摆在他面前，不要岂不是傻？

隋懿在去剧组的路上给宁澜发消息："礼物已经带到，我要进组拍戏了。"

他想想又加了一句："拍摄地点在京郊。"

宁澜下午训练完，就赶去参加方羽的生日会。去年方羽的生日正赶上专辑宣传期，在酒店里凑合过了，一年后他人气大涨，公司于是斥资给他办了一场真正有粉丝参加的生日会。

宁澜躲在后面没上台，看见方羽身上戴着自己送的项链，心想：他喜欢就好。

有粉丝现场提问是不是队长送的，方羽大大方方地展示给大家看："是宁澜送的，好不好看？"

台下嘘声一片。

宁澜因为这个没敢上台，生日会还没结束就提前走了。回去的路上看到隋懿发来的消息，左思右想没弄明白他干吗告诉自己地址。

几天后，隋懿问他腿还疼不疼，随后甩了个定位过来。

宁澜不敢妄加揣测，忐忑地问："要我过去？"

隋懿被他不情不愿的态度弄得有些不悦，蹦出一句口头禅："随便你。"

宁澜看见这三个字愣了半响，然后就站起来收拾衣服。

宁澜上大巴车之前还是不太敢确定，就给隋懿发消息："我准备上车了。"

隋懿这次回得很快："嗯。"

城际公交在市里绕了一大圈才进入郊区，宁澜走得急，只带了一个背包，装了几件换洗衣物，没带移动电源，手机在半道上就快没电了，自动关机前，宁澜看时间的时候瞥到日期，6月28日，明天是他的生日。

虽然只是个巧合，但能有人陪他一起过生日，哪怕只有一次，也足够了。

晚上，隋懿打不通宁澜电话，心急之下干脆到车站等。宁澜下车就看到一个戴着口罩的高个子少年站在出口处，看见他就一声不吭地转身，双手插兜大步往前走。

宁澜拎着包追上去，不紧不慢地跟在后面。他们走了几十米，隋懿突然回头："快点，别磨蹭。"

宁澜快步上前跟他并排而行。

宁澜生日那天，隋懿有一整天的戏要拍。

一个人待在酒店里看似无聊，其实可以做的事情有很多，练歌、练舞，实在憋得难受，还可以开窗透透气。

傍晚，他想出去买个小蛋糕，等隋懿回来一起吃。他边戴口罩边打开门，迎面便撞见信步而来的纪之楠。

人果然不能干坏事，没过多久宁澜就后悔了。

他在周围转了好几圈，也没找到一家蛋糕房。回去的时候天降大雨，他浑身淋得透湿，刚进房间脱掉湿衣服，突然接到张梵的来电。

"你跟隋懿的事情被爆出来了。"

张梵的话无异于当头一棒，宁澜怔住。

然而张梵接下来的话让宁澜如临深渊。

"我是真的没想到，你背着我干了那么多好事。狗仔那边压着你一堆料，

186

件件有实锤，为了博关注已经放出去一部分了，只留下你和隋懿的重磅炸弹来找我开价。"

"怎么会……"宁澜讷讷地问，"什么……什么炸弹？"

"说了是实锤，就算挡了脸也能看出来是你们俩。"

宁澜还是难以置信："照片吗？"

张梵急火攻心，厉声道："照片？呵，照片还能说是修的，那是视频，你们俩在楼梯间大打出手的视频，一旦发出去，无论怎么解释都没用了！"

"不能发！"宁澜来不及思考前因后果，只想着隋懿刚刚接了一部这么好的电影，现在爆出这种事星途就毁了，"不能发，张姐我求你，隋懿刚进组，不能发出去！"

电话那头的张梵舒了口气，按着太阳穴道："现在知道着急了？签合同的时候，白纸黑字写着公司不会帮你们处理丑闻……"

宁澜急急打断她："我给钱行吗，要多少钱？或者要我怎么做，我来承担。"

当天下午，某知名狗仔组织爆出 AOW 成员宁澜欺压队友，争抢资源，还有出道前篡改年龄，虐待亲生母亲等负面内容，图文并茂，极具可信度，不到一小时就转发过万。

星光娱乐公关及时将原博逐条反驳，指责其用引人误会的照片捏造子虚乌有的事污蔑旗下艺人，将追究其法律责任。

然而白纸黑字言语单薄，远没有原博冲击力大。

宁澜挂了电话就守着微博不断刷新，过了十点都没看到与隋懿有关的内容，一颗悬着的心才放下。

目前的情况，是张梵和他经过权衡做出的选择——放任其他爆料不管，专注于买断和压制他和隋懿的部分。

张梵认为爆出去的不过是些不触及底线的内容，等风头过去了，大部分粉丝还是会信官方、信偶像本人。

实际上，宁澜并不关心自己对外的形象，那些爆料半真半假，别人的判断力不是他能够左右的，他越解释就越像在欲盖弥彰。隋懿的正面形象能保持住就好，他是天之骄子，他的人生应该处处坦途，宁澜拿人好处自当报恩，唯一能做的，就是不让他被拖进这肮脏的泥淖里。

隋懿今晚有一场山中搜寻的夜戏要拍，歇下来的时候已是晚上十点多。

　　他看到手机上张梵下午打来的未接电话，回拨过去问什么事，张梵说没事，问他戏拍得怎么样，叫他赶紧回去休息，就匆匆挂断。

　　隋懿觉得奇怪，点开微信，看到方羽发来两条消息。

　　"宁澜是不是在你那里？"

　　"还在拍戏？宁澜被黑了，你管不管啊！"

　　隋懿打开微博，一刷新就看到宁澜的爆料挂在热门，他匆匆扫一遍，脸色瞬间变得铁青，换了衣服就急忙回酒店。

　　网上闹得声势浩大，当事人却像什么都不知道似的在房间里看综艺，看到有趣的地方还嘻嘻哈哈地笑着。

　　隋懿面若寒霜地看着他："你还笑得出来？"

　　宁澜站起来伸个懒腰，恍若未闻地拿起桌上的餐盒："我去给你热饭。"

　　隋懿拦住他，问："那些都是真的？"

　　宁澜脸色笑意未减："如果我说是假的，你信吗？"

　　隋懿怔住，几度开口，都没能把一个"信"字说出口。

　　宁澜早就知道会是这样，所以并没有觉得很难过。他知道隋懿眼里容不得沙子，他就是那粒沙子，无论怎么说怎么做，都不值得被信任。

　　隋懿沉住气，缓缓开口："我问你，你回答是或者不是。"

　　宁澜点头答应。

　　"篡改年龄？"

　　"是。"

　　"当街殴打亲生母亲？"

　　宁澜无奈地笑了笑："算是吧。"

　　那张照片抓拍到的正好是赵瑾珊坐在地上，他站在那里同她说话，看起来可不就是在虐待母亲吗？

　　隋懿攥紧拳头，小臂肌肉颤动，眼中迸出一条条红血丝，宁澜知道他是气狠了，可心中却升起一股轻松的快意。

　　他终于说出来了，瞒了这么久，终于正大光明地说出来了。

　　"那之前纪之楠……"隋懿停顿片刻，没再给出其他假设，直接问，"也是故意的？"

宁澜迎着他的目光，说："是。"

"为什么？"隋懿声音里压抑着呼之欲出的愤怒。即便他所看到的都是宁澜不堪的一面，可他一直以为宁澜会改，他的本性应该是善良的，因为人的眼睛不会说谎。

宁澜轻飘飘地说："因为讨厌啊。"

隋懿忽地抬起手，在即将碰到宁澜脖子时停住，僵在半空中停留几秒又放下，指尖发颤，每个关节都在咯咯作响。

他不想再对他动粗，可他引以为傲的理智总是在面对这样的宁澜时灰飞烟灭。

愤怒和懊丧的情绪在身体里肆虐，隋懿无法像他一样气定神闲，拿起桌上宁澜的手机，命令他："道歉。"

宁澜眨了下眼睛，掩盖眼中浮起的水色："道什么歉啊？"

隋懿沉声道："为你的所作所为，道歉。"

"我做什么了？"宁澜的状态称得上言笑自若，"我为什么要道歉？"

隋懿看着他的脸，他嘴角还带着笑，半点后悔、愧疚的样子都没有。他根本不觉得自己有错。

隋懿深吸一口气，觉得站在这里跟他讲道理的自己简直荒谬得可笑，他把手机扔回桌上，转身就要走。

宁澜这才急了，追上去拦住他："你去哪儿？"

隋懿目光越过他落在后面的门上，他怕自己再看着他，会做出什么冲动可怕的举动。

"不想看见我？"宁澜一双黑亮的眼睛直直地望着隋懿，固执地想要个答案。

隋懿没说话，推开宁澜径直去开门，宁澜跟跄一下，还没站稳就冲上去抢在他开门前握住门把，面不改色道："这是你的房间，我走。"

这天后，两人很长时间没再见面。

《夜奏》拍摄周期两个半月，中间两位主演还要抽时间参加《爱的初挑战》节目录制，隋懿几次回首都都匆匆忙忙，去公司看看的时间都没挤出来。

有一次在机场候机室，几个刷关进来的前线粉丝一边扛着照相机对他猛拍，一边问他："队长这次怎么不多待两天啊？"

"还要拍戏。"隋懿回答。

另一个粉丝问："这次演唱会有没有和小花的双人舞？"

"保密。"

女孩子们笑成一团，说他学坏了，又追问："队长，如果让你选一个一起合作跳舞，你会选小花、纪老师，还是黄晓曦啊？"

隋懿无奈一笑，不懂现在的粉丝脑子里整天都在想些什么。

他不回答，姑娘们就自己七嘴八舌地讨论起来——

"别提黄晓曦，那是宣传需要好不好。"

"纪老师也不合适吧，看起来不像会跳舞的样子。"

"去年没看到队长和小花一起跳，不知道今年有没有希望。"

"其实去年宁澜跟队长跳得挺不错的，那个视频我一直存在手机里。"

"别提泡泡黑，都这样了还有人护，真是无语。"

隋懿听到这里，几不可见地皱了皱眉。

飞机落地，他在回剧组的出租车上搜宁澜的名字，关于他的绯闻减了不少，还有少量粉丝在不遗余力地在各种评论下为他争辩，然而实在是声音微弱，势单力薄。

隋懿看到这些评论后眉头蹙得更紧，从客观上讲，这个粉丝没说错什么，宁澜自己都认了，可他心里还是不痛快。

这阵子，他用繁忙的行程挤压掉所有空闲时间，强迫自己投入到工作中，不允许自己胡思乱想。

那天晚上，他一个人在房间里坐了会儿，最终还是追了出去，宁澜什么都没带就走了，到处都找不到他，隋懿没办法，给方羽打了电话，才知道宁澜已经到宿舍了。

演唱会前三天，隋懿回到首都参加排练。

歌大部分都是 AOW 自己的歌，solo 部分也在私下里练习过无数遍，排演十分顺利，为鼓舞士气，张梵在演唱会前一天晚上请大家吃大餐。

两辆车在公司外面等着，安琳最后一个到，一脸为难地说："宁澜不来了，说累了想先回去睡觉。"

坐在前排的隋懿透过车窗往公司楼上看，宁澜常待的那个小练习室灯还亮着。

顾宸恺翻了个白眼，催促道："爱来不来，我们吃我们的，走吧走吧，开车。"

隋懿晚上回到宿舍，宁澜已经睡下了，侧身背对着门口，身上只盖了一条薄毯，瘦削的肩背轮廓清晰可见。

这几天除了集体排练，两人几乎没有打过照面，也几乎没有说过话。

宁澜换了个新手机，黑白屏幕带按键的老款。昨天在练习室，方羽还跟他抱怨："我昨天晚上给你微信发了一堆图片，发完才想起来你换了这么个老古董，气死我了。"

宁澜笑着道："以后给我发短信，文字短信能收到，打电话也行啊。"

此刻，那老古董就放在他枕边，隋懿盯着看了会儿，心想：难怪最近发的朋友圈宁澜都没有点赞评论，他还以为宁澜在跟他赌气。

宁澜自然是没资格生气的。

第二天，演唱会前最后一次彩排，他左脚踝突然作痛，导致几处换位时动作迟缓没跟上节奏，隋懿作为队长，当着所有队员的面严厉批评了他一顿，宁澜低着头，一句也没有反驳。

他回到后台，躲到空无一人的化妆室，隋懿推门进来时，他正拿着面包在啃。

"怎么不出去跟大家一起吃？"隋懿问。

宁澜咬一口面包，口齿不清地道："我没订饭，自己带了。"

隋懿不确定他这样做是不是因为受到排挤，他总是一副什么都不在意的样子。

宁澜三下五除二解决掉一块面包，然后咧开嘴笑，拍拍隋懿的肩膀，说："队长，演唱会加油哦。"

晚上8点整，AOW首场演唱会正式拉开序幕。

宁澜将身体上的疲累和疼痛全部抛诸脑后，打起十二万分精神，唱好每句歌词，完成好每个舞蹈动作。

公司将这场演唱会命名为"First"，寓意为第一次，可他心里却把这当成最后一次。他将自己全身的力气都拿出来，用将自己燃尽的热情投入到表演中，在自我介绍台下发出一片嘘声的时候，他依旧面带笑容，朝台下观众深深鞠躬。

不知为什么，距离合约到期明明还有一年多，宁澜却觉得时间紧迫，未雨绸缪般地把每一次舞台当成最后一次，把每一天当成最后一天。

这样想着，至少心情会好一点。

演唱会进程过半，轮到宁澜的 solo 曲目，台下大部分粉丝停止欢呼，甚至像约好了似的一起收起荧光棒。宁澜抬眼望去，只有星星点点的几簇光亮，暗淡得让人看不到黑夜的尽头。

他闭上眼睛，慢慢吟唱，但到最后一句，宁澜握着话筒，嘴巴在动，却没唱出声音。

他睁开眼睛，台下依旧漆黑一片，他的心也跟着沉入深不见底的黑暗。

假的，都是假的。

他不敢再相信了。

他的世界里只有大雨，根本没有彩虹。

演唱会最后一首歌是 AOW 的首支单曲《出走行星》，唱完后成员们排成一排手拉手谢幕，七个少年有四个哭了，情绪的传染力很强，陆啸川看到方羽哭得上气不接下气，回想起训练时挥洒的汗水和出道后的一幕幕，也跟着鼻子泛酸。

他们回到后台，安琳和张梵手忙脚乱地给大家发面纸、递矿泉水，安抚第一次开演唱会情绪激动的孩子们。隋懿环顾四周没看到宁澜，出去转了一圈，最后在中午那个化妆室把人找到。

宁澜坐在地上，胳膊架在弯曲的膝盖上，脑袋埋得很低，整个人死气沉沉。

隋懿走到他跟前定住脚步，宁澜抬头，茫然地看了会儿才确定眼前的人是谁，翘起僵硬的嘴角说："我休息一下，马上就好。"

隋懿松了口气，他没有哭。

去年年底颁奖晚会上宁澜无声的眼泪，至今回想起来还是让他心有余悸。

几人收拾整理完毕，准备出去时，方羽惊呼道："你的脚怎么了？"

隋懿视线往下，只见宁澜的左脚踝肿得像个馒头，颜色也红得不正常。

宁澜也低头看了一眼，淡淡地说："没事，回去绑个绷带就好了。"

出口处围了一大群粉丝，隋懿扶着宁澜最后出来，粉丝们放下手中的灯牌，顿时陷入两难，不知道该欢呼还是该沉默。有个胆大的粉丝扯着嗓子喊："台上不还好好的吗？故意的吧？"

宁澜垂着头没有反应，隋懿往声音传过来的方向冷冷扫了一眼，姑娘们被吓得都噤了声。

方羽跟着宁澜，陆啸川跟着方羽一起回宿舍，加上在外拍戏的队长也回来了，平日里只有三四个人的房子突然变得十分拥挤。

方羽走到宁澜住的房间，撸起袖子帮他擦药，又点了外卖和宁澜一起吃，拉着宁澜准备去他们房间玩。隋懿站起来，说："他现在不方便走动，让他休息吧。"

方羽便跟陆啸川回隔壁房间去了。

宁澜把餐盒垃圾收拾到塑料袋里，准备扔出去，隋懿按住他，接过东西说道："我去扔，你休息。"

晚上洗漱完后，宁澜一蹦一跳地掀开毯子准备睡觉。

"你最近和方羽走得很近？"隋懿冷不丁问。

隋懿看着他蒙眬的目光，说："不要太轻易相信别人，有时候越是身边的人，往往越危险。"

他早就寻思宁澜的爆料是内部人员透露的，虽然宁澜都承认了，但这明显是一场有预谋的爆料，大部分照片都是去年甚至更早以前的，完全有理由推测有人处心积虑地想害他。隋懿已经在背后着手查这件事了，只是暂无眉目，还处在觉得周围的人都有嫌疑的阶段。

宁澜摇头，说："不会的，小羽不会的。"

隋懿见他如此笃定地相信方羽，也不好再说什么，碍于手头确实没有证据，心想：等查到蛛丝马迹再告诉宁澜也不迟。

他叮嘱宁澜注意防范身边人，宁澜似懂非懂地点头，眼里闪烁着几分惶恐。

隋懿检查了他的脚伤，然后安抚他道："没事了，睡吧。"

宁澜睡了两个多月来唯一一次好觉，醒来时隋懿已经走了。

顾宸恺在外面哐哐哐地敲门，进来后指挥高铭和王冰洋帮他把电钢琴抬走，从头到尾看都没看宁澜一眼，把他当作空气。

窗外艳阳高照，宁澜站在窗口眺望远处星光娱乐的大楼，扳着指头又算一遍，一年零五个月，连顾宸恺都变成熟了，自己怎么还是毫无长进呢？

隋懿回到《夜奏》剧组，花半个月时间结束拍摄，刚杀青又马不停蹄地赶赴《爱的初挑战》第二季最后一期的拍摄现场。

整个暑期隋懿几乎天天都在霸屏，偶像剧虽然不是大制作，但胜在是知名 IP（知识产权）改编，剧情清新不造作，没有奇葩情节。

隋懿年轻新鲜的面孔也让观众眼前一亮，再加上《爱的初挑战》加持，最近又传出加入张导的新电影，隋懿的粉丝数一夜之间突破千万大关，一跃跻身成为近期话题度最高的明星之一。

隋懿忙于到处赶通告，无暇关心外面的风云变幻。直到录完节目出来，看见黑压压一片举着有自己名字的手幅和灯牌的粉丝们，大楼不得已出动了比原计划多出三倍的保安，他花了一个多小时举步维艰地上了车，才让他对自己人气上涨有了些直观的感受。

隋懿风尘仆仆地回去，却发现宁澜不在宿舍。

宁澜没有通告，公司练习室里也没有人，问顾宸恺他们几个，都说不知道，中午就没看见他了。

隋懿拨通宁澜的电话，那头响了好几声才接，不知是手机信号问题，还是周围环境太吵，宁澜声音断断续续的听不清，讲了不到半分钟，还莫名其妙挂断了。

隋懿有些担心，让他在微信上发定位，等了几分钟没收到回复，才想起宁澜换了个根本安装不了微信的破手机。他无奈之下点开信息界面给宁澜发短信："你在哪儿？"

宁澜回了句废话："在外面。"

隋懿只好追问："地址。"

过了好半天，宁澜发来三个字："翡翠园。"

隋懿皱眉，他脚伤还没好，去那种人挤人的旅游景点干什么？

隋懿到地方下车，艰难地穿越众多游客，在售票处前面大排长龙的队伍里找到宁澜，看到他在阳光下被晒得通红的半张脸，隋懿一下子没了脾气，问：

"大热天的不在宿舍待着，跑这里来干什么？"

宁澜被暑气蒸得摇摇欲坠，有帽檐挡着脸，才把眼睛稍微睁开，看见隋懿很惊讶似的，拉下口罩，讷讷地问："你怎么来了？"然后往四周看，"这里不让插队的啊。"

隋懿懒得解释，拉着他离开队伍。

宁澜到人烟稀少的树荫下站定，喘匀气才说话："我妈和妹妹来了，我带她们逛逛。"

隋懿没想到是这么个缘故，愣了会儿，问："那她们人呢？"

宁澜指远处的小亭子："在那边等我买票。"

隋懿用手机在网上买了票，四人直接刷身份证入园。

宁澜妈挽着儿子的胳膊走在前面，宁澜脚还没完全好，一瘸一拐的。

宁澜的妹妹落在后面跟隋懿并排走，入园没多久，隋懿已经从她叽叽喳喳没完没了的话中得知她的姓名、年龄、身高，甚至体重。

宁萱羞答答地把头发捋到耳后，问他："你是我哥哥的队友吧？"

隋懿心不在焉："嗯。"

宁萱咬咬嘴唇："让我猜猜……你是不是隋懿呀，AOW 的队长？"

"嗯。"

宁萱眼睛唰地亮了："我可以加你微信吗？"

他们逛了半圈，中场休息，宁澜被宁萱架着去买饮料，隋懿坐在长椅上翻了翻新加的好友的朋友圈，不是自拍就是晒吃的晒用的，唯一跟宁澜搭边的一条是春节时晒的一张团圆饭照片，宁澜穿着旧棉袄的半个身体不慎入镜。

隋懿退出去，把手机揣回兜里，边上宁澜的妈妈突然凑过来，神神秘秘地说："小伙子，可以问你个事吗？"

赵瑾珊五十不到，看着还很年轻，宁澜五官百分之八十遗传自她，可见她年轻时一定是个美人。面对这么一张脸，隋懿说不出拒绝的话，道："阿姨您说。"

赵瑾珊四下望望，然后笑眯眯地问："我们家宁澜啊，是不是有个好朋友……叫什么舟舟啊？"

隋懿思考片刻，他知道的舟舟只有陆啸川的弟弟陆啸舟，谨慎道："不知道您说的是哪个舟？"

赵瑾珊伸出手，用指头在掌心写字："嗒，就是这个舟，一叶扁舟的舟。"

隋懿一副不确定的样子，赵瑾珊忙挤眉弄眼地追问："他是不是对我们家宁澜很好啊？"

隋懿挡在口罩后面的嘴角微微上扬，冷冷一笑。

他们把赵瑾珊和宁萱送回酒店，回去的路上，宁澜坐在副驾座上吧嗒吧嗒地按那台老古董，嘴里还念念有词，像在计算什么。

隋懿回到宿舍，从包里掏出一个长方形盒子扔给他，宁澜接过来端详半天，才知道是手机，忙要还给隋懿，说："我有手机，不用这个。"

"你那东西也能算手机？电话都接不到。"

宁澜想反驳，一时找不到合适的说辞，暂且作罢。

"这个，多少钱？"

"怎么，要还钱给我？"隋懿反过来问宁澜，"刚才是在算今天的花销？"

宁澜不知道哪里又惹恼了隋懿，他只觉得很累，扶着椅子坐了下来，打开黑白屏手机的计算器，尽量让自己条理清晰："门票 150 一张，四个人就是 600，纪念品 528 块，加起来 1128 块，明天打给你。"

隋懿冷冷道："从前怎么没见你这么斤斤计较？"

"不是斤斤计较，这不一样……"宁澜脑子里一团乱，睡眠不好已经严重影响了他的精神状态，他的记忆力一天比一天差，今天隋懿意外加入进来，还付了四个人的门票钱，他觉得这个应该当场结算，他怕回来睡一觉就不记得了。

"哪里不一样？"隋懿怒极反笑，"我说错了吗？你出道前不就经常干坑蒙拐骗的事，也算轻车熟路了吧？"

隋懿只要想到宁澜的曾经，就怒不可遏。他努力说服自己别再去计较那些已经过去的事，可一点指甲盖大小的火星，就能轻易地点燃他压抑在心底的愤怒。

"我没有……没有。"宁澜脸色煞白，嘴唇抖得厉害。

隋懿站直身体转过去要走，宁澜追上他："我没有，真的没有。"

他耳朵里嗡嗡鸣响，自己的声音都听不真切。

从前他什么都不怕，不怕被伤害，不怕被误解，倔强和自尊是他身上最后一块遮羞布，让他可以把脆弱藏起来，昂着头面对所有风雨。

可现在他变胆小了，他怕再不解释，就再也没有机会了。他可以丢掉那块遮羞布，把它踩在脚底下。

他太怕一个人面对黑暗了。

隋懿背对着他，声音里没有一丝温度："你没有？那些爆料是凭空捏造的？把母亲弄过来也是为了演戏给我看，是不是？"

宁澜脑中一团乱麻，不知道该从哪里开始解释，他喉咙干涩，发音困难："不是，你听我……"

隋懿等不到回答，反身猛地挥开宁澜，宁澜往后趔趄两步，紧接着，一连串噼里啪啦的刺耳声音钻入耳朵。

他戴在左手腕上的红玛瑙手串断了，十八颗珠子散落，在地板上弹起又落下，直至再也弹不起来，不知道滚落在房间的哪个角落里，渐渐没了动静。

隋懿还是走了。

宁澜把珠子捡起来，数了数只有十七颗，第十八颗不知道落到哪里去了。

他把珠子全部收进盒子里。关上抽屉时，看到桌上摆着的新手机，打开包装，拿起来摸了摸冰凉的屏幕，又放回去，再次打开抽屉，把它和首饰盒放在一起。

凌晨，天还没亮，宁澜就出门带母亲和妹妹去看升旗仪式。

他一晚上没睡，头疼欲裂，在出租车上睡着了，司机叫了好几声才醒。

隋懿一夜未归，他攥着手机不知道该不该给他打个电话。赵瑾珊见他魂不守舍，凑近了问："是不是想给那个舟舟打电话啊？"

宁澜猜到陆啸舟的事是母亲告诉隋懿的，他有前科在身，隋懿想歪也不稀奇。

旁边的宁萱听到他们说话也凑过来，娇羞地问："哥，昨天那个小哥哥怎么没来啊？"

"他忙。"宁澜淡淡地说。

宁萱小嘴一噘，失望地揪了一下自己新做的头发。

上午十点以后气温升高，两个女人扛不住晒，找了家旅游景点边上的摄影馆，一人挑了一套古风艺术照拍。

宁澜坐着给她们看包，一边揉酸痛的脚踝，一边又开始算账。

之前的保险赔偿加上《覆江山》的片酬，已经离那个数目越来越近了。上次的视频事件毕竟涉及到隋懿，他是星光娱乐未来力捧的王牌，张梵口若悬河，说服公司高层出面担了大部分责任，所以真正让宁澜扛上身的并不多。

他唯一的要求就是不要让隋懿知道，张梵犹豫再三，最终还是答应了。

宁澜扳着指头算，演唱会的收入提成马上发下来了，下个月出新单曲，又能拿到一项分成，到时候大概就差不离了。

宁澜思及此，心情难得松快，赵瑾珊要求再加一套衣服拍照，他也没有拒绝。

宁萱在棚里拍照，赵瑾珊穿着宽袍大袖的汉服在宁澜跟前转圈展示，问他好不好看，宁澜给了今天的第一个笑脸："好看。"

赵瑾珊挤到他身边坐下，说："儿子心情不错啊？有什么好事，说出来让妈妈一起高兴高兴？"

宁澜摇头说没有，赵瑾珊也不追问，换了个话题："对了，昨天那个帅哥叫什么名字？"

宁澜没理她，径自拧开瓶盖喝了口水。

"是不是富二代啊？你们组合富二代挺多的哦？要是没对象，介绍给宁萱得了，省得小丫头片子整天管你要钱。"

宁澜把瓶盖拧回去，道："不行。"

赵瑾珊观察宁澜的表情，眼珠一转，问："他也给你钱了吧？"

宁澜眼皮一跳，斩钉截铁道："没有，别瞎猜。"

赵瑾珊捕捉到他眼睛里的慌乱紧张，立刻喜笑颜开，拍拍他的肩膀："哎哟，你是我儿子，你抬抬眉毛我都知道你想干什么。"转而眉飞色舞道，"没想到我儿子这么有本事，找了个这么有钱的朋友当靠山……"

宁澜听不下去，站起来道："说了不是，再胡说八道我走了，钱你自己付。"

赵瑾珊忙拉他坐下："好好好，不是就不是，生那么大气干吗？周围人都看着呢。"

整个白天，宁澜眼皮一直在跳，总觉得有什么不好的事情要发生。

他们玩到傍晚，宁萱说要去首都某个评价很好的餐厅吃饭。地方有点偏，三人打车前往，没想到人还挺多，拿号在门口等了大半个小时才轮到他们。

服务员领着他们进去，餐厅装修古朴，里面是一个个半开放的小隔间，宁澜第一次来这里，却顾不上四处打量，只想赶紧吃完走人。

他们穿过回廊绕进堂内，赵瑾珊突然拽了拽宁澜："儿子，那个是不是你队友啊，昨天那个？"

宁澜顺着她指的方向抬眼望去，可不就是隋懿么，他坐在包厢外侧的位置，里侧还有一个人，身体被帘子挡了一半，看不清脸。

宁萱也惊喜道："是啊，就是他，我们要不要过去打个招呼？"

宁澜不予理会，跟着服务员到空桌上坐下。

赵瑾珊还恋恋不舍地往那边看，点菜的时候问服务员："这里能不能拼桌啊？那边有熟人。"

服务员为难地说本店没有更大的包厢，赵瑾珊才悻悻作罢。

宁萱做主点了一桌子菜，却没吃几口，眼神一直往隋懿那边瞟，过一会儿又拿起手机不知道给谁发消息，然后搔首弄姿地继续往那边张望。

餐厅另一边，隋懿放在口袋里的手机不停振动，对面坐着的老师都听见动静了，说："看看是谁，万一有急事呢？"

隋懿今天出来是为了拿老师给他重新选的琴，既然已经答应父亲重拾音乐，总不能没有一把称手的兵器。之前他一直担心老师会让他回去拿琴，幸好老师主动把地点约在外面，避免了他跟父亲碰面，再把气氛弄得剑拔弩张。

老师刚坐下就把琴拿出来给他看，是一把欧洲老琴，木料的纹路、油漆的质感都是上佳，老师给他把弦都安好了，他的手指轻抚上去，忍不住拨了下 A 弦，声音醇厚悦耳，比他之前摔掉的那把还要出色。

他没将喜欢表现在脸上，倨傲地问老师多少钱，老师笑着说不用，他坚持要给，老师心知他自尊心强，无奈之下报了个数字，隋懿记下卡号，准备回去立刻打过去。

师徒二人许久未见，又有一个巨大的心结横在中间，关系生分不少，菜上来许久也没说上几句话。

此时隋懿掏出手机，扫了一眼屏幕上成排的消息，然后扭头往外望，看见冲他挥手的宁萱，还有坐在她对面埋头只顾吃的宁澜。

日料每样菜品分量都比较少，赵瑾珊说这甜不甜咸不咸的吃得难受，干脆撂了筷子玩手机。

宁澜也吃不惯这口味，可想到这些菜动辄三位数一盘，肉疼得不行，咬牙往自己嘴里塞。

宁澜吃刺身时蘸多了芥末，呛得眼泪都出来了，忙捂着口鼻去洗手间。

这一切都落在隋懿眼里，他踌躇片刻，站起来跟了过去。

餐厅里异常安静，宁澜到水池前才敢放声咳嗽，拍拍咳得发疼的胸口，打开水龙头用冷水冲脸。

他刚抬起头，就从镜子里看到背后站着一个人。

隋懿首先注意到的是宁澜一直戴在手腕上的东西不见了。

耳边回响起珠子散落在地的模糊声音，他突然想起昨天手串好像断了，珠子都撒了，不知道还能不能串回去。

他其实是有些后悔的，宁澜最后恳求他不要走，他或许应该听听他想说的话，哪怕都是编的，都是骗人的，也好过他一个人生闷气。

宁澜转过来，边拽纸擦脸边说："队长也在这儿吃饭啊。"

状态自然，仿佛昨天什么事都没有发生。

粉饰太平是他的惯用伎俩之一，隋懿从前觉得这样没心没肺没什么不好，今天却有些烦躁。

他刚才向老师追问琴的价格时，想到昨晚宁澜的"斤斤计较"，从另一个角度，突然产生了新的解读——宁澜会不会跟他一样，也是为了自尊，也是因为不想被小瞧？

"嗯。"隋懿应了一声，"你带伯母来吃饭？"

宁澜愣了下，似乎在思考"伯母"是谁，反应过来后点头，用擦过脸的纸巾擦了擦手，然后团成一团扔进纸篓："那我先出去了，我妈在等我。"

隋懿也洗了个手，在洗手间逗留片刻才出去，临近座位时，先入耳的是一阵与安静淡雅的氛围十分不符的喧闹声。

"方老师是吧？来，以茶代酒，干了干了！"

隋懿走近才发现宁澜妈不知什么时候跑到他们这里，正坐在老师旁边举着杯子邀人家共饮。

宁澜脸色铁青，拽着她的胳膊叫她回去，赵瑾珊正在兴头上，自顾自地与老师放在桌上的杯子一碰，瞧见隋懿来了，反客为主地招手叫他坐。

"小隋是吧？来来来快坐。"

宁澜眼看她就要喝，劈手夺过她手里的杯子，仰头咕嘟咕嘟喝了个干净，接着把杯子重重拍在桌上。

周围一干人等都愣住了，其他桌的客人也循着这动静探出头来看热闹。

赵瑾珊现在是有些怕儿子的，当即被吓得不敢再说一个字，怂怂地站起来，拉着宁萱往自己桌跑，完全没了刚才的嚣张气焰。

宁澜许久没发过这么大的火，心跳的声音震得鼓膜都在砰砰作响。

他冲老师鞠了一躬："对不起，打扰您了。"

隋懿送老师回去的路上，看着车辆川流不息的道路，一句话也没说。

老师主动打破沉寂："说起来，这是我第一次坐你的车呢。"

隋懿拿驾照的时候早已经不在家住了。他说："这是我妈留给我的车。"

老师脸上笑容丝毫未退："怪不得，你妈一心向着你，也不怕你开这么好的车遭人惦记。"

这话分明在暗指刚才那场闹剧出现的原因,隋懿抿抿唇,道："我有分寸。"

老师点点头："你父亲总是担心你闹着玩，不知道你什么时候才能玩够。我跟他的想法不一样，路是你自己走的，我们只能给出建议，而非操控，不走几段弯路，都不能算一段圆满的人生。"

他们到了地方，隋懿拒绝了老师让他回家坐坐的邀请。老师到后座打开琴盒，最后一次抚摸那把漂亮的琴，感叹说："如果你打心眼里不喜欢，我在你四岁那年就断了继续教你的念头。如果真的喜欢呢，就不要藏着掖着，也不要为任何人任何事改变自己。"

隋懿揣着一肚子闷气回宿舍，宁澜又在捧着他的古董手机按计算器，按了十几分钟，终于主动跟他说话："今天对不起啊，我已经好好说过我妈了，以后不会了。"

隋懿就在等他向自己认错，顺水推舟地说："没事。"又觉得别扭。

2

初秋时节，道路边的香樟落下第一片黄叶，AOW第三支单曲如约而至。

主打歌*Forever*（永恒）是首抒情R&B（节奏蓝调），一改先前的活力少年风，变成安安静静唱情歌。

粉丝们依旧买账，电子专辑刚上架销量便在音乐商店里遥遥领先。各家的粉丝站都在拼销量，第一是隋懿最大的粉丝站，其他的就第二第三不等，而AOW团站只排到第七，出道一年多，各成员人气悬殊可见一斑。

这次的单曲没出实体，所以没有签售会，公司给他们在全国几个大城市办了几场粉丝见面会。

自从《爱的初挑战》播出后，粉丝们都嚷嚷着想看隋懿拉琴，于是隋懿带着琴表演了几回。公司上下都知道这琴名贵，每次上飞机前还给琴买保险，今天去S市亦是如此，办托运时，高铭还在边上酸溜溜地感叹"人不如琴"。

七人下了飞机，便坐车赶往活动场地。宁澜这阵子左脚关节疼得厉害，他自己觉得不打紧，方羽却大惊小怪，报告打到张梵那边，说宁澜没法上台跳舞。

宁澜只唱了那首站着不需要跳舞的抒情歌，就被送回后台。

休息室里只有他一个人，边上放着隋懿的琴。宁澜瞄了好几眼，终是没忍住，轻手轻脚打开琴盒，小心翼翼地摸了摸琴身。

这是隋懿的琴，看起来跟他本人一样高不可攀，像是个天然发光体。

手机在口袋里振动，拿出来一看，赵瑾珊又发短信来进行每日一劝，无非是叮嘱他多讨好隋懿，多得是这类"金石良言"，最后的结语永远是"妈妈是为你好"。

宁澜把手机调成静音，揣回兜里。他不知道怎样做才算是对自己好，他只知道若是松了口，按照她的个性，一定会缠上隋懿，搅得他不得安宁。

他无论如何也不能把隋懿拉下水。

粉丝见面会最后一站依旧定在首都，第二天是宁澜的官方生日，活动即将结束时，一个漂亮的枫糖蛋糕被推上台，主持人问："知道今天是什么日子吗？"然后把话筒给到台下。

只有稀稀拉拉几个人喊"宁澜的生日"，堪称AOW出道后遇见的最冷最尴尬的场面。宁澜先前不知道有这个安排，捏紧手上的话筒，鞠躬道："谢谢大家。"

他们回去时，安琳在车上问宁澜怎么没转发昨天公司官微发的节目宣传，宁澜说："我换手机了，上不了微博。"

安琳狐疑地看他："怪不得好些日子没看见你更博了。今天回去记得发一条哦，感谢粉丝帮你庆祝生日。"

宁澜点头应下。他手上拿着一盒草莓巧克力，是一个粉丝姑娘在拍手会上送的，上次签售送指套的也是她。刚才姑娘眼圈红红的，对他说："多吃一点啊，瞧你都瘦成什么样了，可别真的变成泡泡飞走了啊。"

宁澜想：哪怕为了零星的几个还在支持他的粉丝，也该振作起来，至少得在台上保持笑容，不能让他们失望。

他们到宿舍，隋懿在楼下跟安琳说了会儿话，提着琴盒进房间时，宁澜正捧着新手机编辑微博。

发微博总要配个图片，他不知道拍什么好，打开前置摄像头，屏幕上憔悴苍白的脸，他自己都没眼看，思来想去，拍了一张养在窗台上的多肉。

这是方羽上次来宿舍时带给他的，严肃警告他好好养着，养死了就拿他偿命。

宁澜知道方羽是担心他的精神状态，都说植物有灵性，会给人带来朝气，方羽动的什么小心思，他一清二楚。

宁澜发完微博，没有看评论也没翻私信，直接退出，然后关掉手机，放回盒子里装好。

隋懿明天就要离开首都，去参加一个旅行节目的录制。该节目卡在年底到春节这段时间，为的就是避开艺人们的繁忙期，好腾出一个足够长的录制周期。

旅游地点都安排在国外，行程很紧密，再加上老师帮他联系的音乐进修课程就在明年年初，和节目录制无缝对接，他这一走就是两个多月，中间完全没有时间回来。

刚才在楼下，安琳告诉他，宁澜拒绝了作为嘉宾参加旅游节目其中两期录制的邀请。

这个机会是隋懿帮他争取的，节目组也有意再加一位人气"鲜肉"，隋懿怕直接跟宁澜说会被拒绝，于是采用迂回战术，请安琳出面询问，假装是公司给他拉的活儿。谁知宁澜还是拒绝了。

隋懿本意是想让宁澜出去散散心，不是只有方羽一个人看出他最近状态不好。

中午一起吃饭时，隋懿注意到宁澜伸出衣袖的胳膊上嶙峋凸出的腕骨，又觉得没答应也好，出去录节目更要奔波劳累，还不如在家好好休息。

饭毕，宁澜就开始帮隋懿整理行李。

这次花的时间格外长，他一会儿站起来翻柜子，一会儿蹲下拨弄箱子里的东西，一个充电器来回确认了三遍，才记住已经放在拉链夹层里了。

隋懿在边上看着，偶尔搭把手。午后的阳光穿透玻璃照进来，宁澜的身体被笼罩其中，变成小小的一团，周身朦胧的光晕渐渐往中间聚集，苍白的皮肤都变成灰青色，隐隐泛着透明。隋懿终是没忍心在临走前给宁澜冷脸："我不在的时候，好好吃饭。"

半晌，宁澜点点头。

次日，晨光熹微时分，隋懿动身出发。宁澜睡醒后睁开眼睛，看见枕边放着一只精巧的盒子，盒子下面压着一张写着"生日快乐"的纸条，盒子里面是一对圆圈形状的耳钉。

傍晚，宁澜收到隋懿从大洋彼岸发来的信息："我到了，这边很冷。"

宁澜从练习室里跑出来，在公司走廊的世界地图跟前逗留许久，找到隋懿现在身处的国家，用手掌丈量距离，真的很远。

国际短信资费贵，由不得他讲无意义的废话，他忖度再三，回了一句："多穿衣服。"

宁澜睡前，刚吞下两片药，又收到隋懿的短信："下雨了。"

宁澜不太明白他这样汇报用意何在，也不知道他想看到什么样的回答，仔细思索后回复："首都没下雨，带伞了吗？"

那头的隋懿似乎就在等这样一个可以引出其他话题的问句，回道："你帮我收拾在箱子里了，不过我出门忘了带。"

宁澜："那明天要记得带。"

接下来一个多月，隋懿持续给他发短信，每天不多不少就两三条，大多讲天气、风土人情，还有周围发生的一些琐事。

宁澜猜他是想家了，工作不比真正的旅游，异国他乡，身边也没个熟悉的人，想必又累又孤单，拉不下脸跟家里人说，只好向自己倾诉。

元旦过去一周多，便是隋懿二十岁的生日。宁澜卡着点给隋懿发了生日祝福短信。不到三分钟，手机就响了。

宁澜不知道接国际电话要不要收费，胆战心惊地接起来，隋懿那边风声很大，好像在室外，说话都用喊的："我在录节目，滑雪！"

宁澜没头没脑地又说了一句："生日快乐。"

那头的隋懿笑了："许个愿吧！"

"你过生日我许愿？"

"我分你一个。"隋懿说，"我的愿望很灵的。"

宁澜缩在冰冷的被窝里，难得被他的喜悦情绪感染，冲口而出了句什么。

隋懿耳朵里灌了风，没听清："什么？大点声。"

然而，这股勇气稍纵即逝，堪堪只够宁澜冲动这么一次。

他摇了摇头："没什么，你玩得开心点。"

又过几天，星光娱乐给 AOW 除隋懿以外的所有成员接了一档户外模拟生存的真人秀，拍摄时间三天两夜。

大家都怨声载道，今年冬天极冷，首都已经下过好几场大雪，这个时候拍户外节目，妥妥地要把人冻死的节奏。

宁澜自从三单宣传期过后，除了寥寥几个拍摄，就没有接到过任何通告。对他来说，有工作就不错了，他没资格挑三拣四。

他出发前，去了趟医院，方羽作陪。

去年入秋以来，宁澜腿疼的频率渐高，程度也越发严重，医生诊断认为是创伤性关节炎，建议静养，多热敷，少活动。

宁澜大大松了一口气，先前他以为是骨头没长好，生怕要动手术，所以一直拖着没来医院看。方羽却担心得不行，说这种慢性病最是要命，不好好养着等老了有他受的，说着就要打电话给张梵，帮宁澜请假。

宁澜拦住他："您行行好，就三天的拍摄，要是不让我去，我怕是连看病买药的钱都没有了。"

虽然宁澜平时不说，但是方羽能从他勤俭的生活习惯中看出他经济紧张。方羽拧不过他，只得气呼呼挖苦道："你多能啊，上蹿下跳像个猴，为了钱命都不要，不如再摔断一次腿骗个保险赔偿？"

没想到一语成谶。

户外生存节目在京郊的山里拍摄，遍地白皑皑的雪还未化尽，走路都深一脚浅一脚十分困难，更别说在这种环境下完成各种奇葩挑战了。

然而观众爱看，他们只好硬着头皮拍。

三天的拍摄好不容易进行到最后一天，大家都精疲力竭。在嘉宾们分头寻找地图上画出的藏物点的环节后，众人在规定的地点集合，顾宸恺的跟拍摄像师最后一个赶到，慌慌张张地说他半路上把嘉宾给跟丢了。

手机打不通，呼唤听不见，众人分头去找。宁澜依稀记得中午分开前顾宸恺指着地图说要去最远的藏宝地点，说不定那边的宝物分值最高。

于是，宁澜一个人往大山深处走去，凭着不错的方向感，边找边喊顾宸恺的名字。

果不其然，在太阳快下山时，他听到微弱的呼救声，循着声音摸过去，顾宸恺趴在一处三五米高的陡坡下，按着腿，灰头土脸地号啕大哭。

宁澜想都没想就顺着陡坡滑了下去。顾宸恺擦擦眼泪，见他身后没别人，一下子慌了神："怎么就你一个啊！"

宁澜没理他，碰了碰他的腿，顾宸恺嗷嗷叫唤，看样子是扭了脚。

顾宸恺身体金贵，疼得站不起来，宁澜尝试扶着他，只勉强走出去几步，他就死活不肯再配合，哭得涕泪横流，说不走了，等人来救。

宁澜抬头往西边看，黄澄澄的一个太阳蔫巴巴地挂在天上，被云挡去大半。冬季天黑得早，再拖一会儿没了日光，山路更加难行，这样的天气在山上困一夜，后果不堪设想。

他不由分说屈膝半蹲："上来，我背你。"

顾宸恺自是不愿："我不，要走你自己走，我不要你管。"

宁澜转过去厉声道："快点，你想待在这儿等天黑被野狼吃了吗？"

顾宸恺哆嗦了一下："这里……这里有狼啊？"

这种小山哪能有狼，宁澜信口胡诌吓唬小孩："有，狼尤其喜欢吃你这种细皮嫩肉的。"

顾宸恺吓得一个激灵，单脚跳起来趴在宁澜背上，急道："那我们快走。"

来时的路已经回不去了，宁澜循着对地图的印象，从下面绕远路上去。

他们刚走到一半，天就黑了。

顾宸恺长这么大哪遇到过这种倒霉事，听见一阵风都吓得不敢大喘气，把宁澜当最后一根救命稻草。

"你……你别勒了，我快喘不上气了。"宁澜艰难地说道。

顾宸恺眼泪唰地下来了，哽咽着说："可是……可是我害怕。"

宁澜身上背着跟他差不多高的大小伙子，踩在雪里的脚印都深了几分。雪水渗入鞋子，奇迹般地让他的伤脚没了知觉，反而不怎么疼了。

"这么矮的小山，在我们那儿只能算个坡，怕啥。"宁澜把他往上颠了颠，喘着气道，"想当初，哥哥我在山里，真正的大山里，摸爬滚打的时候，你……你们，还在摇篮里躺着呢。"

顾宸恺抹了把眼泪："你真的二十四了啊？"

宁澜哼笑两声："今年，都二十五了。"

"1，2，3，4，5……那你比我大六岁呢。"顾宸恺心里突然就踏实了。

后半截路，大多是顾宸恺在说话，宁澜偶尔"嗯"一声，表示自己在听。

两人当了近两年的队友，谁都没想到第一次心平气和的对话会是在这么个情况下，一个怕得要命，一个累得不行，谁也没提过去那些不开心的事。

不知过了多久，远处传来人声，有手电筒的光照过来，宁澜狠狠舒了口气，手一松，把顾宸恺扔在地上，自己也脱力躺倒在雪地里。

顾宸恺小声说："谢谢你。"然后用更低的声音，嗫嚅道，"那个……我不针对你了，以后有什么要帮忙的，喊我一声。"

宁澜哭笑不得，觉得小孩子的爱恨真是来去如风，都作不得数。

他躺在地上，身上的冷汗已经浸湿里衣，呼出来的气都快没了温度。

他睁大眼睛，盯着头顶黑沉沉的天幕，忽而想起那次在山里，他不想被纪之楠救，还嘲讽纪之楠是"圣母"。

没想到报应来得这么快。

宁澜做了一个梦。

四周人声鼎沸，他站在正中央，视线伴随着笑声，从四面八方聚集到他身上。

他捂住眼睛，传入耳朵里的窃窃私语被无限放大，如同一柄柄钝刀敲击着他的耳膜。他又捂住耳朵，嘲讽的、轻蔑的笑容全映在视网膜上，闭上眼睛也无济于事。

全都是冲着他来的。

他想从这个地狱般的地方逃出去，跑得跌跌撞撞，不知被谁绊了一下，摔倒在地，人群蜂拥而至，每个人都来踩他一脚，理所当然地指着他骂道——谁让你这么坏，你活该，谁让你不自量力、痴心妄想。

……

宁澜醒来时，满头大汗，对焦半晌才看清面前的人。

方羽的手掌在他眼前挥了挥："做噩梦了？"

宁澜转动眼珠，天花板和墙壁都是白色的，头顶挂着吊瓶，他在医院。

他又躺了一分多钟，稍稍缓解了刚从噩梦中挣脱出来的压抑和紧张，然后撑着胳膊想坐起来，方羽忙按住他道："你受伤了，还在发烧，好好躺着，别动。"

宁澜看见自己被纱布包得严严实实的左腿，哑着嗓子问："怎、怎么了？"

"救顾宸恺那小子弄的呗，您可真是大英雄，雪中舍命救人，回头是不是该给您颁发锦旗啊？"方羽没好气道，"医生说，要是再晚点儿，就直接拖出去截肢了。"

"截……肢？"宁澜喉咙干涩，吐字艰难。

方羽扶着他喂水："对，脖子以下全部截肢。"

宁澜咧开嘴无声地笑，方羽用杯子怼了一下他的脑袋："还笑得出来！"

外头，天已经大亮，因着发烧，宁澜这一觉睡得扎实。吃了点易于消化的稀饭，方羽就说下午有个拍摄，晚上再过来。

"要不要我把平板留给你啊？待在这儿怪无聊的。"方羽走前问他。

宁澜摆手："不要，我贪吃蛇还没通关。"

他已经很久没有用智能手机了。说他懦弱也好，愚蠢也罢，比尖刀还锋利的闲言碎语留在梦里就够了，睁着眼睛的时候，他不想那些能把他撕碎的可怕东西继续如影随形地跟着他。

方羽刚出门，宁澜就爬下床，准备自己偷偷摸摸去办出院手续。没想到方羽杀个回马枪，在门口把他堵个正着，冷笑道："有没有听过'魔高一尺，道高一丈'啊？"

宁澜晓之以理道："我的腿没事，烧也快退了，回宿舍躺着也是一样的。"

方羽不由分说把他弄回床上："把你的保险金挪一点出来住院不行啊？再这么抠门我揍你了啊。"

由于野外生存节目性质特殊，拍摄前节目组给每位嘉宾都买了意外险，宁澜和顾宸恺因为拍摄过程中受伤，都将得到一笔数额不小的赔偿。

宁澜迫于淫威，只得乖乖躺下，并发誓至少在医院待到后天。

方羽临走前说："你手机在枕头底下，昨晚上有个很长的号码给你打了好几个电话，我嫌吵给你关机了。"

宁澜摸出手机打开，五六个未接电话都是隋懿打来的，还有两条未读短信，一条是："录制快结束了吧？"另一条是五个小时后发来的："醒了给我打电话。"

宁澜猜他应该已经知道发生了什么事，只回了条短信："醒了，我没事。"

这个时间那边是深夜，他没想到短信刚发出去，隋懿的电话就打来了："医生怎么说？还发烧吗？还疼不疼？"

人在病中大多会变得脆弱，宁澜也不例外，他尽量稳住声音答道："没事，不发烧……不疼。"

其实是疼的。在雪地里冻到没知觉，到了医院才知道有多严重，韧带断裂，还没完全长好的骨头再次出现缝隙，医生说再多折腾两下，他下半辈子就得挂着拐杖度过了。

电话那头的隋懿松了口气："那你好好休息，我这里还有二十天的课程，结束了就回去。"

"行。"宁澜忙道，"到时候你回来，给你补过生日。"

宁澜挂电话前，隋懿喊住他："还有谢谢，谢谢你救了小宸。"

"没事，应该的。"

下午有客来访。

先是顾宸恺，扶着墙蹦进来，观察了下宁澜的腿，问："你还好吧？"

宁澜点头："挺好的，你呢？"

"我没事，只是扭伤。"顾宸恺双手绞在一起，不太自在地说，"昨天你晕过去，我哥给我打电话，我就把事情给他说了。"

宁澜看他这副委屈样，就知道隋懿一定教训过他了。

顾宸恺玩了会儿手，抬起头说："以前的事儿，我……我给你道歉，对不起。"

宁澜没想到心高气傲的顾宸恺会有向他低头的一天，愣了下没作反应。顾宸恺以为他不接受，忙又道："昨晚我说的那些也是真心的，还有……还有件事儿，我想应该告诉你。"

"什么事？"宁澜问。

顾宸恺又开始用手揪裤子，纠结半晌，下定决心般沉下一口气道："之前的爆料，是高铭和王冰洋卖给狗仔的，跟他们合伙的还有冯丘。"

宁澜在脑中搜寻"冯丘"这个名字，一时无果，顾宸恺解释道："就是原来要跟我们一起出道的成员，你顶了他的位置。"

经提醒，宁澜想起来了，他能进 AOW，也是因为那个叫冯丘的打架滋事，个人形象受损被公司除名。

先前在隋懿的引导下，他也怀疑过高铭他们，后来又觉得这样精心部署收集证据，不像他们几个毛头小子能沉得住气干出来的事，现在得知还有一个人在圈外里应外合，出谋划策，就解释得通了。

"你是怎么知道的？"宁澜问。

顾宸恺怕他怀疑自己，忙撇清关系："我全程都没参与啊，是有次晚上没睡着听到他们在打电话……"他说着说着也觉得自己理亏，既然早就听到了为什么不早说？垂着脑袋支支吾吾的，"那时候我……我觉得跟我也没什么关系，就……就没说。"

宁澜其实不怪他，若要人不知，除非己莫为，落得如今这个下场，大多还是自身的原因。

"这个事不要告诉队长，我想自己处理。"宁澜道。

顾宸恺点头，拍拍胸脯非常讲义气地说："行，有什么需要帮忙的随时找我。"

宁澜笑了笑，没说话。

就算知道是谁干的又如何？凭他根本无法跟他们几个对抗。况且事到如今，就算追究责任，也不可能再改变什么。

除非时光倒流。

宁澜最近经常不着边际地想，如果能有一次重来的机会，他会不会进AOW？

现在他知道了，答案是"会"。这就好比冰天雪地里的第一缕阳光，除了伸手抓住，他别无选择。

顾宸恺走后不到半小时，张梵就提着果篮赶来了。

她先代表公司送上慰问，询问宁澜的伤情，然后从包里拿出几份文件，其中有保险赔偿确认，还有一份公司给出的临时合同。

宁澜看了几遍合同标题，没弄明白什么意思，张梵也不跟他绕弯子，直截了当地说道："公司认为你目前的身体状况不适合继续参与 AOW 接下来的行程，给你放个大假，底薪照发，你以个人名义接到的拍摄、广告、电视剧、电影等等，公司都不会干涉。"

深入浅出，宁澜一下子懂了，就是雪藏，或者说劝退，这合同只是换了个书面的、好听的说法罢了。

他知道，受伤不能跳舞只是其中一部分原因，更主要的原因是他对外形象坍塌，他已不是能再给公司创造利益的艺人，自然要被丢弃。能在这种情况下给他一个这么好的待遇，大概是看在他救了顾宸恺，还有为隋懿的公众形象做出"牺牲"的份上。

张梵以为宁澜会表示不满，至少会提出异议，谁知他把合同逐字逐句仔细看了一遍，就问她要笔，然后平静地签下自己的名字。

张梵接过合同确认一遍，问宁澜："你没什么要问的吗？"

合同上写得很清楚，执行时间是春节后，对外公布的时间定在二月下旬，宁澜想了下："以后的薪水可以打到其他卡上吗？"

张梵记录了他的新卡号，跟他确认收款人姓名："赵瑾珊，两个都是王字旁，对吗？"

宁澜点头："对，是我妈。"

张梵做完这些，多留了会儿，给宁澜削了个苹果，还给他留了自己的私人号码，说有事可以找她。

宁澜咬了一大口苹果，笑嘻嘻道："你们一个个的都要干吗？我这么大人了，可以照顾好自己的。"

张梵见他没心没肺的，心里反而难受得紧。再怎么说，人是她挖来的，宁澜的懂事和努力她也都看在眼里，现在弄成这样，她有着不可推卸的责任。

"别灰心，你还年轻，机会有的是，过年闲着没事多发发微博、开开直播维持人气，明年开春有不少新剧开拍，到时候我帮你牵线，《覆江山》的王导说你在演戏方面很有灵气。"张梵安慰他道。

宁澜边吃苹果边点头，也不知道听进去多少。

他越是表现得不在意，张梵越是觉得担心，忍不住多嘴两句："你有什么困难也可以跟隋懿说，他虽然年纪小，人还算沉稳，不然公司也不会让他当队长。之前安琳跟我说他帮你争取的工作机会被你拒绝了？你是不是傻，演艺界靠的就是人脉，能红才是硬道理，没人管你是靠谁得到的资源。"

宁澜苦笑道："您怎么跟我妈似的。"

"啧，听不听随你。"张梵见他油盐不进，拿包站起来说，"我先走了，有事打我电话。"

宁澜坚持下床送她，一蹦一跳送到门口，又被张梵送了回来。

病房里恢复安静，宁澜坐在床上，把保险赔偿确认单上的金额又看了一遍，脸上终于露出一个发自内心的笑容。

他知道，任谁看他和隋懿做朋友，都会觉得是他占了便宜。他这么做，不过是为了可以坦坦荡荡地活着，而不是像渺小的蝼蚁，只敢待在狭小的方寸之间，连呼吸都没有底气。

隋懿回国的前一天，宁澜先去了趟银行，把准备好的钱转到隋懿给他的那张卡上。

由于金额较大，在柜台前来回输入好几次密码，输到最后宁澜自己都乱了。

好不容易办完，宁澜把卡仔细收进包里，一边捶脑袋一边往外走，嘴里念念有词："接下来……接下来……对了，去买菜。"

……

十三个小时后，清晨的首都机场人头攒动，隋懿背着琴，拖着行李从安检口出来，抬头便瞧见一个人。

宁澜穿着黑色羽绒服，戴着口罩，只露了两个眼睛在外面。隋懿还是从他耳朵上戴着的圆环耳钉，一眼把他从人群中找了出来。

两人什么都没说，并排往前走。宁澜是跟公司的保姆车来的，隋懿时间紧张，回国当天还有年前最后一个工作要赶。

"待会儿有个拍摄。"隋懿道。

宁澜小声说："好。"

两人傍晚才回到宿舍。

春节将至，其他成员都放假回家了。隋懿近 24 小时没睡觉，回到房间就瘫坐在沙发上，按按太阳穴，眉宇间尽是疲倦。

"等一会儿，晚饭马上就好。"

宁澜从冰箱里拿出早上腌好的食材，筷子插进去热油冒烟，就开始往锅里下。

他动作有点急，手忙脚乱中热油溅到手背，"嘶"地倒抽一口气，隋懿耳朵灵，起身到厨房，皱眉道："怎么这么不小心？"

宁澜确实有些心不在焉。白天在摄影棚，隋懿进棚拍摄，他在人来人往的休息室遇见了薛莹。薛莹也来拍杂志照片，面色从容地跟他打招呼，宁澜许久没见过她，陡然看见她的脸，就被勾起一段心惊肉跳的回忆，紧张到差点忘了问好。

宿舍备有烫伤膏，抹过药之后，宁澜还是精神恍惚，总觉得自己忽略了什么事情。

隋懿担心他的状态，全程陪同他做晚饭。两人吃饭的时候，隋懿通过宁澜的食量得出结论说："瘦了。"

宁澜道："最近没睡好。"

"为什么睡不好？"

"因为……天黑得太早。"

宁澜这晚没吃安眠药，中间只惊醒两次。

早晨醒来，隋懿已经不在，宁澜昏昏沉沉地坐起来。

他慢吞吞地穿上衣服，摸摸口袋，摸出一堆用布袋装好的红色玛瑙珠。

这是他前天出门前就放在口袋里的，打算去过银行再乘公交去首饰店重新串一下。

他怕自己走错路，特地换了智能手机准备导航用，结果新手机电量不足，他只能拿自己的旧手机。谁知刚走出银行大门就把这事给忘了，手机也没派上用场。

手机……宁澜浑身一震，眼睛倏地睁大。

他的手机不见了。

里面保存着纪之楠的结婚证照片。

宁澜想到的第一件事，就是赶紧通知纪之楠。

他不确定是不是薛莹拿走了他的手机，如果不是薛莹，而是小偷，危险依然存在。找回来的可能性基本为零，现在唯一能做的就是准备好应对措施。

他拿出放在抽屉里的新手机，点开微博才想起纪之楠不一定看得到私信，慌不择路地在房里巡视一圈，突然看见隋懿的手机摆在桌上。

解锁密码和他的银行卡密码一致，宁澜毫不费力地解开，在通讯录里翻出"纪老师"的电话，发了条短信："我手机丢了。"

他不敢打电话，怕隋懿听见声音，手机放在这里，代表隋懿人还在宿舍。

宁澜发完立刻想把那条短信删掉，手上都是汗，滑了几下都没点上，屋外脚步声渐近，他的心快从嗓子眼蹦出来了，在按下"删除"的瞬间，手一抖，手机"咚"的一声掉在地上。

"醒了？"隋懿推门进来，看见宁澜赤脚站在地板上，皱眉道，"你是小孩子吗，起床不知道先穿鞋？"

他俯身去拿被踢到床底下的鞋，视线无可避免地扫过躺在床边的手机，顺便捡起来，疑惑道，"怎么掉在地上了？"

宁澜大气都不敢出，双手在身后握拳，止不住地颤抖。

隋懿平时并不怎么爱玩手机，捡起来揣进口袋，问："地上不凉吗？"

宁澜做梦也没想到隋懿会为自己准备早餐。

"蛋……煎的时间有点长，边上焦了的部分，我已经切掉了。"隋懿边说边把两个形状古怪的东西弄到宁澜面前的盘子里，见他愣着不动，干咳一声道，"先吃点饼干，喝点牛奶吧。"

宁澜从超市买回来的巧克力棒被他拆开整整齐齐地摆在盘子里，也成了一道别致的菜。

宁澜拿起一根巧克力棒，笑起来。

对面的隋懿第一次下厨就被嘲笑，面子上有些挂不住，伸手就要拿宁澜跟前的盘子："还是别吃了，我出去买新的。"

宁澜双手护住盘子，"我吃，看起来很好吃。"

隋懿虽然不太相信，却还是收回手，无所适从地喝了一口牛奶。

他用纸巾擦擦嘴，站起来就往门口走。

"你去哪儿？"宁澜也跟着起身。

隋懿边换鞋边道："我还是去买点油条之类的早餐吧，小区门口有卖。"

宁澜有点蒙："不用，这样可以了。"

"我想吃，"隋懿道，"我自己想吃，不行吗？"

门铃响起的时候，宁澜正在厨房翻购物袋里的东西，他想，小区大门到这里来回走一趟这么快？

首先入眼的是一张被墨镜挡住一半的面孔，陆啸舟蓝灰色的眼睛从墨镜下面露出一半："早啊。"

陆啸舟趁宁澜发呆的间隙，灵活地挤进门，看见桌上有吃的，兴奋道："哇，有早餐啊，我刚好饿了。"

宁澜忙上前阻止他："你来干什么？"

陆啸舟委屈巴巴地噘嘴："刚下飞机就过来了……"

"来干什么？赶紧回去。"宁澜把他往外推。

近一年未见，陆啸舟个头又拔高不少，跟隋懿差不多高，大小伙子一身蛮力，宁澜压根推不动他。

"让我待一会儿，就待一会儿，我才刚来呢……"陆啸舟扒着桌角不撒手，眼睛说红就红，好像下一秒就能哭出来。

宁澜完全没有心软，推不动改拽。

陆啸舟见宁澜不为所动，还使出真力气要把自己轰出去，没辙，破罐子破摔地喊道："我知道，我知道你要退出组合了，我已经毕业了，你以后去哪里，想干什么，都带上我，行不行？"

宁澜听了这话，恍惚片刻，忽然想起那几个一直支持他的粉丝。等他退出组合的消息公布，她们会不会难过，会不会后悔曾经说过要永远陪着他。

这些不是他不看手机，拒绝接收外界消息，就能装作不知道的。他辜负了她们的喜欢，迟早会遭报应的。

宁澜嘴唇动了动，似要作答，突然"砰"的一声巨响，二人齐齐扭头往门口看，隋懿站在门口，脸色阴沉地看着面对面站着的两个人。

隋懿一步上前，把手机举到宁澜面前："这个，你知道是怎么回事吗？"

宁澜看到屏幕上那条短信的一刹那，大脑空茫一片，呼吸都滞住了。果然没有删掉，老天不可能给他这么好的运气。

报应终归是来了。

陆啸舟见他们俩在门口僵持对峙，上前道："队长你有话快说啊……哎，你带他去哪儿？"

隋懿连拖带拽地把宁澜拉进房间，然后重重关上门，反锁，把咋咋呼呼的陆啸舟挡在外面。

"短信，是不是你发的？"隋懿再次把手机举到宁澜眼前。

宁澜脊背僵直，垂眼看地板："是。"

"纪之楠的结婚证照片，是不是你拍的？"

"是。"

两个人离得很近，宁澜感受到隋懿身上散发的怒气。他闭了闭眼睛，复又睁开，眼前是隋懿写满失望和厌恶的眼睛。

原来不是在做梦。

隋懿接着问："又是为了钱？"

宁澜摇头："不，不是。"

"不是？"隋懿冷笑，"你做的一切不都是为了钱吗？现在告诉我不是？"

隋懿忘不了宁澜做过的那些损人利己的事，那些事时刻提醒着他——这个人来到这里是为了钱，他根本没把你当自己人。

可笑的是，他明知道自己在宁澜眼里就是个活的提款机，却还是会想照顾他，遇到事情会想尽办法帮他找借口，为他开脱。

刚才排队买早点时，手机上收到"某顶流演员隐婚实锤"的新闻推送，手指滑开就跳转到新闻界面上，看到其中一人的后半截身份证号，他就心觉不妙。

演艺界说大也不大，出生年月日对得上，又能称作顶流的，除了纪之楠别无他人，可以纪家的势力，这种消息不可能有机会流传出来。

隋懿百思不得其解，退出新闻界面，手机没有跳回主屏幕，而是停在一条短信上——发信息时间是 40 分钟前，收件人：纪老师；信息内容：我手机丢了。

如今前因后果俱在，把碎片串联在一起就是一条完整的线索，有动机，有作案时间，还有没来得及销毁的证据。而已被锁定的嫌疑人就在他面前，面不改色地说他不是为了钱。

宁澜看不见自己现在的表情，想必落在隋懿眼里是狼狈不堪的。已经不知道多少次面临这种状况了，宁澜还是手脚冰凉，连自己的声音都控制不稳。

他想坦白一切，迫不及待地想全都说出来，可他又不敢说，怕隋懿不相信。他在隋懿眼里一直是个满嘴谎言的小人。

"手机，昨天丢的，摄影棚里人太多，我，我没注意，应该是薛——"

源于潜意识的紧张和害怕让宁澜语无伦次，隋懿听到一半就笑了："你不是换了那个老古董手机吗，怎么突然又换回来了？"

宁澜哽住，喉咙里发出细碎的一点余音。隋懿看着他漆黑如墨的一双眸子，问："还是说，为了销毁证据，又在演戏？"

宁澜嘴唇颤了几下，什么也没说。

隋懿看他这副样子就生气："你解释啊，是不是还没编好？要不要我帮你编？手机不小心弄丢了，今天早上才记起来，发信息是为了提醒纪之楠做好准备，对不对？"

宁澜疼得蹙眉，目光却是散的，不知道在看哪里，缓慢地点头："对。"

门外的陆啸舟大概是累了，敲门和叫喊声停歇了，房间里安静得落针可闻。

事到如今，他还要继续撒谎骗人。

隋懿从鼻腔中蹦出一个哼笑，转身就要走。

宁澜跟从前一样，问他："你去哪儿？"

隋懿沉住气，偏头道："你管得着吗？"

宁澜说："吃……吃完早饭再走吧。"

隋懿不知道他又在要什么新手段，只知道自己再不走，说不定真的会听信宁澜的谎言。

他转身，居高临下地看佝偻着肩膀、看似十分可怜的人，道："你以为你是谁？我让你滚你就滚，懂吗？"

最后两个字几乎是从牙缝里挤出来的。

这段话不只是说给宁澜听，更是说给他自己听。

这话也确实起了效果，宁澜往后退了一步，头埋得更低了。

他小声说："懂了。"

隋懿得到回答，却莫名其妙地怒火更盛，咬紧牙关才勉强做到不当场失态。他大步走到门口，打开反锁着的门，陆啸舟张大嘴巴站在那里，不解地看着他："你……你干吗对他这么凶啊？"

隋懿勾起一边嘴角："你觉得他是个好人？想跟他做朋友？"

陆啸舟直愣愣地点头。

"那你去吧。"隋懿说完就侧身绕过，步伐如风地往外面走。

陆啸舟难得敏捷一回，追上去挡住他的去路："你什么意思啊？"

"就是字面意思。"隋懿着急离开，口不择言道，"他前阵子还跟我要钱，没停过，你人傻钱多就去吧。"

陆啸舟仍是满脸疑惑："为什么啊？"

"满嘴谎话的人，让我恶心。"

每一句话、每一个字，都清晰地传入身后只有一墙之隔的房间里。

宁澜抬起手，捂住耳朵，然后慢吞吞地蹲下来，眼前闪回过无数忽明忽暗、光怪陆离的画面。

昨天他们还言谈甚欢。

一簇火苗忽然升腾而起，在眼前窜动、扭曲、撕扯，暖色调的画布被烧出一个个焦黑的洞，从中心迅速向外扩散，最后变成黑压压的一片骷髅。它们嘶吼号叫，捏着嗓子大笑，最后随着摔门而去的声音，瞬间化作灰烬。

疯狂过后，只余下漫天飘散的炭灰和尘屑，还有回荡不息的声音。

——让你滚你就滚。

——那你去吧。

——满嘴谎话的人，让我恶心。

不知过了多久，宁澜耷下肩膀，胳膊垂挂在身侧，像个打了败仗的士兵，

218

被抽走仅剩的一丁点勇气，最后被铺天盖地的黑暗吞没。

所有人都讨厌我，没人要我了。

隋懿再次把车开上环城高速。

白天车流量大，开到城市外围道路才畅通了些。车窗开了一条缝，往北开时，风呼啸着灌进来，隋懿没开暖气，车内温度极低，他却丝毫不觉得冷。

行至空旷处，父亲给他打了个电话，让他有空回家吃个饭。

隋懿想择日不如撞日，中午直接开车回家。

父亲见到他很高兴，点头说了句"回来了"，就吩咐厨房加菜，仿佛儿子一直住在家里没离开过，隋懿有些不自在。

他偏离了一眼看得到尽头的人生，走上了一条迥然不同的道路，遇上了一群原本不可能与他产生交集的人。他把琴摔毁时，老师震惊又失望的表情历历在目，不过两年，他就开始怀疑自己的选择是否正确。

隋懿吃过饭，上楼，进到自己的房间。

两年多无人居住，屋里还是记忆中的模样。他走到书桌旁边一人高的玻璃柜前，望着里面满满的奖杯和证书，渐渐出神。

隋承轻敲两下门，走进来站在他身边笑道："是不是很为以前的自己骄傲？"

隋懿摇头："没有。"

他没什么可骄傲的，过去了就是过去了，何况他认为自己的努力只能占其中一部分，老师十几年如一日的教导才是他坚持下去并取得成绩的关键所在。

"还记得这个吗？"隋承指着橱窗上方最边上一个国际青少年小提琴比赛第三名的证书，"当年你十二岁，没拿到第一名，领奖时板着一张小脸，下台就哭了，说以后再也不拉琴了。"

隋懿其实记不太清了，他不懂事的时候经常说"不拉琴了"的气话，最后都在老师温言软语的劝慰下，憋着一股不服输的韧劲，坚持了下来。

"告诉你一个秘密。"隋承温声道，"其实，每次安慰你的时候，你老师并没有表面上看起来那么淡定。老师很怕你真的撂挑子不学了，怕先前所有的努力都付之东流。"

隋懿听了，眼中带着惊讶。

隋承笑弯了眼睛："不敢相信吧？你老师的冷静都是装出来的，其实比谁都害怕。当年老师以为自己怕的是你放弃这么多年的努力，自毁前程，以为自己所做的一切都是为你好。"

"你不在家里的这两年，我们慢慢想通了，并不是只有拉琴才能证明你的能力和价值，我放不下的其实是自己在你身上的付出，还把自己的愿望强加在你身上。可路应该是你自己走出来的，无论做什么事，只要有所收获，就是对的。你心气越高，我就越不该装作过来人，把你困在井底，阻止你去探索外面的世界。"

隋承说到最后，欣慰道："人生在世，最难得的便是自由，可以毫无顾忌地做自己喜欢的事，这样就很好，我依旧为你骄傲。"

隋懿走的时候，隋承刚好也出门。

"隋懿，"隋承在后面叫住他，"马上过年了，我在家等你。"

隋懿没应，开门上车油门一踩，头也不回地飙了出去。

回家的感觉也没有想象中那么难以接受，但他还是过不去自己心里那关。

去年春节，他本想一个人在宿舍待着，顾宸恺和小姨左一个电话右一个电话地喊他去，他没办法，只好去顾家过年。这种传统佳节在他眼里并无特殊意义，比起一群人闹哄哄，他宁愿安安静静地看会儿书。

隋懿烦躁地把车窗打开，然后给顾宸恺拨了个电话。

一个小时后，他把车停在顾宸恺发来的地址附近，下车找了一圈，在小巷尽头的角落里找到曲折往下的铁质楼梯。拾级而下，推开面前唯一的一扇门，轰隆的音乐声扑面而来。

隋懿只去过轻音乐酒吧，这种 24 小时营业的地下酒吧还是头一回进。他走到里面，置身其中，的确有一种可以遗忘外面白天黑夜、今夕何夕的错觉。

下午两三点，里面的吧台和卡座稀稀拉拉坐着几个人，隋懿穿过舞池，看见吧台前一头灰色头发、戴着墨镜的人，抬手拍了拍他的肩膀。

顾宸恺吓了一跳："这么快！我还以为你找不到这么隐蔽的地方，准备出去接你呢。"

隋懿在他旁边坐下，目光扫过吧台橱柜里琳琅满目的酒，又看了一眼顾宸恺手上的杯子："少喝点。"

"这个没啥度数的，还蛮好喝，哥你要不要尝尝？"顾宸恺热情推销。

隋懿摇头，跟服务生要了杯啤酒。

顾宸恺目光越过他，笑道："怎么就你一个人啊？"

"不然还有谁？"

隋懿没心情跟他扯，夺过他手上的杯子，转了个方向，然后一饮而尽。

"我的酒！"顾宸恺哀号一声，把杯子又抢回来，仰头往嘴里倒，只喝到最后两滴，意犹未尽地舔舔嘴唇。

兄弟俩在酒吧一直混到天黑。

零点钟声敲响，酒吧里的喧嚣达到顶峰，在场大部分人都挤进舞池欢呼沸腾，庆祝与他们毫无关系的洋节。

顾宸恺打了个酒嗝，把糊在眼睛上的假发弄开，伸手去推同样趴在桌上的隋懿。

"哥……哥，醒醒……"

顾宸恺的墨镜此时戴在隋懿脸上，他支起沉重的脑袋："怎么了？"

顾宸恺又打了个酒嗝，DJ突如其来的呐喊声震耳欲聋，"哥，我们……我们今晚睡哪儿啊？"

家肯定是不能回了，半醉半醒的顾宸恺提议回宿舍，隋懿一口否决，然后架着他去附近酒店开了个标间。

一觉睡到下午。

隋懿醒来时头痛欲裂，心想：所谓的借酒浇愁都是骗人的。他昨天喝了那么多，神志依旧清醒，酒精不仅没有麻痹他的神经，还让他浑身上下都难受得要命。

他去冲了个澡，出来时，顾宸恺一脸茫然地坐在床上，看见他嘴角都垮下来了："怎么是你啊！哥。"

隋懿的头疼缓解不少，拿起手机看了一眼，没有未接电话和短信，把擦过头发的毛巾和手机一起扔在椅子上："不然你以为是谁？"

顾宸恺撇撇嘴。

这小子进酒吧居然真是冲着泡妞去的。隋懿家长病发作，把他拎起来教训一顿，弄得顾宸恺哭唧唧。

嘴上自然是不敢反驳的，顾宸恺举手投降承认错误，保证下次再也不犯，然后冲个澡出来，看见隋懿又在拨弄手机，福至心灵道："等电话呢，哥？"

隋懿把手机拍在桌上："没有。"

他觉得自己就是太闲了，没事就摸一下手机，电话、短信没接着，倒是刷到纪之楠和神秘圈外对象公开婚姻关系的消息，照片上两人肩挨着肩面向记者媒体，脸上毫无惧色，甚至还带着些笃定的温柔和甜蜜。

隋懿心里闷得慌。

昨天这时候，他为纪之楠结婚证被曝光的事跟宁澜吵了一架，或者说是他单方面的宣泄，说了些他现在回想起来都觉得冲动过分的话。

"回去吧哥，"顾宸恺说，"夜不归宿，回头又要被安琳姐念叨。"

隋懿就是不想回去才在外面游荡，听了顾宸恺的话没吱声，扭头看窗外阴沉的天色。

顾宸恺把外套抻开抖了两下，闻到烟酒味很嫌弃地撇了撇嘴，接着道："宁澜年后就要走了，你们俩别总是——"

他话没说完，就被隋懿打断："走？去哪里？"

顾宸恺惊愕道："哥，你不知道？公司跟他签了新合同，过年之后他就不参与组合的行程了。"

顾宸恺说完才意识到哪里不对，瞪大眼睛捂住嘴巴，脑中飞快思考，宁澜有没有让他保密这件事来着？

隋懿起身，站在顾宸恺面前，沉声问他："为什么？"

顾宸恺已经说漏嘴了，干脆放下手，破罐子破摔道："因为腿伤不能跳舞吧，还有之前的那些事影响太恶劣。不过公司给他保留了合约期内的底薪，基本的生活肯定没问题啦。"

顾宸恺说得轻描淡写，隋懿心里却无法平静。宁澜到处欠钱，家中母亲看上去也是靠他养，底薪哪够他用？

怪不得之前请假不上台，走路也磕磕绊绊的，他先前还以为是普通的扭脚，没想到会这么严重。

隋懿见顾宸恺神色躲闪，知道他一定还有事隐瞒，稍稍施威恐吓，不经事的孩子就全招了。

"就……就之前那些事啊，是高铭、王冰洋伙同那个没能进咱们组合的冯丘一起搞的，宁澜让我别告诉你，哥你可别跟他讲是我说的啊。"

隋懿眸色深暗，似有惊涛骇浪在其中翻涌，裹挟着些许疑惑。

顾宸恺有点害怕地咬手指："其实我觉得也没什么，毕竟他们口中的那个什么视频没爆出来，据说那个才是重磅大料，大概被公司压下来了吧，还是哥你亲自出的手？"

隋懿神色一凛："什么视频？"

3

半个小时后，开车在路上疾驰的隋懿从张梵那里得到了所有想知道的答案。

包括那是一个什么样的视频。

顾宸恺只知道高、王二人要整宁澜，听他们提到视频什么的，还以为是宁澜当街殴打母亲被人拍到了，以他当时对宁澜的偏见程度，当然不会管这件事，也没放在心上。

连张梵都是沉默许久，被隋懿条理清晰的猜测逼得没办法了，才说出实情。

"公司不可能不保你，再加上宁澜主动放弃自己，视频就被压了下来。他不让我告诉你，说怕你拍戏分心，他那样求我，我没办法不答应。"

事实与隋懿的推测完全一致，可他不明白宁澜为什么要这样做。他原先以为这些爆料是没通过公司直接发布在网上的，既然宁澜率先得知，只消跟他说一声便好，他怎么可能不出手帮他呢？

大雨将倾，天空像一只张着血盆大口的猛兽，要把人世间尽数吞灭。气压骤降，压得隋懿有些喘不过气。

所有其他可能性逐一被排除，剩下的原因只有——宁澜不希望他掺和进去。

可他是如何回应的呢？他用上位者居高临下的姿态，带着对他浓重的偏见和不信任，不由分说地质问宁澜，逼他承认。

把人叫来的是他，把人赶走的也是他。

隋懿停在路口等红灯，前方道路左边是一家熟悉的酒店。那天宁澜第一次坐上他的车，他明知宁澜要去做什么，还是将他送到楼下。

也许就是从那天开始，他完全失去了对宁澜的理智判断，无论宁澜做了什么，在他眼里都脱不开下作的影子。

大雨倾盆而下，冬末的寒雨打在窗户上，顺着玻璃蜿蜒滑下，心头盘绕的迷雾也在冷冽雨水的冲刷中散去，真相渐渐显露出来。

隋懿扶着方向盘的手指用力捏紧，过了好几秒，随着长长的吐气复又松开。

隋懿到小区楼下已是华灯初上。

他用钥匙打开门，屋里是黑暗的，开灯的瞬间，隋懿看到没吃完的早餐还在桌上。他顾不上收拾，推开了房间的门。

里面没有人。

窗户是半开着的，最后一个离开房间的人可能不知道傍晚会下雨，厚重的窗帘被风吹得四下乱舞，雨水透过纱窗打在窗台上，靠近窗台的地板湿了一大片。

在这一片狼藉的状况下，隋懿发现宁澜养的那盆植物不见了。

不只那盆植物，床上的抱枕、玩偶，枕边的《基本乐理》，床底下的拖鞋，抽屉里的零碎物件，柜子里的衣服……

所有关于一个人存在过的证明，全都不见了。

隋懿掏出手机拨宁澜的号码，电话里无穷无尽的忙音提醒他，宁澜的手机卡丢了，和手机一起。

这次他没有骗人。

隋懿心中陡然升起一股强烈的不安，以至于手机响了好几十秒，他才听见。

隋懿按下接通，张开僵硬的嘴巴："喂。"

方羽语速极快："队长，宁澜在你身边吗？麻烦让他接电话。"

隋懿喉结滚动几下："他不在。"

"不在？"方羽声音拔高几个度，"他不在宿舍？"

"不在。"

"他说过年不回家啊……那你知道他去哪儿了吗？"

隋懿茫然地思索片刻："不知道。"

方羽冷哼一声："都什么时候了，队长您还不慌不忙的。"

慌有什么用，忙又有什么用？他对宁澜知之甚少，根本不知道他会去哪里。

"你知道宁澜会去哪儿吗？"隋懿问。

"我怎么知道？！"方羽对他敌意极大，句句带刺，"您不如上微博看看他的留言吧，说不定能找到什么线索。"

方羽说完就挂了。

隋懿放下手机，停顿几秒，点开微博。

他和宁澜是互关状态，首页第一条就是宁澜在两个小时前发的微博——对不起，再见。

宁澜不会回来了。

他那么倔强的一个人，从前一回头就能被看到，是因为他不想走，他若是想走，就一点痕迹都不会留下，任谁都别想找到。

隋懿形单影只地站在空荡荡的房间里，一阵穿堂而过的风吹动了他的衣摆，像是被谁轻轻拽住。

可当他抬起头，周遭没有影子，空气凉薄得仿佛这里从未有人来过。

那年冬天，宁澜跌跌撞撞地闯入了一个还算美好的生活，又在这个冬天，悄无声息地离开了。

二月末，春节的喜庆气氛还未散去，宁澜因伤暂别 AOW 组合的消息就上了各大娱乐版头条。

隋懿下了飞机，在出租车上拿出手机，没有刷到任何有用的消息不说，还看到一堆难听的评论，烦躁地把手机揣回口袋，扭头看窗外。

这是他这个月第二次来这座西南小城。这里的春天来得比首都要早，凛冽的寒风悄然远去，河水解冻，空气里裹挟着青草的鲜嫩芬芳，长街小巷刚从睡梦中醒来，宁静中带着一点慵懒的喧闹，抬眼远望，群山在清晨的薄雾中若隐若现。

这就是宁澜长大的地方。

城区不大，隋懿在街边一个巷口下了车，沿着仅有三五米宽的水泥路走进去，不多时便看到一幢老旧的筒子楼。

上次来的时候也是清晨，只有收垃圾的老头在楼下奔忙，这回却嘈杂不已，离得越近，吵闹声就越刺耳。

"你以为别人都跟你这样当妈啊，只管生不管养！"

"怎么的，我有本事生这么出息的儿子，你行吗？你只生得出败家的女儿！"

"吸儿子的血，你也不害臊！你把街坊邻居叫出来评评理，有没有你这么当妈的！"

"再怎么着我也是他亲妈，儿子养妈，天经地义！倒是你，居心叵测，天天来我这儿找我儿子要钱，不要脸！"

"你养过他吗？你还天经地义？你才不要脸！"

……

隋懿走近了才发现是两个中年女人在吵架，其中一个正是宁澜的母亲。

宁澜走后，隋懿花了三天时间把能找的地方都找了个遍，甚至辗转联系到那个肥头大耳的刘老板，方羽、陆啸川和他一样心急，也在到处找，截至目前为止均无果。他实在不知道宁澜还可能去哪里，厚着脸皮在微信上联系了宁澜的妹妹宁萱，问她要了赵瑾珊的联系方式和住址。

"姊姊过年没在家，年前就出门旅游去了。"宁萱当时说。

赵瑾珊的电话打不通，隋懿还是立刻动身跑了一趟，万一宁澜回家才发现母亲不在，干脆自己一个人在家过年了呢？

凌晨的航班晚点，天亮才到，他照着模糊的地址，问了几个路人，好不容易摸到门口，木门上的春联显然还是去年的，掉了一半，另一半被晒得褪了色，字都看不清。隋懿心怀忐忑地敲门，一直到心跳恢复平静，都没有人来开门。

这次看到赵瑾珊，他终于看到了希望，也不管人家还在吵架，大步上前道："伯母好。"

赵瑾珊和金凤吵得热火朝天，没第一时间理会隋懿，唾沫横飞地继续骂："有本事你当着宁澜的面问他认你还是认我！他身体里流的可是我的血，打断骨头还连着筋呢。这几年你们敲诈的还不够多吗？人心不足蛇吞象！"

金凤被她气得吐血，撸起袖子道："宁澜答应过供小萱念完大学，谁敲诈了？你这种拿着儿子的钱出去风流快活才是敲诈！诈骗！勒索！报警把你抓起来！"

赵瑾珊也撸袖子："问亲儿子要钱算哪门子诈骗？来啊，你报啊，我倒是要看看警察懂不懂孝敬父母的传统美德！"

旁边的隋懿听得脸色发青，眼看两个泼妇一样的女人就要打起来，他忍不住上前一步："伯母您好，我是宁澜的朋友。"

十分钟后，隋懿进到宁澜家里。

他坐在狭小的沙发上，面前的茶几台面上到处都是干涸的油渍，上头还覆了一层薄薄的灰。

房子年代久远，墙皮都斑驳开裂了，朝南的那面墙上贴着一排掉色发黄的奖状，上头都是宁澜的名字，有三好学生，还有学习标兵。

赵瑾珊端了杯水来，顺着他的目光看墙上，炫耀道："都是宁澜上小学时拿的奖状，中学他没有在家住，问他要奖状也不肯给我。他啊，从小到大成绩都特别好，每回开家长会我和他婶都抢着去，被老师表扬那叫一个有面子。"

赵瑾珊把水放在隋懿面前，抽了张纸巾在桌上抹了两下，讪笑道："好些日子没回来了，还没来得及打扫。"

隋懿记得宁澜十分爱干净，脏衣服换下来立刻就要洗，可他身上天不怕地不怕的倔劲儿却跟他母亲很像，心想："遗传"真是一个玄妙的东西。

隋懿也不绕弯子，直接道明来意："请问宁澜最近有跟您联系吗？"

"没有啊，"赵瑾珊未加思考就作答，"他得有大半个月没跟我联系了吧，给他发短信也不回。"

"那他最后一次联系您是在什么时候？"

赵瑾珊扳扳手指头："过年前五六天吧，说他春节期间有工作，不回家了。"

隋懿陷入沉思，宁澜过年期间根本没有工作，他留下来干吗？

赵瑾珊见他不说话，试探着问："怎么了？我们家宁澜不听话了？"

隋懿摇摇头，存着不让长辈瞎担心的想法不愿多言。赵瑾珊接着道："哎呀！我这个儿子哪里都好，就是倔脾气，认死理，自己认定的东西九头牛都拉不回来，小隋你大人大量，不要跟他一般见识哈，他就是嘴硬，其实心比谁都软。"

隋懿沉浸在最后一条线索也断了的低气压中，"嗯"了一声，刚想问点别的，赵瑾珊的手机响了。

她拿起来看了一眼屏幕，神色微变，站起来道："不好意思啊，我接个电话。"说完跑进房间，将房门虚掩。

老房子隔音很差，隋懿从小学音乐耳朵又极其灵敏，即便不是有心偷听，赵瑾珊的声音还是一字不差地落入耳中。

"哎，谢老板……没躲着您，过年出去旅游了，没开机……宁澜啊，他过年没回家呢……要的，要的，麻烦您帮我留着，我问他拿了钱就去签字……这个嘛，我得问问他的意思，他现在大小是个明星了，听说首都那边捧他的有钱人可不少……瞧您这话说的，您照顾我们这么些年，我都是看在眼里的，可哪个当妈的不想儿子过得好啊，您说是吧……不说了不说了，他的新老板在家里呢，我还得去招呼他。"

隋懿摇身一变成了宁澜的"新老板"，赵瑾珊接完电话出来面不改色地继续跟他套近乎，隋懿看也问不出什么有用信息，于是不想待在这儿继续浪费时间，站起来就说要走。

"不留下吃个饭啊？"赵瑾珊也站起来，扼腕道，"你说这死孩子也真是，整天瞎跑，成心叫人担心。小隋你放心啊，这孩子从小就爱到处跑，当年高考完成绩还没下来呢，他就收拾东西说要出去打工，下午就没了影子，他就这个样，想一出是一出的，等玩累了自然就回来了。"

隋懿倒希望宁澜真的只是出去散散心。他从赵瑾珊的话里听出些别的内容："他参加过高考？那为什么没有继续上学？"

说到这个，赵瑾珊一脸懊丧："别提了，考试第一天出门就被一瞎了眼的摩托车撞了，天还下着大雨，他身上也没个手机，磨磨蹭蹭差点没能进考场，然后下午就开始发烧了，我倒是抽空接送了他两天，谁知道最后一场直接晕在考场里，被监考老师送出来了。成绩下来不够申请奖学金，家里困难，就没让他继续念。"

隋懿不着痕迹地打量赵瑾珊，她身上穿金戴银，挺括的羊绒大衣也看得出料子考究，实在不像困难到供不起大学的样子。

他脑袋稍微一转就明白了，显然，宁澜从好几年前开始就是这个家的经济支柱，包括他叔叔婶婶家，表妹上大学都靠他一个人掏钱。

隋懿得出这个结果，没有感觉豁然开朗，心情反而愈发沉重。

赵瑾珊把他送到门口，觍着脸暗示他留个联系方式，隋懿报出自己的号码，请求赵瑾珊联系到宁澜的话给他打个电话。

其实隋懿心里清楚，宁澜不会跟她母亲联系了，至少暂时不会。

这几天他已经把能问的人都问了个遍，每一条线索都没放过。张梵告诉他，宁澜把自己获取工资的卡号换成他母亲的卡号，他就已经有了预感，三番两次找到这里，只是不肯放过最后一丝可能罢了。

隋懿走到楼梯拐角，迎面撞上一个人。

男人高个子黑皮肤，胡子拉碴，嘴上叼着根烟。楼梯狭窄，两人都没第一时间退让，男人眉毛拧成川字，抬头往上看一眼刚关上门的宁澜家，狠戾的目光毫不掩饰地在隋懿身上巡睃，道："新老板？"

隋懿本想侧身下楼，听了这人的话，当即反应过来他是刚才跟赵瑾珊通电话的人。想到电话里的内容，隋懿站定脚步，斜睨他："你是谁？"

谢天豪吐掉烟头，眯着眼睛道："那咱们可是一路人。"

这让隋懿听了下意识不爽，他沉声道："你把他怎么了？"

谢天豪朝地上啐了一口痰，恶狠狠地说道："我能把他怎么样？那小子狡猾得很，他妈让他来还债，他就给我玩咬舌自尽，最后自己解开绳子跑了，临走前还拿了我口袋里的钱，你说气不气人？"

隋懿没有附和。从宁澜家里出来，他脑海里不由自主地浮现出许多他从前不知道的画面——小时候成绩很好年年拿奖状的宁澜，大雨里错过考试的宁澜，背着包在首都找工作的宁澜，还有被母亲出卖的宁澜……

每一个都很陌生，可套在宁澜身上又是合理的。他看似绵软可欺，实际上执拗又坚强，他从不向自己示弱，也从不用凄惨的经历来博取同情，最擅长的便是用没心没肺的笑容，把伤心和脆弱全都藏起来，不让任何人看到。

"要不是他把钱还上了，打死老子也不可能放过他。"谢天豪抱怨道。

谢天豪话音未落，就被隋懿突如其来的一拳头打歪了脸，脚下一滑，顺着台阶做了两个后滚翻，脑袋朝下狼狈地挂在楼梯上。

晚上八点半，飞机准时抵达首都。

陆啸川开车来接隋懿，隋懿脸上挂了彩，口罩遮掩不住眉角的青紫，陆啸川问要不要去医院，隋懿摇头说："回宿舍。"

这状态一看就是一无所获，陆啸川闭上嘴，发动车子。

路上，隋懿问："方羽呢？"

陆啸川知道他是想打听宁澜的消息，道："他托了亲戚在查道路监控，机场酒店车站那边也有人看着，只要宁澜用身份证，我这边十分钟内就能收到消息。"顿了顿，说，"你别太担心，他不会有事的。"

隋懿"嗯"了一声，过一会儿又问："你弟弟呢？"

陆啸舟作为最后一个见到宁澜的人，早被一众人等盘问到生无可恋。他说那天隋懿走后，他进房间陪了宁澜一会儿，宁澜一直坐在地上不说话，他下楼去给他买吃的，回来门就被锁了，敲了好久没人来开，他以为宁澜出去了，在门口转悠几圈就走了。

"我弟弟今天回美国去了，临走前还拜托我找到宁澜立刻通知他，我想他是……真的不知道。"

陆啸川看了一眼副驾座上满脸疲惫的人，觉得这话说出来实在有些残忍。隋懿这些天怎样找宁澜，别人不知道，他可全都看在眼里。

隋懿听了他的话，神色依旧平静。

他淡淡地说："谢谢你们。"

隋懿回到宿舍，把房间的窗户关上，扫了一眼屋里与他离开前没丝毫变化的陈设，看到了宁澜一床的枕头。

宁澜把粉丝送的抱枕当枕头，玩偶也当枕头，整整齐齐地摆在床上。不管多粗制滥造的玩偶，他都能当成宝贝。

如今，那些宝贝他一个都没留下。

隋懿抬手拿了一本书，正想看，却发现里面夹着一张银行卡。

应该是宁澜临走前夹在他书里的，一年多了，他早就忘了自己还有这么一张卡，塞进 ATM 机的时候，险些连密码都输错。

他从未细算过给了宁澜多少钱，卡上的余额让他吃了一惊，吃惊过后便是沮丧和痛苦。显然，宁澜早就在攒了，为了这笔钱，他努力争取片酬，带伤坚持上台，平时省吃俭用，两年几乎没有买过新衣服，一件破棉袄穿了又穿。

从前他只知道宁澜缺钱，很缺钱，明明给了他不少钱，他还是不够用。隋懿甚至怀疑过他是不是染上了什么坏习惯了，暗中观察过他的一举一动，花费很长时间才排除掉这种可能性。

那时候的他无论如何都不会想到，宁澜是在攒钱给自己还债。

宁澜的人生从出生开始就比大部分人要艰难，可他从来没有放弃，也从未被世俗污染，在这样恶劣的环境下，他仍然想要自由。

隋懿查了这张卡的收支记录，宁澜在他回国的前一天才把钱存到卡上。他那时候应该还怀着希望，一身轻松地说："现在你不是我的'债主'啦。"

宁澜这个人，应当是自由洒脱的，一如初见时的模样，即便衣衫褴褛、形容狼狈，依旧高高昂着头，黑亮的眼睛里闪耀着自信、聪明、无所畏惧的锋芒。

而不是像那天早上，畏畏缩缩、踟蹰不前。

从前他觉得宁澜太难懂，不知道他在想什么，不知道他什么时候才能"改邪归正"，一味地用"好人"的标准去衡量他，却从未想过换一个角度去了解。

宁澜用来保护自己的那层壳看起来坚硬无比，他被表面的污浊蒙蔽了双眼，下意识地退避三舍，却不知道那壳一敲就碎，干净、纯粹的一颗心就藏在里面。

隋懿感觉自己的喉咙像被一双无形的手扼住，越来越紧，紧得他喘不过气。他抬手狠狠搓了几下自己的脸，站起来躺倒在床上，放下手时，指尖蹭过墙壁，落在一个圆润的硬质物体上。

他把卡在床和墙缝隙中间的东西拿出来，是一根不到一米长的白色塑料水管。这东西出现在床上十分奇怪，隋懿坐起来，发现水管两头用胶带缠得严严实实，里面似乎装着什么。

其中一头已经被划开过一条整齐的切口，隋懿手伸进去，慢慢拽出一条细长的布袋，里面是一根琴弓。

隋懿学琴十余年，经手过无数根琴弓，这一根只能算比较普通的，普通的苏木，普通的打磨，普通的油漆，唯一有发挥余地的手持部分也是普通的蛇皮加银色缠线，中规中矩得有些老土。

弓是新的，没有打过松香，所以没有黏手的触感，挂在边上的马毛说明有人曾不止一次地打开看过，笨手笨脚地碰断了两根马毛。

手指滑到弓根，突然摸到一片坑洼不平的凹陷，他把弓转过来，只见手持的位置刻着几个字，很小，歪歪扭扭的有些难以分辨，可每个笔画都刻得极深，如果这不是一根木头而是一张纸，大约就是力透纸背的程度了。

隋懿急忙站起来，把弓放在桌上，打开台灯仔细打量。

他究竟是怎么了？为什么会觉得宁澜难懂？为什么会觉得宁澜是个只会说谎的骗子？

到头来，宁澜那被百般苛待、万般践踏后仅剩的一丁点自尊，只消再用一丁点温暖去焐热，便会露出最柔软的内里，将自己毫无保留地奉献给这个世界。

可是他没有，因为吝啬，因为无知与偏见，因为幼稚的盛气凌人。

隋懿用双手捂住脸，缓缓趴在桌上，做了几个深呼吸。

他站起来，打开琴盒，拿起桌上的琴弓，小心翼翼地放进去。

六月的首都燥热异常，一颗熊熊燃烧的火球悬在当空，地表温度达到70摄氏度，残忍得像要把地球上的所有水分悉数卷走。

隋懿刚结束一个杂志采访，穿过无风的闷热走廊，回到休息室第一件事，就是从米洁手中接过自己的手机，在卸妆的过程中点开方羽的微博，这是今天的第八次。

方羽在半小时前转发了一条他代言的护肤品广告，隋懿又点进他的点赞内容察看，一小时前点赞了一条美食博主做酸菜鱼的视频，关注列表也毫无异状。

"刚才陆啸川打来电话，问您晚上是否有空，说想聚一聚。"米洁在旁边道。

"还有没有说别的？"隋懿问。

"没有，就说很久没见了，大家碰个头。"

隋懿打开通讯录，准备回拨个电话过去，转念一想，陆啸川不是那种有话藏着掖着不说的人，于是切到微信界面，发了四个字："时间，地址。"

他养成少打电话的习惯已经有两年多了，生怕通话过程中有其他电话打进来。他的电话必须保持畅通，时刻等待消息。

陆啸川回复很快："晚上七点，望江楼。"

隋懿在去往京郊体育场踩点的路上，给老师发了条短信，问最近有没有新消息。他拜托了父亲帮忙找人，虽然随着时间的推移，询问频率已经从两天一次下降到一周一次，可他这三年来从未有一刻把这件事放下。

"没有，昨天出入境那边有个跟描述符合的，派人去看过了，可惜不是。"老师回复。

隋懿抬手捏了捏眉心，接着打字道："以后这种情况直接通知我，我自己过去看。"

车子驶过奥体中心体育馆附近，这里是 AOW 第一场演唱会的举办地，也是宁澜最后一次登台唱歌的地方。

宁澜离开三年了。

准确地说是三年零四个月。

所有人都不知道他是如何在这一千多个日夜里做到一点动静也无，如同人间蒸发一样的。隋懿已经发动了所有能用的资源，偶尔也会传来消息说发现符合描述的人，每次怀揣着希望找过去，最后都铩羽而归。

上个月，有个粉丝在微博上说，在南方某市的一家超市看见一个疑似宁澜的人，隋懿过去后才发现那只是身形相似的青年，对方是土生土长的原住民。

人海茫茫，那人就像汇入沧海中的一粟，明知道他就在这片海里，可是想把他找出来，却比登天还难。

车子停在京郊一排平房旁边的空地上。

这次来是为隋懿即将到来的首场个人演唱会踩点。京郊体育场上个月刚刚落成，原本公司不会选择这样偏远的地区，然而根据初步调查，全国各地有意向来看演唱会的粉丝就有万人之多，首都室内的场馆显然不够大，于是只好考虑郊区边缘地带。

京郊体育场能同时容纳近三万人，设施条件在国内也是首屈一指，除了偏远，没有其他缺点。

隋懿拎着琴盒下车，先顶着大太阳在周围转了一圈。他生在首都长在首都，还从未来过这一带，见离场馆最近的都是些老旧民房，道路虽狭窄但也算整齐，对环境安全和交通便利表示肯定。

这里跟拍《夜奏》时的郊区不一样，那边靠山，偏僻荒凉，人烟稀少。而这边虽然离市中心也远，却更像一个民风淳朴的小镇，低矮小楼一门一户，家家院门大敞，院子里种花长草，屋檐的阴凉底下蹲着的猫或狗，看见人也不怕，慵懒地伸个懒腰，甩甩毛茸茸的尾巴。

与市中心由于喧嚣更显燥热的午后比起来，这里宁静安详得仿佛不在首都地界上。唯一格格不入的大概是"泉西站"公交站台旁边的灯箱里贴着的隋懿个人演唱会首站的宣传海报。

此行的目的在于考察通往场馆的路，隋懿和其余几个工作人员选择步行。

道路两边除了民房，还有许多只在照片上见过的小店，修车行、钟表店、腌菜行、推拿馆……甚至有一家古色古香的成衣店，店门由古旧的木板拼凑，此时挪开两块支在墙边，墙上挂着几件花纹素雅的旗袍，同行的米洁忍不住凑过去瞅了好几眼。

米洁现在是隋懿的助理，负责打理他的工作和日常琐事。

两年前，电影《夜奏》大火，一举夺下年度国产电影票房冠军，隋懿饰演的警察男二号也获得年度最佳新人演员提名，虽然由于演技稍显稚嫩，最终未能夺得该奖项，但是依旧凭借这个亦正亦邪的年轻警察形象走入大众视野，成为 AOW 中第一个红出圈，且具有国民知名度的成员。

次年末，AOW 就宣布所有成员单飞不解散。以组合形式圈粉，再挑出其中最具有商业价值的进行重点培养，这是星光娱乐多年来的惯用手段。隋懿目前是公司当仁不让的王牌，不仅给他配了单独的经纪人，还把公司所有助理的资料摊开让他随便选。

隋懿只选了米洁，因为整个公司只有她跟过宁澜。

米洁起初很紧张，她平日里见到的隋懿都是冷着脸来去如风的，浑身充斥着不把任何人放在眼里的高傲。再加上他显赫的家世在圈中已不是秘密，米洁猜想他应该很挑剔、很难应付，上岗前一天慌得一晚上没睡好。

后来经过一段时间的相处，她发现隋懿脾气不仅不坏，相比其他红起来就跩上天的明星，甚至可以说不要让人太省心。

他生活习惯好，从不需要助理叫早起，早饭都不需要她准备；晚上不混夜店，不需要助理费尽心思帮他遮掩；对待工作也足够严谨认真，除了偶尔需要她协助对台词，几乎不会把其他乱七八糟的工作推给助理。

米洁之前跟过一段时间公司里另一个男歌手，那位主子爱惹事，她成天焦头烂额地跟在屁股后面收拾烂摊子，以至于后来听到手机响就条件反射地心跳加快，肌肉紧绷，心想不知道又有什么破事儿找上门。

如今跟在隋懿后头，心宽体胖不说，再加上整天面对着隋懿这张盛世美颜，舒服悠闲的同时又觉得自己更加难找对象了。

"队长，这里有冷饮卖，要喝点什么吗？"米洁停在一间小卖部门口问道。

隋懿扭头，瞟了一眼仅有一个冰柜、两个玻璃柜和三排小货架的小店，说："矿泉水，谢谢。"

米洁给随行人员都拿了饮料，拍着柜台冲里面喊了好几声，一个头发斑白的老婆婆才慢吞吞地从里屋出来。

这片店铺大多由位于一楼的院子改造而成，腾出一半地方砌起一堵墙，再凿一个门，冲着外面的那片就是个小铺面了。店主多是退休老人，自己的房子稍加改造，不必离家的同时还能混个营生。

婆婆约莫七十岁，穿着花衬衫戴着老花镜，手上的蒲扇一摇一摇，弯腰在柜台里找算盘，边找边咕哝："臭小子，又把我的算盘弄哪儿去了？"

最后没找到，翘着兰花指磕磕巴巴地按柜台上摆的计算器，算了两遍才收钱。

米洁装袋的时候瞧见柜台旁边有台咖啡机，问道："您店里能做咖啡啊？"

婆婆直摆手："这东西我老太婆可不会用，上头都是洋文，得等臭小子回来。"

米洁就随口一问，闻言礼貌地跟婆婆告了别，就拎着饮料追上大部队，给众人分发。

她把矿泉水递给隋懿，指指后面："那家小店有咖啡机，下次来彩排演出可以跟店主预订。"

隋懿再次回头看了那干净整齐的店铺一眼，收回目光道："好。"

隋懿站上京郊体育场的舞台，把话筒别在琴上，缓缓拉动 A 弦，提琴悠扬动听的声音响彻整个场馆。

他调完音，拉了一支舒伯特的小夜曲，露天场馆的视听效果不比音乐厅，隋懿依然一丝不苟地拉完了。他想将这首曲子作为谢幕曲送给台下的粉丝，也送给那个不知道在不在听的人。他希望宁澜从此以后无论生活在哪里，都能在美妙和煦的音乐声中入睡，不用回想过往的种种痛苦。

隋懿试完音响回到后台，从公司直接赶来的舞台导演、造型师，还有伴舞团队负责人也到了，他们也要对现场情况进行初步勘测。

场馆的空调还没启用，后台闷热得像个大蒸笼。最近这段时间大家都要经常来这里布置和彩排，于是负责后勤的工作人员出去寻找店铺，准备搬些矿泉水储备在后台。

隋懿担心空气湿度过高对琴有影响，拎着琴盒在旁边找了个开着窗的空房间，把琴暂时放在里面。

隋懿回到人群中的时候，水已经送来了，工作人员正在把水一箱一箱往里搬，搬完站在门口结账，一个清亮的男声说："以后有需要打我电话，咱们店提供方圆五里内送货上门服务。"

工作人员被他逗笑："就一个小板车也敢说送货上门？还是我开车去搬吧。"

隋懿背脊一僵，扭头往门口看，工作人员把外面的人挡了个严实，从他这个角度只能看到一个圆圆的发顶，挑染的几缕粉色头发在阳光底下亮得晃眼。

那青年说："总有走不开的时候吧？来，记一下我电话……"

工作人员拿出手机记号码："老板贵姓？"

"叫我小张就行，弓长张。"

也是，宁澜最讨厌的就是染头发，不仅自己不喜欢，还不乐意别人染。更遑论宁澜那么恨他，只想离他越远越好，怎么会在首都附近逗留至今呢？

隋懿苦笑着按了按太阳穴，心想：最近可能睡眠时间太少了，听到一个相似的声音都能产生幻觉。

夏日昼长夜短，抵达望江楼时天还是亮的。

这家私房菜馆在老城区，夕阳在青瓦红墙上晕开橙红的光影，自东向西扫一眼，仿佛穿越了一个世纪。

隋懿却无暇欣赏美景，下了车便匆匆走进去，在服务员的带领下进到陆啸川预订好的包厢。

陆、方二人已经在里头坐着，方羽一看见他，就怪腔怪调地对陆啸川道："你还叫了拉琴的呢？洋货跟这儿不搭，换个拉二胡的来。"

陆啸川面露尴尬，掩嘴压低声音道："咱们来前不是说好了客客气气的吗？"

方羽很夸张地正眼打量隋懿："哦，原来是咱们'嗷呜'的大忙人队长啊，失敬失敬。"

隋懿对他的挖苦不以为意，把琴盒竖放在墙角，然后坐下。

AOW自从宣布单飞后，成员们就各忙事业，很少聚首。高铭、王冰洋二人在宁澜退出组合后，被公司雪藏近半年时间，重回演艺界后势头大不如前，合约到期后两人都选择解约，外界对此众说纷纭，只有公司内部的人知道究竟是怎么回事。顾宸恺则在去年突然想通，发愤图强考了国外一所音乐学院，如今在外头混得风生水起，春节都不乐意回国。

至此，活跃在大众视野里的AOW成员只剩下如今在望江楼某包厢里的三位。

方羽年初刚发了新专辑，陆啸川专攻演戏，如今也凭借一部大IP改编的电视剧跻身流量小生的行列。隋懿更不必多说，唱歌、演戏处处开花，去年还跑去国外参加小提琴比赛拿了银奖，被爆出来的时候所有人都目瞪口呆。

有媒体吹捧他是真正的艺术家，撰文说："他是如何做到一天24小时的行程全都暴露在全国人民眼皮底下，还能抽出时间练琴并拿奖的？"

隋懿的粉丝对此十分骄傲，说自家偶像是能把24小时当48小时用的超人。

然而"超人"此时全无精气神，卸妆后眼下的乌青无所遁形，在听到方羽说"没有任何新线索"的时候，更是肉眼可见地颓丧下去。

"别灰心，都找到这份上了，就当排除法，时间越长，找到的概率就越大。"陆啸川安慰道。

"警方失踪人口那边有消息吗？还有医院那边？"方羽边剥虾边问。

未待陆啸川作答，隋懿突然一拳捶在桌上："他不会死的。"

方羽冷笑："你怎么知道他不会？他都被逼成那样了，活着还有什么意思？"

隋懿分不清方羽是在说真的还是故意刺激他，他咬牙重复道："他不会死的。"

方羽把剥到一半的虾扔在桌上，无畏地抬头与他对视："那你告诉我，他去哪儿了？"说着就喉头哽咽，"你们……你们都这么对他，他还能去哪儿？"

一顿晚餐不欢而散。

陆啸川把方羽哄好带出去的时候，方羽的鼻子和眼角还是通红。

隋懿一个人在包厢里坐了一会儿，直到服务员敲门进来收拾餐具，他才拎着琴出门，这时天边忽然响起阵阵闷雷。

夏天的天气总是说变就变，下午还艳阳高照，这会儿雨水就穿破云层，争先恐后地坠入凡间，干燥的地面上水晕越扩越大，很快连成深色的一整片。

隋懿没有接饭店服务员送出来的伞，他往前两步走进雨里，任由豆大的雨点砸在身上。

同一时刻的另一边，大雨淋湿锈迹斑斑的公交站牌，只有刚补过漆的"泉西站"三个字在雨水的冲刷下愈发清晰。

车轮滚过路面的嘈杂声由远而近，碾过由于地势不平造成的水洼，溅起的水花足有半人高，骑车的人骂了句脏话，加快速度继续前行。

道路恢复平静，只剩下哗哗的雨声。

不多久，丁零哐啷的声音又折返回来。那人下车，把拖着板车的自行车支在路边，一路小跑到公交站的灯箱前。

灯箱年久失修，盖在上面的玻璃都碎没了，里面贴着的海报在雨水的侵袭下脱落了一个角。

接着，一只湿透的手出现在海报前，白皙的指尖将边角的褶皱展开抚平，然后不知从哪里拿出一根图钉，用拇指按着，把掉下来的一角固定回原位。

隋懿淋了雨，回去后就生了一场大病。

他身体素质好，跑步和力量训练一天都没断过，三年来别说发烧，连感冒都不曾有。这回病气大约是积攒久了，来势汹汹，好几天都是躺在床上度过的。

米洁自动把角色切换为生活助理，主要负责买药和送餐。隋懿发烧不愿意上医院，她把姐姐家给小外甥治发烧的肚脐贴拿来给他用，折腾了两三天，病情总算不再反复。

这天，米洁来送餐时，隋懿道："跟王哥说一声，我明天就复工。"

王哥是隋懿现在的经纪人。

米洁摆碗筷的手顿住："这么快？再多休息两天吧？"

隋懿摇头："不用，我很好。"

下午，米洁走后，隋懿在餐桌上看到一个U盘，以为是米洁落下的，拿起来一看，下面压着张字条：看这个吧。

隋懿打开电脑,把U盘插上读取,里面有一个视频文件,是宁澜在《覆江山》里出现过的镜头剪辑。

视频上的宁澜一身黑色劲装,昂首挺胸,策马扬鞭时眼神凌厉,大笑时又带着少年独有的意气风发和潇洒落拓。

当年电视剧刚播出,宁澜饰演的小侍卫就被某知名剧评人狠夸了一顿,盛赞说:"完全不像第一次演戏。"还说:"假以时日,前途无量。"

张梵说得没错,宁澜在演戏方面的确很有天赋,或者说因为他聪明,所以学什么都很快。

隋懿打开微博,已经变成"冷圈"的 AOW 超话帖子更新缓慢,有粉丝看了《覆江山》的重播,感叹道:宁澜其实真的是有演技的,不知道他现在去哪儿了。

下面评论只有寥寥几条,都在唏嘘感叹时光如梭,如今回想起来,在记忆中驻足停留的大多还是美好的部分。

三年前,宁澜刚离开不久,隋懿绕过公司,自作主张发了条微博:事情并不是你们看到的那样,宁澜还会回来的。

当时的评论分分钟过万,多数网友都在指责他。

一晃三年过去,当时那些不喜欢宁澜的粉丝都不见了,有的粉丝甚至反过来替他可惜,觉得雪藏三年足够狠了,一个艺人的职业生涯能有几个三年?

粉丝们忘性大,隋懿希望宁澜能跟他们一样,做个没心没肺的人,快快忘掉那些不开心的事。

不要忘掉回来的路就好。

隋懿由于生病耽搁了几天,复工后每天都往京郊体育场跑。

周边条件简陋,他又在为演唱会节食减脂,彩排时只有矿泉水喝,时间长了难免口中寡淡无味。

他想起那家有咖啡机的小卖部,米洁被舞美组喊去帮忙,隋懿横竖没别的事,就依着那天步行到场馆的印象,沿着小路走了十多分钟,顺利找到店门半开的无名小卖部。

老婆婆躺在柜台后面的摇椅上午睡,隋懿走近她就醒了,眯着眼睛问他要买什么。

隋懿指指咖啡机："今天有咖啡吗？"

婆婆扭头冲屋里喊："臭小子，出来！"

婆婆喊了几声没人应，一面站起来一面嘴里咕哝着"臭小子是要整死我老太婆"之类的话，扔下蒲扇，从橱柜里拿出一个一次性咖啡杯，放在出水口，摸索半天不知道开关在哪儿，没耐心地狠狠拍了咖啡机一巴掌。

隋懿得到允许后绕到柜台后面，找到开关，接满一杯咖啡，老婆婆又为该收多少钱犯了愁。

隋懿拿出一张百元钞票摆在柜台上："先记在账上，等我下次来多退少补。"

他前脚刚走，后脚就有个人掀开门帘进来，顶着鸡窝头打哈欠伸懒腰，路都走成曲线："喊我干吗啊，婆婆？"

婆婆一扇子挥他脑袋上："喊你的时候你不来，现在出来干什么？进去进去。"

"我不发烧啦，再躺着都快长毛了。"宁澜躲开婆婆的扇子攻击，绕去柜台前，看见那张崭新的一百块，眼睛噌地亮了，"今天开张了啊？"

婆婆哼唧一声，坐回摇椅上："买咖啡的，不知道多少钱，说留着下次多退少补。"

宁澜把那张钱拿起来吹了吹，笑弯了眼睛："还有这种人啊？下回他来，就跟他说两百一杯。"

婆婆的扇子又要掷过来："臭小子，昧心钱咱可不能挣！"

"知道知道，我开玩笑嘛。"宁澜把钱叠起来揣兜里，"我给那人办张卡，下回他来了给他拿着，一百块五杯，会员卡多送一杯，这样行了吧？"

宁澜说罢，从货架里侧搬出一箱水就往外走："我去冰冰那儿，晚上等我回来做饭。"

"正好让他把你这头发给洗了！"婆婆在后面喊道。

宁澜推着小板车往东边去，烈日把他的皮肤晒得通红，他却浑然不在意，一会儿优哉游哉地推，一会儿把板车当滑板玩，不多久在第二个路口拐个弯，眼前赫然出现四个大字——冰冰发廊。

"老板，送水的来了。"

人未到声先至，坐在理发椅上打瞌睡的鲁冰华胳膊没支住，大脸盘险些砸腿上，吸溜一下口水朝门口看，迷迷糊糊道："你来啦，哥。"

宁澜把水放在地上，不客气地开了一瓶，喝完用力拍桌子："小伙子你的雄性荷尔蒙呢？不是说好要做泉西第一造型师吗，这么快就颓了？"

鲁冰华挠挠头发："没……没有啊，这不没人嘛，我就……就睡一会儿。"

宁澜等他洗过冷水脸智商回笼，坐在理发椅上："给我把头发染回黑色。"

鲁冰华五官都要皱到一块儿去了："哥，你不是答应帮我打广告吗？"

"就这样的造型，我说出去还有人敢找你做头发？"宁澜对着镜子指自己的脑袋，"你知道张婆婆说我像啥吗？"

鲁冰华理直气壮："泉西街最大的不连锁小卖部 CEO（首席执行官）。"

"你少来。"宁澜翻了个白眼，"她说像顶着个西瓜皮，看见就想拿刀劈开。"

鲁冰华想憋没憋住，捧着肚子笑得满地打滚，末了擦眼泪："上次给你染是为了打广告，所以没收你钱，这次可不行了啊，我这水电煤气每天都要花钱……"

"行了行了。"宁澜掏出一百块拍在桌上，"还水电煤气，你这儿是饭店啊？"

鲁冰华拿了钱，美滋滋地打开柜子拿染色膏："我敢打包票，你一定不会后悔付出这一张红票子！"

鲁冰华做事极其磨叽，染个头发折腾三个多小时，宁澜做了好几个稀奇古怪的梦，醒来时黏糊糊的染发膏还在脑袋上，一摸一手黑油。

他眼前跟着一黑，急火攻心地就要起身，鲁冰华按住他，献宝似的从口袋里掏出一张印着字的薄卡纸："看看这是啥！"

宁澜没好气地接过来，刚才摸了头发沾上的染发膏的手指在"演唱会"三个字上按出一个又黑又大的指印，前面的"隋懿"二字出其不意地闯入眼帘。

宁澜僵硬地张了张嘴，一时间不知道该摆出什么样的表情。他此刻的心情大概跟那天往后台送完水出来看到海报，知道那人有可能在里面的时候是一样的。

"这个隋什么你知道吧？听说很红很红，票是我大哥单位发的，你也知道我大哥不爱看这些唱啊跳啊的，这不就便宜我跟你了嘛，哈哈，今天早上隔壁姜婶问我要我都没给……"

鲁冰华聒噪个没完，宁澜却一个字也没听进去，他腾地站起来，把票塞回鲁冰华怀里："能洗了吗？"

鲁冰华没反应过来："啊？"

"我说头，能洗了吗？"

"能，能能能。"

头发吹干，宁澜看着镜子里恢复黑发的自己，恍惚觉得有点陌生。他缓缓吐出一口气，站起来："我先回去了，婆婆还等我吃饭呢。"

鲁冰华把票塞给他，他不肯接，鲁冰华跺脚道："这可是前排VIP，特别有排面！"

宁澜哭笑不得："不是……我真的不要，这人我都不知道是谁。"

鲁冰华不由分说地把票揣他口袋里："那就拿去卖了，我不管，反正这是你的了。"

宁澜拉着小板车走在回去的路上，全然没了溜滑板的心情。路过公交站台，他看了一眼整整齐齐贴在灯箱里头的海报，匆匆收回目光，加快脚步往家走。

快落山的太阳把他的影子拉得很长，他路过钟表行、成衣铺、推拿馆，和店里的每一个老板打招呼。

仔细一算，他在这个宁静得仿佛世外桃源的地方已经住了三年了。当年他不敢坐车，不敢乘飞机，走投无路地游荡到这儿，被张婆婆一句"小伙子是不是找不着家啦"弄得泪流满面时，也没想到会在这里定居，更没想到自己还能获得这样一份安逸的生活。

这里的居民百分之八十是独居老人，没有人知道"AOW宁澜"是谁，每天的娱乐无非是读报纸、听戏曲，他们连电视都不怎么看，有这个时间还不如多睡会觉。就算这里唯一的异类鲁冰华，也是个只想成为这条街上家喻户晓的发型师的中二男孩，并没有要去外面闯荡的雄心壮志。

宁澜在这样的环境里足足待了三年，理所当然地把这里当作另一个世界，掩耳盗铃般地缩在壳子里，他不走出去，别人也休想走进来。

宁澜回到家，把演唱会门票放进带锁的抽屉，看见里面上下叠放着的两个首饰盒，迟疑片刻，又把票拿出来，夹在桌上的书里面。

这个名字的出现，无疑是给他当头一棒，把他好不容易筑建起来的封闭世界敲开一条裂缝，有刺眼的光透进来，强硬地让他面对现实。

所以，他的第一反应是躲，躲得越远越好。

傍晚，隋懿才把最后一口已经凉掉的咖啡喝完。

大概是咖啡豆质量不佳，磨出来的咖啡味道实在叫人难以评价。

隋懿觉得自己能坚持喝完简直就是奇迹，他丢掉纸杯，坐上保姆车，车子驶过卖咖啡的小卖部时，里面灯火通明，柜台前没人，老婆婆应该是进去吃饭了。

他把目光收回，低头点开微博，看到关注的人方羽在二十分钟前点赞了一个美食博主的视频，还是上次做酸菜鱼的那个博主。

隋懿在车上闲着没事，点开看了看，标题是"培根卷和下雨天更配哦"。视频没有人露脸，风格十分朴素，没有好看的碗筷，全程只能看见砧板和大铁锅，没有BGM，只能听见嗒嗒嗒的切菜声和煎菜的刺啦声。

这个博主的培根卷也很特别，里面塞的不是金针菇，而是胡萝卜黄瓜丝，还有几根豆芽，卷起来五颜六色的倒是挺好看。

隋懿还没见过这样随便敷衍的美食博主，腌制蔬菜用的都是摔缺了角的大海碗，培根卷下锅时，其中有一个牙签没扎稳，散了，该博主直接拿筷子一顿搅和，把各种丝散在锅里，弄得到处都是。

就在这个时候，做饭的人拿着筷子的手一闪而过，隋懿似乎看见他手背上有块痕迹，刚要倒回去仔细看时，父亲的电话打了进来。

"家里来客人了。"隋承说。

隋懿皱眉，问："谁？"

"她自称是宁澜的妈妈，说要见你。"

隋懿赶回家，父亲在门口迎他，说刚才在住宅区门口偶遇被保安拦在外面的赵瑾珊，接着就给他打了电话。

隋懿进屋时，赵瑾珊正在沙发上喝茶，见到隋懿就站起来嘘寒问暖，"小隋怎么瘦了""吃晚饭了吗""最近过得好吗"……不知道的还以为这才是他亲妈。

三年来，隋懿没少被她以各种名义骚扰。他存着宁澜说不定会回老家看看的念想，留着赵瑾珊的联系方式，靠谱的线索没得到过一条，钱倒是被她套走不少。

至此，他才切身理解了宁澜那些年的辛酸。总归是亲生母亲，宁澜又嘴硬心软，很难坐视不管。

这回赵瑾珊依旧摆出一副"不救我就要死在这里"的表情，边挤眼泪边说拆迁款拿去买了新房，房子还没下来，现在流落街头，身上最后一点钱用来买了车票，几天没能好好吃顿饭了。

隋懿把身上所有的现金都掏给她，赵瑾珊不太满意似的数了数，数完眼珠一转，神秘兮兮地说昨天晚上宁澜他爸给她托梦，说孩子来墓地上看他了，讲了很多话，其中一句是想回学校读书。

隋懿从前不信这些虚无缥缈的鬼神之说，这回却病急乱投医，信了个七八分，当即问赵瑾珊还需要多少钱，拿出手机给她转账，得到宁澜高考第一志愿的学校名称，饭也没吃就风风火火地驱车前往。

路上，他记得自己那年第一次拍戏，宁澜从首都飞过来看他，冒着雨非要去大学校园里走一走。当时隋懿不懂，现在回想起宁澜问起他为什么不继续念书时语中的惋惜，还有看着操场、图书馆、林荫道时满眼的艳羡，其实无一不在诉说他的向往和渴望。

老师帮他找人调学校门口的监控进行排查，隋懿把车停在门口，看着晚饭时间勾肩搭背、谈笑风生的学生，忽然明白了宁澜想上学的理由。至少校园的空气比外面清新纯净，他的命运还能掌握在自己手中，而不是被那些条条框框的合约和无穷无尽的欠条束缚到连自由呼吸都成了奢望。

深夜，父亲给他打电话："学校监控只保留一个月，初步排查没有找到宁澜，你快回去睡吧，别在那儿待着了。"

隋懿目不转睛地盯着大门紧闭的校园，哑着嗓子唤了一声："爸。"

"嗯？"

"我……是不是很傻？"

隋承沉吟片刻，道："是挺傻的，二十郎当岁的年轻人，比我这个年逾不惑的还要迷信。"

隋懿抬手捂住眼睛："对不起。"

"钱是你出的，跟我说什么对不起？不如留着等他回来对他说。"

隋懿扯开嘴角，转瞬又收起笑容，沉声道："对不起。"

"怎么又来了？今天是什么'国际道歉日'吗？"

隋懿深吸一口气："对不起，曾经误会您和老师，把你们当成害死妈妈的罪魁祸首……"那个词终究没说出口，"我欠你们一个正式的道歉。"

去年，从许久不来往的长辈口中得知尘封多年的真相，那一瞬间的冲击无异于世界观被重塑。他所以为的一切都是错的，真相就藏在背后，稍加追问便可得见全貌，可他一叶障目，只相信自己看到的，还固执地做了许多蠢事。

就跟他对待宁澜一样。

电话那头的父亲笑了："好啦好啦，还'正式道歉'……大晚上的别把我吓得睡不着觉。真有这个心，有空的时候多录几支曲子，让你老师拿出去给学生家长听，还能省下一笔招生广告费。"

"好。"隋懿一口答应。

末了，父亲语重心长道："你得好好地过，别把自己弄得一团糟。"

隋懿听话，第二天早早起床，跑完步又洗了遍脸，挑了件休闲短袖 T 恤搭黑色直筒裤，对着镜子仔细打理了头发才出门。

京郊体育场附近小卖部的老婆婆都看出他今天精神面貌不错，笑眯眯跟他搭话："小伙子是在那边的飞碟里工作吗？平时都干些什么呀？"

体育场外观设计别具一格，远看就像个不明飞行物。

隋懿笑道："是啊，研究生化武器，准备消灭人类。"

婆婆不以为意地撇嘴："你们这些年轻人就会吓唬我这个老太婆。"

隋懿突然有一点好奇她口中的"你们"还有谁。

婆婆这次没冲里屋喊"臭小子"，她已经学会使用咖啡机了，满上一杯递给隋懿，接着从柜台里拿出一张名片大小的卡纸："喏，满五杯送一杯。"

隋懿把那张写着"泉西小卖部至尊 VIP 咖啡卡"的纸片正过来翻过去看了两遍，哭笑不得道："谢谢老板。"

婆婆一挥手："别谢我，是臭小子做的。好好收着这张卡，还能喝四杯呢。"

距离演唱会开始只有不到一周，时间紧张，工作繁重，隋懿再没有时间去小卖部买咖啡，渐渐把那张随手揣在口袋里的手作咖啡卡忘到脑后了。

转眼便到演唱会当天，白天进行最后一次彩排，而此时场外人头攒动，炎热的天气完全没有影响粉丝们散发热情，清晨天还没亮，就有粉丝在门口拉横幅发应援品。

宁澜全身上下裹得严严实实，只露两只眼睛在外面，走到人群中还是有些紧张，连周围易拉宝横幅上那人的脸都不敢多看，拦住一个从黄牛聚集区挤出来的一脸颓丧的妹子，压低声音问："要票不？"

他思来想去，终于在一个小时前决定把这票卖了。

宁澜在屋里翻找十几分钟，才想起来把票随手夹在书里。三年来他的记忆水平稍有回升，然而因为一直在用药，恢复到从前的过目不忘是没有可能了，偶尔丢三落四，不影响正常生活，他已经很满足了。

被拦住的姑娘看他这身古怪装束，匆匆扔下一句"不要"，就拔腿跑开。

宁澜又问了几个在黄牛堆里徘徊的妹子，她们都被他这在逃嫌犯似的打扮吓得连连摆手。现在的黄牛业务水平极高，卖票都带身份证明，还提供买票亲自送进现场的一条龙服务，宁澜跟他们比起来的确毫无优势，毕竟他连身份证都不敢往外掏。

宁澜兜了一大圈票还在手上，蹲在路牙边思索，到底是把票烂在手上，还是掏出身份证等着明天上头条？

头条标题他都想好了——AOW 前成员宁澜现身队长隋懿演唱会现场，化身黄牛卖票遭粉丝围殴。

宁澜在热辣的太阳底下打了个寒战，甩甩脑袋将这个可怕的念头抛出脑海。

要不……自己进去算了？票这么贵，不听白不听。

这个念头刚出现，就以迅雷不及掩耳的速度被掐灭。

第五章

———————————

（ 永 恒 ）

Forever

———————————

1

开场前几分钟，黄牛手上的票售卖一空，终于有粉丝看到手上拿着票，靠着墙昏昏欲睡的宁澜。

他们经过一番讨价还价，最后一个扛着硕大灯牌的姑娘以原价和宁澜成交。

姑娘边数钱边抱怨："大哥，你怎么连个支×宝都没有啊？不怕我给你假钞吗？"

宁澜得意道："哥哥我是生意人，真钱假钱一摸就知道。"

姑娘把数出来的一沓钱递给宁澜，一手交钱一手拿票，宁澜把钱卷起来塞进口袋，说："进去吧，快开场了。"

姑娘确实着急入场，可又觉得奇怪："你不再点一遍，验验真假？"

宁澜挡在口罩后面的嘴角扬起："不用，你相信我，我当然也相信你。"

信任是这个世界上人与人之间最难得可贵的东西。

宁澜目送着姑娘走进检票口，双手插兜，迎着徐徐晚风往回走。

他刚拐出体育场范围，踏上泉西街的小路，身后音乐声轰鸣，舞台灯光霎时照亮夜空。

宁澜忍不住回头看了一眼，而后深吸一口带着青草味的空气，一路小跑回了家。

晚上不出意料地没睡好。

宁澜第五次从床上坐起来，准备再干点别的寻觅睡意，却发现天已经亮了。

宁澜对着镜子打了个咧到耳朵根的大哈欠，开始认真思考"困"和"睡不着"之间的合理因果关系，试图劝说自己——这是正常的。

刚起了个头，外头的铁门就被敲得哐哐响。

"哥，你起来了吗？开门啊，哥！"

宁澜咬着牙刷去开门，刚过完十九岁生日的鲁冰华换了个与迪迦奥特曼神似的发型，跳进来就抓着宁澜的肩膀狂摇："哥，你昨天为什么没去看演唱会？"

宁澜差点被他摇吐，口齿不清道："你不是让我把……把票卖了吗？"

鲁冰华面部表情夸张地扭曲，拔高嗓门道："我随口说说，你就真卖了啊！"

宁澜洗漱完，把冰箱里冻着的包子拿出来蒸热端上桌，鲁冰华一手一个，鼓着腮帮子，竖起大拇指："哥，你就是好啊，做饭超好吃！"

"隔壁姜婶的女儿做菜也很好吃啊，性格也好。"

鲁冰华把头摇得像拨浪鼓："那不一样，整条街只有你喊我'冰冰'不喊我'花花'。"

宁澜被这奇葩理由弄得无言，好半天才道："因为我有个朋友叫花花。"

"我知道。"鲁冰华指着窗台上的一小盆多肉，"送你这个的朋友呗。"

二十多公里外的方羽没来由地打了个喷嚏，抽了张面纸擦鼻子，退出了宁澜的美食视频。

与此同时，隋懿看到方羽刚才又点赞了那个美食博主的视频，昨天晚上刚发的，做的是包子。

即便隋懿对厨艺一窍不通，也能看出该博主手法娴熟，面团在他手里格外听话，任他揉圆搓扁，裹上肉馅，捏出漂亮的褶，然后整齐地码在蒸笼上。接着镜头晃一晃，就切换到二十分钟后，出锅的包子形状饱满、热气腾腾，隔着屏幕仿佛都能闻到香味。

隋懿看完随手翻评论，这位博主平时似乎从来不与粉丝互动，别的美食博主都会搞转发抽奖巩固人气，他这边什么都没有。

热评第一是一条询问：小翅翅今天怎么戴手套啦？手那么好看，以后别戴了好不好？

该美食博主的名字叫"不会炸鸡翅"，隋懿每次看到都下意识地皱眉。

这条评论提醒了他，他忽然想起那天被打断的视频，忙翻到做培根卷的那条，点开来拉到博主拿着筷子的手出现在屏幕里的一幕，准确地按下暂停。

视频像素不高，角度也不太好，手出现得突然，消失得也快，定格的画面都是高糊的。

可是隋懿依然看到他右手大拇指上方有一块深色痕迹，跟宁澜最后一次做饭被烫到的部位一模一样。

宁澜说过自己是瘢痕体质，破皮烫伤常常许多年都好不了。

宁澜吃过午饭，本打算睡个午觉，又怕睡过去了晚上睡不着，于是把硬纸板拿出来准备再画几张咖啡卡。

他刚写两个字，鲁冰华打来电话："老板，两支老冰棍，外卖送到冰冰发廊。"

"未达起送价，不送。"宁澜道。

"那再加包烟吧。"

宁澜放下笔："你哥回来了？"

宁澜走进冰冰发廊，看见鲁浩正被亲弟弟押在理发椅上剪头发。

鲁冰华的理发风格是连威胁带恐吓："别动啊，不然一剪刀下去变秃瓢可别怪我啊！"

十分钟后，鲁浩从理发椅上下来，额头上渗出一层细密的汗，对上宁澜弯弯的一双眼睛，尴尬地摸了摸头发："很难看吗？"

宁澜忍住笑，竖起大拇指道："特别帅！"

鲁浩在外面抽了根烟，漱完口再返回里屋。

鲁冰华不知道跑哪儿玩去了，只剩宁澜一个人坐在转椅上，单脚点地转来转去，低头抠自己手上的疤。

他肩膀瘦削，软软的头发遮住眼睛,任谁看都像个跟鲁冰华一般大的少年，而非他自己说的"二十八岁的老男人"。

鲁浩上前道："鞋子脱了，脚给我看一下。"

宁澜不转了，把腿往回收："不用啦，这阵子不怎么疼了。"

鲁浩寸步不让。

宁澜只好从转椅上跳下来，乖乖地自己脱掉鞋子，卷起裤脚。

鲁浩看了看他的脚踝，不红也不肿，恢复得还不错。

"下个星期跟我去医院照 X 光看一下。"鲁浩帮他放下裤腿，站起来道。

宁澜立刻哭丧着脸："能不能不拍啊，我现在能跑能跳，上天入地都没问题。"说着原地蹦高几下，还抬起左腿来了个回旋踢，"您看，好得不得了！"

鲁浩不为所动："骨头里面的情况，从外观上是看不出来的。如果 X 光照下来情况不错，那接下来的半年都可以不用复诊。"

宁澜蔫巴巴地坐下，开始思考用一次复诊换半年安宁是否划算。

鲁浩是市里某三甲医院的外科医生，整条泉西街爷爷奶奶大叔大妈们口中"别人家的孩子"。一般人看到他和鲁冰华站在一块儿，怎么也想不到他们俩是亲兄弟，一是年龄差距大，二是俩人除了都姓鲁，浑身上下找不到任何相似之处。

宁澜脚下一蹬，连椅子带人滑到办公桌前，看着鲁浩一丝不苟地在病历本上写字，棱角分明的脸部线条让他的表情显得更加庄重严肃，让宁澜不由得想起第一次见面时，他用审视的目光打量自己，然后对张婆婆说："报案吧，警察自会处理。"

即便在后来的相处中，他对自己的态度逐渐缓和，宁澜依旧对他心存敬畏。

鲁浩察觉到宁澜的视线，边写边问："最近微博有定时发吗？"

"有啊，昨天还发了蒸包子的视频……哎呀！"宁澜一拍脑袋，"本来想着带些给您尝尝的，出门时给忘了。"

鲁浩勾唇一笑："没关系，我可以看视频，就当吃过了。"

安静片刻，宁澜咬咬嘴唇，试探地问："鲁大哥，那个药……就是那个安神助眠的药，能不能再帮我开一点啊？"

鲁浩抬头，脸上的温和退去七八分："还失眠吗？"

"也不是，就偶尔，偶尔会睡不着……"宁澜支支吾吾不敢明说。

鲁浩目光直直看着他："那些视频，你发完之后有没有看下面的评论？"

宁澜目光躲闪："有……有啊，当然有。"

"那你知道现在粉丝数是多少吗？"

"两万？还是三万？记不清了。"

"是二十万。"

宁澜瞪圆眼睛："这么多？哪儿来的啊？"语毕才发现自己说漏嘴，蜷着肩膀缩回去，讷讷地不敢作声。

鲁浩说："我知道你害怕面对这些，可是如果你把发视频当作不得不完成的任务，只输出信息而不接受回馈，那这个治疗方案有何意义？"

两年多前，鲁浩开始帮宁澜进行治疗。宁澜是个没有身份信息的三无人员，去医院挂个号都做不到，于是鲁浩私下里帮他诊治，每周抽空回泉西，仔细做好记录带去医院问其他科室的医生，再想办法帮他拿药。

宁澜如今能在泉西街上像个猴似的活蹦乱跳，可以说是多亏了他。这也是宁澜敬重他的原因，能在不问他从哪儿来、为什么弄成这样的情况下帮他看病，善良程度简直堪比菩萨转世。

于是，宁澜羞愧难当，脑袋快埋到胸口，闷声说："对不起……"

过了半晌，鲁浩轻轻叹了口气，道："身体是你自己的，如果你都不想它好，旁人再努力也是徒劳。下周再跟我去做个心理评估，那药是精神类处方药，我一次也不能多拿。"

宁澜几不可闻地"嗯"了一声，然后把手伸到裤兜里窸窸窣窣地掏出卷起来的一沓钱："还有这个，票被我卖了，对不起……"

气氛顿时有些尴尬，周遭空气流动的速度都放缓了。

宁澜心里更是七上八下。

时钟滴答滴答往前走，就在宁澜如坐针毡，绞尽脑汁想换个话题时，鲁浩缓缓开口："没关系，本来就是送给你的。"

窗外骄阳似火，距离发廊两百多米的泉西主街上，一辆黑色SUV（运动型多用途汽车）从西边驶来，刹车时有点急，轮胎摩擦地面发出刺耳的声响。

隋懿从车上下来，脚步急促地往路对面奔去。离小卖部约莫还有两三米，他站定喘匀了气，接着大步跨进去。

店里没人在，隋懿第一次仔细打量这间面积不大的铺子——货架上的小商品摆得整整齐齐，冰柜里的冷饮都没有乱堆乱放，矿泉水、运动饮料、有色饮料、冰棒都划分了专属区域，还有一个角落里放着用塑料袋包裹的冻肉等食材，说不定是为了下一次录制视频准备的。隋懿掉转视线，柜台后面的摇椅上摆着一只被洗得发白的草莓抱枕。

他来过两次，竟都没留意到这些细节。刚才通过定位确认了发出视频的地址在这里，如今又将所见到的和印象中的一一对应。

"谁啊？"婆婆听见动静拉开帘子出来，看见隋懿就眉开眼笑，"小伙

252

子买咖啡啊？"

隋懿满脑子都是宁澜，顾不上许多，直接问："婆婆，请问您这里有没有一个叫宁澜的人？"

婆婆愣了下，脸上的笑容迅速敛去，斩钉截铁道："没有，没听过这个名字。"

隋懿心急如焚："那您店里还有其他伙计吗？"

"没有，就我一个。"

婆婆急于否认，轻易被隋懿抓住话里的纰漏："您上次说的那个做咖啡的小伙子……"

未待他说完，婆婆恼羞成怒，挥着蒲扇就把他往外轰："没有，说了没有就没有，买不买东西？不买就出去！"

婆婆脚步颤颤巍巍，隋懿怕伤着她，只能在老人家的驱赶下节节后退，嘴上还在请求："您让我见他一面，就一面，我有话要对他说。"

"见个啥！"婆婆嗓子都喊劈了，"早去哪儿了？他瘦成一把骨头，无家可归的时候，你在哪儿？现在看他过得好，就眼巴巴来认了？呸，别做梦了！"

"砰"的一声，铁门在眼前重重关上，隋懿后退两步，耳膜被震得嗡嗡响。

另一边，宁澜正要道别，鲁冰华搬出一个电饼铛，眨着星星眼求他做章鱼小丸子给他吃。

宁澜拿他没办法，只好同意，奈何那电饼铛附带好几个大小不一的铸铁锅，拎在手上十分吃力，鲁浩便说帮他送回去。

此时，太阳刚要落山，两人走在路上，闲话几句家常。

发廊和小卖部相距不到三百米，宁澜远远地就看到店铺大门紧闭。他掏出钥匙开门，唤了几声婆婆，到里屋才发现婆婆已经躺在床上睡熟了。

他轻手轻脚把门带上，回到外屋，把电饼铛拆盒，又把锅拿出来冲洗一番，然后插电加热。

他把面团从冻肉下面翻出来，一手拿面团一手关冰柜，鲁浩正要走，与此同时，一个低沉的声音毫无预兆地在耳边响起："宁澜。"

大概是面团太冰，宁澜被冻得哆嗦了一下，脱手掉在冰柜盖上，甫一接触到热空气，就开始丝丝缕缕往外散发寒气。

他现在的名字叫张宁，最亲近的婆婆喊他"宁宁"。

他有三年多没有听到"宁澜"这个名字了，所以第一反应是以为自己在做梦。

"宁澜。"隋懿上前一步，又唤了一声。

宁澜想转身离开，不知为何又顿住脚步，站在原地没动弹。

隋懿两步跨到柜台前，正欲说什么，一个男人从一帘之隔的里屋走出来："张宁，我先走——"

此刻，宁澜脸色苍白，垂在身侧的手指都颤抖着往里蜷缩。

鲁浩看见他面前站着的人，觉得面熟，一时又想不起来在哪儿见过，加上宁澜的精神状况时好时坏，最是受不得刺激，便以为这人是来找麻烦的顾客，把宁澜拉到身后，质问道："你是谁？"

隋懿缓慢地、一字一顿地说："我是他朋友。"

鲁浩显而易见地诧异，然而隋懿表情严肃，不像在说谎，于是他扭头看向宁澜："他是……"

"不是，他不是。"一直沉默着的宁澜突然说话了，他垂着眼不知道在看哪里，将隋懿的目光彻底忽略，淡淡地说，"我不认识他。"

隋懿瞳孔微张，宁澜说的话已经通过神经传输到他的大脑，可他下意识地抗拒去解读。

隋懿问："你……不记得我了？"

这句试探的疑问显然是句废话。如果不记得，宁澜不会是这样的反应，连眼神都飘忽不定，不敢与自己对上。

隋懿大步流星地绕过去。

一旁的鲁浩见宁澜反应古怪，明显是紧张极了，由此认定隋懿即便认识他，也绝对不是什么好人。于是他上前把宁澜隔开，护在身后，对隋懿道："他说不认识你，麻烦你离开。"

隋懿冷不防被鲁浩推开，不满地伸手去拉宁澜："跟我回去。"

这次宁澜躲了，他侧开身，幅度很小地摇了下头，眼睛自始至终没有看隋懿，径直转身往里屋走。

隋懿被鲁浩挡着进不去，表情紧绷，在濒临爆发的前一秒，沉声道："让开。"

鲁浩只比他矮一丁点，气势上完全不露怯，还是那句话："请回吧。"

隋懿心性中少年的莽撞已磨去不少，若是在三年前，他早就动手把这人按在地上揍了。

鲁浩能感觉到这个年轻人身上散发出的暴躁狠戾，迎着他暗沉的目光，冷静道："如果你想看到他的状态变得更糟糕，就尽管闯过去。"

终究还是理智占了上风。

隋懿退到小卖部外面，深吸几口气强迫自己保持冷静。

现在人已经找到了，接下来就是想办法把他带回去。虽然看上去没那么轻松容易，但是无论怎样，都好过找不到人时毫无底气地盲目。

太阳将要落山，日光被街道两边的路灯取代，又在外面等了一阵，小卖部的大门才从里面打开。

先出来的是鲁浩，他手上拎着包子，回头跟站在里面的人说话，隋懿以为是宁澜，忍不住上前张望，却被门口的婆婆逮了个正着，跳起来边撸袖子边到处找武器。

隋懿一声"婆婆"刚叫出口，一盆水就迎面泼来。

"你小子还敢来？我不想看见你，宁宁也不想看见你，快走！"

婆婆骂得气喘吁吁，脸都涨红了，被鲁浩好一顿安抚才进屋去。

小卖部今天似乎不打算再营业，铁门"哐"地关上，鲁浩沿着路往西边去，只留下隋懿一个人呆立在门口。

旁观者尚且如此，那宁澜本人该有多痛。

他还幻想着宁澜能忘掉痛苦，只记得幸福愉快的部分。

谁都怪不得，只能怪他自己。

"喂，小伙子，看这边！喂——"

隋懿沉浸在茫然失意中，忽然听到有人在喊他。

他直起僵硬的脖颈，抬头望去，小卖部右手边是一间北方城乡边缘常见的澡堂，夏天澡堂一般不营业，所以灯箱招牌都没打光。

叫他的正是站在那儿的一名中年妇女。

几分钟后，隋懿坐在那位自称姓姜的中年女人的店铺里，一个目测是她

255

女儿的姑娘红着脸给他拿了瓶矿泉水，然后坐到桌对面捧着本书静悄悄地看，时不时抬头偷瞄他一眼。

姜婶从柜台里给他拿了块毛巾，说："下午就看见你站在门口了，打一圈麻将出来你还在，可怜的。"

隋懿道了谢，接过那条新毛巾，闷不吭声地把脖子和脸上的水擦干净。

姜婶坐到他旁边的凳子上，眼珠滴溜转，八卦地打听："你是张家婆婆的什么人啊？"说着又上下打量隋懿一番，猜测道："是不是她那个养子的儿子啊？啧，上次见你还被抱在手上，现在都这么大啦！"

隋懿说不是，顺便问了一嘴"养子"的事，姜婶大概一个人在家闷久了，好不容易逮着个能说话的，当即打开话匣子，开始滔滔不绝地讲故事。

原来，张婆婆并不是个孤寡老太。她二十多岁时在镇上的纺织厂工作，有次下夜班回来的路上，捡到一个哇哇大哭的男婴。

那时候通讯不发达，她挨家挨户敲门问了一遍，警察局也跑了好几趟，都没找到男婴家人，于是又养了他几天，后来渐渐产生了感情，便把孩子收养下来。

那些年为了照顾孩子，她拼命工作，连婚都没结，好在那孩子出息，上学时成绩一直名列前茅，后来更是拿着奖学金考上知名高等学府，一千响的鞭炮成车地送来，足足在泉西街上响了一整天。

"那会儿泉西还是个偏僻的乡下小镇，那可真是全镇都跟着扬眉吐气的大喜事啊！"说到这里，姜婶脸上的笑容渐渐散去，意味着故事将迎来转折，"大伙儿都以为张婆婆的苦日子到头了，哪知道张家小子的亲生爹妈突然找上门，要让孩子认祖归宗。亲爹妈家姓孙，据说生下孩子时被医院判定先天不足，活不过二十岁，孙家那时还没发迹，就咬牙把孩子丢弃了。二十多年后发家了、富裕了，又想起有这么个孩子，到泉西街上一打听，知道孩子不仅好好活着，而且特有出息，当然立马上赶着想要回去。"

"那小子也是没良心，看到亲爹妈家有钱有势，抛下养母，转脸就改了名，回到孙家，不久就结了婚。结婚之后倒是抱着孩子来看过张婆婆一次，十几二十年前，记不清了，张婆婆门都没让进，也是一盆水把人轰了出去。"

姜婶说完，深深叹了口气："有些人哪，光长了颗肉做的心，不知道怎么能这么薄情寡义。"

隋懿陷入沉思，心想：难怪张婆婆对他敌意这么大，大概是把他当成抢她宝贝儿子的坏人了。

次日清晨，小卖部正常开门营业。

张婆婆起了个大早，搬了张凳子，门神似的坐在门口。她眼神不好，三米开外人畜不分，但凡有脚步声靠近，就梗着脖子盯人家猛瞧，活像个张开翅膀保护小鸡仔的老母鸡。

"小鸡仔"宁澜看不下去，三番五次地劝她回房休息，白天日头晒，这么坐下去非得中暑不可。过了一阵，鲁冰华从路西头晃晃荡荡地过来混早饭吃，吃完拍着胸脯保证会看好宁宁哥，张婆婆这才让宁澜扶着她回房小憩。

鲁冰华把门口的小凳子搬到柜台后面，压低声音问："听我哥说，有人来找你啦？"

宁澜往咖啡机里装咖啡豆，没理他。

"是你家亲戚吗？爸爸？妈妈？还是哥哥姐姐啊？为什么不早些来啊？婆婆打他了吗？哎呀！你快讲给我听听！"

鲁浩显然没有把具体情况透露给鲁冰华，宁澜觉得能在鲁家弟弟的机关枪轰炸下守口如瓶，着实是件十分不容易的事。

上午鲁浩发来消息提醒他吃过饭才能吃药，宁澜打了个"嗯"字后，加了一句"你也好好吃饭"。

理发店上午生意少，鲁冰华从宁澜嘴里套不出话，蔫了吧唧地趴在柜台上打手游，顺便帮他看店。

宁澜正好抽空出去一趟，小板车上摞满货物，把手捆在自行车上，便成了辆外送小货车。

泉西街不大，走走停停绕一个来回也就一个多小时。宁澜在路上接到鲁冰华的电话，说理发店来人了，他得先回去。宁澜出门没带钥匙，叫他把小卖部的铁门掩上就行。

周围街坊邻居友爱和睦，鲜有外地人出现，平日里就算家门大敞，也是为了串门方便，街上人来人往，也没有小偷敢光顾。所以宁澜很放心地下车买了几个西红柿，切了片冬瓜，称了块五花肉，还挑了条肥美的鲫鱼，在摊子前排队等老板开膛破肚处理好，准备回去就下锅红烧。

昨天把婆婆气坏了，得做顿好的给她补补。

他脑袋里盘算着中午的三菜一汤，拎着大包小包打开铁门时，冷不丁对上一个高大的身影，吓得差点背过气去。

隋懿也吓得不轻，他昨晚回市里，一大早起来就去买了些东西赶过来，见小卖部关着门，里头一个人都没有，还以为宁澜跑了。

宁澜心跳很快，多半是被吓的。他绕过隋懿，进到里屋，把鱼腌在碗里，菜切好放在案板上，心跳渐渐平稳。

宁澜到院子里拔葱的时候，瞥了一眼半挂的门帘，看见隋懿还站在原地没动。

他想了想，还是走出去，问："要买什么？"

隋懿有些无措地从货架上拿了两块巧克力，放在柜台上。

"一共二十。"

隋懿今天出门比较匆忙，摸遍了全身也没找到一张纸钞，问："可以电子支付吗？"

"不可以。"宁澜果断地把巧克力拿起来放回货架，转身又要进屋。

隋懿有很多话想说，想问问他昨天怎么了，这些年过得怎么样，还想向他道歉，问他愿不愿意跟自己回去。然而一对上宁澜冷漠的脸，就如鲠在喉，什么都说不出来了。

他三步并作两步走过去挡在宁澜身前，从口袋里掏出一张名片大小的卡片："我要喝咖啡。"

宁澜拿起笔在卡上画条杠，然后帮他接满一杯放桌上，其余任何情况下都不作回应。

"你的脚还好吗？

"昨天冒犯了，婆婆还生气吗？

"你……还在生气吗？"

这时，来了个买冰棍的小孩，买一根吃一根，就站在门口吃，吃完又要。在小孩要第三根时，宁澜双手按着冰柜劝道："小朋友一次不能吃这么多冰棍哦，会肚子疼的。"

宁澜再次转身进屋，只留给他一个冷酷的背影，他终于忍不住，将那句憋了很久的"对不起"脱口而出。

隋懿见宁澜身形一顿，似有动容，但回应他的依旧是沉默的后脑勺。宁澜抬脚，帘子一掀，又回里屋去了。

礼貌和理智告诉隋懿不能在未经主人同意的情况下随便进别人家，他踌躇片刻，还是返回在柜台前待着。

隋懿在要最后一杯咖啡时，咖啡机出了点问题，接到一半就不出水了，宁澜把顶盖拆了，一顿捣鼓，盖回去抬手使劲儿一拍，出水口的咖啡突然喷溅出来，淋了站在边上帮忙的隋懿一身。

隋懿今天穿了件浅色 T 恤，深咖色的液体在前胸喷出一片斑驳，宁澜手忙脚乱地拿纸给他擦，怎料棉布吸水极快，哪是面纸可以擦掉的。

隋懿见他着急，刚要说"没事我回去换一件就好"，宁澜就扔下纸巾，拔腿跑进里屋，很快拿了件白 T 出来递给隋懿："先穿这个吧，没穿过的，衣服换下来我洗。"

隋懿扭头看外头青天白日，人来人往，有些不好意思。

宁澜看出他的顾虑，犹豫片刻，说："跟我来。"

隋懿跟着宁澜进去，经过院子和厨房，左手边第一间就是宁澜的房间。

十几平方的房间里面摆着一张床、一个衣柜，别无他物。衣柜大敞着，不少衣服胡乱扔在床上，显然是刚才翻找时没来得及收拾。

宁澜把衣服给隋懿，就在床边弯下腰背对着他叠衣服。

"对不起！"隋懿在他身后说，"我知道了，我都知道了……对不起！"

宁澜脑袋空了几秒。

什么知道了？知道什么了？所以才来找我吗？

宁澜不说话，隋懿刻意压低声音道："回去，好不好？"

回哪里去？

宁澜瑟缩了下，下意识摇头。

不，不回去。

不想见到他们，不想再一次被抛弃。

隋懿当他的倔脾气又上来了，耐心道："粉丝们都很想你，还记得《覆江山》吗？现在电视上还在重播，他们都夸你演得好，你要是还想演戏，就继续演，想唱歌也行，我都可以帮忙。如果觉得累，可以去国外旅行，你不是想学滑雪吗？"

后半部分宁澜完全没听进去。他想起了那场地震，想起了万人黑海，还想起了网络上无穷无尽的谩骂。

他在这里躲了这么久，终究还是被发现了。

接下来呢？是不是该把他拉到街上示众？

让他满嘴谎言，骗人骗己……

宁澜扭身企图回避，却被隋懿拦住。

隋懿一低头就看见宁澜脸色煞白，嘴唇抖得厉害，喉咙里连哼带喘地发出些破碎的气音，不是在笑，凑近了才能听清三个字——放开我。

隋懿没料到他会是这样的反应，望着他没有焦点、乌沉沉的眼睛，一时间忘了动作。

接着，听见动静赶来的张婆婆提着扫帚将隋懿赶出了门。

中午，日头正盛，隋懿接到电话时，正站在小卖部门口发呆出神。

"你是不是跑到京郊一个叫泉西的地方去了？"经纪人王旭开门见山地问。

"嗯。"

"有路人拍到你的照片发微博上去了，幸好我发现得及时，给处理了，不然你就等着被扒出来围观吧。"

隋懿听完，神色并无波澜，转过去背对街道，又轻轻"嗯"了一声。

他平时话就不多，但也没少到一个字一个字的往外蹦。王哥当即就觉得奇怪："你在那儿干吗？"

"找人。"

"还是那个人？"

"嗯。"

"找到了吗？"

"找到了。"

"真的？谢天谢地。"王旭一拍大腿，"这下能好好工作了吧？"

隋懿舔了下干燥的嘴唇，说："他不肯回来。"

电话那头沉默几秒，道："找到就行，反正迟早——"

话说一半，就被隋懿强行打断："王哥，我想先请两个月的假。"

那边王旭正被手下艺人整出来的破事弄得焦头烂额，星光娱乐另一头，录完音从棚里出来的方羽得知隋懿在泉西的消息，立马开车一路向西，两个小时后在泉西街上猛踩刹车，险些撞上前面停着的迈巴赫。

方羽下车匆匆往小卖部走，看见在门口傻站着的隋懿，招呼都没打一声就径直越过去敲门。

起初没人开门，方羽对着门缝冲里面喊："是我，我是方羽，你连我也不想见了吗？"

少顷，门打开，隋懿眼睁睁地看着方羽进去了。

又过了大约半小时，一辆宝蓝色的跑车伴随着发动机的轰鸣声从远处驶来，到跟前还玩了个漂移，才在方羽的车后面停稳。

陆啸川从驾驶座上下来，摸不着头脑地一阵东张西望，看到隋懿立刻摘了墨镜，跟见到亲人似的边挥手边跑过来："队长，你见着方羽了吗？"

隋懿看一眼紧闭的小卖部大门："在里面。"

陆啸川仗着身高跳起来往里张望，什么都没看到，敲门之前才意识到哪里不对，疑惑地问："队长，你怎么不进去啊？"

隋懿薄唇轻抿，没有回答。

陆啸川终于琢磨出点什么，暂时打消了进去的念头，走到隋懿边上跟他一起靠墙站着，酝酿一阵，开口道："小羽也是前不久才知道的，他没告诉我，我今天也是听公司里的人说，才给他打了电话，他说已经在路上了。"

隋懿"嗯"了一声。

按照方羽开始给视频点赞的时间推算，也就两三个月的事，他没告诉任何人，听说隋懿来了才现身，应该是不想打扰宁澜的生活。

以宁澜现在的状态，确实不适合再回去，待在这里说不定才是最好的选择。

"他……我说宁澜，还在生气？"陆啸川小心翼翼地问。

隋懿摇头。

"那你为什么不进去？"

隋懿又朝紧闭的大门看了一眼："我怕他生气。"

陆啸川挠头，不懂他们俩在搞什么鬼。而方羽在里面待到下午才出来，出来的时候眼眶红红的，好像刚哭过，隋懿上前问他："宁澜怎么样了？"

方羽美目一瞪，凶道："你谁啊？凭什么告诉你？"

隋懿抿了抿唇，侧身过去要敲门，方羽追上来阻拦："你别吵他。"

261

隋懿抬到一半的手僵硬地悬在空气中，好一会儿才慢吞吞地放下。

他默不作声地返回原地，继续驻守。

傍晚，隋懿收到陆啸川问要不要帐篷睡袋等露营设备信息的时候，他的手机电量已经见底，刚按下"不用"两个字准备点发送，就忽然振动一下，自动关机了。

他把手机揣回兜里，双手抱臂，仰头望着在湛蓝夜幕中穿梭的云。

泉西街没有夜生活，家家户户关门熄灯都很早，只有小卖部里灯还亮着。

忽然，门"吱呀"一声打开，隋懿站直身体，看着宁澜从里面出来，然后一步步往自己这边走过来。

他举起手上的东西："这是你丢在店里的吧？不好意思，刚刚才发现。"

隋懿借着路灯观察宁澜的脸色，目测比上午好了许多，接着视线往下，看到他手上拎着的袋子，眸色顿时一沉。

宁澜见他不接，直接把东西放在地上，平静道："衣服上的咖啡渍没洗掉，多少钱，我赔你。"

隋懿目光滞涩，里面酝酿着些许隐而不发的情绪。

钱，是他和宁澜在那两年中提及频率最高的话题。

"那件衣服本来就要扔，你把它扔了吧。"隋懿不擅长说谎，幸而天生语调平缓，很难听出刻意的痕迹。

宁澜无声地否定了他的提议，从口袋里掏出一沓钱，说："先给你一千，我会去店里问价格，多退少补。"

"不用。"隋懿着急拒绝，灵机一动道，"是粉丝送的，不是店里买的。"

宁澜想起那件衣服领口都没有商标，便信了七八分，眉宇微蹙，开始犯难。

"等下次见面会，我会问粉丝在哪里买的，到时候你再赔给我。"宁澜想不出其他更好的办法，无奈之下点头表示同意。

"很晚了，进去睡吧。"隋懿道。

小卖部闭门两天后恢复营业。

时间的齿轮继续向前转动，一切与往常一样，仔细留意又有些微不同。

比如隔壁澡堂修屋檐剩下点材料，顺便帮小卖部也弄了个遮阳篷；比如铁门年久失修，刚跟修车行的大爷借来工具准备自己捣鼓，就发现门突然好了，开关顺滑，跟新的一样；再比如买苦瓜老板搭送一把韭菜，买半斤肉被多塞一斤排骨……

泉西街上邻里关系融洽，经常互帮互助，这样的幸事以前不是没有，只是没有这阵子如此频繁，几乎是刚遇上点麻烦，什么都还没做，就迎刃而解了。

这天下午，宁澜趁批发市场的送货员还没来，踩着自行车去五公里外的连锁超市买做章鱼小丸子需要的配料，日式照烧酱一瓶，沙拉酱一瓶，木鱼花、海苔碎各一袋，这些都是附近买不到的食材。

宁澜结账时，神秘的幸运女神再度降临——超市搞活动，凭购物小票参加抽奖，宁澜手伸进去随便抓一张，展开一看：电动车一辆。

以六十块不到的消费换到一台电动车，换作是别人做梦都能笑醒，然而宁澜却把这事跟之前一连串事联系起来，得出了一个令心中警铃大作的结论。

他没要那电动车，踩着自行车飞奔到家时，送货车已经停在门口。送货员还是经常合作的那个小哥，平时每次来都火急火燎地把货放在门口就走，这回不知道哪儿来的耐心，正把货一箱一箱往店里搬，已经搬进去的货还在墙边码得整整齐齐，既不妨碍走路，也不影响美观。

宁澜当机立断地追出去，沿小卖部四周溜达一圈，把误入死巷的隋懿堵了个正着。

隋懿似乎刚干完体力活，浑身大汗，头发也散开几缕在额前，一边衣袖挽到肩膀，胸膛随着呼吸剧烈起伏，脸上戴着口罩。

"你在干什么？"

隋懿："跑步，路过。"

"顺便帮送货小哥搬个货？"

"嗯。"

宁澜简直要被气笑，咧开嘴却弯不出笑容的弧度，冷声问："你想干什么？"

小巷里没有别人，隋懿把口罩拉到下巴，薄唇轻启，道："让你过得好一些。"

这个回答让宁澜蒙了一会儿，不过须臾，眼神便重新恢复清明。

"我现在很好，"宁澜说，"麻烦你收起无聊的同情心，我不需要任何帮助。"

263

隋懿很快收到一笔退回的钱。

姜婶为难道："宁宁非要给我的，他有多倔你肯定知道，我都说了要不了这么多，他往我桌上一放就跑，追都追不上……"

宁澜的"斤斤计较"，没有人比隋懿体会更深。

过了几天，宁澜起床翻日历，才迟钝地反应过来，今天是自己的生日。

早上，婆婆给他做了碗长寿面，吃完没多久，鲁冰华就摇头晃脑地出现，神神道道地一会儿让他看天上，一会儿让他看背后，企图卖关子的心思昭然若揭。

最后还是宁澜受不了，站起来说不要了要不起，鲁冰华才把背在身后的一套碗碟拿出来，摆在柜台上展示给宁澜看，得意道："以后录视频用这套餐具吧，怎么说也是二十万粉丝的美食博主，泉西街最大小卖部 CEO，必须要有排面！"

中午饭前，宁澜收到来自方羽的一束鲜花，卡片同时抵达："把我自己送给你，生日快乐！"

方羽最近跟他一直有联系，说这阵子忙新专辑，忙完了再来看他。宁澜难得心情大好，把新鲜的花插进瓶子里，然后回了方羽一个"谢谢"。

傍晚，鲁浩提着蛋糕来了，宁澜和婆婆一起张罗了一桌子菜，四个人吃得肚胀腰圆。鲁冰华还惦记着那个蛋糕，非要给每人都切一块。

宁澜吃完撑到快吐了，站起来到院子里跑圈，鲁浩跟出来，提醒他速度慢些，小心旧疾复发，宁澜于是放慢脚步，跟鲁浩一块儿在五米见方的小院子里遛食。

两人刚转一圈，就险些踩到对方的脚，鲁浩笑道："咱们出去走走吧，这里转不开。"

迎面吹来的夏风带着些夜晚的凉意，吹得人毛孔舒张，惬意非常。宁澜边踢石子边往前走，经过以泉西命名的小桥时，抬脚把石子踢进河里。

鲁浩很给面子地在一旁鼓掌喊"好球"，宁澜弯起唇角笑了，月光给他线条柔和的脸镀上一层浅淡的边，使他本就澄澈的眼睛亮如星辰。

他们回去的路上，鲁浩开口道："下周有空吗？"

"啊？有……有吧。"

"抽半天时间跟我去趟医院。"

宁澜听到这话，一脸苦大仇深："真的要去啊？"

"真的。"鲁浩说，"听话的小朋友有糖吃。"

宁澜撇撇嘴："我看您更适合做儿科医生。"

鲁浩不置可否。

深夜，宁澜辗转反侧难以入眠。

隔壁张婆婆已经熟睡，宁澜赤脚下床，走到窗边，轻轻推开窗户。

月上梢头，窗台上除了一朵花瓣已经开始卷曲的雏菊，还有一个长方体的小东西，在月光下反射着细腻的光。

一支录音笔，以前跟组合其他成员一起接受杂志采访时，见过这个东西。

宁澜犹豫了一会儿，把两样东西拿起来，坐回床边。他放下花，捧着录音笔仔细看。

他没开灯，不知道哪个按钮是录音，哪个是播放。

越是不敢乱碰，左手拇指就越是不小心地一勾，按下去一个键，有丝丝电流声从外放口传入耳中，宁澜手忙脚乱地想把它关掉，还没摸准按键，就有一段旋律从小小的录音笔中缓缓流出。

小提琴的声音。

这时，录音笔里传来"咔嗒"一声轻响，自动跳转到下一部分，处在黑灯瞎火中的宁澜再次没能摸到暂停键，反而把音量调高不少。

他听到刚才拉琴的人说："宁澜，生日快乐。"

送上一句人人都可以对他说的"生日快乐"后，拉琴的人再次说："对不起。"

隋懿这几天没有出现，王旭那边帮他申请假期，公司勉勉强强只给批了一个月，而且已经接了的工作必须按时完成。

隋懿同意了。他还有本地的一支广告、一个访谈和某真人秀的最后两期没录，于是这几天早出晚归。

今天要录的是访谈节目，这种节目谈艺术人生是假，见缝插针地套明星私生活才是真。

开场不到二十分钟，女主持人就把话题从演戏转到古典乐，待时机成熟，不着痕迹地问："您从小学琴，是受谁的影响呢？"

隋懿："自己想学。"

"听说您的老师是著名的小提琴家。"

隋懿看破不拆穿，直接回答："是的。"

"是这样。"主持人一副恍然大悟的样子，旋即满脸堆笑，"上回有人拍到您在教师节那天亲自买花送回去，有您这样如同亲生儿子般优秀又孝顺的学生，老师一定很欣慰。"

隋懿知道这主持人打的什么主意，道："尊敬师长是传统美德。"

这是他出道以来第一次正式上访谈节目，主持人没想到他年纪轻轻就这么不好糊弄，顿时面露尴尬，差点忘了接下来要问什么。

节目录完，王旭在后台险些腿软到跪下："我的大少爷，您是要吓死我好自己当家作主吗？我的刀都捏在手上了，就怕你说错什么，我立马架在制作人脖子上威胁他把这段给剪了。"

隋懿接过米洁递过来的咖啡，但笑不语。

隋懿把王旭和米洁遣走，自己下到地下停车场，刚走出电梯，就碰到来隔壁演播厅录节目的方羽，还有跟他一起来的张梵和安琳。

张梵擅长带歌手，方羽作为歌手出道后便由她接管，安琳则是从 AOW 单飞后就一直跟着他。

方羽见到隋懿就没好脸，摘掉墨镜阴阳怪气道："哟，这不是我们'嗷呜'的队长吗？原来大明星也会来这种小演播厅录节目啊。"

隋懿"嗯"了一声，说："这么巧。"

每次挑衅都被他这样轻飘飘地揭过去，一拳打在棉花上，方羽气哼哼地越过他，大步往前走。

张梵和安琳停下脚步跟隋懿说话。

"听说宁澜找到了？我和安琳正打算找个时间去看他。"张梵道。

隋懿点头："不过他状态不太好，不太想被打扰，你们……"

话未说完，已经走到电梯口的方羽回头冷笑道："少在这儿危言耸听了！"

同一时间的另一边，某医院里，宁澜正在心理咨询室外的长椅上坐立不安。

鲁浩进去不到五分钟，出来的时候表情自然，在门口跟心理医生约了下次一起吃饭，便带着宁澜出去。

他们回程的路上，宁澜欲言又止，几度开口话题都绕不到点上去，一会儿抠手，一会儿看窗外，"纠结"俩字都写在脸上了。

"座椅上有钉子？"

"啊？"宁澜愣愣地转头，"没有啊。"

鲁浩笑了："想问什么就问吧，别把自己憋坏了。"

宁澜踌躇片刻，终于下定决心问："我的病是不是更严重了啊？"

"医生告诉你的？"

"不是，我……猜的。"

"不要乱猜，你很好，医生说你比上次来的时候开朗多了。"

宁澜不由地拔高语调："真的吗？"说完又有些疑虑，耷下肩膀，"可是……"

鲁浩侧头看他："可是什么？"

宁澜摇头，抿唇不语。

鲁浩能猜到和最近来泉西看他的那些人有关，尤其是其中那位个子最高、来得最频繁的年轻男人。

其实，他藏着许多事没对宁澜说，比如他已经知道那个年轻男人是谁，也知道宁澜原本是做什么的。

他搜宁澜的名字时，出现在屏幕上成堆的负面新闻，足以证明宁澜的心理障碍是怎么来的。

但是，还差一点。

心理医生告诉他，宁澜还藏着些什么不愿意说，无论从正面直击还是侧面敲打，都没办法让他透露分毫。

人类趋利避害的本能，决定了他们越是害怕什么，就越不愿面对什么，可是不去面对，就只能活在那段噩梦中，一天一天自我消耗。

鲁浩想到这里，心情变得有些沉重。不知为什么，他总觉得事情跟那个年轻男人有关。宁澜见鲁浩皱起眉头，以为他不高兴，心虚地问他晚上想吃什么。

鲁浩转脸面对他时，脸上带了笑容："不得先看看网友们想看你做什么吗？"

宁澜在鲁浩的监视下，拿起手机，硬着头皮上微博翻了几条评论，刚好途经超市，下车买了些新鲜食材。

车子驶入泉西街时，太阳刚落山。

离小卖部还有一百米，宁澜就察觉到不对劲。

他怕自己万一回来晚，婆婆够不着开关，出门前就先把灯打开了。然而现在店里没有亮光，门是虚掩着的。

车还没停稳，宁澜就打开车门慌张地跳下去，店里没有人，屋里也没有，有张椅子倒在墙根旁，上头距离地面有两米高的电闸门敞开着。

他心里直打鼓，脑中闪过无数种可能，每一种都让他心惊肉跳。

他转身往外跑时，险些撞上一个人。

宁澜没理会，侧过身想出去，被隋懿伸胳膊拦住："婆婆扭伤腰，现在在街道诊所。"

宁澜抬头，骇然道："扭伤腰？怎么回事？"

隋懿用眼神看了看那边翻倒的椅子："跳闸，她爬凳子上去拉开关，不小心扭到，现在没事了，医生正在给她按摩。"

他说得轻描淡写，实际上当时张婆婆已经站不稳往后仰倒，如果他晚到一步，或者反应慢上半拍，怕是不止扭腰那么简单了。

宁澜听了他的话，错乱的呼吸渐渐平稳。他回屋里拿了钱，一只脚刚跨出去，又折返回来问他："医药费是你垫付的吗？多少钱？"

他低头把手上的钱数一遍："加上上次的衣服，两千够不够？"

"不够。"隋懿说，"你是不是忘了自己还有个亲妈？"

宁澜猛地瞪大眼睛，嘴唇颤动几下："你……你给她钱了？"

"你给她钱了？给了多少？"宁澜追问。

"记不清了。"

宁澜上前两步，不依不饶地问："到底给了多少？"

鲁浩怕他们俩打起来，上去拉宁澜："我们先去看婆婆。"

宁澜甩开他的手，平静道："麻烦鲁大哥先帮我去照看婆婆，我跟他结完账，马上就来。"

鲁浩走后，隋懿轻笑出声："结账？"

宁澜转身，从柜台下面拿出纸和笔，摆在隋懿面前："卡号写在这儿，我打给你。"

"你跟我回去——"

"隋懿。"

隋懿一下子怔在那里。

这是宁澜第一次直呼他的名字。

隋懿嘴巴动了动，突然哑巴了，一个字也说不出来。

宁澜忽然点点头："我知道了，你是来讨利息的。"说罢就开始掏口袋，摸出几张纸币。

隋懿不接："我不是……"

"不够的话，我去银行取。"宁澜冷声说着，越过隋懿就要走。

隋懿拦住宁澜："我不是那个意思！"

宁澜喘得厉害，胸膛急促起伏，口气却依旧是冰冷的："不要钱就走开，别在这儿浪费时间。"

隋懿面色铁青，牙齿咬得咯吱作响。

怒火已燃至临界点，他怕自己在极端的情绪下再说出什么无法收回的话，转身走了出去。

宁澜在他身后抬起头，背靠着墙慢慢蹲下，把自己的身体蜷起来，等待被黑暗吞没。

隋懿回到车上，从口袋里掏出一包烟。

他点燃一根，却没有抽，看着火星明灭，一截一截的烟灰蓄长，然后不堪重负地掉落。

车里烟雾缭绕，充盈着呛人的味道，他置身其中，待到心绪平静，烟也燃到尽头，扭头看窗外时，才发现下雨了。

夏天的雨裹挟着青草和泥土味，却因气压太低，叫人嗅不出清新和芬芳。

斜对面的小卖部还是没有开灯，宁澜应该是去小诊所找婆婆了。

隋懿下意识地找自己的琴，副驾座和后座上空空如也，他这才后知后觉地想起进小卖部时顺手提着琴盒，看见张婆婆即将摔倒，便将琴盒随手扔在地上。

宁澜晚上回来发现了，说不定会直接拎起来丢到外面。

隋懿顶着大雨冲到小卖部门口，他知道宁澜出门时一般不上锁，一拉把手，门就开了。

里面黑漆漆的，隋懿打开手机作为光源，才看清楚躺在货架旁的琴盒。

还有墙角缩成一团的人。

屋里很静，他却听不到那人发出的声音，只能听到雨滴敲打屋檐的闷响。

宁澜的头深深地埋在膝盖里，一动不动，走近了也听不见喘息声，好像把自己完全密封起来了。

隋懿深吸一口气，慢慢蹲下，轻声唤他："宁澜。"

宁澜把自己抱得很紧，仿佛一块冻住的石头，只有温暖的东西才能让他慢慢解冻。

"宁澜，你抬头，你抬头。"

宁澜黝黑的瞳孔紧盯着他，像个刚睁眼打量世界的小孩，眼中有几分惊讶，还有几分茫然。

隋懿问："你不认识我了？"

宁澜小幅度地摇头。

"地上凉，我们先起来。"

隋懿看见宁澜眼里那汪水剧烈地翻涌，接着两行泪溢出眼眶，滑过脸颊。

宁澜哭的时候是没有声音的，边哭边说话的时候，才能听出哽咽。

原来宁澜受到的伤害有这么深、这么重，让他在无边的黑暗里待了三年，一直没有找到出来的路。

2

宁澜难得睡了个安稳觉。

他习惯浅眠，一个晚上醒来无数次是他的日常。这回睁开眼，从窗帘缝里透进来的光居然是白色的。

天亮了。

突然有个声音在耳边响起："醒了？"

宁澜扭头，对上床边的那张脸，当场愣住。

正是隋懿。

张婆婆端着饭菜进来的时候,宁澜正坐在床上,盯着毯子上的向日葵发呆。

隋懿去接婆婆手里的东西,被她护食般地躲开:"这是宁宁的,没你的份。"

隋懿讪讪地收回手。

婆婆端起粥碗,舀一勺往宁澜嘴边送,宁澜不好意思让老人家伺候,挪到床边想自己吃,抬手刚接过勺柄,"叮当"一声,瓷勺掉在地上,摔成两截。

隋懿眼明手快地把碎勺捡起来,去厨房拿新的。

婆婆嘴里念叨两遍"碎碎平安",把宁澜发抖的右手捏在手心里揉:"攥着被子整夜都没放,现在知道疼了吧?"

宁澜的手指关节现在动一下都费劲,滞涩得像刚接上的假肢,足见婆婆说的"整夜"完全没在夸张。

他不得不接受这个事实,除了眼睛和手,头也开始隐隐作痛。

隋懿拿了新勺子递给他,宁澜垂眼接过,吃到一半突然想起什么,问婆婆:"鲁大哥呢?"

婆婆说:"他昨天晚上就走了,让你醒来给他打个电话。"

宁澜吃完放下碗,从抽屉里拿出两瓶药,就着白开水各吞两粒,然后从枕头底下摸出半个手掌大的老式手机拨鲁浩的号码。

"喂,鲁大哥……我没事,挺好的……吃过了,嗯,饭后吃的……昨天说好了请您吃饭,结果睡着了……您晚上还有空吗?……那我做好了送过去……没关系,反正我在家闲着没事……嗯,好,中午见。"

婆婆收拾完碗筷,待他挂了电话,笑眯眯道:"要去给大鲁送饭?这都快八点了,抓紧时间。"

宁澜从床上坐起来,打开衣柜拿了干净衣裤,经过隋懿身旁,说:"昨天谢谢你,如果不介意的话,留下来吃顿饭吧。"

隋懿一夜没合眼,形容疲惫,听了宁澜的话,脸上这才有了点神采。

菜是昨天从超市买回来的,冬瓜切厚片,排骨下锅煮;黄瓜去头尾,切成薄片,和鸡蛋一起炒;鱼处理好摆上葱姜蒜上锅蒸,三个菜就成了。

两只灶头都开着火,宁澜在边上游刃有余地一勺粉一勺水地往小汤锅里加,用筷子快速搅拌。

搅匀后鱼也蒸好了,把飘着香味的蒸锅撤下,汤锅放上灶,转小火煮到冒泡，最后关火放凉。

隋懿去卫生间简单洗了脸、漱过口，就在厨房边上站着，想搭把手却一直寻不到机会。

宁澜把锅放进冰柜，打算把昨天买的西瓜拿来备用。

昨天鲁浩大概实在找不到合适的地方，竟然把西瓜放在货架最顶层，宁澜踮脚够得吃力，隋懿上去帮忙，一抬手就把西瓜推出来接在手里，然后递给宁澜。

宁澜抱着西瓜往后退两步，干巴巴地说："谢谢。"

十点刚过，张家小卖部就早早地摆桌吃午饭。

宁澜吃了两口就放下筷子，把案板上的西瓜劈开，用圆勺一勺一勺挖进透明饭盒里装好封盖。

另一只有隔层的饭盒里从下往上依次装了白米饭、黄瓜炒蛋、冬瓜排骨，最后从电饭煲里夹出一根和米饭一起煮的香肠，切成片摆在米饭上，两个饭盒分别用泡沫袋装好。

隋懿匆匆扒完碗里的白米饭，站起来要跟宁澜出去。

"你干什么去？"婆婆大着嗓门喊。

"送他。"

隋懿从口袋里摸出车钥匙，上车启动一气呵成。

昨天半夜雨就停了，太阳一出来，地上的水分就迅速蒸发。

隋懿不紧不慢地跟了一路，宁澜宁愿被晒也不肯搭他的车，径自走到公交站台边站着。隋懿找了个空地把车停好，跟他一起等公交。

城际公交发车频率低，好一会儿才有车来，宁澜刷卡上车，隋懿跟在后面，从口袋里掏出一百块钱，司机没耐心地冲他挥手："找不开，找不开。"

宁澜原本已经坐下，见状还是站起来走到门口给隋懿刷了卡。

宁澜回到座位上，也从泉西站上车的邻座大婶问他："这是你朋友啊，宁宁？"

隋懿刚上车，司机就急吼吼地拉手刹起步，他被颠得险些没站稳，扶着宁澜的座椅背刚在后排落座，就听见宁澜对邻座大婶说："以前的同事。"

隋懿跟着宁澜在市区下车，然后和他一起去转乘地铁。

隋懿在服务台兑换零钞、买单程票费了些时间，下去乘地铁时门正要关上，他长腿一迈跨了进去。

这条线从早到晚都是爆满状态，幸而车上的乘客都只顾着低头看手机，没人注意老弱病残专座旁鹤立鸡群的某个大明星。

他们下地铁后，隋懿仍一步不离地跟着，拐到通往医院的林荫道，宁澜终于忍不住，回头道："你跟着我干吗？"

隋懿站定脚步，一时找不到合适的回答。

宁澜也没指望等到他的应答，又说："我吃药了，不会发病的，你不用一直跟着我。"

隋懿听到"发病"两个字，目光一滞，连带着脚步也慢了下来。他目送宁澜上电梯，在一楼的花坛边等他。

一等就等到下午。

隋懿几次上去找姓鲁的医生，都只从护士口中得到"鲁医生在手术"的答复。他楼上楼下跑了几遍找不到宁澜，只好把电话打到姜婶家，姜婶去小卖部侦查一圈后回来告诉他："宁宁已经回来了，刚到家！"

隋懿松了口气的同时，又有一种无计可施的无奈。

隋懿在诊室门口等到鲁浩做完手术回来。

鲁浩看见他好似并不意外，请他进到办公室，把两个空饭盒拿出去洗干净，才坐下跟他谈话。

隋懿先发制人："宁澜得了什么病？"

鲁浩挑眉看他："这话该我问你，你们到底对他做了什么，把他弄成这样？"

宁澜的精神状态虽然一直不太好，但是表象的症状只有失眠和记忆力衰退，从未出现过昨天晚上那样情绪失控的状况，任何话都听不进，几乎到了歇斯底里的地步。

心理医生说的没错，宁澜的开朗都是伪装出来的。他的坚强源于内心，也是从内里开始溃烂、崩塌。昨天若不是那样的状况，说不定到明年这时候，他还是窥探不到宁澜的症结所在。

"以前，我们对他……不好。"隋懿低声说，眼中有惭愧，也有不堪回首的艰涩，"我不知道他生病了……"

隋懿抬头问鲁浩，"他的病怎样才能治好？要吃什么药？去哪家医院比较好？我……可以做些什么？"

鲁浩面色凝重，迟迟不语。

正当隋懿以为情况很严重，心绪不安时，鲁浩终于开口："你什么都不要做。"

晚上，小卖部关门时，最后一位客人还在店里喝咖啡。

宁澜把柜台仔仔细细擦一遍，抹布扔到小桌子上时，隋懿拿起咖啡杯往里面挪了下，完全没有要走的意思。

宁澜擦完桌子，冲里屋喊："婆婆，吃饭啦。"

家里就一老一小两个人，夏天经常把饭菜端到店里的折叠桌上吃，吹晚风、吃凉粉，可以说是一天中最轻松愉快的时光。

这份愉快自然不包含隋懿的份。他被婆婆拎着簸箕轰出门，险些被垃圾扑一身。

"中午那顿饭是宁宁要还你人情，你小子还赖上不走了？赶紧走，打哪儿来回哪儿去。"

张婆婆只护着自家孩子，对外人堪称"用完就丢"的典型。隋懿杵着不动，她就把垃圾袋放他脚边，嫌弃道："和垃圾一起滚。"

屋里，宁澜吃完饭，换手机发做凉粉的视频。

家里没 Wi-Fi（无线网络），他举着手机从屋里走到店里，各个犄角旮旯找信号。在传输到 95% 时，一脚踢倒货架下面的东西。

宁澜拎出来一看，是一个琴盒。他的头脑远没有从前好使，却还记得这琴盒的样子。

他抬头往窗外瞧了瞧，那人还在。

宁澜一寻思，觉得这有可能是个阴谋，决定明天早上起来，直接把它扔门口。

结果，他在床上翻了又翻，开着电风扇嫌声音吵，关了又冒汗，烦躁得睡不着。

宁澜干脆起身，准备趁夜深人静，把那琴盒丢出去。

后院门正对死巷，他不敢往那儿去，蹑手蹑脚穿过前院跑到店里，拧动门锁把门往外推，奇怪，推不动。

他以为铁门又被雨水淋锈了，使了些力气用膝盖一顶，古怪的阻力突然消失，换来一声更古怪的闷响。

宁澜有些害怕，探出去半张脸，看见隋懿坐在地上，支着一条长腿，捂着脑袋愣愣地看着他。

"你在这儿干吗？"宁澜脱口而出。

隋懿扶着额头的手放下，另一条腿也曲起，使劲一蹬站起来，有些不好意思地补充道，"打了个瞌睡。"

宁澜知道他昨天整晚没睡，所以更不能理解他这样做的目的。

"昨天是我失态了，对不起。"宁澜走出去，把琴盒递给隋懿，"你走吧。"

隋懿伸手，还没碰到把手，就收了回来。

"我不走。"他说。

宁澜抿了抿唇："钱已经还你了。"

"不是为了钱。"

第二天，早起开店门的是张婆婆。

宁澜在房间里听着从店里传来的鸡飞狗跳声，掀起毯子蒙住头。

睡是肯定睡不着了，闭眼眯一会儿也是好的。

他眯到九点多起来，外头已经没了动静。

宁澜洗漱完毕去院子里拔了几根葱，待会儿录视频要用，回来就看见婆婆拎着小提琴往炭炉里送。

宁澜大惊失色，急忙上前阻拦："婆婆这个不能烧，不能烧！"

"一块破木头，怎么烧不得？"婆婆比画两下，又有点嫌弃，"就是大了点儿，先烧那根细的吧。"

婆婆说着就要去拿琴弓，宁澜忙把琴夺过来，又去跟婆婆抢弓："这个也不能烧。"

两人一个扯着弓根，一个拽着弓尖，争来抢去，只听"啪"的一声脆响，弓从头部断成两截。

宁澜心口也跟着一抖，看着软塌塌的马毛无力地垂在地上，愣在那儿眼

275

睛都忘了眨。

婆婆对隋懿的敌意来源于他要跟自己抢人，烧他的琴也是装腔作势闹着玩。如今真把人家东西弄坏了，又小心翼翼地问宁澜："这根棍子是干什么的啊？不会很贵吧？"

直到婆婆把弓平放到桌上，宁澜才觉得有些似曾相识。他摇头道："不贵，没事。"

宁澜做菜的时候，频繁走神。

他录视频习惯把手机架在旁边，正对灶台，食物下锅后再换个位置，正对锅口，最后随便剪辑一下，就可以发了。

今天宁澜解冻鸡翅时，忘了按开始拍摄，加料腌渍时，忘了换视角，总之各种低级错误层出不穷。

鸡翅下锅，两面煎黄，冰糖化开，宁澜在瓶瓶罐罐中一顿翻找，发现自己忘记拿可乐。

可乐鸡翅是一种很简单的家常菜，他本意是想做些稍有难度的，或者不太常见的菜色，然而他翻了下私信，很多粉丝对他不做炸鸡翅这件事颇有怨念，请求他无论如何做一次鸡翅，哪怕不用炸的。

宁澜很少看评论和私信，但凡看一眼，就把粉丝说的话认真放在心上，所以才有了今天这一出。

可乐鸡翅，顾名思义必须要有可乐。宁澜这边开着火，他做饭习惯心无旁骛一气呵成，头也没回地喊："冰冰，帮我拿罐可乐。"

无人应答。

宁澜又喊了两声，正当他等不及准备关火自己去拿时，一只拿着可乐的手出现在眼前。

"怎么才来啊！"宁澜接过可乐，拧开瓶盖，咕嘟咕嘟全倒进锅里。

等到他发现情况不对时已经迟了。宁澜用铲子搅了搅颜色诡异的汤汁，再拿起可乐瓶一看，瞪眼道："干吗拿蓝可乐？这个巨贵！"

然后，他眼睁睁看着锅里金黄油亮的鸡翅中和了可乐的蓝色，变成绿中带黄的不明物体，怨念道："完了，成黑暗料理了。"

身边的人沉默片刻，说："抱歉，太着急，没注意看。"

这声音，哪里是鲁冰华小朋友？

宁澜受到惊吓，一个大步后退，侧腰撞在灶台边上，"嘶"地倒抽气，用见了鬼的表情看着隋懿："你你你怎么进来的？"

隋懿换了身衣服，头发也打理过，看上去比昨天精神不少。他顺手关上火，说："来了有一会儿了。"

答非所问。

宁澜猜他是趁婆婆打瞌睡没注意，偷偷溜进来的。横竖跟蹲大门差不离，用的都不是什么正大光明的路数。

隋懿看到他架在边上的手机，问："要重新做吗？"

宁澜看了眼锅里的不明物体，不死心地弄出来摆盘撒葱，得到的成品乍眼看去神似一片绿得不均匀的大草原。

宁澜非常惋惜，心疼得五官都皱到一起。隋懿自顾自拿了双筷子："我还没吃早饭，这份给我吃吧。"

可乐鸡翅特辑失败，美食博主"不会炸鸡翅"猜测或跟名字犯冲有关。

宁澜手边食材种类不够丰富，摸着下巴一寻思，决定做更简单的紫菜包饭。

在煮饭的半个多小时里，隋懿把一盘鸡翅吃得葱都没剩一根。

宁澜不忍直视，埋头切萝卜条、黄瓜条和火腿条，隋懿吃完过来帮忙，嘴边还残留着一点颜色恐怖的汤汁，宁澜看得心慌，拽了张面纸扔给他："擦擦。"

宁澜卷饭的时候，刚盛出来的饭还有点烫手，捏了两下，手心就烫得通红，他只得去处理下，回来就看到隋懿笨手笨脚地把紫菜往饭团上拍，饭团捏得方不方圆不圆，贴着块紫菜活像穿了件不合身的衣服，丑得十分独特。

最后，长得丑的饭团都进了隋懿的胃。

宁澜平时研发新菜式也不是没有失败的时候，把菜倒掉对勤俭持家的他来说是件非常残忍的事。

这回有人充当垃圾处理器，做菜也不由得放开许多，没那么缩手缩脚、瞻前顾后了。

终于到了宁澜最享受的摆盘上桌的过程，紫菜包饭切成薄厚均匀的片状，在案板上一个叠一个摆两排，红绿黄白搭配完美，堪称赏心悦目。

宁澜录完视频，忍不住用手机各个角度拍了几张，拍完一回头，就看见隋懿站在角落里抱着胳膊，头抵着墙睡着了。

几乎两晚上没睡，铁打的人也撑不住。

中午，婆婆醒了，隋懿毫不意外地又被扫地出门。

下午，用炭炉煮完鸡汤的婆婆把用过的炭碾碎，掺着一桶石子，在门口铺了一大片，美其名曰"防滑减震"。

"孩子，那门口是真不能蹲人了，好好的屁股都能给坐穿了。"热心的姜婶拿出一个小马扎，"如果非要去，带上这个吧。"

姜婶的女儿憋不住，在边上捂嘴偷笑。隋懿不明白她笑什么，只觉得带道具显得很没有诚意，委婉拒绝了姜婶的提议。

他第一次向人道歉，为求稳妥才墨守陈规，但并非冥顽不灵，此路不通，换个思路就好。

次日，又是个大晴天，张婆婆吸取昨天的教训，守在柜台前愣是没合眼，严防死守的架势，怕是一只苍蝇也休想飞进来。

宁澜心想：隋懿今天不会来了，叹了口气，觉得还是轻松多过遗憾。

宁澜去后院晒衣服的时候，听见墙根有窸窸窣窣的动静，抬头一看，隋懿一条长腿已经跨到院子里面，两人视线猛然相交，双方都有点尴尬。

另一条腿利落地跨过来，隋懿从矮墙上直接往下跳，跟从上铺跳下来一样轻松，稳稳当当地落在地上。

宁澜手上拎着一件湿漉漉的衣服，看着他从天而降的出场方式，一时忘了下一步动作。

隋懿突然听见电话铃声，他去摸翻墙时不知塞在哪个兜里的手机。

"我的大少爷，"电话刚接起来，王旭就拉长语调，有气无力地喊，"您就不能低调点儿吗？底裤都快被人扒干净了。"

隋懿转身走到角落里，问："什么底裤？"

"有人拍到你和宁澜的照片，匿名发论坛上问怎么回事，不到两小时，连你点赞的那个美食博主可能是宁澜都被猜到了。幸好米洁发现得早，我去找人给删了，不然事情被媒体逮住发酵起来，你剩下的半个月假也别想放了。"

隋懿对艺人这份工作还是比较满意的，不仅专业对口，而且可以继续拉琴。

唯一难以忍受的就是有时候出门口罩帽子全副武装都不顶用，私生活被全国人民紧盯的感觉实在不怎么好。

"随便吧。"隋懿说。

"什么？"王旭那头传来什么重物砸在地上的闷响，"你要做什么？"

隋懿道："我以为我的态度够明确了。当年为他说话发的微博，就是在给他们缓冲的时间，这些年我也从未避讳提到在找他这件事，现在人找回来了，为什么不能帮他？"

王旭按住额角，深呼吸后道："我知道迟早会有这么一天，但你就这么单方面决定了，问过宁澜的意思吗？他躲了这么久，不就是为了安安稳稳过日子吗？"

隋懿沉声道："我会处理好一切，不让他受到波及。"

隋懿除了是星光娱乐的王牌艺人，更是家庭背景雄厚，王旭拧不过他，怕他执拗起来真的撂挑子直接退圈，只好退而求其次："行，这个事情咱们可以找个时间跟公关部坐下来好好谈，选一个最合适的时机说，把伤害和舆论影响降到最低，不管不顾地发布出去，对谁都没有好处。"

隋懿松了口气："嗯，我知道。"

王旭又啰啰唆唆地交代几句，让他藏好，小心被狗仔拍到，隋懿一一应下。

隋懿挂掉电话回头，宁澜已经晾完最后一件衣服，他躬身拎起空盆进屋，隋懿跟在后面没话找话地问："吃早饭了吗？"

"吃了。"

宁澜把盆放到水池底下，拧开水龙头洗手。隋懿看了一眼厨房灶台边上剩下的两个包子，渴望之情溢于言表。

宁澜洗完手回房间吃药，隋懿跟着；宁澜去客厅扫地，隋懿也跟着；宁澜去前院小菜园摘葱，隋懿继续跟，还求知欲很强地问："这是大蒜吗？"

宁澜被他打败了，妥协地把那俩包子热了给他，希望他吃完赶紧走，不然别说张婆婆，他自己都不一定克制得住打电话报警的冲动。

包子放进蒸笼刚开火，外头突然传来鲁冰华撕心裂肺的号叫："婆婆，婆婆，你怎么了？宁宁哥你快出来，婆婆晕过去了！"

泉西街只有一家小诊所，隋懿背着张婆婆，宁澜在后面扶着跑。年轻人

279

脚程快，不到十分钟，就把老人平放在诊所的小床上。

天气炎热，是中暑和热伤风的高发期，诊室里挤满了人。医生过来听心跳，量体温，询问患者最近有没有什么异常症状，得到宁澜否定的回答后，先给拿了瓶藿香正气水给患者，然后抽血化验。

宁澜捏开婆婆的嘴，给她灌了点药。婆婆平时吃东西嘴很挑，现下藿香正气水那么呛的味道都没能让她醒过来。

化验结果是隋懿帮忙去拿的。

"医生说，婆婆年纪大了，身体免疫力弱，建议带她去大医院全面检查身体。"隋懿见宁澜表情紧绷，抬手轻拍他的后背帮他放松，"别担心，我们现在就去。"

时隔多年，宁澜再次坐上隋懿的车。他和婆婆一起坐在后排，经隋懿提醒，在路上打电话叫鲁冰华帮他关店门。

隋懿带他们来的是一家全市医疗条件领先的私立医院，宁澜起初还有些犹豫，后来想到公立医院人满为患，指不定什么时候才能排到他们，还是咬牙把婆婆送上了担架。

病人刚推进去就安排好了各项检查，全程都有医护人员陪同。

隋懿把宁澜安置在等候室，给他倒了杯水，安抚道："这里的医疗设备先进，医护人员专业，放心，婆婆在这里会得到最好的治疗。"

宁澜点了点头，捧着杯子慢慢坐下。

中午，婆婆悠悠转醒，睁眼看见病房里的高档设施，非要出院回家，听宁澜说已经付了今天的钱，才不情不愿地躺下，嘟哝着说："晚上咱们就走，明天坚决不住下啊。"

下午，婆婆又睡了过去，隋懿给宁澜带了午餐，宁澜见他手上没拿化验报告，紧张地问："结果怎么样？有没有事？"

隋懿道："你先把饭吃了，再跟婆婆一起睡个午觉，我在那儿等着，拿到结果第一时间通知你，好不好？"

宁澜被他的话语安抚，病房里温度适宜，他趴着睡了会儿，醒来时发现身上盖了条毛毯，隋懿正坐在旁边的椅子上出神。

宁澜很少见到隋懿发呆，心中的不安愈发浓厚，说话的声音都有些打战："婆……婆婆怎么了？"

隋懿拉着他，来到病房外面的走道上。宁澜有点不敢听接下来的话，可他是婆婆唯一的亲人了，他必须得听。

隋懿捏捏他的手心，道："现代医学发达，你先别自己吓自己。"

宁澜艰难地吞下一口唾沫，哑着嗓子问："到底怎么了？"

隋懿也没打算隐瞒，看着他道："肿瘤，不确定是否扩散到器官，今明两天还要做几项检查。"

或许是做过思想准备的原因，宁澜只是心口揪痛了一下，茫然后便开始找借口质疑："不……不可能啊，婆婆平时身体很好，连头疼脑热都很少有，怎么……怎么会……"

隋懿不想用"生老病死，世事无常"这种虚无缥缈的话来安慰他，只说："等见了医生再说，凡事都有解决的办法。"

傍晚，他们见了医生，初步检查确诊为卵巢癌。

"这种癌在未产或未育妇女身上发病率较高，早期几乎没有任何症状，且易与其他病症混淆，所以很难被发现。"医生说。

"那……那还能治好吗？"宁澜急切地问。

"通过手术和放化疗，可以尽量延长患者的寿命。"

医生的话有所保留，言外之意就是此病无法根治，从现在开始，张婆婆的生命进入倒计时阶段。

宁澜愣了一会儿，也觉得自己问这问题着实好笑。恶性肿瘤，哪有治得好的？

晚上，宁澜准备回趟家，拿些生活用品和换洗衣物。虽然医院里什么都有，但是婆婆还是住得浑身难受，吹空调不习惯，加湿器也用不习惯，问得最多的就是"咱们什么时候回去"。

"婆婆不乖哦。"宁澜按住她闲不住的手，"我先前不愿意看医生，婆婆总拿隔壁小孩儿怕打针躲起来的事嘲笑我，现在轮到您自己了，可不能双标哦。"

婆婆成天和年轻人混在一起，也知道"双标"的意思，讷讷地躺回去："那行吧，你让医生快点治，开点特效药，我想早点出院。"

宁澜笑着应下。

宁澜刚走出医院，脸上的笑容就不见了，抬起头，木然地望着夜空。隋懿知道，那是一种悲伤绝望却又只能听天由命的疲惫。

隋懿在回去的路上给他买了一块草莓蛋糕，宁澜没拒绝，捧在手上盯着看了一路。红灯停在路口时，隋懿侧身帮他打开，把小勺子放在他手里，他却仍然不肯吃，兀自看着，一动也不动。

他们回到家，宁澜拿了个包就开始往里面装行李。

他整理东西远没有从前动作麻利，收拾到一半就不停地回头检查之前放进去的东西。

隋懿上去帮忙，宁澜深喘了几口气，说："你走吧，谢谢你今天帮忙，医药费我会拜托方羽带给你。"

说着，转身去房间把琴盒拎出来，打开摆在隋懿面前："你的弓被我弄坏了，如果还有需要的话，我可以赔你一个一模一样的。"

隋懿低头看着坏掉的弓，断裂部分用胶带缠了几圈，看起来有点滑稽，就跟碎掉的珠子强行用金属固定住一样，掩耳盗铃般地掩饰着什么。

"一模一样？"隋懿重复这个词，又像在自言自语，"世界上怎么会有两个完全相同的弓？"

未待他稳住心绪，宁澜幽幽地问："那，世界上有两个完全相同的人吗？"

隋懿抬头，犹疑地看着他。

"我现在是张宁，不是宁澜。"宁澜冷静得像在讲别人的故事，凑近了才能看见他眼底坑洼不平的裂缝，"我为什么改名换姓，为什么走，你还不知道吗？

"因为做谁都好，就是不想做宁澜。只要不叫宁澜，就可以想哭就哭、想笑就笑，没有人不分青红皂白地踩我、骂我，也没有人怀疑我、赶我走。"

他自问自答之后，目光逐渐涣散，仿佛陷入某个自我怀疑的困境，茫然道："除了抱有不该有的期待，我还做错了什么啊？你告诉我，我还做错了什么？"

他说到最后，声音里都带了微弱的哽咽。

这些年，他从来没有自怨自艾过，家人不喜欢他，粉丝抵制他，他都挨过来了。

人喝不到水会死，没有所谓的爱，又能如何？

他承认自己自私,对张婆婆的好也掺杂了其他目的,他为了那一丁点回报,什么都愿意付出。可是老天为什么要在他好不容易得到些许温暖后,又要将它残忍地收回?

他得到的报应还不够多吗?

"你错了,你确实错了。"隋懿忽然开口,沉下一口气,声音坚定道,"你把满腔热情都给了不值得的人,你错在不爱自己。"

宁澜被他的话弄得发蒙,愣怔地看着他一步步上前,除了嘴唇发抖,竟忘了其他反应。

隋懿凝视他:"你对自己这么狠,何尝不是对爱你的人狠?弓断了也好,也好,以后不要再爱别人了,对自己好一点。如果你觉得还不够……"

隋懿说到这里,深吸一口气:"从现在开始,就别再信我了,我信你就够了。你可以报复我、骂我,让我把你承受过的痛加倍奉还。"

"我不,我不要……"

他不断往后退缩,却被隋懿拦住去路。

隋懿尽量使自己的声音平稳:"不想做宁澜,就不做宁澜了。不相信我也可以,不认识我也可以,报复我也可以……"

良久,宁澜率先转过身去,不让隋懿看自己的脸,把拿出来的东西胡乱往包里塞,背对着他说:"我得走了,婆婆还在等我,你请便吧。"

这回轮到隋懿蒙了,他没想到好好的一个求得原谅的机会,就这样轻飘飘地从指缝间溜走。他甚至不知道宁澜有没有听清他的话、又信了几分。

还是……一句都不信?

现实并没有留给他犹豫的时间,宁澜飞快地收拾完,拎着包就往外走,隋懿在门口将他拦下:"我送你去,这么晚公交车已经停运了。"

宁澜难得地没跟他客气,把包扔在后座,爬上副驾座坐好。

一路无话。

他们回到病房,婆婆已经睡了,宁澜把拿来的东西在柜子里放好,自己也简单洗漱,便躺在旁边的沙发上准备休息。

隋懿压低声音道:"单人病房配有家属休息室,里面有床,你去那儿睡。"

宁澜把毯子盖在身上,摇头道:"婆婆晚上可能会起夜。"

"过一会儿守夜护士就来了,让她照顾婆婆的起居比较方便。"

宁澜垂眼思考片刻，觉得有道理。婆婆毕竟是女性，有些事情确实不适合由他来做。

他抱着毯子进去，看见里屋的床上被子枕头一应俱全，又把毯子抱出来，放回沙发上。

隋懿看着宁澜爬上床盖好被子，站在门后道："那我先走了。"

宁澜自然不会留他。隋懿不确定有没有听到一声"嗯"，想再说点什么，又怕打扰屋里人休息，只好轻手轻脚带上门离开。

次日，天刚蒙蒙亮，宁澜就起来了。

外面果然有女护士守着，正在往暖壶里添水，看见宁澜就微笑着同他打招呼。宁澜让她去休息，她客气应下，说床边就有服务按铃，有什么需要随时叫她。

张婆婆靠在床上翻报纸，护士刚出去，就心急火燎地催道："昨晚上怎么没叫醒我？咱们赶紧去办出院手续，又不是什么大毛病，住这儿一天得花多少钱。"

宁澜不想影响婆婆的心情，告诉她是高血压，这会儿谎没法圆，胡诌道："您就安心住着，这医院是我朋友开的，给打了对折，还能用医保卡，这么算下来就没多少了。"

婆婆将信将疑："有这么个朋友，怎么从来没听你说过？"

宁澜笑眯眯："前阵子来咱们家的那几个，不是也没跟您说过吗？"

说到这个婆婆就生气："别提那几个马后炮，尤其是昨天那个，成天惹你哭，可别跟他们走，回去又要受欺负！"

昨天晚上刚被惹哭的宁澜心虚地摸了摸酸涩的眼眶，说："不回去，婆婆在哪儿，我在哪儿。"

宁澜刚喂婆婆吃过早餐，病房里就来了探视者。

鲁浩捧着花进来，鲁冰华在后面拎着果篮和牛奶，放下东西就先掰了根香蕉吃，被长兄教育一顿，也不以为耻，说香蕉容易烂，大家抓紧时间分着吃掉。

张婆婆喜欢跟年轻人处在一起，笑得见牙不见眼，直叫宁澜洗苹果给她吃。

宁澜洗完水果，跟鲁浩去外面走廊里说话。

鲁浩听完他描述的情况，道："我们医院的肿瘤治疗中心也是全国顶尖，不如把婆婆转过去，我跟那边的人打个招呼，也好有个照应。"

宁澜摇头："谢谢您！鲁大哥，我们就在这儿治吧。婆婆最近睡眠不踏实，需要安静的环境，您不是说了吗？这种病最忌受到刺激或者心情不佳，我想让婆婆每天都开开心心的。"

鲁浩沉吟片刻，终是赞同了他的选择。

"还有一件事拜托您，"宁澜道，"婆婆的真实病情，请不要告诉其他人，冰冰那边也请您保密，人多嘴杂，越少人知道越好。"

鲁浩应了，见宁澜眼中满是疲惫，却还要在婆婆面前强撑笑容，不由觉得心疼，想拍拍他的肩给他安慰。抬起的手还未落下，就被一个声音横空打断。

"宁澜。"

隋懿从走廊东头快步走来，几乎是用跑的，站定在宁澜面前。

宁澜的话已经说完了，没看隋懿，径直转身进屋。

隋懿跟在后面，后知后觉地想扇自己的嘴。昨天宁澜刚说不想做宁澜，他今天就傻乎乎地喊人家名字，宁澜没对他甩脸已经十分客气了。

张婆婆看见他进来，直接挂了脸，碍于昨天受他照顾才没开口赶人。

鲁冰华则好奇地把隋懿全身上下打量了个遍，宁澜去卫生间洗毛巾，他跟在后面探头探脑地问："这就是那个大明星啊，嘿！果然跟我们不一样啊，站那儿就闪闪发光的。"

宁澜不由地白了他一眼。

鲁家兄弟坐了一会儿就走了，婆婆不喜欢隋懿，任他怎么示好献殷勤，都横挑鼻子竖挑眼，频繁暗示他赶紧走。

"宁宁啊，你说现在的明星是不是太好当，跟那些个无业游民也差不多了。"

隋懿再迟钝也听出自己不受欢迎，于是起身道别。

宁澜把他送到门口："婆婆就是这样，嘴巴坏心眼好，她没有恶意。"

毕竟隋懿是帮了大忙的恩人，还欠着人家钱，宁澜觉得多少得客气些。

隋懿在医院休息区，一坐就是一下午，当真有点像个无家可归的流浪汉。

天渐渐黑了，他索性躺下来，胳膊放在脑后充当枕头。

昨晚就在这儿凑合睡了一觉，今晚打算如法炮制。

隋懿睡到半夜，无处安放的胳膊被金属靠背挤得酸疼，抬起胳膊活动活动，不出意外地又从窄小的座椅上滚了下去。

这回脸着地，隋懿揉了揉鼻梁和下巴，迷迷糊糊中发现地上的手机亮了。他忙不迭接起来。

电话那头的人大概没想到他这么快接，吓了一跳："队长，你是在等我的电话吗？"

隋懿听出是陆啸川，从地上坐起，低哑的声音难掩失望："不是，刚好醒了。"

"医院还睡得习惯吗？"

隋懿捏捏眉心，说："习惯。"

陆啸川嘿嘿直笑："方羽都跟我说啦，宁澜没让你留在病房。让我猜猜你在哪儿啊……医院卫生间，或者休息室的长椅上，对不对？"

谎言秒被拆穿，隋懿没空关心自己的面子，追问道："方羽和宁澜联系了？"

"是啊，还约了明天去医院看他呢。"

"宁澜同意了？"

"是啊。"

宁澜一整个上午都和护士一起推着婆婆做检查，并和医生一起制定了具体的治疗方案。

清除病灶的手术安排在下周，宁澜跟婆婆说做完手术恢复得好就能出院，婆婆还嫌手术时间太晚，问能不能安排到下午。

"不行，"宁澜笑着道，"下午有小朋友来陪婆婆玩。"

方羽来之前给宁澜打电话："舟舟和宸恺从国外回来了，介意他俩跟我们一道吗？"

婆婆喜欢和年轻人玩，宁澜当然不介意。

半小时后，四位来访者抵达病房。

"我想死你了！"

宁澜细心地察觉到方羽瘦了，问他是不是出新专辑行程太紧，方羽可怜巴巴地点头，说："做梦都想吃你做的酸菜鱼。"

宁澜捏捏他的脸："晚上做给你吃。"

屋子里多了四个人，空间突然变得紧张。陆啸舟挤开方羽，跟宁澜说了一会儿话，顾宸恺也巴巴地凑过来，问他这些年过得怎么样。

"我挺好的啊。"宁澜把刚削好的苹果递给方羽，拿起下一个继续削。

他把他们当弟弟看，见他们一起打打闹闹觉得有趣。

那边方羽和陆啸川在跟婆婆打牌，两人一唱一和地故意输给婆婆逗她开心，婆婆笑得嘴都合不拢，宁澜见她高兴，脸上也多了几分笑容。

和乐融融的气氛在隋懿踏进病房后陡然发生了变化。

方羽和婆婆同仇敌忾，横眉竖眼地瞪他；陆啸舟还记得这个人对宁澜不好，自然也摆不出好脸；陆啸川迫于压力不好吱声；只有不明真相的顾宸恺高高兴兴地蹦到表哥跟前："哥，你怎么也在这儿啊？我刚下飞机就过来了，可真巧！"

晚上，大家出去吃饭，陆啸川和方羽都开了车，隋懿也有车，坐七个人绰绰有余。

方羽原本还在吐槽隋懿，蛮横地不让他加入，可是他的车后座空间最大，为了婆婆坐得舒服，只好闭上嘴。

他们去的是市中心的望江楼。宁澜一门心思要给方羽做酸菜鱼，跑去前台问能不能借厨房一用，被方羽拽回来："哎呀，以后有的是机会，今天哥哥是带你来享受的！"

宁澜一脸无奈："我比你大。"

方羽硬给他扳出一个笑容："再大也是小澜澜。"

七个人凑了个小圆桌，宁澜左边是张婆婆，右边的位置本来是方羽的，他不过是去了趟洗手间，座位就易主了。

席间，方羽气哼哼的，不时用言语刁难隋懿。

宁澜的注意力都放在婆婆身上，只顾着给她夹菜添水，听着方羽的话还笑他调皮。

大家回去后，方羽才暗戳戳给宁澜发短信："你不会因为今天的一顿饭就原谅他了吧？"

宁澜不知道该怎么回，方羽性子急，接着道："就这么原谅他，我都替你不甘心。再磨他一段时间，让他把你当年吃的苦都吃一遍！"

宁澜哭笑不得，方羽这番言论跟隋懿那天晚上说的话居然不谋而合。

可他依然迷茫着。明知黑暗的世界不是由他一个人造成的，明知自己也有原因，不能因为隋懿承认错误，向自己道歉，就变本加厉地把所有炮火转移到他身上，这样真的对吗？

宁澜抬手捂住眼睛，不敢再去想。

隋懿又在休息室凑合了一晚，揉着酸痛的脖子，打电话给经纪人王旭。

"王哥，麻烦你再帮我申请两个月假。"

王旭近来清闲，这会儿还在睡觉，听了这话直接从床上滚下来："两个月？你还不如干脆退圈了呢！"

隋懿认真地思考了下，说："不行，我还得挣钱。"

王旭拍拍心脏，缓不过来似的："我的天，我迟早会被您吓出心梗。"

他俩经过一番讨价还价，王旭答应帮他尽量争取，条件是这两月内最少接三个广告，代言活动和年底的各大盛典必须出席，还有上半年拍的一部电视剧九月播出，他作为男一号，至少得参与首场发布会。

"这边还给你物色了几个电影剧本，都是明年上半年开拍，你看看有没有中意的，电影不比电视剧，越早准备把握越大。"

隋懿同意了。

王旭急性子，挂了电话就先发了个剧本文档过来，隋懿便边走边翻。喝完最后一口咖啡，把空罐丢进垃圾桶，拐进休息室时，迎面碰上一个意想不到的人。

宁澜手上抱着毯子，完全没有心理准备地和他对视，不到两秒，就匆匆移开视线，侧身飞快地挤出去。

隋懿没想到宁澜会出现在这里，反应过来后立刻追上去："婆婆怎么样了？"

宁澜不答，兀自走得飞快，拐个弯走进病房，就要把门甩上，隋懿情急之下伸手，胳膊被门夹个正着。

隋懿进了病房，对婆婆的嫌弃和驱赶恍若未见。婆婆量体温，他帮着记时间，婆婆下床走动，他帮着拿盐水瓶，弄得宁澜都无事可做。

到了晚上，婆婆把帘子拉上，眼不见心不烦。宁澜洗完澡出来，看见隋懿坐在沙发上打瞌睡，上去推他："醒醒，别在这儿睡。"

隋懿支起脑袋，晃晃悠悠地站起来，半眯着眼睛低声说："我先走了，晚安。"

"喂。"宁澜喊住他。

这些天都没睡好，隋懿还迷糊着，扭头的动作都比平时慢两拍。

他看见宁澜指了指家属休息室："那里面有一张折叠床，你不介意的话……"

手术那天，他和宁澜一起把婆婆推到手术室门口，随行护士道："阿婆真幸福，有两个大孙子鞍前马后地照顾着。"

婆婆听得眉开眼笑，罕见地没挤兑隋懿，拍拍宁澜的手说："别怕，阿婆一会儿就出来。"

四个小时后，戴着氧气罩的婆婆从里面被推出来。

主刀医生说手术很成功，已经清除掉大部分病灶，接下来安心静养，如果癌细胞扩散的速度不快，就可以放化疗辅助，不用再吃开膛破肚的苦。

当天晚上，婆婆就摘了氧气罩，术后第三天，就生龙活虎地说要下楼活动，被宁澜以"伤口没完全愈合"为由按在床上不许动，并请护士 24 小时监督。

婆婆恢复得好，宁澜的心情也跟着明朗起来。

这天隋懿有事，一早就戴上口罩出去了，宁澜把婆婆交给护士，抽空回了趟泉西。

小卖部半个月没开门，街道居民们都很惦记张家一老一小，听说张婆婆生病住院了，纷纷拎着东西上门探望，宁澜架不住他们的热情，收了一筐鸡蛋和一只老母鸡，隔壁姜婶也带了自家院子里种的蔬菜，顺便给他一本乐谱："这是那个小伙子丢在这儿的，我也看不懂，怕他有急用，宁宁你给他捎过去吧。"

"那个小伙子"指的自然是隋懿。

宁澜这才知道他居然在姜婶家租了间屋子。一会儿住澡堂，一会儿躺长椅，倒真有点像被家里扫地出门了。

宁澜趁着文火煨汤的时间理完货，把账本和进货单都收拾好带上。

准备关门时，他迟疑了片刻，进屋把那份看不懂的乐谱塞进琴盒，然后左手提着保温桶，右手拎着琴盒，坐上了去市里的公交车。

　　宁澜到医院，刚好和隋懿在电梯里碰上。

　　宁澜把琴盒递过去，说："现在婆婆身体状况还算稳定，从明天开始，我白天回泉西看店，晚上回来守着婆婆。"

　　隋懿好半天才明白宁澜的意思，举手主动要求接送，宁澜说搭公交车来回很方便，他只好作罢。

　　他们进入病房，宁澜打开保温桶，盛了两碗鸡汤，一碗给婆婆，一碗给隋懿。

　　隋懿怔怔地接过来，听见宁澜对他说："如果，我说如果，你白天有空的话，婆婆就拜托你了。"

　　自此，两人过上了早晚交班的日子。

　　宁澜每天早上搭车去泉西，天黑再回医院，隋懿觉得这样太奔波劳累，提出各种解决方案，包括找人看店、雇个司机、找个靠谱的护工等等，全都被宁澜否决了。

　　这天天刚黑，一辆黑色SUV停在小卖部门口。

　　原来是隋懿明天要去外地，只能在路上和宁澜说婆婆今天的检查结果。

　　他们在病房里吃了晚饭，宁澜收拾碗筷起身，一回头便看见隋懿歪在沙发上睡着了。他回头冲婆婆做了个"嘘"的手势，发现婆婆也把食指放在嘴边。

　　"为了赶回来，昨天一整晚都没睡。"婆婆凑在宁澜耳边说悄悄话，"别弄醒他了，拿条毯子给他盖上吧。"

　　两人的想法不谋而合。沙发还算宽敞，宁澜给他盖上毯子，关了灯，才蹑手蹑脚地回休息室睡觉。

　　后面几天，隋懿抽空去S市拍了一个广告和一个杂志封面，回来后给宁澜和婆婆带了礼物。

　　不知道他从哪里听说婆婆的喜好，给她买了条大红色的羊毛围巾，质地柔软颜色鲜艳，婆婆一看就挪不开眼，还有保温杯、电子血压计、香薰灯，甚至扛了个保健枕回来，说是对脊椎有好处。

婆婆喜欢得很，叫宁澜赶紧把香薰灯点上，把枕头换掉，也不嚷嚷着要下床了，躺着看电视非常惬意。

隋懿进到家属休息室，做好了被宁澜"还钱"的心理准备，提着一只保温袋递给他："生煎包，去机场的路上买的，你不是说想吃吗？微波炉里热一下就能吃了。"

宁澜接过放好，晚上热了热跟菜粥一起摆在桌上。

隋懿默默地捧了碗跑到沙发上去吃，婆婆先前巴不得他滚得远远的，现在却急了："小隋过来呀，一起吃。"

隋懿摇头："我感冒了，会传染给你们。"

怪不得回来之后还戴着口罩舍不得摘，宁澜想。

晚上，隋懿抱着毯子准备去休息室椅子上住一晚，宁澜喊住他："还是住这儿吧。"

隋懿当然不想走，勉强道："万一传染给你……"

"我和婆婆都吃了预防流感的药，没事。"

隋懿被说动了，便跟着宁澜进了里屋，看见床头摆的两颗胶囊和一杯水，脸色立刻不好了。

"把药吃了，好得快。"宁澜道。

隋懿小时候有被药片卡住喉咙的经历，所以对吃药这件事十分抵触。他掉转方向准备开溜，被宁澜胳膊一伸，拦在门口。

"吃药。"宁澜表情严肃。

隋懿只得艰难地把胶囊吞下去。

3

婆婆在七夕当天进行第一次化疗。宁澜全程陪同，隋懿去外面买了两束花，婆婆看到花的时候，还笑着怪他浪费钱，然后没多久就开始呕吐。

两个人乱了手脚，宁澜险些要把那花拿出去扔了，婆婆抬手阻止，有气无力地说："不关花的事，放着吧，我看到花心情好。"

第二次化疗时，婆婆的反应已经没有上次那么强烈，但仍然头晕不适，中午一口饭都没吃。

下午，隋懿发现婆婆脸色不对，量体温居然发烧了，赶紧和护士一起去喊医生。宁澜守着婆婆心急如焚，听见门口有动静，以为隋懿带着医生回来了，扭头一看，是两个面生的中年人。

两人看起来像一对夫妻，男的放下东西就掏出名片递给宁澜："你就是张婆婆后来收留的那个小伙子吧。"

看似客气，可宁澜在社会上摸爬滚打多年，见过无数种人，一眼就看出这两人浑身的傲慢和眼底的鄙夷。

婆婆好不容易醒了，她睁开眼睛看到这两人，第一反应就是拿起床头的杯子砸过去："你来干什么？滚！给我滚！"

跟之前让隋懿"滚"的力度比起来，这才是动了真格。

婆婆气喘如牛，胸膛起伏得像拉动的风箱。由于动作太大，扎在手背上的留置针被带了出来，宁澜忙拿棉签按住婆婆流血的手。

隋懿不由分说把两位惹得婆婆发怒的人请出去，中年夫妻俩在门外不肯走，非要跟婆婆说话，宁澜让隋懿进去照顾婆婆，他来跟他们谈。

宁澜回到病房时，婆婆已经睡了，他接过隋懿手中的毛巾，轻轻擦了擦她枯瘦的手。

两人退到休息室，宁澜才告诉隋懿原委。

"刚才那个男的是婆婆年轻时收养的弃婴，他考上大学后没多久就认祖归宗了，因为亲爹中年发迹，有了点钱。"

短短几句话讲明那两人的来历。隋懿拧眉，问："那他现在找过来干什么？"

宁澜沉默良久，缓缓启唇道："婆婆在泉西的那个房子，他说他有第一顺序继承权。"

没过几天，那对中年夫妻再次登门造访，与此同时，隋懿给婆婆请的律师也到了。

姓孙的男人听着律师条理清晰地反驳他所谓的"第一继承权"，气得额角青筋直跳，为了房子他咬牙忍气吞声，蹲在床边声泪俱下地回忆曾经与婆婆一起过的苦日子。

婆婆今天状态不错，不动声色地听了十多分钟，听完后平静地让宁澜把人送出去。

那男人见婆婆不为所动，终于失去耐心，开启胡搅蛮缠模式，看着斯斯文文的一个人，为了给自己拉分，往宁澜身上泼脏水，撕破脸皮怒骂道："你就是惦记那套房子，别以为我不知道！"

最后那男人又是被隋懿硬撵出去的。

那男人在门口才后知后觉地认出他是隋家后代，立时收起嚣张的态度，满脸堆笑地给他递名片，说以后可以谈谈业务合作。

隋懿没接，道："公司的事不归我管。"

男人觍着脸锲而不舍："可以转交给令尊，就说……"

隋懿冷笑："我爸很忙，怕是没时间看您的名片。"

夫妻俩黑着脸走了。

婆婆今天的表现平静到有些反常，宁澜放心不下，没回泉西看店，在婆婆跟前一直守到她睡着。

晚上，宁澜坐在窗边发呆，隋懿切了个芒果递给他，他拿在手上看了半晌，突然问："你是不是也觉得我是为了房子？"

隋懿心脏重重一跳。这些天来，宁澜从未主动提起往事，继而营造出一种过去的事都是过眼云烟、黄粱一梦的错觉。如今他们之间最大的问题毫无预兆地被提起，赤裸裸地摊开在面前，隋懿措手不及，心都快跳到嗓子眼。

"没有，我怎么会……"

隋懿急于辩解，却也没错过宁澜嘴角一闪而过的讥笑。

他说："我在你眼里，不就是这种人吗？"

隋懿终于尝到了百口莫辩的滋味。

从前是宁澜说什么他都不信，现在情况相反，他才知道不被信任的感觉有多糟糕。

这是长期积累起来的根深蒂固，不是说无数遍"对不起"就能够轻松化解的。

隋懿很是颓丧，仿佛宁澜装作不认识他的那种束手无策感又卷土重来。

这回，他没有向任何人求助，这道题只能在今后的时光中慢慢解开。就算它无解，也只能怪自己咎由自取。

转眼九月即将过去，天气转凉，阴雨连绵，宁澜脚上的旧伤遇寒发炎，经常疼得睡不好觉。

隋懿察觉到他的不适，让医生给他开了些副作用小的止疼药，同时敷着药贴，症状才稍微缓解。

关节炎最是不能受风，隋懿还给宁澜买了厚棉袜，不知是嫌丑还是其他什么原因，他总是不肯穿。

这天，宁澜日间看店送货，精神疲累，晚上吃完饭陪婆婆看电视，看着看着就趴在沙发上打起瞌睡。隋懿拿着新买的卡通五指袜，放到他旁边，好让他醒来后记得穿。

这时，婆婆冲他招手，示意他过去。

"你和宁宁吵架啦？"

"没有，"隋懿有些不好意思地解释道，"历史遗留问题。"

婆婆虎着脸瞪他："那就是你的问题咯。"

隋懿点头承认："是。"

"我家宁宁多好的孩子，你小子究竟做了些什么，让他伤心成那个样子？"

隋懿忆起往事，一时不知从何说起。

婆婆也不逼他，叹了口气，道："说来也是缘分，三年前，他来店里买吃的，我当时就觉得他面善，是个好孩子，给他少算了几块钱，他回头发现了，非要帮我搬货，搬了一下午也不嫌累。那会儿快过年了，天寒地冻的，有天早上开门瞧见门口蹲着个人，走近一看，宁宁冻得小脸儿发白，嘴唇都紫了。"

隋懿知道宁澜离开后不能用身份证，可能会过得很艰难，从婆婆口中听到这些细节，眼前浮现出具体的场景，才真真是自责得不行。

"后来，我就收留了他。起初周围人都说我傻，被坑了一次还不够，又捡个这么大的孩子回来，别人家的孩子养不熟。我想，就再赌一次吧，赌我老太婆还没瞎，还会看人。"婆婆说着偏头瞧了一眼在沙发上熟睡的宁澜，"瞧吧，老天还是待我不薄，在我快死的时候送了这个好孩子到我跟前，哪怕明天就睁不开眼睛，我也没什么遗憾了。"

隋懿听到"死"字有点慌："婆婆别瞎说，您要长命百岁的。"

婆婆笑着摆摆手："我自己的身体，自己还能没数吗？你们呀，就别费心思哄我了。"

隋懿不知该如何安慰，见婆婆看得通透，好像说什么都是多余。

"就算宁宁不讲，我也知道他之前过得苦，受过苦的人啊，眼睛里都刻着沧桑，我第一眼看他的时候就知道了。"

婆婆说累了，轻咳两声，隋懿拿了保温杯喂她喝水，她润了润嗓子，抬头望着隋懿道："过去的事就别再惦记了，我猜宁宁也在努力忘掉那些不开心的事，努力往前看。答应婆婆，不要再让他伤心了，他是个善良的孩子，很容易满足的。"

隋懿喉咙哽咽，深深吸了一口气，郑重地点头："好。"

时光匆匆，夏去秋来。

隋懿去参加电视剧发布会的这天，宁澜搀着婆婆在门口散步，有一片半黄的枫叶飘落在他头上。

婆婆眯着眼睛帮他把叶子拍掉，摸了摸他发凉的手，道："走吧，咱们回去看小隋演电视。"

隋懿先前教会了婆婆看网络电视，宁澜又帮她找到发布会的直播，婆婆看得高兴，时不时夸一句"这孩子长得真俊""个子真高""全场没一个有他好看"之类的，宁澜在边上拿着账本按计算器，忍不住也抬头瞅两眼。

婆婆看完发布会，就开始看《覆江山》，也是隋懿推荐给她的，还把宁澜单人片段版给她弄到电视机上，方便她随时点开看。

婆婆是高兴了，宁澜却燥得不行，说："这都哪年的陈芝麻烂谷子了，还拿出来干吗？"

发布会在首都进行，婆婆估摸着隋懿快回来了，让宁澜给他买份炸鸡当作犒劳，宁澜摇头说不给他买，婆婆说他抠门，一老一小无聊地斗了会儿嘴，直到隋懿打来电话。

宁澜接起电话时还笑嘻嘻的，没过几秒，脸色就变了。

他挂断后，坐在那里愣了半响，婆婆喊他好几声才回神。

宁澜的嗓子像被石头堵住一样，惨白着一张脸，磕巴半天才把话说清楚："我……我妈……我妈她……去世了。"

当天下午，隋懿安顿好婆婆，就带着宁澜坐上了回老家的飞机。

宁澜四年没离开首都了，对飞机场都有些陌生，飞机滑行起步时，他猛地哆嗦了下，隋懿安慰他道："别怕，我们马上就到了。"

隋懿是在发布会结束后被助理米洁告知刚才有人打来电话，说 G 市某处着火，一个叫赵瑾珊的人被困在里面没来得及逃出，一氧化碳中毒而亡。

两人下飞机后，先赶往事故现场，那是一处城市外围的普通民房。

在场民警告诉他们，这处房屋被用作麻将馆，刚开张不久，据了解是两个人合开的，一个叫赵瑾珊，一个叫谢天豪，起火原因是随手乱扔烟头引燃窗帘、桌子等可燃物。由于缺乏基本的消防设施，加上没有消防通道，起火后人被堵在里面出不来，死伤惨重。

直到去医院停尸房见到尸体，宁澜状态都很平静。他只问了医生一个问题："真的救不活了吗？"

医生摇头："送来的时候体内一氧化碳浓度已经超过致死量，节哀顺变。"

医生还说，打了她手机上所有本地号码，要么打不通，要么没说两句就被挂掉，最后只好拨其他号码，看看有没有人来认尸。

宁澜拿到了赵瑾珊的手机，手机还有电，他的手指放在通话记录上很久，最终没有点下去。

翌日上午，隋懿陪宁澜回家收拾遗物。

赵瑾珊还住在那幢筒子楼里，里头比隋懿三年前来的时候更加破旧，墙壁上有好几条裂缝，前几天刚下过雨，墙皮被雨水浸泡得凹凸不平，像个随时可能坍塌的危房。

宁澜看着屋里几乎没变的陈设，既讽刺又愤恨地想：年年都说要拆迁，年年都说要买新房，拿走那么多钱，搞什么麻将馆？你这脑子只有被人坑的份。

赵瑾珊的遗物不多，奇怪的是，尸体上并没有戴金银首饰，她的房间里也找寻不到。

宁澜整理完衣物，推开自己房间的门，意外地发现屋里还算整洁，桌上没有灰尘，床上的被褥也是新换的。他十分畏寒，经常中秋前后就要换厚被子，那时候赵瑾珊经常嫌他娇气难养，让他赶紧走，不要拖累自己。

宁澜在门口站了会儿，慢吞吞走进去，拉开书桌抽屉，首先入眼的是一个木制小盒子，上面歪歪斜斜地写着几个字，原本是"澜澜的生活本"，最后三个字被粗暴地划掉，改成了"澜澜的房子"。

宁澜打开盒子，里面乱七八糟放着一堆金饰，最下面还有一本存折，上面的数额虽然不大，却已经足够在 G 市这座小城买一套像样的公寓了。

宁澜终于还是打开了赵瑾珊的手机，通话记录上除了医生昨天拨的那些，由赵瑾珊本人拨出的电话署名都是"宝贝儿子"，一共拨了 7 遍，全部都无人接听。

宁澜闭上眼睛，抱着盒子和手机缓缓蹲下来。

号码早几年前就换了，不打 119 报警，打这个电话有什么用？

真是没脑子。

虽然没人来吊唁，但宁澜还是给母亲设了灵堂，两天后风光大葬。

他猜不到赵瑾珊死前最后一刻想对他说什么，可他也不后悔这几年都没有联系她，当时的自己与死了也没什么不同。

这世上绝大多数事情都没有重来的机会，赵瑾珊不知道他伤痕累累，病骨支离，他也不知道赵瑾珊对他并不是完全没有爱。

归根结底，嘴硬逞强才是错误的根源。

回首都的候机室里，宁澜趁隋懿去洗手间，给他在旁边的金拱门买了炸鸡，隋懿受宠若惊，开吃前还不忘拍照留念，拍完刚登录微博，就刷到不得了的新闻——AOW 前成员宁澜在 G 市出现，疑为母亲料理后事。

文字内容说近日有 G 市市民在某殡仪馆目击到宁澜，据了解其母亲在前几日轰动全市的"G 市着火案"中死亡，宁澜此次回乡应该是为母亲送葬。

下面还配有一张不甚清晰的照片，照片上宁澜跪于灵堂的遗照前，表情木然。

评论里风向不一，绝大多数网友的注意力并未放在宁澜身上，而是对宁澜旁边黑衣黑裤的男人好奇不已。很快就有人从身高体形上猜测是其前队友隋懿，更有大胆的路人 @ 隋懿询问"是你吗"。

隋懿看到这个情况并不惊慌，他给米洁发了条短信："之前准备的东西可以发了。"

飞机抵达首都，隋懿再打开手机时，关于一些知情人士透露的宁澜母亲生前的劣迹，以及宁澜为养家放弃念大学，工作后挣的大部分钱全部打给家里等等，已经在网上传得沸沸扬扬。

继 AOW 单飞成员方羽点赞表示默认后，陆啸川和在国外念书的顾宸恺也纷纷点赞，坐实了这条消息的真实性。

紧接着，AOW 前经纪人张梵转发，称宁澜是个善良的孩子，她很高兴现在终于有人为他发声，还透露当年《覆江山》的拍摄机会是宁澜自己凭本事争取的，并不是网上传的所谓踩着队友上位，当年公司发过声明澄清，然而无人相信。如今时过境迁，希望大家能理性看待这件事，还宁澜一个清白。

　　"宁澜事件真相"成了十月演艺界里第一条重磅消息。然而他已经退圈三年多，偶有路过的年轻人还要问一句"宁澜是谁啊"，影响力连其他当红流量随便的一条花边新闻都不如，网友们只唏嘘了半个下午加一个晚上，这则消息就被其他娱乐新闻轻松压了下去，再无人提及。

　　隋懿很早就开始计划这件事，选择在这个时候曝出，虽然有些对不住宁澜去世的母亲，但是若想让所有人都知道宁澜没有做那些事，就只能抓住这个机会。

　　要让宁澜摆脱心理阴影，首先要做的就是给他一个安全、友好的社会环境。

　　于是，为了扩大这件事的影响力，让所有人都知道他的态度，更为今后的公开做铺垫，隋懿除了点赞，还在这天晚上的黄金时间转发了"问葬礼上的人是不是他"的那条微博，言简意赅地回答道："是我。"

　　如果说宁澜的"真相"是投入湖中的小石子，使湖面泛起涟漪，不久便归于平静，那么隋懿的回答就是从天而降的一颗巨型陨石，溅起的水花万丈，方圆几千里无人不受波及。

　　隔天上午，连菜场卖菜的阿姨都能对这事评说两嘴。

　　"那个叫宁澜的孩子真是可怜，被家里人欺负成那个样子，好不容易当个明星又被人污蔑。"

　　"啧，怎么会有那样当妈的，要是我儿子长得这么好，还这么出息，捧在手里疼还来不及。"

　　"怪不得要躲起来呢，看把孩子都逼成啥样了。"

　　放假在家帮母亲买菜的女孩也加入聊天："当年我就说了，宁澜不是那种人，一窝蜂地黑他，肯定有内幕，可就是没人信。"

　　"小姑娘好眼光，现在不是好了吗，可以那个叫什么……可以复出了！"

　　女孩心情舒畅地在这位阿姨摊位上选了一堆菜，说："复不复出都随他的便，他高兴就好。"

　　卖菜阿姨边称斤装袋边说："那个演小警察的隋懿，站出来帮他说话，也是好娃娃。"

当年，《夜奏》火得大街小巷人尽皆知，一度把隋懿推到了国民偶像的神坛。近几年，他也一直活跃在大众视线里，前年的一档走进山村的节目，他表现得谦逊有礼，不怕苦不怕累，还手把手教山里的孩子弹琴，让大家给他贴上了"亲民努力"的标签，是以不同年龄层、不同阶级的人都能叫得上他的名字，且都对他抱有好感。

"听说他们以前是队友，能不支持吗？"边上卖鸡蛋的阿姨笑着，寻求赞同似的问，"是不是啊，小姑娘？"

女孩笑得眼睛眯成缝，点头如捣蒜，说："那当然，他们队友之间认识这么久，肯定是知道真相的。"

外面闹得满城风雨，宁澜在医院里没听见一点动静。

婆婆最近一次化疗反应又严重起来，发烧近 40 摄氏度，犯迷糊的时候，连句话都说不清楚。

宁澜衣不解带地照料，等到热度终于不再反复，已经过去整整两个日夜。

宁澜松懈精神，握着婆婆的手趴在床边睡了过去，隋懿把他扶起来送到床上，刚把人放平，就听到床边的老式手机振动。

隋懿怕把人吵醒，忙不迭按了一个键，鲁冰华的公鸭嗓就从电话里飘出来："喂，宁宁哥，他们说的都是真的吗？你以前真是明星啊？"

隋懿迅速走到屋外，把听筒放到耳边道："是。"

鲁冰华听出对方不是宁澜，谨慎地问："你是谁？"

"我是隋懿。"

鲁冰华倒吸一口气，然后压低声音："这么说，都是……都是真的啊？"

隋懿不明白他问什么真的假的，只提醒他如果想宁澜好，就不要在宁澜面前随便提这件事。鲁冰华知道他宁宁哥害心病，连声应下，也不追着瞎猜瞎问了。

隋懿挂了电话，拿自己手机上微博。他先斩后奏地把密码改了，公司的人没法上去删掉那条微博，无论是王旭还是公关部的人来电话，他的回应都只有两个字——不删。

他出道以来，从未主动参与过炒作，这回却是拿自己的热度给为宁澜证明，所幸效果在他预料之中，他很满意。

事情一旦被冲到风口浪尖，自然会出现一小撮反面的声音，但接着，"宁澜对不起"这个话题被送上热搜榜前三，点进话题就能看到粉丝整合的宁澜从出道到被黑再到退圈的科普。

最后，所有娱乐头条都报道了此事，真正将关注度推向高潮。

宁澜是在自己名义上的生日那天，收到来自医院护士站联名送的蛋糕，才知道事情闹得这么大。

网络上不乏有人扒出他和隋懿在这家医院守着一位孤寡老人，还有粉丝想混进来探望，好在该医院管理严格，私密性强，待在医院里无人打扰，还算清净。

宁澜没有正面问过隋懿，只在某天吃饭的时候，随便问了一嘴："是不是被那件事影响，所以你最近都没有工作？"

隋懿如实说不是，宁澜不太相信，自己拿出手机上网查了下，隋懿的个人超话排名还在前列，他才放了心。

宁澜的脚在近日的悉心养护下恢复得不错，于是他又回泉西继续干活。

隋懿有时也过去帮忙。宁澜理货他擦桌，宁澜做饭他拔葱，宁澜送货他……他就站在小板车上不让他走。

"把地址给我，我去送，你歇着。"

隋懿近一米九的昂藏身躯，站在小板车上甚是滑稽。宁澜踩不动自行车，气急之下抬脚猛踹小板车，底轮一滑，隋懿重心不稳险些摔倒，但还是攥着把手坚持不肯下来。

最后，隋懿骑车，宁澜坐后座指路，尾巴上再栓个小板车，挨家挨户去送货。

街道居民没认出隋懿，善意打趣宁澜道："当过大明星的就是不一样，现在都有送货伙计了。"

隋懿戴着口罩，闻言伸手跟小卖部客户握手："您好。"

宁澜跳上后座用拳头催促道："赶紧走，还有下一家呢。"

既载人又载货，大半天送下来，着实累得够呛。晚上，隋懿瘫在病房里的沙发上，说自己腿抽筋，明天怕是没法去拍广告了。

婆婆今天气色不错，满是皱纹的脸上绽开笑容，欣慰道："你们俩互相照顾，我就放心了。"

隋懿怎么也想不到，这是婆婆对他说的最后一句话。

他接到医院的电话时，刚从棚里出来，接通后听了不到三秒，耳朵里就嗡嗡鸣响，心脏仿佛瞬间停跳，在回医院的路上，才慢慢找回正常的呼吸频率。

医生说："睡眠中突发脑出血，发现的时候已经救不回来了。"

隋懿走进病房，宁澜背对着他坐在床边，床上的老人双眼紧闭，嘴角带着一丝微笑，证明她跟医生说的一样，走得安详，没受什么苦。

隋懿亲手用白布慢慢盖住婆婆的脸，宁澜只是一动不动地坐着，好像对外界的一切都失去了反应。

隋懿从他手里拽出一张纸，上面端正地写着两行字——

"婆婆很开心，勿念。

"把房子卖了，回你想回的地方吧。"

后来他们才知道，在他俩去G市处理赵瑾珊后事时，婆婆就悄悄联系了之前来过的那个律师，立了一份详尽的遗嘱，包括泉西的房子唯一继承人是宁澜。

张婆婆这一生尝尽世间冷暖，在晚年享受到的几许天伦之乐，已经让她觉得这辈子足够圆满，不再留有遗憾。她心知自己已经油尽灯枯，到了该走的时候，可岁月的步伐在痛苦的治疗过程中被迫拉长，她并不想要这多余的时间。

婆婆在睡梦中安详离世，于她来说，反而是种成全。

宁澜送走婆婆的那天，依旧没有流泪。

短时间内，他生命中具有重要意义的两位亲人相继去世，两位都是赋予过他生命的人。

隋懿知道这时候无论说什么都显得苍白无力，他失去过母亲，可他的所谓"感同身受"，不过只是宁澜承受的百分之一罢了。

隋懿担忧不已，生怕他想不开，做出什么傻事。

他们吃饭时，宁澜右手拿起筷子，左手准备去盛饭，发现隋懿站在自己身后，苍白无血色的脸上竟扯出一个笑："你干吗，我要吃饭。"

明明没有哭，声音却是嘶哑的。隋懿看着他一小勺一小勺地盛饭，眼睛都不敢眨一下。

晚上，隋懿载宁澜回泉西，跟着他进屋。

深秋寒凉，宁澜洗漱完，隋懿闲着无聊，拿起旁边的书，翻开来看。

他拿的是《一千零一夜》，宁澜睡不着的时候经常会看的一本书。

"你知道《一千零一夜》是怎么来的吗？"宁澜问。

隋懿无所适从地翻着，觉得哪个故事都不够正面、不够阳光，边翻边答道："古代有个国王，每天都要娶一个姑娘，第二天清晨就把她杀死，最后轮到宰相家的女儿，她很聪明，每天给国王讲故事，讲了一千零一夜，国王想听故事，于是就没杀她。"

宁澜又问："你怎么知道的啊？"

"小时候我妈给我讲的。"

隋懿说完自己先愣住。宁澜一连失去两个母亲，他偏偏在他跟前提妈妈，真是越着急越出错，蠢得没谁了。

这边隋懿懊恼不已，那边宁澜的脸上却没有显露伤心。

他弯了弯唇角，道："我不想听书上的故事。我想听你和你妈妈的故事，可以吗？"

隋懿只惊疑片刻，心绪便重归淡定，靠在床头组织了会儿语言，缓缓开口道："我的妈妈……很漂亮。"

他刚起了个头，宁澜就"扑哧"一声笑了。他仰头看着隋懿："我知道啊，看你就知道了。"

隋懿有点不好意思，清了清嗓子，继续道："她……算是个娇生惯养的大小姐吧，从小没吃过苦，也没受过什么挫折。唯一的挫折……大概是遇见我爸。我爸另有所爱，我妈不肯服输，又固执不听劝，她自负惯了，想要的就必须弄到手，结果一折腾就是十年。"说到这里，隋懿顿了顿，"折腾的过程你可以自行想象，我呢，就是她不服输折腾出来的产物。"

宁澜眨眨眼睛，这些只能在八卦杂志上看到的豪门纠葛离他太远，兴许还有隋懿讲得太轻松的原因，他想象不出，也没什么真实感。

"没了？"

"没了。"隋懿赧然，"我不太会讲故事。"

宁澜沉默几秒，说："我问的是你和你妈妈的故事，你跑题了。"

隋懿更加局促："我和妈妈……没什么故事，就跟普通的母子一样，没什么特别的。"

"普通的母子，是什么样的？"宁澜问。

隋懿目光飘远，似在思索，良久后开口道："她很爱我，我也很爱她。"

简单的一句话，却无端地让宁澜平静下来。

隋懿把他这举动看作是想要放弃，忙道："她们都爱你，有这么多人爱你，你要好好活着，好好活着……"

宁澜神色茫然："好好活着……活着干什么啊？"

隋懿词穷，搜肠刮肚道："你还没报复我，还没让我尝到苦头……"

宁澜摇摇头："我没力气了。"

他早就没了从前的洒脱。

次日，隋懿醒来，他的视线落在身上盖着的向日葵毛毯上，一时有点蒙。

他下床出去，在厨房门口看到拿着平底锅煎蛋的宁澜。

宁澜侧头看他："你醒了……怎么不穿鞋啊？"

隋懿尴尬地返回去，把鞋穿上再出来。

另一只锅里在烧水，水开下挂面，加过两次冷水后捞出，汤里点几滴酱油和香油，面放进去，铺上菜和蛋，早餐就做好了。

这是隋懿第二次吃宁澜做的面条，大口吃怕很快吃完，小口吃又怕面条泡烂，万分纠结。隋懿看到对面的宁澜只吃了一半便扔在那儿，转身去灶台边弄之前做过的那个凉粉，就立刻转移目标，三下五除二吃完自己的面，凑上去问这个什么时候能吃。

宁澜往大碗里倒水，边倒边搅和，说："晚上吧。"

宁澜的状态不错，早上隋懿看着他吃了药，开店，做饭，像往常一样忙碌。

偶有怕他太伤心过来陪他的邻居，见他情绪稳定，也都安了心，劝慰两句就走了。

隋懿也觉得他应该已经调整得差不多了。婆婆留字条让他卖掉房子，他一时半刻不想改变此刻的生活状态，等过段时间，找个恰当的时机跟他提，说不定他就一口同意了。

上午，隋懿得空把王旭给他的剧本仔细翻了一遍，下个月试镜，明年初开拍。公司像是要把请假半年缺席的行程尽数补上，明年二月份除了要发布新单曲，还有首都的一场演唱会，行程不可谓不满。

隋懿偶尔有空还是会开车去趟泉西街，买些宁澜需要的食材。

这天，隋懿回来就看见那个姓鲁的医生站在小卖部门口，和柜台里面的宁澜聊着什么。

隋懿一时好奇，边在厨房洗菜，边竖起耳朵听，他们从婆婆的后事谈到宁澜本人的身体状况，隋懿这才知道宁澜开美食博主的号是为了解决心理问题，不由得陷入沉思。

宁澜做午饭时，隋懿继续挽起袖子帮忙，土豆丝切成土豆棍，小青菜的根也不知道切掉，宁澜蔫蔫的没什么精神，竟也没有提出异议，就让他这么囫囵下了锅。

直到宁澜吃饭吃到趴在桌上犯迷糊，隋懿才意识到他不对劲，一摸额头，热得烫手。

隋懿把人送到附近的医院，量了体温，挂上点滴。这些天宁澜忙着料理婆婆的后事，几乎没有合眼，婆婆的去世对他打击巨大，不是不哭不闹就代表他恢复得很好。

这一烧就是三天，热度反反复复，压下去又冒上来，除了挂点滴，物理降温也用上了，隋懿还让米洁帮忙送了肚脐贴过来。

第三天，温度终于彻底降下来，拔针的护士看着宁澜虚弱无力的模样，感叹道："现在的年轻人身体素质真不行，发个烧跟要了半条命似的。保养身体是一辈子的事，别以为自己年轻就可劲儿瞎折腾。"

隋懿把这番话牢记于心，想到生命可贵、世事无常，走出病房就带宁澜预约了个全身体检。

宁澜挂了三天点滴，看见针头就犯怵，隋懿为了陪他也预约了个血常规化验。

两人第二天空腹上医院，一起伸出胳膊给医生扎，隋懿一管血眨眼就抽好了，宁澜血管细，一针下去折腾半天才抽出小半管血，医生没办法又换了手腕侧边扎，这才把血采够。

宁澜当天睡了个安稳觉，清晨被手机铃声吵醒时，过去看见隋懿还睡得沉，又好笑又无语地推他："醒醒，手机响了。"

隋懿是有一点起床气的，拿着手机出去接电话时还眯着眼睛拧着眉，回来的时候却变了另一副样子，脸色铁青，眼中寒冰凝结。

但是他说出来的话却还是一如往常："我们先去医院拿报告，然后吃早餐。"

宁澜疑惑："报告这么快就出来了？"

隋懿顿了顿，道："出来一部分，我们先去看看。"

说是一起去看看，实际上进去的只有隋懿一个人。

宁澜不喜欢医院的消毒水味，捧着热奶茶在外面等，隋懿出来的时候两手空空，脸色比出门前更差，还以为没人看得出来，摆出一个比哭还难看的笑容，说："饿吗？想吃什么？"

宁澜摇头说："不饿，想回家。"

两人又一起回了泉西。

下午，宁澜说想吃蛋糕，隋懿开车出去买，手机落在桌上，宁澜犹豫再三，还是决定偷偷看一眼。

今天隋懿摸了大半天的手机，不知在跟人聊天，还是在查询什么资料。宁澜无意窥探他的隐私，只点开浏览器翻了翻历史记录，最近搜索的几条内容是——"血小板低的原因""血小板低与凝血功能障碍""血小板低吃什么好""血小板低是白血病吗"。

宁澜下意识张了张嘴。

他大概猜到原因了，隋懿的反常状态也有了合理的解释。

他不懂医理，看到那几个字却也不觉得害怕，人各有命，是就是吧，这不是害怕就能解决的问题。

然而，隋懿那副样子着实让他看不下去。不准他切菜，不让他削苹果，用叉子吃面条也不行，连刷牙都被禁止了。

晚上，还没到八点，隋懿就把他赶到床上，用厚被子裹成一个球。宁澜翻着白眼，有气无力道："我想喝水。"

隋懿便倒了一杯温水，说："明天我们去医院，再做一次体检。"

宁澜问："为什么啊？昨天的检查结果有问题？"

"得再做一次详细的。"

次日，两人又起大早前往医院。

这次换了市里那家私人医院，抽完血，两人并排坐在等候区，隋懿说："一个小时出结果，我们拿到化验单再走。"

宁澜假装不置可否，等得出了满手心的汗。

漫长的一小时过去，隋懿去取报告，回来的时候，脸色依旧难看，但明显跟之前毫无生气的灰败不同，紧绷的肌肉松弛不少，眼中还多了几许茫然。

宁澜接过他手上的化验单，找到血小板那一栏，反复确认，确定数值在示例的正常范围之内，刚想笑话隋懿两句，缓和一下僵硬了一整天的气氛，冷不丁似乎看见了什么。

宁澜错愕地抬头，隋懿比他更快一拍，转身用后脑勺对他，狠狠吸了几口气，抬脚大步往前走。

"你去哪儿？"

宁澜立刻追上去，隋懿慌不择路，拐到走廊尽头无路可走，才被迫停住脚步。

宁澜喘着气问："你……你跑什么呀？"

隋懿不说话，只是摇头。

宁澜被他这倔模样逗笑："有什么不好意思的？"

其实夸大其词了，今天之前，宁澜还从来没见过他哭。

隋懿十八岁时就比同龄人沉稳，身体受伤负累的时候，拿奖的时候，读粉丝信的时候，万人演唱会谢幕的时候……从来都没有流过眼泪。

明明还是个孩子，却像座山一样坚实可靠，因而给人一种"他不会受到伤害"的印象。

他什么都有，他这么强大，怎么会哭呢？

隋懿仍是不肯转过来，宁澜无奈，只好自己绕过去正对他，隋懿抬手要挡，这回反应不够及时，一双水汽氤氲通红的眼睛被宁澜瞧得一清二楚。

宁澜本意是想证明自己看错了，结果看到这样一幕，直接慌了手脚。

隋懿不想让他看到自己软弱的模样，说什么也不肯把手放下。

宁澜从未想过有一天会与隋懿拥有同样分量的恐惧，更没想过隋懿会和他一样，把失去生命当作世界上最可怕的事。

他们从医院出来遇到粉丝追车，隋懿一改平时冷静沉着的驾车习惯，先是超了前面几辆车，接着猛转方向盘拐到小路上，然后一脚油门踩下去，宁澜浑身汗毛倒竖，眼前画面一阵摇晃，直到车子停下，才看清楚目前所在的位置是几年前 AOW 组合的宿舍楼下。

"离这里最近，先来躲一躲。"隋懿解释道。

宁澜跟他一起上楼，电梯上升时后知后觉地想吐。隋懿以为车开太快害得他不舒服，自责道："在医院的时候就被跟上了，我应该再谨慎些的。"

宁澜摆摆手，然后冲他竖起大拇指。

宁澜进屋喝了水，才把因为流泪产生的呕吐感压回去，终于有力气说话："以前怎么没发现你车技这么好？"

隋懿才知道大拇指是这个意思，冷不防被夸，谦虚地说："这几年练出来的。"

宁澜对于他"消极怠工可能导致过气"的疑虑彻底打消，转而开始担心交通安全。

宿舍不像没人住的样子，水电暖齐全，床上的被褥都是干净的。屋里陈设基本没变，宁澜坐在下铺随便扭一扭，还是嘎吱嘎吱响。

隋懿叫了外卖，外头天寒地冻，两人决定留宿一晚。

次日早上，隋懿要出门，宁澜挣扎着从床上爬起来，说："屋里待着快长毛了，我想出去走走。"

于是，宁澜就被隋懿带到了试镜现场。

米洁在路上堵车，收到隋懿"买杯热奶茶"的指令时还在奇怪，拎着咖啡和奶茶匆匆跑进化妆室，看见坐在一旁被裹成球的宁澜，又惊又喜，捂着嘴要哭了似的，原地转两圈，还蹦跶了好几下。

宁澜跟米洁交情不算深，所以不知道米洁为何如此激动，跟她打了招呼，感谢她带来的奶茶，就捧在手上小口小口地喝。

半小时后，隋懿进去试镜，米洁挪到宁澜旁边，小心翼翼地询问他这些年过得怎么样。宁澜说挺好的，她既欣慰又感叹地双手合十，口中念念有词："谢天谢地，感谢各路菩萨保佑。"

宁澜并没有想跟人交流的意愿，今天跟隋懿一起过来也是一时兴起，出了门他就后悔了，怕在这儿遇上认识的人，一路上尽想着跳车逃跑。

不过他显然多虑了，演艺界更新换代极快，他离开了整整四年，哪儿这么容易见到所谓的"旧人"。

隋懿今天试镜的这部电影的导演，宁澜几年前倒是有所耳闻，不过以他当时的地位，别说试镜，连跟这位以铁面无私著称的导演握个手的机会都没有。

米洁也在担心这个导演不好对付，探头探脑地张望："怎么还不出来啊？不会真要试那场戏吧？听说吴导最忌用替身，他要看到队长身上的疤，说不定……"

宁澜敏感地抓住重点："疤？什么疤？"

米洁口无遮拦道："就是两年前在H市见义勇为落下的啊。"

宁澜自我封闭了整整四年，圈里的大事小事他一概不知，米洁见他一脸茫然，便给他详细说明。

原来，他走了之后，隋懿两年前不知道从哪里听说他在南方H市，跑到那边后，偶然看到某持刀歹徒当街抢路人的包，出手相助时躲闪不及，被穷凶极恶的歹徒用尖刀从肩膀划到后背，伤口很深流了很多血，缝了几十针。

"当时有路人把过程拍了下来发到网上，所以队长的国民好感度才这么高。"米洁说到这里，叹了一口气，"就是可惜身上留疤了，不知道这个角色还能不能拿下。"

宁澜这两天没事的时候翻看过隋懿的剧本，他要试镜的角色是个黑帮杀手，身手矫健，神秘莫测。

隋懿试镜完出来，在化妆间换衣服，宁澜敲门进去，看见了那条从左肩横贯到后背的伤口。

隋懿呆了片刻才意识到什么，然而宁澜已经看到了，看到了那条歪曲狰狞的伤口，还有利用伤口参差不齐的边缘，巧妙纹上去的图案。

宁澜先开口："那是什么啊？"

隋懿有点急了，解释道："当时去找你时……这件事跟你无关，不是因为你，你不要有负担……"

宁澜叹了口气，说："导演嫌你身上有疤，我还觉得这个角色武打戏太多容易受伤。实在不想拍就不拍了。"

隋懿笑了："哪能因为怕受伤就不拍了。"

宁澜"哦"了一声："那你去拍吧。"

他们回去的路上，宁澜突然想到："你的生日快到了。"

经他提醒隋懿也想起来："嗯。"

"想要什么礼物？"

"来参加我的演唱会吧。"

这年是隋懿的本命年，因为行程紧张，没办生日会，对外宣布把惊喜放在二月份的演唱会上。

演唱会门票在半分钟内抢售一空。一月底，星光娱乐官方透露消息，AOW组合将在下个月隋懿的演唱会上重聚。

官方说是重聚，粉丝们私底下讨论后一致认为——最多来三个人。

王冰洋和高铭退圈已久，被扒出来的雪藏原因后也让人十分不齿，坑自己组合队员的龌龊行为，放在哪家公司都不可能被原谅。

顾宸恺作为亲表弟肯定会来，陆啸川和隋懿关系不错，应该也会出席，而方羽自从单飞后就和隋懿处在"老死不相往来"的状态，出席同一场演出互相连个招呼都不打，来的可能性只有一半。

至于宁澜……完全是个谜。有传闻说他退圈是因为身体和精神状况的双重打击，当年的全网黑对他造成的影响很大，现在隐藏得太好，没人知道他情况究竟如何。

2月14日，隋懿个人演唱会后台，宁澜和方羽头靠着头凑在一起打对战游戏。

方羽连输三把，严重怀疑宁澜偷摸在家里玩了至少三个月，手法纯熟得根本不像刚上手。

"真的只玩了三天。"宁澜笑着说，"听说隋懿要接这个代言，我才下载了玩玩看的。"

其实，今天也是他重新拿起智能手机的第三天，他原本以为会很难，隋懿随口提了一句，问他要不要试玩他代言的游戏，宁澜拿起手机玩了一会儿，才发现心里已经没有太多抵触了。

方羽感觉被嘲了，他把手机递给助理安琳："不玩了不玩了，还有一小时开场，走，换衣服去。"

直到开场前五分钟，宁澜都没决定好是否要上台。

因为当年的事情，他对舞台的感情很复杂，而且这次是隋懿的主场，所以他不想因为自己搞砸整场演唱会。

说到底，还是没有信心，还是怕得要命，还是想继续当缩头乌龟、继续得过且过。

演唱会进行到三分之二，宁澜还在从后台的监视器里看隋懿。相比四年前，隋懿的唱功和舞台表现力都有了长足的进步。宁澜心里关于"业务能力不强导致过气"的疑虑也打消殆尽。

台上的隋懿唱完一首歌下台换装，宁澜站起来伸展筋骨，忽然，一只手从背后捂住了他的眼睛。

"你干吗？"宁澜问身后的人。

隋懿另一只手按着他的肩，推着他往外走："带你去看个好东西。"

宁澜跟随他的步调，亦步亦趋。

当宁澜听到隋懿说"小心前面有台阶"时，就猜到接下来会发生什么。他喉咙干涩，咽了一口唾沫，感觉到有光打在头顶，四周传来此起彼伏的尖叫声。

"准备好了吗？"隋懿问。

宁澜想说"没有"，想掉头离开，然而脚像被钉在地上，全身的肌肉都僵直绷紧，连摇头这样简单的动作都没能做出来。

接着，覆在眼皮上的手缓缓移开。

乍现的亮光有些刺眼，宁澜眯着眼睛适应几秒，连成一片模糊的光影在眼前化为具体的线条，首先映入眼帘的是一片璀璨的星海。

台下有一万名观众，就有一万支荧光棒，一支都没有熄灭，都在舞动着、欢呼着。

台上除了他和隋懿，还有另外三人。宁澜还在发愣，手里就被塞了话筒，很快音乐响起，他被夹在隋懿和方羽中间，浑浑噩噩地开始听他们唱 AOW 的出道曲。

唱到一半，隋懿带他走到伸展台最前面，指着观众席二层挂着的超大横幅给他看，上面写着：泡泡澜，欢迎回来！

宁澜从刚才睁开眼睛起，就仿佛失去了思考能力，手脚都不属于自己了，像个提线木偶般被隋懿牵着走了全场。台下粉丝的尖叫声到他耳朵里全都变成了意义不明的声音，他握着话筒一声不吭，音乐快结束时，才跟着节奏不由自主地唱了一句。

隋懿见他状态不佳，也没再勉强，一曲毕就送他回到台下，拜托安琳和米洁照顾他。

半个小时后，演唱会结束，隋懿还没卸妆就匆匆跑来找宁澜，见他还愣愣地坐着，便开始后悔刚才的自作主张。

他本意是想用美好的记忆将宁澜脑海中的那段噩梦覆盖，这步棋走得很险，可他想让宁澜走出来，想让宁澜今后的人生中再无黑暗。

隋懿半晌没说话，先开口的居然是宁澜，他扯开嘴角露出一个惨淡的笑："别这么看着我，我没事，就是……就是腿有点软，站不起来。"

隋懿进组前，还有一个杂志封面的拍摄工作。

拍摄在下午，隋懿带着宁澜去旁观。今天的拍摄服装有三套，宁澜进去的时候，正在拍一套制服装，挺括的衣料和牛皮短靴将隋懿的身材勾勒得颀长挺拔。他的长相周正英挺，微微凹陷的眼窝又平添了一分迷人的神秘感，让宁澜想起他的第一部电影《夜奏》，心想：怪不得那些亦正亦邪的角色都爱找他拍。

宁澜怕影响他们工作，旁观了一会儿就出来了。他在走廊的椅子上坐了几分钟，旁边摄影棚的门忽然打开，从里面走出来一个多年未见的故人。

纪之楠今天也来拍硬照，晚上要去生日会现场踩点，电话里的人说已经在门口等着，让直接出来。纪之楠挂掉电话，继续往出口走，冷不丁对上面前的人，脸上还未散去的甜蜜笑容僵了一下。

"纪老师好。"宁澜打着招呼。

在纪之楠的印象中，宁澜已经退圈很久了，没想到会在这里碰面。纪之楠和他没什么好说的，只点点头当作回应。

宁澜知道纪之楠没心情与自己寒暄，便垂着头，单刀直入道："当年的事，对不起。"

纪之楠有些惊讶，愣了片刻，旋即一派轻松地说："没关系，已经有人替你道过歉了。都过去这么久了，没必要放在心上。"

纪之楠面色如常，嘴角甚至挂着浅浅的微笑，看不出丝毫负面情绪，显然真心不再计较这件事。

宁澜压在心上多年的负担顷刻间烟消云散，终于释然了。

时光宝贵，享受当下的美好都来不及，何苦把精力放在那些不愉快的回忆上呢？

他们回到宿舍，宁澜就开始帮隋懿整理进组需要的行李。他提前几天在本子上做了记录，往行李箱里放一样，就在本子上划掉一样，整个过程井然有序。

接着，宁澜又从柜子里拿出一根白色塑料水管。

"本来打算在你生日那天给你的，制琴师那边缺材料，多等了两个月。"宁澜把一根细长的琴弓从里面抽出来，递给隋懿，"你试试看，如果不好用，我去找他售后。"

隋懿给弓抹了松香，即兴拉了一首小夜曲，差点把累了一天的宁澜听睡着。

隋懿走后，宁澜先回泉西，和姜婶办了小卖部交接手续，顺便帮她理理货。

傍晚，宁澜准备离开时，门口还聚集着一堆人，多数是来看热闹的，也不乏几个宁澜脸熟的粉丝，其中有一个姑娘伸长胳膊递了个小篮子给他："新鲜的草莓，回去洗洗再吃！"

宁澜不打算回演艺界，没什么可回馈的，便从店里拿了几盒巧克力分给她们。

当天晚上，宁澜发巧克力的照片就被发到网上，粉丝们好像迎来春天，兴奋到昏厥，偶有几个不和谐的声音，也很快就被欢呼尖叫压得无影无踪。

最近，宁澜捡起了他从前的小号，严格按照心理医生说的"直面自己"，每天都去各大超话转一圈，效果还不错。

这几天，宁澜研究总结发现，只要上网或者打开电视，就会刷新对隋懿红的程度的认识。

比如清明节这天，宁澜给张婆婆扫完墓，在回去的车上刷微博，热门第一条就是"隋懿深夜行色匆匆，疑与同剧组女演员交流剧本"。

宁澜把那篇通稿匆匆扫了一遍，然后点了个赞。

隋懿那边今天是一场重头戏，穿着一件单薄的背心从早拍到晚，九点才收工。

天上下着毛毛雨，南方初春的夜晚空气湿凉，米洁递了外套给他，说："一个好消息和一个坏消息，想先听哪个？"

隋懿忙着拿手机看宁澜有没有回复他，点亮屏幕，一条未读消息都没有，不禁有些丧气，闷声道："坏消息。"

"您和黄晓曦又传绯闻了。"

隋懿额角一突："怎么回事？"

"其实也没什么。今天有个营销号把您和她一起出入酒店的照片贴上网，撰文瞎诌了一通，明眼人都知道您被蹭热度，王哥那边已经在拟声明了，别怕别怕，不会有事的。"

最后两句仿佛意有所指，隋懿疲惫地闭了闭眼睛，抬手捏眉心："好消息呢？"

"有人来探班啦！"

隋懿回到酒店房间，宁澜正在整理带来的东西，从贴着托运条的行李箱里拿出一个方方正正的盒子，又拿出一个保温袋，全部拆开，是一盒饭和一块大蛋糕，摆在桌上，说："饿了吧？"

隋懿定睛一看："饿了饿了。不过你带蛋糕干吗？我过了生日了。"

宁澜笑道："预祝你杀青顺利呀！"他推着隋懿来到蛋糕前，"许个愿吧。"

"什么？"

宁澜见他还装傻充愣，凶巴巴地瞪他："不许，就别吃饭了。"

隋懿无奈，说："我没你这么幼稚，我才不许，都多大年纪了。再说，戏拍好，是靠整个剧组，我不整这些花里胡哨的。"

宁澜被他弄得一时无力反驳，撇嘴道："这不叫幼稚好吗，这是年轻人的生活态度，每一天都要像十八岁一样……"

隋懿被他这番说词逗乐："对对对，你十八岁，你在粉丝眼里永远十八岁。"

宁澜听了这话，有些唏嘘道："是啊，只是那时候我就二十三了……"

"哈哈哈，你当时还说自己只有十八。"

"那就祝我们永远十八，永远幼稚吧。"

……

回忆是一条没有尽头的路，所幸时间的沙漏流速缓慢，跑累了停下休息时，依旧会忍不住扭头看走过的路，回味穿越荆棘丛时的痛，又何尝不是一份命运馈赠的礼物，才让他们如今得以在天高海阔下，追逐光明的未来。

— 全文完 —